珞珈之子文库

文学·艺术

珞珈漫笔

陈美兰 著

中国言实出版社

图书在版编目（CIP）数据

珞珈漫笔 / 陈美兰著 . -- 北京：中国言实出版社，
2020.4

（珞珈之子文库 / 刘道玉主编）

ISBN 978-7-5171-3439-8

Ⅰ . ①珞… Ⅱ . ①陈… Ⅲ . ①文学评论—文集 Ⅳ .
① I06-53

中国版本图书馆 CIP 数据核字（2020）第 040792 号

出 版 人　王昕朋
责任编辑　王建玲
责任校对　崔文婷
封面肖像　何　泉

出版发行　**中国言实出版社**
　　　　地　址：北京市朝阳区北苑路 180 号加利大厦 5 号楼 105 室
　　　　邮　编：100101
　　　　编辑部：北京市海淀区花园路 6 号院 B 座 6 层
　　　　邮　编：100088
　　　　电　话：64924853（总编室）　64924716（发行部）
　　　　网　址：www.zgyscbs.cn
　　　　E-mail：zgyscbs@263.net

经　　销　新华书店
印　　刷　北京温林源印刷有限公司
版　　次　2021 年 1 月第 1 版　　2021 年 1 月第 1 次印刷
规　　格　710 毫米 ×1000 毫米　1/16　19 印张
字　　数　320 千字
定　　价　62.00 元　　ISBN 978-7-5171-3439-8

总　序

在 20 世纪 80 年代，借助解放思想的强大动力，武汉大学率先揭开了教学制度改革的序幕。为了营造自由民主的学风，我们首创了一系列新的教学制度，充分调动了广大学生们学习的主动性、积极性和创造性，因而从他们之中涌现出了各学科领域的大批杰出人才。

十五年前，我写过一本书，名叫《大学的名片——我的人才理念与实践》。我认为，一所名牌大学，固然不能光有名楼，但光有名师也还不够。归根结底，最终还得培养出一批优秀学生，成为国家栋梁、社会精英。这样的学生，也可以叫作名生。所以名师、名生、名楼，是一所名牌大学的三宝。

武汉大学自创建以来，名师云集，名生辈出，名楼日兴，可谓集三宝于一身。尤其是新中国成立以后，自 20 世纪 50 年代以来，武汉大学培养的人才，遍布祖国各地，各行各业，为国家的建设和发展，作出了无可估量的贡献。改革开放四十多年来，更因为锐意革新，砥砺精进，而使学

1

校的发展和人才培养，上了一个新的台阶。我担任副校长和校长的十五年间，正是武汉大学革故鼎新、励精图治的蜕变时期。我倡导和主持的各项改革措施，集中到一点，就是既出人才又出成果，着力把武汉大学建成既是教学中心又是科学研究中心，二者是相辅相成的辩证关系。

归根到底，人才兴校是至关重要的，没有高水平的人才，何以有高水平的科研成果呢？同理，如果学生只是死读书，而不善于从科学研究中学习，那也绝对不可能成为杰出的人才。因此，我在任职期间，秉持"不拘一格降人才"的思想，把发现人才，选拔人才，培育人才，保护人才作为学校改革和发展的一项战略措施来抓。所幸的是，我们的这些努力都没有白费。如今，我们培养的这些人才，有些是蜚声海内外的著名哲学家、经济学家、文学家、艺术家、科学家、发明家。另外，从各系的毕业生中，涌现出了诸如田源、陈东升、毛振华、雷军、阎志、艾路明等享誉全球的著名企业家群体。在 2020 年武汉遭遇新冠肺炎的肆虐中，他们挺身而出，一人捐建十所医院者有，竞相捐赠亿万之资者有，武大企业家联谊会从韩国购买一百八十一吨防疫用品和医疗设备，租用四架专机运抵武汉，捐给武汉抗疫指挥部，充分体现了他们赤子之心和奉献精神。

同样，在这次罕见的疫情中，毕业于武大医学院的学子挺身而出，其中有最早发出疫情预警的艾芬、李文亮，第一个确诊新冠肺炎并报告院领导的张继先；更有多位医生献出了宝贵的生命，他们是李文亮、刘智明、肖俊、黄文军、徐友明……毕业于武大新闻与传播学院的学子或直逼现场，实情播报，或联袂发声，建言献策；毕业于武大其他院系的学子无论身在海内外，万众一心，英勇无畏，纷纷在自己的专业、专长和岗位上倾心尽力。

大学是思想启蒙之地，是一个人的人格和精神的养成之所，是一个社会的智识和思想的孵化器。大学培养的人才，不光要有高深的专业知识，还要有高尚的人格，深邃的智慧。武汉大学培养的人才，不是那种书呆子式的人才，而是要有求异、求变和求新的创新精神，在人格方面有道义担当，在思想方面有独立思考的人才。从武汉大学毕业的学生，走出校门以后，在各自的专业领域戛戛独造，在经济社会发展的重要部门，都有独特建树。他们都在各自的星座上闪烁着耀眼的光亮。他们都是武大一张张亮丽的名片，是武大的光荣和骄傲！

编撰"珞珈之子文库"，目的在于以文字的形式反映这些杰出校友们的成就。这套文库是一项巨大的文字工程，其编撰的指导思想是，要有真实性、思想性和前瞻性，为后人留下一笔思想财富。文库收入的范围，主要集中展示自20世纪50年代以来，七十年间武大优秀毕业生的人生经历、精神旅程和事业成就。"珞珈之子文库"由这些优秀毕业生"夫子自道"，或随笔精品，或选辑佳作，或记录人生感悟，或接受采访，或自述经历，或总结经验，或集合演讲，总之都是他们人生全部的直接展示。

"珞珈之子文库"将分为五辑，即"哲学·教育""文学·艺术""史学·法律""经济·企业""科学·技术"。鉴于出版、发行和读者的面向，这套文库暂时不包括专深的科学与技术学术论著或论文集，此类学术成果，将会以其他形式奉献给读者，也一定要载入武汉大学的史册。

长江后浪推前浪，一代新人胜旧人。时代在前进，科学教育日新月异，相信武汉大学未来将会培养出更多杰出人才。因此，"珞珈之子文库"是一项滚动计划，希望一代又一代地传承下去，使她成为母校的一个品牌，将历届毕业的优秀珞珈学子的成就收入这套文库，通过这种直接的展示，我们不但能得见其人，而且能得闻其事，能领略其思想人格和精神风貌，实在是一件功德无量的大好事。

也许，五十年甚至一百年以后，当我们再回望她的意义时，她将会是一部记录人才成长的史料库，一部表现独立思考的思想库，一部具有前瞻性的信息库，充分展现"珞珈之子"的精神风采，是一座熠熠生辉的文字丰碑。

3

　　我的学生野莽是从中文系首届插班生走出的著名作家，迄今他已著作等身，现在正处于创作的黄金年龄。去年秋天，他和几位作家倡导准备编撰"珞珈之子文库"，拟邀请我担任总主编，我已垂垂老矣，而且还要照顾病重的老伴，自知力不从心。但鉴于我们都经历了那个改革的黄金时代，于情于理又都不能拒绝，故只能勉力为之。

　　是为序。

刘道玉

2020年3月9日

于珞珈山寒戍斋

目录

第一部分
阅读与思考

1
|
94

3　　“文学新时期”的意味

16　　价值重建：面对当下中国文学思考

20　　创作主体的精神性转换

29　　行走的斜线

38　　《古船》阅读笔记

44　　《白鹿原》阅读笔记

52　　从《圣天门口》的创作引发的思考

57　　阅读《我是太阳》引发的思考

61　　《尘埃落定》：在陌生化场景中诠释历史

64　　《活着》：一篇关于“活着”的寓言

67　　《务虚笔记》：在精神王国里漫游与探秘

70　　《狼图腾》：被丰繁的艺术细节充盈的思想空间

73　　《平凡的世界》阅读笔记

84　　新古典主义的成熟与现代性的遗忘

第二部分
历史的潮汐

95
—
157

97　中国长篇小说演进的历史步履

106　晚清小说的"现代"辨析

125　历史的跨越：长篇小说"蹒跚"迈步

139　"奠基性"年代：长篇小说在熔铸中的创建

第三部分
访谈与对话

159
—
191

161　珍惜作家精神劳动的成果

168　历史理解与历史发现

182　"我以我血荐轩辕"

185　关于女性精神存在的思考

第四部分
珞珈杂忆

193
｜
229

195　　东湖，我心中的湖

199　　我的 56 级"情缘"

202　　难忘在香山昭庙五十天

210　　"给我一个支点……"

214　　木兰湖畔的思考

218　　历史的足音在我心中回响

224　　寻找古蓬坑

228　　无尽的思念

第五部分
感受异域风情

231
—
293

233　莱茵河，你好！

243　穿过"尼格拉"大门

247　快乐的欧洲自由行

253　艺术智慧的永恒

255　庞贝：定格在公元 79 年的城市

257　迷人的圣托里尼岛

259　人性的光辉在闪耀

262　威尼斯：拮据冲走了浪漫

265　我们到了诺曼底

267　巴黎的"地上"和"地下"

271　遥望英吉利

273　"他乡遇故知"

276　感受俄罗斯

281　二访欧洲日记

287　英伦自由行点点滴滴

第一部分

阅读与思考

"文学新时期"的意味

——对行进中的中国文学几个问题的思考

十八年前那个难忘的十月，当人们用震撼大地的鞭炮，结束一场整整十年的噩梦时，也许谁也不曾意识到我们即将迎接的，是一个什么样的黎明。那时是诅咒多于憧憬，激情多于沉思。尽管两三年后，我们有了党的十一届三中全会对国家大政宏图的总体设计，在文学领域中，我们也有了以第四次文代会为转折标志的一个拓新性的文艺指针的确立，可是，当初我们兴奋地接受这一切时，恐怕更多的是因为受创伤的精神得到慰抚，被压抑的心灵得到舒伸，而并不真正理解由此而开始的一段历史行程，将意味着什么。

到今天，我们仍然行进着，历史尚未到让我们停下来细细总结的时刻。然而，十八年来所展开的过程，却又不能不时时触发我们去思考、去品味那些不断出现的令人感到陌生、感到新异的一切。因此，关注"文学新时期"的话题，十多年来一直为人们所热衷。80年代初，我们很快就拥有一大批质量相当的探讨新时期文学新特征的研究成果，敏锐地反映了人们对中国文学历史新变的最早认识；80年代中，随着一系列新的文学事件和一些新的创作形态的出现，关于新时期开端的"时限"问题，一时引起人们的热烈争议；及至八九十年代之交，当文坛还沉湎于"以1985年为开端"的新时期文学所带来的新异的喜悦时，一种所谓"后新时期"之说又悄然兴起。各家之言如此活跃，恰恰说明置身于并行进于这个文学旅程的人们是多么想竭力认清这段行程的特点和意义。

一、关于文学的多元格局

从"五四"开始的将近大半个世纪的文学行程所形成的文学格局，基本上是从多元走向一元的文学格局，而从 70 年代末开始的新时期，到今天已比较明显地形成了从一元到多元的趋向。

所谓"元"，有"本源"之意。我们说文学的多元格局，亦即是指在一定哲学观念支配下对文学的本质、文学的功能的多种解释，并由此而形成多种文学主张和文学形态。新时期文学格局的多元趋向，固然与今天我国社会新的经济结构有关，与人类社会多元走向的现实影响也有关，但我认为最重要的还是与历史所形成的这个时期的哲学接受特点有关。我们都知道，西方哲学发展到黑格尔的客观唯心主义后，到 19 世纪中叶开始发生巨大的逆转，出现了两种走向：一方面经过费尔巴哈通向马克思主义，建立起辩证唯物主义的哲学体系；而另一方面则走到了现代主观唯心主义，其理论核心是用"自我"以对抗黑格尔的绝对观念，理论源头则是叔本华的与人的"情欲"相连接的自我的生存意志和克尔凯戈尔与"恐惧"相联系的"孤独个体"。这两大走向，也就构成了 19 世纪末至 20 世纪西方哲学思潮的基本脉络。当 19 世纪末中国封闭的封建帝国受到维新思潮的冲击，最终被民主共和所代替后，特别是当一个以开放姿态"接纳新潮"的思想文化运动在 20 世纪初掀起后，西方这两大思想潮流几乎同时涌进。但历史的情势使中国思想界更信仰马克思主义的辩证唯物论和历史唯物论，并在它的支配下逐步完善了一整套文学观念，而在现代主观唯心主义影响下出现的种种艺术派别，如唯美主义、表现主义、新感觉派等则逐渐失去存在的位置。到了现在的新时期，对"新潮"的接纳和引进，看来更多是前七十年所排拒、所冷落的西方另一哲学思想走向，即现代主观唯心主义，包括属于这一思想脉络而稍后出现的生命哲学、存在主义、弗洛伊德主义等。这种"接纳"的特点，似乎是对上一历史阶段的合理延伸，同时也具有一种"反拨"意义，即对上一历史阶段"唯物化"的极端发展而造成人的主观性、人的自我、人的生命动力的失落所作的反拨。

正是这种"延伸性"和"反拨性"的接纳特点，使这十多年的思想领域除辩证唯物论和历史唯物论的哲学观外，主观唯心主义的各种理论派别也得到了介绍和传播并在许多范围内产生了影响。新时期以来的文学领域，在关于文学的本质这个带本源性问题的认识，以及由此而生发的关于文学的特征、功能等问题的认识上，都出现了歧异之说。特别是 80 年代以来，各种主张都得到了较充分的表述，如关于文学的本质，除了认为"文学的本质是生活在作家头脑中反映"的"反映说"以外，还重提了"自我表现"说，主张文学的本质在于"表现他自己异于他人的个性棱角""表现自己一个赤条条的我"；与此相联系的还有"心灵源泉说"和"精神源泉说"，即认为文学是"个人直觉和心理再加工"的产物，认为"生活是不真实的""对于任何个体来说，真实存在的只能是他的精神"，也就是艺术的关键来自作家的精神。此外还有"双源泉说"，认为除生活是文学的源泉外，"文艺家的主观世界也是构成文艺源泉的因素之一"。关于文学的特征，除一贯流行的"形象说"外，最主要的又出现了"情感说"，即认为艺术的基本特征是情感。至于文艺功能问题，各种观念显得更为复杂，有坚持文艺的认识功能、教化功能，也有强调文学的娱乐、消遣功能，商品功能，还有的则更注重于文学的情感宣泄功能，等等。（《文学研究参考》）上述的种种文学观念和主张，尽管相互间带有对抗性或排拒性，但日前看来，都共存于今天的义学领域，而且各种观念都有其相对应的文学形态，并不断以文学产品来拓开自己的"市场"，体现自己存在的合理性。这种状况已经是一种无法改变的事实。

过去我们在考察文学以至整个学术文化发展时，似乎无形中形成一种偏见，概括说来就是"贵一而贱多"，不习惯于学术上的多源头、多主张、多形态。但在历史发展过程中，这种分殊共存，往往又是一种经常出现的现象。古代被尊为"显学"的儒、墨两家，在百家争鸣中也不断分化，出现"儒分为八""墨离为三"的现象；魏晋时期，佛学东渐，与儒、道鼎立为三，长期共存。学术文化的这种不断分异，既是在某种整一后的自然发展，同时又是在充分分异中酝酿着新的整合的必要条件。像宋代的理学就是佛教哲学和道家哲学思想渗透到儒家哲学以后出现的一个新儒家学派，它在哲学思想上支配了两宋三百多年。而在它自身发展中又同时存在着以程颢、朱熹为代表和以陆九渊为代表的两种学说；到明代中叶，则又出现了以王阳明为代表的对程朱学说的扬弃和新的整合。所以，我们若是从学术文化发展的规律来认识目前文学这种分殊共存格局，也就不必过于忧虑。文学的多元共存，实际上就是使文学获得一个从各方面充分体现自己本体特征的机会，从而为进行超越于前一历史阶段的新的整合创造必要的历史条件。文学多元化发展时期，正是中国文学真正走向现代化的一个必经阶段，一个无法回避的重要阶段。

　　既然分殊是新的整合的前提，那么多元共存就不可能是静止式的共存，共时存在本身就意味着必然有共时性的相互影响、相互制约、相互调整。我觉得这十多年来文坛的不断"骚动"，恰是这种"共存效应"引发的。"朦胧诗潮"出现五六年时间，就有"新生代"取代之；"寻根小说热"后，就有"新写实小说"登台，近来又有所谓"新体验小说"或又称"新纪实小说"上阵；1985 年，被称为真正的"现代派小说"出现后，接着就是"先锋小说"潮，接着又有"新历史小说"潮，等等。"潮"的不断更迭，令人目不暇接，也容易造成错觉，以为每"潮"一过，就是一个"时期"的结束，于是在各种"潮"的名称上才有那么多"新"或"后"的前缀的出现。但我们只要认真审视就会明白，这种更迭往往只是多元文学格局中的一种生存策略，每种文学派别为了在共存格局中占据并保存自己的位置，总需要不断以新的姿态呈示。其实，"新生代"诗人与"朦胧"诗人在把诗歌看作生命的存在形式这一基本主张上是一脉相承的，但他们却有意通过一种极端的态度在意识的平民化、语言的口语化、诗风的直白化等方面对朦胧诗的贵族化倾向和晦涩的诗风进行反驳与调整，从而在文坛上继续独树一帜，与传统派诗歌相持对峙。在小说的一些艺术派别中这种调整也时时在进行。小说家余华有一段话很能反映上述那种形态，他回顾几年前自己所发表的一篇带宣言式的理论文字后说："几年后的今天，我开始相信一个作家的不稳定性，比其他任何尖锐的理论更为重要，一成不变的作家只会快速奔向坟墓，我们面对的是一个捉摸不定与喜新厌旧的时代，事实让我们看到一个严格遵循自己理论写作的作家是多么可怕，而作家源源不断的生命力在于经常的朝三暮四。"（余华：《〈河边的错误〉跋》，长江文艺出版社 1992 年12 月版）余华自己 1991 年底发表的《在细雨中呼喊》，就反映他从几年前对精神世界那种"来自夜空与死亡的理论"的迷恋中，走出了重要的一步。所谓"朝三暮四"，就是面对多种艺术对手而保存和发展自己艺术生命力的一个重要对策。可以说，这也是多元竞争所激起的文学的勃勃生机，是以往大一统的、单一的文学格局所不可能有的现象。

　　文学的分殊过程，必然会酝酿着新的整合。从这些年的观察，我觉得不论是哪一种文学主张派别，它们自我调整的特点大多数都不是循"极向化"的方向倾斜，而是朝"对向化"的方向进行。用平白的话说，就是注意融"对手"之长，补一己之短，而不是朝一己之片面走一己之极端。这是一种进步的气氛。经过百川分流的一段充分的行程，中国文学是否会交汇成一个能容百川的新的主流呢？我想，作这样的期待不会是盲目的。多元的文学格局并不意味着永远对中心的排斥，现在许多人在推崇着法国哲学家雅克·德里达的解构哲学，这自然有可以理解之处。作为后现代主义的主要理论家之一，德里达对现代思想的中心性、同一性、整体性的摧毁，与我国文学界正在打破传统的中心主义和权威话语，建立和发展多元文学格局这一普遍的现实要求，是有相吻合之处的，尽管这是走在两个不同历史层面上的相同思路。德里达的见解在"拆散"的时代，在颠覆"中心"与"边缘"的关系时，是具有它的理论意义的，但它毕竟未能说明事物的普遍结构形式，因为当一种结构的中心被消灭时，平面上的每一个点，都有可能成为一个新的结构的中心，正如德里达自身的理论成了后现代主义的权威话语一样。

二、关于现实主义的命运

自 1985 年文坛出现了第一篇被称为"真正的中国现代派文学作品"之后，中国的现实主义文学似乎一下子受到冷落，70 年代末 80 年代初那种呼唤"现实主义回归"的充满自信的声音，渐渐微弱了。在中国文学的新时期中，现实主义是否再不值得呼唤了呢？

我想还是从一个由西方学者提出并获得中国学者普遍认同的说法谈起。美国学者弗·詹姆逊在谈到资本主义三个历史形态有三种艺术准则先后更迭时说：自由资本主义时期，艺术准则为现实主义；垄断资本主义时期，艺术准则为现代主义；当前多国化资本主义时期，艺术准则为后现代主义。（参见詹姆逊《后现代主义文化理论》中译本，山西人民出版社 1986 年版，第 125—130 页）这种说法当然有点过于绝对，文艺思潮的更迭与政治经济结构不能绝对地画上等号，但他的见解之所以被人们接受，是因为它的描述，基本符合近一两百年西方社会文化发展的历史轨迹。而这种历史恰恰表明：一种艺术思潮的兴起、发展到更迭，确实与一定的社会历史形态有着对应关系。形成这种对应关系，是由于每种艺术思潮的出现，都要受到一定时代的物质生产水平、自然科学水平和在此基础上形成的文化精神、哲学思维方式的影响和支配。西方现实主义文学发展的一百多年间，正是西方社会逐步摆脱农业文明向工业文明过渡的阶段，也正是人本主义唯物论、辩证法、实证主义等哲学思潮以及自然科学方面的实验科学广泛流行的阶段，这些因素对那个时代的作家透视生活的能力和把握生活的艺术方式的建立是有关键影响的。

20世纪中叶，当西方建成工业社会向后工业社会过渡时，我们才刚结束半封建半殖民地的命运，在真正意义上开始实现向工业社会的过渡。现实主义在中国的成熟，一直还是一种期待。远的暂且不说，自20世纪中叶以来，可以说文学领域一系列激烈的论争，其核心基本上都是围绕着如何在文学创作中真正体现现实主义精神的问题。40年代末胡风的《论现实主义的路》，50年代中秦兆阳的《现实主义——广阔的道路》，60年代初邵荃麟等一批著名作家、理论家所呼唤的"现实主义深化"，都集中反映了对中国现实主义文学走向成熟的焦灼与渴望。实际上，直到历史跨向新时期，中国文学现实主义的深化与发展，才获得了较为充分的条件。我们在走出农业文明、创建工业文明的跋涉中，那种曾充斥人文环境的小农经济的虚幻理想主义色彩开始逐渐褪去，一种科学求实的理性精神正在生活各个领域得到张扬，它正为现实主义走向成熟开凿了宽广的生活之河和精神之河。在这时候，如果我们冷落了甚至有意无意地忽略了对现实主义文学的关注和促进，那么，这将不是历史的错误，而是我们这代人的错误。

其实，就从实践过程来看，我们也可以明显感觉到这十多年间现实主义潮流的沉稳步伐，只不过它的发展特点与以往有所不同罢了。自经历了"伤痕""反思"创作阶段后，我觉得现实主义文学的发展有两点明显的变化。一个特点是风格的集一化迅速消融，风格的个性化日益显著。它既不同于三四十年代，更不同于五六十年代那样，创作的内容风格大多束缚在某个时期的政治关注点和审美兴味。而这十多年来的现实主义文学关注的目光往往散落在作家自己所最贴近、最喜爱或是感到最得心应手的生活层面上，像王蒙、蒋子龙、从维熙、高晓声对社会问题的敏锐，陆文夫、邓友梅对市井生活的体味，汪曾祺、何士光对乡土生活的沉吟，贾平凹、李锐对地域文化的热衷，张洁、谌容、张弦对传统道德伦理的拷问，还有李存葆、朱苏进对军旅战士心灵的透析，等等，难以尽书。他们是在不同的生活层面和不同的生活基点上向历史和现实的深度和广度进军，并在这过程中形成自己富有个性的、日臻成熟的艺术风格。

很难想象，离开了这个队阵，离开了这个看似分散但却不断以独特的创造来丰富现实主义文学的宏大的队阵，我们能对新时期的文学潮流下断语。

这十多年现实主义文学发展的另一个特点是，在潮流的演进上，它往往以标新姿态出现。比如，80年代中以"文化寻根"姿态出现的创作潮流，其理论与创作虽较驳杂，但在对现实和历史的思考上，它与反思文学是有着内在联系的，体现了文学对表现对象的一种深层把握的意图。虽然其创作文本不能全部囊括在现实主义文学中，但其中许多重要作品如《小鲍庄》《棋王》《桑树坪纪事》《厚土》等，都应该说是支撑80年代现实主义文学发展主脉的鼎力之作。80年代后期又有标新性的"新写实"小说的出现，实际上它也是现实主义潮流中的一个新流向。如果我们不是一厢情愿地拿一些后现代主义的艺术原则硬套在它头上，而是实实在在地从它所提供的最有代表性的文本来考察，就应该承认，不管作家是自觉或不自觉，它们艺术的创作原则，基本上沿用的还是现实主义方法：提供典型化手段再现生活的真实。谁能否认《烦恼人生》的主人公印家厚生活中所碰到的种种烦恼都那么集中地在一天之内出现，不是经过池莉的艺术之手所作的典型概括？谁能否认《单位》中的"单位"，不是经刘震云艺术之手所创造的"典型环境"？谁能否认七哥、小林、印家厚在人生窘境、人生烦恼面前的不同"活法"，不是作家所要体现的各具典型意义的性格？我们不否认这类小说在艺术运作中对现代主义有所吸取，但其基本方法并没有逃离现实主义。

由于风格集一化的消解和潮流的标新性这两个特点，很容易给人一种错觉，以为现实主义快要销声匿迹，有论者甚至声言：1985年后已经没有什么像样的现实主义作品了。这实在是一种过于大意的断语。事实上，这十多年间，现实主义的艺术潮流不但没有停止或止息，而且正以充满活力的探索，不断以新的姿态在显示它在我国今天的生活土壤中强大的生命潜能。

承认这一点，不等于漠视现代主义在今日文坛的活跃气势。"1985年"的意义我认为不单出现了一篇《你别无选择》，更重要的是出现了马原和残雪，他们是真正在中国本土中孕育出来的现代派作家。由于他们的率先出现，使现代主义文学潮流也开始在中国布成阵势。但实事求是地说，中国的现代主义文学，真正获得属于自己的哲学支点，还有待时日。况且，它的出现并不就意味着艺术潮流的截然转换，我想我们不会忘记这样的历史事实：被称作西方现代派远祖的法国象征派先驱波特莱尔，1857年出版了他的"惊世骇俗"的代表作《恶之花》，成为现代主义第一大流派——象征派的最早起点，而在此前后，被马克思誉为"出色的一派小说家"的狄更斯，正进入现实主义创作的高峰期。在 19 世纪中至 19 世纪末象征主义逐渐成为自觉的文学运动的过程中，西方文学的批判现实主义仍在继续推进，并陆续产生了哈代、莫泊桑、托尔斯泰、罗曼·罗兰等一批批判现实主义大师。

当然，同样明显的事实是，今天中国现实主义文学的发展，较之 19 世纪的西方，在整个历史文化背景上有极大不同。尽管今天中国仍处在向工业文明的过渡阶段，但由于 20 世纪自然科学许多新发现带来哲学意识和整个人文思潮的变化，使整个现实主义文学不可能像西方 19 世纪的现实主义文学那样，处在相对静穆、相对单一的文化气氛中发展，当时现代主义尚未成为它强劲的对手。而中国的现实主义文学走向成熟，则是行进在一个"双重夹道"上，一面是西方已充分发展并已成为"古典"的现代主义思潮，它在中国仍以"新潮"姿态给现实主义文学形成威逼力；另一面则是西方正在风行的后现代主义思潮，虽然目前它的理论散播多于创作成果，但它那一套艺术原则，诸如取消深度模式、消解典型、零散化、平面感等都是直接与现实主义的艺术原则相抗衡的，它对沉稳地发展着的中国现实主义文学在创作心理上也必然会造成震荡。

这确是一条艰难的双重夹道。但要看到，也许正是这条夹道，会把中国现实主义文学引向一片新天地，为它创造一个有别于上一世纪的现实主义文学高峰提供了新的机遇。事实上，这些年来，不少作家已经在这种双重压力下主动吸纳、主动熔融、积聚着自身的冲击力量。

一个持恒旷久的矛盾始终伴随着人类社会的现代化进程，这就是对以"擅理智"和"役自然"为标志的现代化追求与对平和安稳秩序及传统伦理道德的眷恋心态之间的激烈冲突。这种冲突，往往不完全体现在社会两种对立力量之间，而更多的是同时交织在现代人自身身上。这是当今人类遇到的一种最普遍、最深刻的矛盾，它必然会把今天的现实主义文学推向一个从未有过的深刻层次，并产生出新的经典性作品。

三、关于文学价值基准的确立

刚迈进新时期，我们许多人曾发出过这样的慨叹：十年浩劫，使我们面对的是一片精神废墟，一切价值观念均已坍塌，似乎是"白茫茫一片大地真干净"，一切都有待于另建"家园"。现在冷静想来这种慨叹是过于感情化了，只能作为声讨"四人帮"精神戕害的激愤之辞，而不能作为科学理性的表述。因为当代人今天所站立的不可能是个"精神废墟"。

从近代社会以来，价值观的问题已成为哲学的核心。在探寻人类与其外在世界之间的各种可能关系或应该关系，对这些关系做出价值判断中，已经建立起不同的价值体系。马克思主义把对历史的进步作用作为价值标尺，追求价值成为人类社会进步的原动力；人本主义在"重估一切价值"的纲领下追求的则是个人的价值，尼采的"超人"、海德格尔的"此在"、萨特的"自由"都是将个人的价值看得高于一切；而经历了实证主义、新实证主义和后实证主义三个阶段的科学主义，则把逻辑化了的个人经验作为一种价值，一种个体价值。这是人类近代社会以来人文精神建构中几个重要的价值体系，是人类生存活动的几个重要的精神支柱。"四人帮"的肆虐，破坏的不仅是马克思主义，而且践踏了人类社会的整个人文精神。但是，人类社会千百年来的精神构建，只会随着历史的前进而不断丰富、发展和完善，却是不会轰然倒塌的。

价值是衡量一切人类行为特别是社会行为的最高依据。与人类精神直接联系的文学，没有了价值基石，就等于是失去了血脉的生命躯壳。但在新的历史情况下选择和确立新的价值标准时，我们是不可能，也不应该离开人类已有的人文精神积累的。现在哲学界一些学者，正在探讨在原有的价值体系的基础上，建立一种新的、体现人类社会新进步的价值观的可能性，而文学界呢？

从十多年来文学界的情况看，作家们在这一重大问题上很早就表现出敏感。现在回想起来，新时期爆发的第一次文学创作论争，即围绕小说《班主任》的论争，主要也就是涉及价值观念问题。在刘心武笔下，谢惠敏的"听话""驯服"与盲目的"唯上是从"，已经不再获得"好孩子"的赞誉，而是引起了作家身上的忧虑，对一代人身上失去作为"人"的独立思考能力和创造生机的忧虑，这是向当时流行的价值观念的挑战。无怪乎对人们的心灵有如此巨大的撞击力，哪怕只是一篇小小的作品。何士光的《乡场上》也是一个简单的故事：长期因贫困只能低头过日子的老实庄稼汉冯幺爸，终于出人意料地敢在执掌卖肉刀恃势凌人的肉店老板娘面前，第一次挺直了腰杆。小说引起强烈的反响，是因为作家开始把人的尊严的觉醒与人的经济实力的变化联系起来，处理了那极富社会意义的戏剧性细节，显示了与惯常那种抽象地写阶级觉醒、政治觉醒的不同价值眼光。舒婷的《神女峰》，对那种"为眺望远天杳鹤，而错过无数次春江月明"，在悬崖上枯守千年的行为的否定，可以说是最充分、最震动人心的一次道德反叛，使这篇诗作在古往今来的"神女峰诗"中显得卓尔不群。

新时期社会生活本身的变化，直接支配着作家价值取向的调整。当年蒋子龙笔下人物基调的变化，就是一个有趣的例子。最初，他怀着对集权意志和"铁腕"作风的推崇，把厂长乔光朴显赫地推上舞台，确曾引起读者的惊异与喝彩。可当他再写乔光朴的续篇时，人们反而更喜爱他笔下刚出现的解静的形象。这是一个有主见、有原则却又比乔光朴更能理解人、体察人的青年工作者，一个不把生活认作非白即黑，而是承认生活中"赤橙黄绿青蓝紫"多色泽的开明领导人；稍后，蒋子龙的目光又转向一个更平凡的小人物，就是那个过去在生活中被看作"刺头儿"，但在"锅瓢碗盏"的商业海洋中显示出灵活、机敏的管理才能的牛宏。从乔光朴——解静——牛宏的相继出现，可以看到进入新时期后一个作家在人的价值取向上的敏捷调整。

过去了十多年，今天我们可以更清楚地看到，价值观念的调整不是件轻巧的事。价值观的审度，总是与历史发展的必然性、与现实条件下人的存在方式、活动方式联系在一起的。价值标尺把握的困难正在于：它需要人们对历史的趋向有确切的预见，对现存方式的合理意义有确切的理解。这些，在历史的暴力转换期倒比较容易选择，动力与反动力一般可以判断分明。而在和平转型期，价值判断则复杂得多，因为新与旧往往都可以在"转型"中获得同样合理的存在理由。所以当社会改革的帷幕全面拉开后，作家们的价值取向似乎突然遇到了难题。与刚进入新时期时不同，这时，陆续出现的是许多表现在生活面前两难选择的作品。像路遥对高家林选择人生道路时陷于城乡之间的漩涡中无法自拔的处境充满着理解与同情（《人生》）；像王润滋对老木匠重义轻利和小木匠重利轻义两者行为判断时情感天平的权衡不定（《鲁班的子孙》）。当然，这类作品由于作家正视并真实地表现了生活的二重性，确实增强了作品的艺术韵味，正如美国批评家路易斯所说的："现代文学的最高峰往往采取最终的两重形式，这是诚实的天才对世界所作的最好描绘——即二元论没有得到解决而产生的诗境。"（R.W.B路易斯：《〈熊〉：超越美国》，《福克纳评论集》，中国社会科学出版社1980年版，第207页）但从另一方面来说，这种价值权衡的不定把握，也反映了作家们在新的现实环境中面对种种"二律背反"现象时的犹豫和困惑。

也曾有论者提出：处在转型期的当代人，要从历史评价与道德评价的"二律背反"中走出来，应该在更高的历史制高点上来审视这种"二律背反"现象，而不是停留在这种困扰中徘徊、感叹，甚至哭泣着历史的进步和道德的失却。但真正走出这种困惑并非易事。文学不完全同于理性抽象，除了知性因素外它始终受情感因素所浸润与缠绕，我们在《小鲍庄》中就体会到作家在面对生活具象时情感处理之不易。王安忆写了在小鲍庄所遇到的一场大水中，小捞渣这个六七岁的孩子救起了五保户老人鲍五爷，自己却被洪水卷走了，可刚被救起的鲍五爷仅存活了片刻也咽了气。每次读到这篇小说，我都感到作家透过纸背所发出的一个灼人的逼问：以一个生命充沛的少年，去换取一个行将就木的生命短暂的存在，值得吗？这种行为，在仁义道德上确实得到了完善，但在小鲍庄人生命流程中却是一种折损。然而，倘若王安忆对此作出决然否定的判断，起码，在今天读者的情感接受上也许会遭到拒绝，即使理智上可以承认它是合理的逼问。也许正是考虑到人们情感上的承受力，王安忆在作品中是用相当含蓄、相当巧妙的反讽态度来透露这种属于现代人高理智的发问的。

在价值观的问题上，我觉得当前更值得重视的还是另一种情况，这就是一个作家如何真正地从人类历史发展中，从今天国家和民族所处的时代高度中，对人类的存在和发展的终极意义作出深刻的思考，为人类精神的未来走向作出合乎规律、合乎情理的设想。尽管现在有人还欣赏着文学"不存在终极意义"的说法，欣赏着创作精神向度的消解，向往着"叙事的狂欢"和"技术的自娱"，但真正能够逃离精神向度的叙事文本，我看是很难寻觅的。

现在我们看到不少标新型的作品，被称为显示了独立意识。其实如果我们耐心做一下这样的工作：把潜化在这些艺术作品中的价值倾向抽象出来加以归类，大体就会有个路数。一些作品所持的价值准则，基本上被人本主义价值体系所支配，如强调生命原始动力的生命哲学，如摒弃了崇高感、强化人的生命欲求的现代人道主义，如视世界为荒诞存在、视人的本质的自由选择，等等。诚然，人本主义价值体系在人类思想发展中是一个重要的精神成果，但今天如果我们据此而摒弃或有意无意地忽略了历史的价值标尺，那恐怕不能说是"新进"而是文学思想根基的"虚脱"。鲁迅在20世纪成为思想巨人和文学巨人，恰恰是因为他在对中国历史的独特理解和感悟中，在人类精神积累的基础上，创立了属于自己的价值眼光。比如，看待妇女解放，鲁迅笔下的子君就不是易卜生的娜拉命运的重复。从子君勇敢地出走又垂着翅膀归来这一震动人心的描写中，显示了鲁迅审度妇女解放的深邃眼光：个性解放不与社会解放结合，必然是孤单的、脆弱的、最终必然要夭折的。在鲁迅那里，人本主义的价值观辩证地被统摄在马克思主义的社会历史观中，使子君的形象较之娜拉有着更深刻、更特殊的人文意义。

特别是今天，我们的作家所面对的不仅是杯水清波，更是纷纭复杂、诡谲多变的历史风云，如何确立准确的价值示标，是件严肃的事。1993年，《白鹿原》问世后，曾引起人们高度的振奋，因为这确实是一部多年来少有的厚重作品。但我看来，在对它的总体评价上仍有人持某种保留态度，原因恐怕就在它所体现的价值观念上。

有不少论者把"白鹿原这下变成'鏊子'啦"这句话，当作《白鹿原》的"一个形象而隽永的象征"。所谓"鏊子"说，就是指小说把贯穿于白鹿原半个多世纪历史的种种社会争斗，比作成"鏊子"，百姓就像鏊子上的"煎饼"那样，翻来覆去地受着煎熬。有人认为，这种表现正体现了"作者主体的眼光"和"独特的发现"。然而，这就是一种科学的历史观吗？社会的政治纷争、革命、战争，无疑会使广大百姓受尽熬煎，但它是否也带来了历史的新变和进步？读《白鹿原》还使我联想起了《古船》，80年代张炜通过笔下的赵炳形象，对浸润于这个专制、冷酷、虚伪的人物精神世界里的儒学之道进行了决绝性的无情揭露和犀利抨击，而到了90年代的陈忠实笔下，却出现了一位被塑造成至善至圣的、宽怀济世的关中大儒朱先生，倾注了作者由衷的景仰之情。这是否属于一种"精神回旋"现象？看来，我们的作家要登上时代的制高点、获取新的价值标尺，还需要走过一条长长的精神通道。

我们所面对的文学新时期，除了它的文学格局、艺术思潮、价值观念这些问题外，还有许许多多新异的现象值得我们去思考。确实，文学历史发展的每个阶段都有它所要完成的特殊使命，这种使命无非是相互联系的两个方面：破坏与重建。当这种使命一旦完成，自然又酝酿着新的使命的开始，绵延不断的文学发展之路就是这么延伸下来的。我们自然不应否定人的主体作用在呼唤和促进文学历史前进方面所产生的重大影响，但这种呼唤和影响只有和文学自身发展的诸多外在因素取得内在的吻合，才能变成现实。

我们并不反对"拿来"和"引进"。80年代以来对西方现代主义创作和理论的介绍，90年代以来对后现代主义的竭力传播，使我国文学获得了多角度、多层次的参照，对形成中国文学的新特点有不可估量的作用。但也不能不看到，倘若仅从某种外来理论出发再在本土环境中寻找对应物，而忽略对现实条件和创作形态的全面考察，就急匆匆宣布某个阶段的结束、某个阶段的开始，是不妥的。贝尔在他的《后工业社会的来临》一书中说："后"的前缀，表示一个旧时代的结束和新阶段、新类型社会的开始。现在，当我们在"新时期"前面冠之以"后"，是不是应该更审慎一些呢？西方一些论者也承认文学的结构与社会经济结构、文学的叙事意识与社会的集体意识"具有严格的同构性"，那么，拿在已经充分物化的社会所形成的后现代主义文学特征来框囿、来左右目前刚刚解决温饱、进一步企求在物质和精神上获得全面发展的社会形态下产生的中国文学，恐怕就是人为的"错位"了。

当然，由于今天的世界正在形成一种新的国际环境、中国现代化行程肯定要比昔日的西方迅速，中国文学的现代化也必然有新的运转速度。既然中国文学有自己的行程特点，那是否就一定要遵循着现实主义——现代主义——后现代主义的发展模式？拉美文学"新大陆"可以接连标树起自己新的艺术旗帜，我想，中国文学也不会亦步亦趋的。

原载于《文学评论》1994年第6期

价值重建：面对当下中国文学思考

当我们研究价值重建与 21 世纪文学的发展时，我觉得有几个问题值得我们认真思考。

首先，价值重建与价值重估是联系在一起的，没必要在理论上把它们机械地分割成：前一阶段是重估，这一阶段是重建。从新时期的文学来看，价值重估本身就包含有价值重建的意义，被人们认作新时期文学开篇之作的《班主任》，在谢惠敏身上，我们不是既看到对过去那种"好学生"观念的轰毁，也从中意识到在新一代身上重建那种独立创造精神的重要吗？

确实，近二十年来，我国文学创作界关于价值问题的思考和探索，与整个思想文化界认识的进展大体上是同步的。当 80 年代初哲学界确立起价值基准的一元性与多元性统一的观念时，文学界也在创作实践中出现了一种打破线性思维的单一判断、体现生活中"二律背反"现象的作品，以对价值权衡不定把握的艺术处理，使作品呈现出过去作品所未有的令人沉吟不已的特殊魅力，像《人生》《鲁班的子孙》《老井》等小说，就是突出的例子。80 年代中至90 年代初，当人们对价值问题的理论思考，从使用价值进到了哲学价值的层次，文学创作领域中也逐步明显地出现了在对历史或现实的具体表现中追求精神性思考的努力，80年代中的一批被称作先锋小说的作品，其实在追求形式超越的同时，也包含着许多形而上的探求，至于90年代像《废都》《白鹿原》等小说，则更是以对现实中人的生存状态或历史进程的复杂现象的重新思考，而引发人们对一些现存价值观念的质疑。及至90年代末，文学创作领域中所表现出的对历史必然与历史选择的思考，这本身就充满着哲学的深沉意味。至于哲学界、思想界关于个人价值与群体价值关系、自我价值与社会价值关系的认真研究，似乎也在对文学创作中某些把自我价值和个人欲望作出极端性表现的创作现象，作出理论的回应。

其次，当我们在思考价值重建的问题时，有两方面的因素是不应忽略的，一是人类社会发展过程中所积聚的关于价值观的思想资源；一是一定时代价值选择的主动依据。人类社会的发展，特别是进入近现代社会以后，价值观的问题从体系上来说，最主要的无非是两大体系，即：以重人的生命自然状态、人的本真欲望为基础的价值体系和以重社会规范、社会伦理秩序为基础的价值体系。中国自古以来的道家价值观和儒家价值观即是代表；西方社会自文艺复兴掀起的人文主义思潮以及自17世纪掀起的理性主义思潮，基本上也分别受到这两大价值体系的支配。这两种价值体系既是对峙的，又是互动的，在过去一定的历史过程中所谓价值的转换，基本上也就是这两种价值观的相互转换，东西方社会的历史都可以说明这一点。今天我们来考虑价值重建问题时，有必要正视这样的历史事实。

至于一定时代的价值重新选择，则是充满历史体验性的，它往往是对历史过程中一种精神缺失的感悟和寻找。中国近百年的历史过程是再好说明不过了，"五四"新文化运动的狂飙，摧毁了沿袭几千年的社会秩序和规范，将人的解放、人的尊严、人的价值作为社会思想的准则；但随着社会革命运动的推进，群体力量的集结又成了历史的必然，社会价值观念的转换也成了必然，一种重民族利益、阶级利益、集体利益的价值观成了社会主流的价值观，而它也确实为当时民族的解放、劳苦大众的解放起到了呼唤民众、凝聚民心的作用。而当群体价值观、社会价值观逐渐强化，最终以至高无上的凌厉，超过以至取代了个人价值、自我价值的存在，给人的正常自由发展造成严重桎梏的时候，价值问题的重估与重建的呼唤，也就理所当然地出现在世纪末的近二十年中。今天我们在社会生活中、在文学创作中都会明显感觉到，一股以人为本的价值观正以强大的气势颠覆着、取代着那种普遍流行的价值准则：只顾抽象的阶级、集体利益，忽视人的个体利益准则。这种体现着社会新的渴求的价值选择，其背后其实就有着最切近的深刻的历史体验作支撑，这是很显然的道理。也正是从这一角度来说，今天我们所说的价值重建，实际上就蕴含着对重视人的价值观的重建。

当然，这种重建绝不应是简单的重复，也不只是单一的选择，正因为重建是建立在历史体验的基础上，而体验本身就带有弥补性的企求，更带有超越性的企求，它将意味着在人类社会的两大主要价值体系基础上的一种重新构建。于是，就有一个十分现实的问题摆在我们面前：当我们希望在价值重建的维度上呼唤文学的新质时，是否应该认真地检视一下我们文学创作自身的重建力或建构力呢？这是值得我们认真思考的又一个问题。

文学是充分个人性的创造，作家的精神性思考本身，实际上就包含了一种价值取舍或价值盼求。为了更具体地面对当下的现状，我们不妨从一个特殊的代际上考察一下这些作家在价值理想的构建上所处的状态。这个被称作特殊的代际，是指那些生命连接着历史发生转折的前后两个时代、在新时期创作力强劲的一代作家。他们经历了理想的倒塌，旧有价值的轰毁，而又面对今天价值炫惑的现实，那么，从他们创作中所体现出来的价值态度又是怎样的呢？我觉得大体上有这么几种状态：一种态度是着力于对原有价值的彻底颠覆和消解，像《故乡天下黄花》《丰乳肥臀》等，基本上是有意针对原有的价值判断，如对战争的正义与非正义，阶级利益与个人利益的是与非等进行颠覆，它的目的似乎更多在于获得某种精神"狂放"的乐趣，而不在于要承担什么价值重建的责任；而另一种与之相反的态度，则是要在某些已经或即将失落的传统的精神价值上显示自己偏执的固守，像《土门》《高老庄》等。这种态度或许更多的是表明对现代社会重物质轻精神、重欲望轻情感等价值失衡现象的愤懑与无奈，而并不准备考虑其所偏守的价值理想与现代人真正的精神渴求到底距离有多远。实际上这种偏守看似与前一种态度有所不同，但它们的颠覆力与固守力远远超出其价值的重建力，这一点上则是共同的。

当然，还有许多作家并不趋同于这样两种极端性的价值取向，但不能不承认，有些作家的创作所显示的价值立场经常在"位移"，这种状况我们从《古船》到《九月寓言》对土地的观念变化中不难看到。作者在前一部作品强烈地表现出建立在农村土地私有观念上的宗法专权所造成的人间的无尽苦难，由土地滋生的封闭、愚昧如何窒息了洼狸镇的生机；而到了后一部作品，作者的价值天平则发生明显的移动，土地因作者另一价值理想的融入而变成孕育鲜活生命的依托，历史苦难在"野地"上演化为一种历史的戏谑。这种价值判断的不确定性，从《纪实与虚构》到《长恨歌》中也有类似的反映。在前一部作品中，作者以主人公孤独、平淡的现实生活线为基点，展开了大胆的历史想象，表现出对远古的祖先部族那种金戈铁马的"辉煌的争雄的世纪"的向往；而在后一部作品中，作者则又在那个一生寄寓于都市的女性身上倾注了富有艺术光华的笔墨，对她那种嗑瓜子、喝下午茶、与男人聊天的循环不已的平庸琐细的生活流露出某种玩味，甚至作为"都市精神"的认可。价值天平的不断摆动，固然可以使作品在不同时段适应不同价值观读者的需要，但这是否又说明作家在他的精神创造中还没有或并不准备去构建起自己的某种价值理想？

此外，还要看到不少的作品，其所体现的价值思考，基本上是在同一精神平面上滑行，也就是说，它们对生活的感悟，对生活的评判准则，基本上是已有的认识平面上的东西，如关于人的异化，关于落后部族制度的必被瓦解，关于市场流通带来历史的生机，以及关于战争的野蛮失去人心，等等。另外，还有关于人性、生命、死亡、爱情、欲望等的书写，所体现的价值思考中很难发出对一定历史文化平面的穿透之光。这些作品或许会在艺术方式、叙述智慧等方面给人以阅读的愉悦，但却难以在精神上带给人们震撼和新的启悟，这恐怕正是这些年来文学失去所谓"轰动效应"的最深层的原因。

价值重建的问题，既是理论问题，更是一个实践性极强的问题，作为对某种价值的选择，要受历史体验的影响，而构建起新的价值理想，则又需要许多具体因素的具备，对文学来说，也就关涉到作家对生活的感悟能力，作家的历史远见，作家自身的人格构成等，而这一切，都是需要在一定的历史过程中实现的。

原载于《文学评论》2001 年第 4 期

人大复印资料《文学理论研究》2001 年第 10 期转载

创作主体的精神性转换

——考察中国新时期文学的一种思路

1978，无疑已在中国的当代史上留下深远的意义。那场令人难忘的思想解放运动，终于把我们民族带进了一个新的历史门槛，中国文学自然也获得了新的起步的可能性。经历了二十年岁月后的今天，我们又会更深地懂得，真正赋予这场运动以实际意义的，还是艰难的二十年的历史实践，实践的过程才是意义显露的过程。

文学在跨进了新的历史门槛以后，并不意味着自然就有一个理想的精神空间，精神空间的开拓，关键还在于人的精神性转换，我想，这也正是发展哲学的主题从发展客体论演化为发展主体论的因由。确实，在我们认识当今社会的现代化发展时，不能只注意到物的现代化，更要重视人的现代化，从人是社会力量的主体的角度来说，人的现代化比物的现代化，更具重要意义。人的现代化是指人的心理、思想、态度和行为方式上向现代的转变，而这当中，精神性的转变则是最关键的因素。

中国文学近二十年的演化过程，可以说也正是创作主体精神性转换的过程。这个转换过程带来了文学新的精神内涵和新的艺术风貌，为文学的发展开拓了一个前所未有的、开阔的、充满历史动感的精神空间。

被认为新时期文学开端的标志性作品的《班主任》，其首要的意义是它最早体现了作家作为创作主体的精神觉醒。在舆论界对"四人帮"篡党夺权的一片声讨声中，作家用小说作出自己的独立思考：劫难造成民族危机的最可怕所在，是人的独立性的丧失，是民族创造活力的弱化。这清醒的理智判断使小说在当时的情感性激愤中闪耀着特有的理性光芒，唤起无数读者精神的震颤。

当然，这种精神性转换并非对所有作家来说都如此轻松和自觉，特别是经历过新中国成立后十多年岁月的一批作家，他们有着更稳固的精神潜在性，如李準从创作《大河奔流》到创作《黄河东流去》就是一种最典型的精神转换现象。70年代末，身心刚获得自由的李準，怀着巨大的创作激情和艺术雄心，将抗战时期国民党在日寇逼近下节节败退，采取黄河破堤、以水御敌的手段，从而造成上千万民众流离失所的历史事件搬上银幕，可是，却因陈旧的艺术思路使创作阵营强大的影片遭到观众无情的冷落。这一遭遇，才唤起作家精神的苏醒，正如李準自己所说的：真是"十年一觉扬州梦！"于是他又以同样题材创作了长篇小说《黄河东流去》，自觉地挣脱旧有的精神枷锁，使自己成为真正的创作主体，其艺术爆发力终使小说显露出特有的动人光彩。

尽管今天有不少学界仁人认为，1985年才算一个文学时期的开始，但我仍然不愿忽略1985年前的文学所体现的新的精神素质，没有那段时间的精神跋涉，也就不可能有后来的创作大跨越。那个时期最活跃的"知青文学"，其创作主体精神特征的变化，就很值得回味。刚开始，当《小河那边》《生活的路》这些作品出现时，它所反映的更多是知青一代上山下乡经历的惨痛和对那段可怕生活的彻底诅咒；接着在《蹉跎岁月》《我们这一代年轻人》等作品中，面对同样的生活作判断时，它所表现的失中有得、苦中有甜的新态度，使我们看到了作家精神的新进展；到了《本次列车终点》更引出了对一代人如何寻找生活位置和人生真谛的思考，于是有了《今夜有暴风雪》《我的遥远的清平湾》的精神回应，体现了在广阔天地中吸取精神养分和实现人生价值的可能性。尽管接着出现的一大批被称作"回归性"的作品也渗透了年轻人在回城后面对新的现实而产生的内心惶惑，故而重新以乡村田园来构造自己梦幻世界的精神弱点，但它毕竟较之最早的激愤和偏执上升了一个精神层面。这种螺旋上升的精神轨迹，当时已有许多文学研究者作过精彩的论述。及至张承志《绿夜》的发表，我们又看到作家对人生价值更深一层的思索，它把那种逃离现实的梦幻拉回到自我生存的大地，提出了要在面对现实的切实奋斗中来实现自我价值的激动人心的命题。这是一个接续性的精神跋涉过程，这个过程，突出了创作主体的两个显著的精神特征：其一，他们对生活的思考，更重视作为创作主体的亲历性，重视在自我的生命体验、人生体验中来获取精神深度，哪怕要经历幼稚和片面，却不愿轻巧地借助既成的或既定的精神结论来充填自己的创作。其二，它显示了知青作家虽是一个"群体"，但作为创作主体却是个人化的，尽管他们面对的是相同的生活现象，经历的是相同的人生境遇，但他们对生活和命运的思考和发问，却表现出充分的个人化特点，因而有着不可重复性。正是这种精神特征的出现，才真正给中国文学注进了新的素质，获得了精神内涵的丰富性和独特性，才使当时文学领域有如此繁茂的景象，并开始造就出一批在文学发展中占有不可替代位置的、富有个性精神的作家。

当然，在艺术个性选择上这种主体精神的转换，较之前者的显现来得较晚。但当这种个性精神被允许释放时，文学创作领域就立即变得更加生命化和活跃的无序化了。我想这也是不少研究者那么重视 1985 年的标志性的原因。

我觉得这个时段的开始，不仅是现代主义五花八门艺术潮流的涌入为作家们的自由选择打开了一个巨大的精神空间，同时也诱发着或者检验着作家的精神独立意识。当许多人不自觉地被这股炫目的艺术浪潮所裹挟，并为自己的趋同仿效而自诩时髦时，有些作家却能在这些艺术漩涡中自觉坚持着作为创作主体的艺术独立精神。比如残雪，这个被认为热衷于表现非理性情绪、沉迷于"夜晚真快乐"梦境的作家，却能建立起属于自己的艺术原则：她承认自己在创作时既受西方非理性思潮的启发，"全没有事先理智的构思，单凭一股蛮劲奋力奔突"，但又明确肯定自己的气质中"有极强的理智成分，我正是用这个理智将自身控制在那种非理性的状态中，自由驰骋，才达到那种高度抽象的意境"。（残雪：《我是怎样搞起创作来的》，载《文学自由谈》1988 年第 2 期）当文坛一度充盈着西方非理性的"艺术即梦"的趋仿性回声时，残雪却发出属于自己的回声，这使她真正成为"中国的残雪"，而不是"中国的伍尔芙"。又如马原，他那"组装式"的叙事文本出来时，那种强化生活的非因果性、非逻辑性的艺术表现，很容易使人一下子觉得那是西方结构主义文本的仿制，但仔细研读，就会觉得马原对生活的"逻辑"与"不逻辑"的把握，是源于自己的哲学见解，因而有着自己的艺术处理方式。新的科学意识与西藏高原神秘生活氛围的交融，使马原的创作标起了独立的旗帜。

这一切，今天回想起来已是那么的"陈旧"和遥远，但作为创作主体的精神性转换却是一个重要的折光点。作家主体意识的自觉，与一个时期文学的丰富性、文学的深度、文学的独特风格的创造，都有直接的关系。七八十年代之交文学局面的开拓，可以说正是作家精神性转换的实践性成果。

应该意识到，作家作为创作主体在创作中个体独立意识的凸现，还只是精神转换的第一层面。而追求精神内质的变化，则是更深层、更复杂的过程。精神内质的新旧因素，常常是在一种共存的空间中逐渐发生更替的，这也是新时期文学在经历了七八十年代之交直至 80 年代中后期，在保持着创作精神新锐性的同时，又常会在文学作品的精神质地上带上某些斑痕与缺损的原因。

历史行程中的现代化步伐，自然会给创作主体的精神构建投射进特定的内涵，正因此，从 80 年代中后期起，文学界、思想界、哲学界都不约而同地开展了对现代性问题的探讨，这是现代化进程内化到精神领域的必然。文学的现代性自然与创作主体的精神是否真正建立起现代性意识有直接的关系，为了对创作主体的精神透视，这里我们不能不涉及一下现代性意识的问题。就个人的认识，我认为现代性意识，是人类社会发展到一定阶段，在一种新的自然科学水平和新的物质生产水平基础上形成的一种新的精神特征，它应包括清醒的理智化精神立场，非绝对化、非线性的思维动势，重直观感觉、重生命体验的认知态度，以及非对应性、不确定性的表达方式等基本要素。既然是一种精神特征，那么在文学创作中，就不会简单地等同于某一种创作方法，19 世纪末至 20 世纪中出现的现代主义，固然与现代性这些精神特征有联系，但这些精神要素也同样可以渗透到现实主义的创作中。而且还必须看到，由于社会文化背景的差异，这种精神特征在具体呈现时也必然会带上不同的内涵。从把握现代性的精神要素入手来探讨文学的现代性问题，我们就会获得一种开阔的眼光来透视种种文学现象，也自然会更科学地把握创作主体精神内质变化的尺度。

中国作家对现代性精神要素的获取，自然不是从近二十年始。自 20 世纪与 19 世纪之交起，几代作家受本国历史进程的驱动和西方现代思潮的诱发，就萌发了对现代意识的追求，使中国文学开始获得了现代素质，逐步建立起文学的现代品格。鲁迅精神之所以在整个世纪闪耀不灭，就是因为它蕴含着鲜明的现代精神要素。当然我们也要看到，在将近一个世纪的行程中，现代性精神的生长并不是简单地拔节而起的。由于文化语境的变化，社会精神空间条件的变化，作家作为创作主体的现代性的精神立场时会发生回转或受到限制，传统

23

的思维惯性也会在自觉不自觉中顺势滑行，这正是50—60年代文学留下那么多历史遗憾的关键所在。

新时期以后，中国现代化进程的迅猛和世界性视野的开阔，促使作家精神的内质有了明显的变化。熟悉新时期文学创作的人都会知道，在经历了七八十年代之交文学的种种变动后，从80年代中开始，文学创作大体上在两个层面展开，一是文化批判锋芒得到了充分的展露，一是人性发掘进入对人自身的审视。这两个创作层面透示了创作主体对现代理性立场的追求，它既是"五四"文学精神的续接，又是它必然的历史延伸。创作中，文化批判的指向性带有更鲜明的现代色彩，它抨击的已经主要不是封建堡垒及其代表，而是那些在现代权力或"革命"外衣掩盖下的腐朽观念和封建恶行。至于对传统文化的积淀而形成的历史惰力的揭露，不少作品所达到的深刻力度，更令人震慑。在对人性的展示方面，许多作家也超越了古典人道主义的伦理层次，清醒地揭示了人自身的人性弱点，进入人认识自我的深度。作家面对历史与现实、面对人和自我时精神上的跨越性变化，使这个时期的文学有着鲜明的现代意蕴，这是无疑的。

但是，这种跨越在一些作家身上毕竟还不可能完全褪去旧有的精神痕迹，从某些创作现象中我们可以看到这种精神内质的转换确实行之不易。

一个最突出的现象是创作主体在价值权衡上理智精神的不彻底性。80年代中期出版的《古船》可以说是个典型的表现。在作者笔下，赵炳、赵多多这两个人物体现了农村封建宗法势力在现代社会的两极恶性发展，一个成为皇权化、腐朽化的代表，一个则是愚氓化、凶残化的代表。他们的被塑造，充分显示了作家张炜对封建主义及儒家文化的无情否定和对农业文明的彻底绝望，这自然是一种强烈的现代理性精神。但小说又让我们看到了作家精神的另一方面，这就是在对隋氏家族描写中所存在的矛盾态度。一方面，他写了隋家几代人所创立的工商业曾给封闭、固守的洼狸镇历史带来的兴旺与生机；而另一方面，却又责难这个"家族"的"私欲"给"镇上人"带来的"罪恶"。小说中不厌其烦地写这个家族的长子抱朴为自己"家族"的作为而反复"忏悔"，更让那个不愿压抑"贪欲"的二儿子隋见素患上"绝症"而亡。"见素抱朴，少私寡欲"，作者以《老子》里的这句警语给隋家兄弟命名，自然体现了他的情感倾向。于是，作家一方面是对代表农村封建落后势力的理性抨击，一方面又让代表洼狸镇历史新兴力量的"家族"作感情的忏悔。这种精神矛盾就像一道迷雾奇异地被缠绕在一部作品中，它在一定程度上反映了这段时间作家在对现代理性精神追求上的勇气与保留。

至于思维的机械性与绝对性，看来在作家精神领域中更具有潜伏力。这除了反映在一些有关创作理论主张的绝对化表述上外，在创作实践上的表现更为普遍。这些年来，文学创作上我们常看到不少"反着写"现象：以往把封建帝王写得凶残而无能，而今则要把他写成仁爱开明、雄才大略；过去给革命者头上戴上光环，而今则非要给他抹上匪气和霸气；过去写地主常当汉奸，而现在却偏写地主勇救八路军，苦大仇深的农民则暗借日寇势力为己报仇；以前写"知青"在农村经受磨难，可现在则又把"知青"在农村的所作所为描写得一塌糊涂……这种种"反着写"的作为，常被认为是创作的"突破"与"创新"，但究其实，却是创作主体重又陷入古典式的极端化思维的表现，与现代人的非绝对化的思维方式相去甚远。

思维的偏执还休现在文学创作对"恶"的表现上。现在似乎已经形成一种流行的"共识"：文学作品表现"恶"、表现冷漠感、孤独感就等于具有现代意识，于是，有些作家也就把它作为创作的重要的，甚至是唯一的追求，这实际上又不自觉地回复到一种单面性思维中。无疑，当19世纪中叶，波德莱尔以一部《恶之花》的问世而给当时沉湎于光明、善良的文学世界以惊醒时，它确实显示了现代理性精神在文学中的觉醒，正如黑格尔所指出的那样："人们以为，当他们说人的本性是善的时候，他们就说出了一种很伟大的思想，但是他们忘记了，当人们说人的本性是恶的这句话时，是说出了一种更伟大得多的思想。"（转引自：《马克思恩格斯选集》第4卷，第233页）这样，人们也就习惯了把这种发现和表现称为"最高意义"的现代精神。然而，到了一百年后的今天，作为随历史前进的现代人，是否有必要作进一步的思考：恶，仍然是我们精神发现的终点吗？当人类认识自身，既发现了人的本性具有善的一面，又具有恶的一面以后，人类对自我的认识是否再无所作为？这是今天的文学在把握现实、探究人性时应该面对的新课题，也是文学创作主体实现精神转换时不应忽略的一个意义基点。它直接关系到我们的文学是继续徘徊在一百多年的精神层面上，抑是能随世纪性的跨越而开辟一个新的精神世界。

现代性精神特征，是一个历史概念，也是一个发展中的概念。因此，创作主体的精神性转换，是伴随着现代精神的发展丰富而不断地发展丰富的。当文学经历着90年代新的实践时，更启发我们深深地认识到这点。

90年代文学的个人化趋向，是文学多元格局的一种深化，也与创作主体精神转换过程中精神的自我选择有密切的联系。文学的精神生态环境确实越来越开阔且充满着自由感。这些年的文学创作在现代性精神继续获得强化的同时，我们会发现，有两种精神现象也在明显滋生，这就是"文化守成"与"后现代"。由于它们的出现，文学的精神生态环境变得更加纷纭复杂，更加具有多向性。对它们的辨析，将有助于我们更清醒地把握创作主体的精神动向和文学发展的动向。

对于文学创作中文化守成精神的出现，开始曾为一些人所不理解，甚至还借用"政治术语"来进行责难，今天看来可以平静地作点探讨了。"文化守成"，其实我们不妨把它看作是作家们在精神转换过程中的一种自我选择，这种精神选择出现在现代化过程中是很自然很正常的现象，在世界各国现代化过程中都很常见。记得德国现代社会学家特尼斯曾经这样分析过人类社会演进的特点，他指出人类社会集团有两个主要的不同形态：礼俗社会和法理社会。前者是以"自然意志"为首要的"理想型"社会，重道德和协同维系；而后者则是一种"理智意志"占有首要地位的社会形式，则重于法律和契约维系（费孝通：《乡土中国》）。这样，以体现理智意志、建立法理社会为目标的现代化进程，也就必然带来对礼俗社会许多维系纽带的消解，这是已经由历史阐明了的事实。不过，我们还应该同样承认这样的历史事实：法理社会建立过程中其实并不能完全排除礼俗社会的一些合理因素。在一种更高层次上来看，高科技智能与丰富的道德情感在一个人身上的统一，高度的物质文明与高度的精神风尚在一个社会上的统一，应该是人的发展和社会前进的要求。因此，一些作家在作品中体现出对道德感、宗教感的精神向往，也是自然合理的。对应于只重法理和契约而忽略人间真情的现象，对应于只沉迷于物质享乐而失却对精神提升的关注的现象来说，这些作家的精神呼唤，自然有其特殊的意义。更何况，有些被认为最具文化守成姿态的作家，其精神内质其实仍具有鲜明的现代性。现在一些被人们"归位"于"文化守成"的代表性作家，像史铁生、张炜等，其实都有这样的特点。这种极具个性的、执着的精神姿态，赋予了他们的小说、散文以特殊的魅力，吸引着现代化行程中许许多多的现代人，特别是年轻的现代人，这是相当富有意味的现象。

与"文化守成"精神选择相并的是那种声浪越来越高的"后现代"精神情绪，这种情绪恐怕更明显地影响着在精神转换过程中的某些作家。"后现代"精神情绪的特征，正如不少研究者所指出的，是在对现代性的质疑中把主体性、总体性、同一性、本源性以及语言深层结构性等进行全面颠覆。在这种情绪的影响下，现在有些创作文本也在标榜着"意义的消解"，热衷于对生活的破碎性、平面性的"营造"。这种精神情绪及创作文本的出现容易给人一种错觉，似乎它标志着又一个文学时期的开始。

究竟应该怎样认识在我们身边出现的这种精神情绪以及在它的影响下出现的创作呢？其实，早有一些西方学者注意到："后现代"指的是一种广泛的情绪而不是任何的教条——即一种认为人类可以而且必须超越现代的情绪。从这一角度来理解，"后现代"精神的出现，固然是对文学现代性发展中所形成的一些创作意图、设计、类别层次等原则进行"破坏"，对创作中由于追求理性深度所作的"宏大叙事"的消解，对自由主体、历史线性进步论等一套观念进行质疑或戏说，等等。但它又并不是要取代现代性，而是要不断对现代性原则进行解构和"重释"，所以有些西方学者把"后现代"看作是一种知识态度，一种边缘话语，我以为有一定道理。这里，我自然联想到近年出现的一些"新历史小说"，它们虽不是完整意义的"后现代"作品，但在精神情绪上显然与"后现代"有某种潜在的相通。从它们对历史文本的解构策略，我们会感应到一种摧毁"法则"的情绪。就拿被一些评论者列入"新历史小说"范围的《白鹿原》来说，这部小说令人侧目的是，它对待历史采取了与以往历史文本不同的态度，它对中国农村宗法社会的人际关系、文化特点、社会变动、命运浮沉等都重新作出了个人的"再阐释"，我们正是从这种"重新阐释"中感受到一种追问情绪、颠覆情绪。但我又始终认为，《白鹿原》的出现，并不就意味着它对历史阐释的经典性、终结性，作为一个历史文本，它也会被"再阐释"。正是在这种不断被"追问"和"再阐释"的过程中，人们也许才会逐渐接近历史的本源。如果这种理解是合理的话，那么，"后现代"精神情绪的存在，也将时时促使现代性的精神内涵能不断注入新的元素和活动因子，就文学创作而言，它可以避免创作主体由于思维惰性而造成精神的定型化、凝固化，它将给文学现代性的展开，提供一种"反促力"。

当我们辨析了"文化守成"与"后现代"这两种思潮存在的必然性及其意义后，就会对90年代创作主体的复杂精神走向有个比较客观的判断，同时，对于现代性的精神转换有一种更自觉的态度。但从近年的创作实践来看，并非所有作家都能获得这样的精神自觉，突出的一点是，有些作品在反映历史或现实时，表现出对宏大叙事的有意回避，缺乏对一个时代作整体把握和观照的信

27

心和兴趣；在创作精神深度的追求上也有所犹豫，满足于写表象、让精神在小枝小蔓上盘旋；对展示人类社会未来信心上也不敢理直气壮，把迷惘、困惑、历史轮回感等不是看作某种精神历程的过渡，而是当作精神的归宿。这都反映了在复杂精神环境下创作主体的无所适从。显然，这是在"后现代"的"追问"下而产生的精神游移。

中国文学理应在社会历史转型的巨大音响中发出自己清晰动人的回声，理应为造福人类和完善自我作出自己的承诺，而这当中，作为创作主体的作家的精神自觉，则是一个最重要的因素。

原载于《文学评论》1998 年第 5 期

人大复印资料《中国现当代文学研究》1998 年 12 期转载

《中国社会科学》（英文版）2000 年第 2 期翻译转载

行走的斜线

——关于 90 年代长篇小说精神探索与艺术探索不平衡现象的思考

恐怕人们都会接受这样的事实：20 世纪 90 年代的长篇小说，无论是其创作阵势或是创作成果，在文艺领域中，在社会舆论中，至今仍是一个说不尽的话题，一个令人兴奋也令人焦灼的热点。

中国长篇小说从 19—20 世纪之交开始了向现代小说形态的转变，经历了百年步履，到了 20 世纪最后一个十年，它行进的步伐似乎应该理所当然地变得更加稳健，艺术风采和精神风采都应该有新的展现。然而，当今天我们要对这个领域近十年的收获下一个断语的时候，就会觉得简单的一个词语难以担负这种功能。应该说，十年的收获是辉煌的，也是暗淡的，作为长篇小说的艺术探索，十年取得了辉煌的成就，但作为精神探索，长篇小说并未现出其特有的光彩，犹如迈步的两腿，由于两边"力矩"的不均衡，形成了长篇小说发展中行走的斜线。我正是想从这一角度出发，具体考察一下这种不平衡现象在创作上的体现，并对它的因由作些探讨。

一

要认识 90 年代长篇小说在艺术探索上的历史价值，我们不妨将论述的笔墨稍稍拉开一点。长篇小说在中国的孕育与发展，并不比西方晚，历史事实说明，中国小说，包括长篇小说，是在中国历史文化土壤中自然生长的，是"自生型"的艺术形式。尽管 19—20 世纪之交中国小说在艺术上的主观性逐步加强，包括叙事时间的处理，叙事者身份的变化和情感的投入以及叙事结构心理线索的凸现等方面，都显示了西方小说艺术经验的影响和参照，但其基本的艺术方式仍然是中国自生形态的延续。正如著名的捷克汉学家 M. D- 维林吉诺娃所说的："西方影响并未像预想的那样在中国文学现代化运动中起到重要作用——外来因素的吸取也只是本身进化的补充。"（M. D- 维林吉诺娃：《世纪转折时期的中国小说》导论，华中师范大学出版社 1990 年版，第 14 页）"五四"后长篇小说对西方小说艺术新潮的吸取，我以为更主要的是在活动场景描写的拓展以及对表现社会矛盾的总括力方面。30 年代初先后出现的以人物为中心组结社会各类矛盾线索的《子夜》，以家庭为纽带浓缩社会情绪的《家》，以民情风俗漫反射时代变动的《死水微澜》等作品，它们总括生活的艺术方式，几乎影响了中国长篇小说创作的大半个世纪。我们可以说，自 30 年代后直至七八十年代之交，长篇小说反映生活的艺术方式，大体没有新的变化。而到了 90 年代，长篇小说的文体创造意识是空前的增强，长篇小说反映生活的艺术方式有明显的变化。除了像寓言体、词典体、年谱体、笔记体等小说体式的创造外，许多现代流行的艺术手法如意识流、多视角、象征等被广泛吸取，这当中，我以为最值得我们重视的是长篇小说艺术空间形式的创造和长篇小说象征体的营建，这是 90 年代长篇小说家们的一种带有探索性又带有开拓性的艺术创造，它给长篇小说带来一种全新的艺术风貌。

小说的空间形式是通过内容的涵盖和形式的营造从而诉诸读者的知觉与想象来得以实现的。长篇小说历来有追求广度与深度的本能，而 90 年代小说家则在这种追求中作出了自己的新探索。在小说中建立起多重力的支架，从而营建起具有复杂层次的、多矢向力的盘绕的历史空间。这方面最突出的自然是《白鹿原》。支撑《白鹿原》艺术空间的中心支柱是农村宗法社嗣的繁衍力与来自不同方向（包括鹿兆鸣、鹿兆鹏、黑娃、白灵、白孝文等）的瓦解力，这是一种来自农村传统社会内在的驱动力，这一支柱的确立，使阔大的艺术空间不仅具有生活的稳定性而且具有自我发展的律动性，而盘绕于其中的还有各种各样的力量，社会层面上的国共、兵匪、对日寇的抗与降的种种社会力量；精神层面上的则有儒家文化的影响力、人的生命自由、生命欲望的迸发力，等等。而在这多重层次、多矢向的各种力之间，勾连与锁合得非常有机，以生活的内在脉理扭结成一个内涵丰富、充满历史动感的艺术空间，这是过去长篇小说所罕见的。

从结构的功能上寻找扩展小说空间的可能性，这也是小说家们的一种探索。长篇小说的结构功能历来为小说家们所重视，也是检验其艺术功力的一个关键因素。以往长篇小说更多考虑结构的严谨与完整，而90年代的小说家则有意识地利用结构功能来扩展小说的艺术空间，以达到其所追求的精神意旨。王安忆在《纪实与虚构》中所作的试验是有艺术价值的。小说有两大情节板块：主人公"我"的现实经历和感受；由母亲姓氏而追溯的茹氏先人的血脉。两个板块并行交错，相互映衬，使现实的空间获得了历史的深邃，也使历史的溯源，有了现实的延伸。这种板块交错的结构功能，在其艺术效应上比那种以现实为线索投射进历史音响或那种以历史为线索穿插进现实内容的作品，会显得空间更阔大。艺术空间的这种拓展，实际上也是为读者创造一个对历史—现实思考的精神空间。余华的《许三观卖血记》则是运用结构的重复来达到小说空间的拓展，小说最基本的"卖血"情节本是极为简单的：喝水、抽血、一盘炒猪肝、二两黄酒，而这个最基本的情节在小说中被重复了九次，以结构的有意味的重复，使一个普通人的人生空间得到巨大的拓展。艰难的环境，生命在艰难的生存空间的不断循环中被耗尽，人的尊严也在生命的不断循环中被耗尽。

利用透视的法则通过特定视觉的选择，创造空间的多维性和多向延伸性，这是作家们在探索中的又一个创造。余华《在细雨中呼喊》两种视角的采用使这部讲述一个少年在缺失爱的环境中成长的故事的小说，有了多维度的表现。用童年的"我"透视了、逼近了那个阴暗的无爱的环境的最深处，使弱小的灵魂在颤抖中发出生命的呼喊；又用成年后的"我"的冷静的眼光将童年生存的空间拉开历史距离，从而获得了客观审视的可能。《尘埃落定》最受赞赏之处也是其叙事视角的智慧选择而带来了小说空间的非常规性、飘忽性和朦胧感。一个有着藏汉两种血缘的"傻子"，身为土司儿子却又无权继承土司权力的"斜门逸出"，他那种不确定的狐疑的目光，那种穿透生活周围表层性秩序、进入预想的冥悟的状态，把土司制度的瓦解置于一个非常规的飘

31

忽的视阈中展现，真切地体现了一种"前定"般的不可抗拒的过程。

90年代长篇小说创作艺术的另一突出进展，体现在象征艺术在长篇小说创作中的创造性运用。90年代初出现的《废都》《白鹿原》，已明显体现出较之80年代中的《花园街五号》等作品具有更强的象征化追求意向。"花园街五号"那座别墅在小说中无疑是一个象征体，它既是权力的象征，也是权力更迭的见证，但这个象征物与小说中人的命运、思想情绪和行为趋向并无特殊的内在联系，它更多是作为一段权力交替历史的载体；到了《废都》和《白鹿原》，象征艺术在长篇小说中则更突出了一种意象化的象征功能，如《废都》中的"埙"，《白鹿原》中的"白鹿"，它们的意义指向都带有多义性。埙的苍凉、幽怨的音响，既可以是发自历史深处的古旧都市对逝去的昔日华耀的哀鸣，也可以是目睹现代文明的物化带来人情失落的怅惘，还可以是人在城乡游荡中找不到生存位置的失落与怨愤……这种交织着极为复杂而多义的、带有强烈情绪的意象，贯穿在整部长篇小说中，大大增强了小说的意蕴和艺术感染力。又像《白鹿原》中出没在白鹿原上的"白鹿"，这个意象也给小说带来了丰富的联想，它不仅有着吉祥的传统寓意，更含有体现在白灵身上那种自由生命的象征，也可以作为一种文化精气的体现，朱先生仙逝乘白鹿升腾的景象，不能不使人浮想联翩。

除了意象化的象征功能的运用外，90年代长篇小说象征化的追求还体现在整体情节的象征力的驾驭。余华的《活着》写了主人公福贵身边一个个亲人的死亡，妻子、儿子、女儿……整个小说情节其实有着整体性的、深刻的象征意义：人"活着"的过程，也就是承受苦难的过程，面对死亡的过程。这样的小说，它所重笔描绘的社会具象，整体的生活过程，其实具有明显的超越性意向。读完小说，你可以不记得、不追究它的具体人物或场景的某些真实景象，但它由此所放射的隐喻性内涵，却能令你反复思索，反复沉吟。这正是这类小说的象征功能所产生的特殊魅力。

应该说，90年代长篇小说家们在艺术探索上的自觉意识及其带来的小说形态上的明显变化，真正使中国现代小说的历史翻开新的一页，我想，这已经是不容置疑的事实。

二

在承认这种事实的同时，我们还需要注意一种同样存在的事实：90年代的长篇小说在进入社会大众生活方面，并不显得有太大的"轰动"之处。这种事实本身会令我们进一步思考这样一个问题：既然艺术上确有创新却又为何无法震动人心？长篇小说还缺乏什么？

从长篇小说的受众的角度来考察，一部几十万字的长篇小说值得人们花上十几个小时以至几十个小时去读完它，自然不会仅仅是孤立欣赏它的某种艺术方式或手法的新异，而总是希望在这种欣赏中获得某种情绪上的感染和精神上的触动。而近年来，长篇小说在社会上引起"轰动"的无非是两大类：一类是接触到社会尖锐矛盾的作品，像《苍天在上》《抉择》这样一些尖锐揭示当前社会反腐倡廉的感时之作；一类是以"惊世骇俗"姿态狂放闯开"性"领域的作品，像90年代初的《废都》以及90年代末的《上海宝贝》之类的大胆展示性的作品。前者无疑是因为直接地表达了社会大众对社会痛疾的痛恨；而后者，则是满足了社会某一部分人精神刺激的快感。但是，从大量的长篇作品来看，在面对历史、现实、人生时能给予人们新的感悟、新的启迪、新的精神导引的作品并不太多。应该看到，新时期以来，小说家们在创作中的精神建树是有过不少成就的，从《沉重的翅膀》最早揭示了改革步履的艰辛到《古船》对中国古老的历史沉积以及它在现代社会的泛现所作的深刻描绘，从《人啊，人！》发出的对人性、人道主义的呼唤到《玫瑰门》对人性变异、生命扭曲的窥视，等等，都曾经给人们的心灵以巨大的震荡，显示了作家精神性的思考的敏锐性、超前性。进入90年代以后，也并非完全没有震动人心之作，像《白鹿原》中所体现的具有巨大繁衍力和凝聚力的中国农村宗法势力在进入现代社会后终于无法逃避必然瓦解的命运，显示了人类社会历史发展的无情力量。小说对儒家精神的现代价值所作的重新诠释，体现了作者精神思考的独创性，使小说除了以它丰厚的文化底蕴吸引人外，还唤起人们一种精神思考的欲望。即使像《废都》这样带有某些描写缺陷的作品，它在传递一些敏感的文化人在社会急剧转型时心理的失衡，宣泄他们那种迷惘失落情绪方面的淋漓尽致的描写，也是令人震惊的，它唤起人们关注，当旧的价值体系不可挽回地倒塌后，精神的顿然迷失会使人陷入多么可怕的境地。小说对人精神情绪的大胆楔入，在读者中引起的惊愕，对人们固有心理防线的撞击，不能否认正是作家在当时向精神领域的第一次大胆涉足。

但是，在这十年间的许多长篇小说中，我们更多看到的是作家们在精神探索上的举步维艰。我们不妨通过小说家中的一个特殊的"代际"的创作作一些考察。这个特殊的"代际"是指那些经历过"文革"前后的社会生活，在新时期创作力最旺盛的一代作家。可以说，他们经历了中国近半个世纪的历史风云和现实的变化，这为他们对历史、现实的精神性思考提供了亲历性的丰富资源；而且，他们又都不是那些只热衷于"玩技巧"而漠视精神追求的浅薄型的作家，正因为如此，所以通过他们一些创作个案的辨析，可以从中发现一些值得我们研究的东西。

在精神价值的问题上，有一部分作家始终持一种彻底的颠覆性立场，也就是通过自己的作品对原有的种种价值观念进行彻底的颠覆。像莫言的《丰乳肥臀》、刘震云的《故乡天下黄花》等，基本上是针对原有的价值观念，如战争的正义与非正义，阶级利益与个人利益孰轻孰重等，进行"翻个儿"的颠覆。他们的目的似乎更多在于获得某种精神"狂放"的乐趣，而不在于要为人们重构什么价值理想。我们可以不去多谈它。

与其相反的另一种态度，则是要在某些已经或即将失落的传统的精神价值上显示自己的偏执与固守。这方面自然是以贾平凹为代表。自《废都》以后，贾平凹陆续创作了《白夜》《土门》《高老庄》《怀念狼》，毋庸讳言，作家似乎仍然没有走出他的"废都情结"，这些作品无非是反复地体现一种相同的精神情绪：对现代文明的难以适从，对传统失落的无限追念。这种带有文化守成色彩的精神特征在社会现代化进程中无疑具有典型性、普泛性。但只要我们仔细体味一下他的作品，就会感觉到贾平凹在对现代文明进行批判所持的精神立场更多是带有农民意识的精神特征，城市与农村是以对立状态出现的，这点在《土门》中表现尤为突出：城市制造着"肝病"患者，而仁厚村则是医治肝病的大医院，因为它有一位被称作"土地爷"的神医。农村土地在贾平凹意念里始终是生命的依托，而人一旦离开它就会变成"丧家狗"。人在城市中始终有飘零感、迷失感，这与西方一些体现新人文主义精神作家的不同点在于，后者是从现代文明的立场去批判现代文明的弊端，希望从田园，从人的最原始本性中找回一些失落的美好东西，如纯真、人性等，以补偿现代文明的缺失；而贾平凹则始终对城市现代文明怀有恐惧感、排拒感，对土地的偏执固守情感使他对商业流通、人际交往、社会物质生产的高度发展始终无法从情感上接纳。我想，这恐怕正是贾平凹近年陆续出版的长篇受到读者冷遇的重要原因。

如果说前面一类作家的精神探索是在颠覆与固守中表现出某种极端性偏执的话，那么，还有一类作家的精神探索则使人明显感到其精神矢向在两极间摇摆，最典型的莫过于张炜与王安忆。张炜在 80 年代中出版的《古船》从古老的洼狸镇的现实苦难中，促动人们去思考苦难的根源，小说对封闭、保守、封建性的土地王国上滋生在农民身上的劣根性——由私欲演化成的权欲，由狭隘演化成的仇恨，由愚昧演化成的残忍，揭示得令人触目惊心，对千百年来农村宗法制下的历史积淀在现代社会所呈现的恶性发展，抨击是极端无情的，反映了作家对摆脱农业文明、走出土地固守的强烈祈望和尖锐思考，小说明显地将未来寄托于新兴工业代表力量的重新崛起。可到了1993年出版的《九月寓言》，作家的精神矢向一下子转而为对土地的亲近感，对土地文明的重新向往，以至于有意地将那里的一切苦难都消解，把贫困、落后、愚昧所造成的苦难，变成一种精神享受。这一切说明作家正以对土地的膜拜来抵挡工业文明对农业社会冲击的轰轰脚步，显然，这是从《古船》的一极跳跃到《九月寓言》的另一极。诚然，孤立看待这两部作品，都有它各自的深度，但若想将它们构成作家的精神系统，却是困难的。人们无法由此看出作家精神探索的成熟过程，只会感到他精神立场的飘忽性、趋时性而影响了对它精神向度的认同。

以王安忆1993年出版的《纪实与虚构》与她1995年出版的《长恨歌》相比较，我们也可以感觉到作家在精神探索上这种两极式跳跃的明显迹象。《纪实与虚构》通过用"冥想与心智"将祖先的道路"重踏一遍"，体现了主人公"我"对金戈铁马的"争雄的世纪"历史的向往和对平庸现实的厌倦；可是在两年之后所写的《长恨歌》中，在那种精细传情的描写的背后，传递给我们的似乎更多的是对那个一辈子寄寓于大都市，且一辈子都满足于与男人周旋的女性命运的同情，和对她那种始终不变的靠闲聊天、嗑瓜子、喝下午茶、搓麻将以打发日子的生活的玩味。在这里，作者的精神价值取向好像已疏离于对那种金戈铁马的向往，而跃变为对一种边缘性、平庸性生活循环的认同与品赏。有些评论者曾是那么热切地赞赏作家在这部小说中对上海这个大都市"城市精神"的精确把握，但令人疑惑的是，究竟是一种什么样的"精神"真正代表了上海，真正创造了上海的历史？是那种敢于"争雄"的进取抑或是王琦瑶这种平庸的无奈？王安忆在前后两部作品中精神取向上的"移动"，恐怕只能说明作家的精神性思考尚未找到她自己的基点。

今天的长篇小说家们往往都是他所面对的历史或现实的思考者，而不仅仅是为了告诉读者一个历史故事或现实故事，这一点确实是一种进步，也正因为如此，所以我们对长篇小说的要求也就更关注它所体现的思想穿透力，而不希望它只在一个精神平面上反复滑行。而事实上现在我们看到的许多长篇，尽管内容或手法上也许确有新意，但在精神思考方面却表现出一种平面滑行的惯性，我们在大量作品中反复看到的是已经大量表现过的东西，诸如人性的异化，物质化带给人的孤独感、隔膜感，命运的轮回与历史的轮回，等等。而我们都知道，精神冲击力往往是以其独有的尖锐穿透性而显示其力量的，倘若它一再地被重复，就会变成一个平滑的精神平面，失去对人们心灵的冲击力。这种状况，即使在一些比较优秀的作品中也存在。像我们前面提到的在叙事艺术上很有特色的《尘埃落定》，小说固然显示了作者对历史思考的巨大热情，但我们从那个土司部族的瓦解崩塌的历史过程中所感悟的基本上都是一些熟悉的问题，如关于专权、野蛮、固守造成的历史危机，关于武力征战的失去人心，一代一代复仇的无意义，关于商业流通带来的生机，以及关于人性、爱情、欲望，等等，这实际上都是一些已经成为普泛的道理。所以小说吸引人的更多是其叙述的智慧和生活的陌生化场景，而给人对历史的新的感悟和精神性的力量却显得不足。史铁生的《务虚笔记》创作意旨是很明确的，它不在于写人和事，而是重于精神性的"务虚"，从一个个人的不同命运境遇，从人与人之间的社会交往和感情纠葛中，去思考人生所面对的种种问题：命运与机遇，道德与权力，崇高与卑下，爱情的追求与世俗的利益，生命的价值与死亡的意义，等等。总之，这确实是一部意在拷问灵魂的书。应该承认，小说在表现由于观念或利益的阻隔而使机遇擦身而过所带来的情感歉疚或命运的追悔，表现人在情感与欲望的漩涡中的痛苦与挣扎，无奈与抗争，这些方面是感人的，耐人思索的。但不难看出，作者的生活毕竟有其局限，因此他的思考还更多停留在道德、情感领域，如果进入一些涉及复杂的社会历史问题如对叛徒问题，对历史的创造者问题时，他的思路就会被缠绕，最多只是发出激越的慨叹，仍无法进入更高的理智性思考，因而，他的"务虚"实际上还是一种对情感伤痕的抚摸。拷问了灵魂，却未给予新的启悟。

三

长篇小说艺术探索与精神探索这种不平衡现象，使得90年代声势浩大的"长篇热"始终未能获得其应有的社会效应。

历史常会出现某些耐人寻味的相似。在中国长篇小说的历史发展中，这种不平衡现象在19—20世纪之交也出现过。清末民初的一批长篇小说，在叙事艺术上已经开始发生一些变动，由于主观性的加强而带来了某些艺术新意，但其精神含量却未出现明显的新质，在社会的复杂变动面前虽有所感应却又难以发出精神的穿透力，所以正如鲁迅所评价的："其在小说，则揭发伏藏，显其弊恶，而于时政，严加纠弹，或更扩充，并及风俗，虽命意在匡世，似与讽刺小说同伦，而辞气浮露，笔无藏锋，甚且过甚其辞，以合时人嗜好，则其度量技术之相去甚远矣。"（鲁迅：《中国小说史略》，《鲁迅全集》第8集，人民文学出版社1957年版，第239页）这种状况，终使这一阶段的长篇创作，只具有其过渡性特征而无法构成一个创作时代。一百年后的今天，从历史层次上来说，90年代的长篇小说自然处在更高的水平线上，但从原因上来探讨却使我们想到某些相同的东西，这就是作家对历史和现实的把握能力和理解能力。如果说，当年的长篇小说家们还不可能自觉地意识到这一点的话，那么，处在现代化历史潮流已经演进了近百年的当今的作家们，应该早已具有这样的理性觉醒。应该看到，文学与政治和文化一样，在历史和现实面前都应具有自己独立的把握和理解意向，具有自己独立的精神力量。作家的创作，应该是对历史的一种新理性精神的敏锐感应，是人类最新智慧之光的一种闪现。我想，如果能真正做到这一点，文学就永远不会走向社会生活的边缘，而会成为人类社会生活永远不可替代的精神之光源。

长篇小说家们近十年来在艺术上所作的有成效的创造，显示出对人类优秀的艺术经验具有很强的吸纳能力和融会能力，只要我们对人类丰富的精神遗产和先进的文化精粹也同样的主动关注，而不是被那种所谓远离历史、远离现实、远离意识形态的论调所蛊惑，我们的小说家们就一定会在精神探索上真正有所建树，真正使长篇小说创作的不平衡现象得以改变，并在稳健的前行中登上新的历史台阶。

原载于《当代作家评论》2002年第2期

《新华文摘》2002年第6期全文转载

人大复印资料《中国现当代文学研究》2002年第5期转载

（说明：《文艺报》2001年8月25日率先选择本文部分内容，以《这个时代会写出什么样的长篇小说》为题刊登。该文获第二届中国文联全国文艺评论奖一等奖）

《古船》阅读笔记

　　中国文学在 20 世纪七八十年代之交，随着一场历史劫难的结束，社会政治形势发生重大转折，文学在迅速记叙社会震荡、人间悲欢的同时，在痛定思痛中也开始了对历史和现实的认真反思，清醒的理性反思精神，给这个时期的中国小说注入了凝重、深沉的气质，紧张的思索、大胆的拷问，仿佛成为作家们燃起的火把，释放着长期压抑在民众心中的巨大能量。小说创作与民众心灵似乎在一个新的历史起点中又一次获得了相融与相通。在这种具有全民性的历史反思中，1986 年 10 月，张炜的《古船》诞生了（小说最早刊登在《当代》1986 年第 5 期，1987 年 8 月由人民文学出版社出版单行本）。

　　《古船》的发表在社会上所引起的巨大反响，远远超过了七八十年代以来出版的所有长篇作品。这不仅因为它以长篇的规模、以当下的社会生活作为创作的切入点对半个多世纪以来，甚至更久远的历史进行多方面的反思，更因为它敢于触及许多以往所不敢或不能触及的社会行为，以撕开裂口的勇气把它展现在人们面前，对盘桓于中国社会的一些重要社会力量作出了尖锐、无情的剖析。小说出版后在震动了文化界，也震动了港台地区的文化界。香港一些报刊发文称《古船》"是十年开放以来最精彩的长篇小说之一"，是"十年来内地小说中的极品"。

《古船》以一个农村小镇为重点，叙述了它近半个世纪以来经历的历史风雨。这个被称作"洼狸"的小镇曾坐落在有着悠远历史的"东莱子国"的都城里，今天"仅存的一截夯土城垣"就是明证。这个至今仍"被一道很宽很矮的土墙围起来"的镇子，曾经有过辉煌的历史，那条绕城而过的芦青河如今虽然又浅又窄，但镇子上至今仍存有的那个废弃的码头，就隐约证明了它昔日桅樯如林的繁荣景象。镇子上栖息着的人群形成了三大谱系：一个是历代经营着远近驰名的"粉丝工业"，曾有过显赫家业，对镇上的经济命脉起过重要作用的老隋家；一个是在土改运动中崛起，以非血缘关系在"阶级"名义下结盟，几十年间在镇上政治、经济、文化等方面都享有无上"权威"的赵姓家族。此外，还有一个有点科学知识、"摆弄过机器"，有过不少发明创造的老李家。很明显，这三种社会势力无疑正是中国城乡在历史上所存在的民族工商业势力、宗法式农民势力和民间科技知识力量的象征或代码。可以说，小说最撞击人心，也最引人深思的，是作者在小镇上这三大家族命运的起落浮沉、荣辱兴衰的艺术表现中，对社会历史、对一个曾经生机勃勃的"小镇"变得破败和沉默，对那条曾经烟波浩渺的芦青河变得那样干枯、狭窄、失去生命活力的原因，作出自己的探索和诠释。

首先我们来剖析一下小说对代表农民势力的赵姓家族中的两个人物——赵炳和赵多多的刻画。

赵炳是这个"家族"的领袖人物，虽然当年不过三十出头，但因掌握了镇上的最高权力，"在老赵门里辈分最高"，所以人们都喊他"四爷爷"。其实，他登上镇上权力的最高位置所采取的手段却极不光彩，也就是在土改的后期，利用诬陷的卑劣手段，赶走了帮助他成长的、正直的指导员，从而攫取了洼狸镇的最高权力。这个昔日的农家子弟登上镇上的权力宝座后，经过了几十年的经营，完全失去了农民的勤劳、质朴的本性。且看作者对这个已经到了五六十岁的"四爷爷"外貌的描写："他头皮刮得光光，脸上修得没有一根胡须。颈肉有些厚，面色出奇地滋润，泛着红光。腰部很粗，臀部肥大……"十足一副"贵人"身貌。赵炳在镇上是一言九鼎，几乎成了洼狸镇全部生灵的主宰，随时可以处置镇上不遂其意的百姓，甚至大开杀戒。他处世精于权术，善于审时度势，收买人心，恩威并施。镇上青年大虎在反越前线牺牲，他会出人意外地亲临祭坛前，反令大虎亲娘感激涕零。他造孽极具心计，为长期霸占隋家小女儿含章，他趁隋家遭遇厄运以救命恩人自居，以"干女儿"名义养育至成熟，然后再长期霸占，用她来满足自己的淫欲。

作者对赵炳精神世界的揭示也是富有深意的，写他一直浸润在洼狸镇最古老的精神世界里，谙熟儒、道文化，他施恩必有所取，造孽必能自圆，既善于弄权，又懂得养生，他每天闭目静卧，享受着那个亦巫亦仆的张王氏为他捏背按摩，为他烹制的种种稀有珍贵的滋补食品，可谓极尽挥霍和奢华。这显然是农民群体中的一个异化之物，一个已经皇权化、贵族化、腐朽化了的"农民"，而他，却又成了洼狸镇权力的象征。

赵姓家族中的另一个人物是赵多多。人物在人们印象中"一直是个躺在乱草堆里的孤儿"，他无根无业，经常"像鬼魂一样在街上飘游"，然而贫贱没有给他身上带来草莽英雄的侠义和豪气，却使他变得贪婪、残忍，野性十足，食与色是他生存欲望的全部内容。土改斗地主时他似乎一夜之间冒了出来，尽施其当年生擒野兽充饥的技能，对地主老财大打出手，不久就因其"革命性"而当上了自卫团长，从此耀武扬威，在镇上横行霸道。他因无限膨胀的占有欲而产生的残暴的复仇行为是极为可怖的，隋家女主人茴子被迫自杀令他霸占不成，他竟然把她撕成赤裸并在尸体上撒尿，这种疯狂的残暴，令人触目惊心。及至进入改革开放时期，他仍利用权势占据了粉丝厂的领导位置，但他的愚昧与私欲，却将本该重新兴盛的粉丝工业弄得奄奄一息。显然，赵多多身上高度集中了农村失去土地的无业流民的所有恶性，仇视文明、仇视善良、仇视人间的一切正常关系和秩序，具有最原始的野蛮性和破坏性。

张炜以赵炳和赵多多这两个形象突出了农民谱系中的两个极端，实际上是传递了他对这股社会势力的历史性否定，对其未来的绝望。

现在我们再来看看作者对隋氏家族的描写。它是小说描写的重心，寄寓了作者更复杂的精神思考。

小说在代表工商业世家的隋氏谱系中写了两代人，上一代作为资本家的隋迎之，凭着丰富的经商经验，曾将隋家祖传的家业一度振兴，但国运的变化，却使他无法摆脱"剥削"的精神负载，最终在无尽的忏悔中仓皇地离开人世；他的兄弟隋不召，当年则是个漂洋过海、见过世面并不断怀念着"郑和大叔下西洋"的壮举，但闯荡半生回到洼狸镇后，见多识广的他却被镇上人讥笑为癫狂的"智怪"，他也只能徒有抱负，在冥想和酒醉中度过余生。小说重笔描写的是作为他们隋家下一代的兄妹三人：长子隋抱朴、次子隋见素和小女儿隋含章。

作为这个家族生活在今天的下一代，由于几十年来持续不断的"阶级斗争"带来的苦难，使他们已经不再可能像上一代那样身居"正房"，而只能背负着家族留下的"孽债"蜗居在"厢房"，被压到洼狸镇生活的最边缘。小妹含章屈辱地被"四爷爷"长期霸占，见素虽有"胆略"，"像一头豹子一样"，总想扑上去争回自己家族的财物，却弄得身心伤痕累累。至于抱朴，作者对他的刻画则另具深意。他无疑应该成为这个家族的顶梁柱，但却有着相当深的精神重负，他无法真正释放自己的情感去爱其所爱，让深爱他的小葵苦等了他几十年，也不敢把小累累认为自己的血肉。直到洼狸镇进入到改革开放时期，粉丝厂亟待振兴，他仍然没有勇气去承接。作者用相当凝重的笔墨描写了他把自己关闭在早已停产的老磨屋里，在那里沉浸在漫长的精神搏斗中，"我想得多，做得少，差不多只配坐在老磨屋里了"。在那里苦苦寻思着隋家上一代人不断忏悔的因由，痛心地追忆着几十年来镇上人与人之间不断拼杀所造成的苦难，他一遍又一遍地、全副身心地去读着一本具有象征意味的小册子——《共产党宣言》，希望在那里找到"过生活的办法"。最后，他终于走出了老磨屋，接受了镇上人交与的重担，挽救了粉丝厂"倒缸"的危机，使粉丝厂的生产恢复了正常。

当洼狸镇的生活出现了转机，作为拥有民间科技知识的老李家族也就有了用武之地。长期被愚昧笼罩的洼狸镇曾使李其生这代人无法施展自己的才能，最后遗憾地离开人世，然而他的后代李知常和那位被戏称为"胡言乱语"的李技术员其实并没有停止他的研发，没有停止对最新科技信息的掌握。当无知无能的赵多多被赶下台，由隋抱朴上任当了粉丝厂的总经理后，他们研发的变速轮很快就在粉丝生产中发挥了惊人的作用，使粉丝厂获得了新的生命活力。

以上就是张炜在《古船》中对洼狸镇几大社会势力及其消长浮沉的描写。从这种描写中我们不难看出作者在表现洼狸镇半个多世纪历史精神性思考的一些特点。

对于洼狸镇历史的兴衰，作者突出描写了一次又一次的"阶级斗争"所带来的苦难。小说对一个个血淋淋斗争场面的细致详尽描写，显示了作者对人间争斗的悲悯情怀，正如主人公隋抱朴所说的："镇上人受的苦难太多了，实在是流的血太多了。该让他们喘息一下，让他们长一长伤口。"作者在这里所体现的情感自然具有鲜明时代色彩，那正是中国人民刚刚经历了十年浩劫，正在舔吮身上伤口、正在痛定思痛的时刻，《古船》对洼狸镇苦难的诉说和思考，正好吻合了社会大众的普遍情绪，给这种情绪创造了一个警世性的宣泄通道。

作为一种社会势力的代表，作者对工商业世家的隋氏家族无疑是给予全力的肯定和同情的。从小说中所表现的洼狸镇社会势力的消长，我们可以感受到作者的一种社会学观念：是老隋家的兴旺创造了洼狸镇的繁荣，当老隋家被压抑、排斥，老赵家占据了镇上的主宰位置，"变得举足轻重"，洼狸镇就苦难不断、血流成河；而当隋家的后代重新登上洼狸镇的生活舞台，又开始给这个古老的小镇带来希望和生机。这是小说的一条最基本的主线，清楚地体现了作者对历史主角的选择。

当然，在作者花费最多笔墨的隋抱朴身上，我们还看到他对这个重新作为洼狸镇历史主角的人物的精神解剖。上一代人的忏悔，使他悟到了老隋家曾欠下的"孽债"，使他精神长期无法解脱，在没完没了的自我批判中变得那样的"胆怯""萎缩""倦怠""窝囊"，但他的精神追问并没有停止。小说的第十六、十七章，描写了抱朴与准备进城闯荡的弟弟见素在"老磨屋"里推心置腹的彻夜长谈，"那里面有追溯，有自我肯定和自我批判，有惶惑"，充分袒露了对"老隋家"家族命运的思考。也正是在"老磨屋"的沉思中，在对那本具有象征意味的小册子——《共产党宣言》的心领神会中，抱朴终于获得了与上一代人不同的"算账"方式，对自己的"家族"有了一种新的认识。他反复地、激动地读着小册子上的一段话："资产阶级在它不到一百年的阶级统治中所创造的生产力，比过去一切世代创造的全部生产力还要多，还要大。自然力的征服，机器的采用，化学在工业和农业中的应用，轮船的行驶，铁路的通行，电报的使用，整个大陆的开垦，河川的通航，仿佛用法术从地下呼唤出来的大量人口。过去哪一个世纪能够料想到有这样的生产力潜伏在社会劳动里呢？"抱朴也就是在这种领悟中懂得了资产阶级对人类社会历史的推动作用，从而获得了对自己家族的自我肯定。"最重要的是自己不阻拦自己。这比什么都重要。我们满身都是看不见的锁链，紧紧地缚着。不过我再不会服输，我会一路挣扎着向前走。"在这种自我肯定中，他的精神似乎也跃上了新的境界，获得了一种社会责任，"一个人千万不能把过生活当成自己一个人的事情"，不能有私欲。他终于振作起来，自荐接任粉丝公司总经理一职，为镇上人谋福利，"再也别让哪一个贪心人夺走了它"。小说的结尾，作者还安排了这样的畅想：抱朴和见素兄弟两人在芦青河边，倾听着又重新响起的河水的声音，想起了叔父隋不召留下的那本《航海经书》，"做起远航之梦"。他们相信："河水不会总是这么窄，老隋家还会出下老洋的人。"

当我们今天再来检视《古船》作者的价值立场时，会更客观地认识到张炜在这部小说中所作的精神性思考的超前性和局限性，这集中体现在他对推动中国社会前进力量的认识和把握。

张炜并没有忽视作为兴办我国工商业的民族资产阶级的软弱性，但他仍然把社会发展和历史进步的希望寄托在它身上，从他对"老隋家"的同情和肯定、对"赵氏家族"农民异化势力的彻底否定中，清楚地表明了这点。这种价值选择，在 20 世纪 80 年代看来是具有超前性的，它突破了长期流行在意识形态领域中对农民"革命性"的全力肯定，用许多真实的历史场面来展示其在社会前进中的惰力和破坏性。小说中反复出现的三本具有象征意味的"小册子"：《共产党宣言》《天问》《航海经书》，代表着"做人""过日子"的真理，代表着对人间及宇宙奥秘追问的勇气，代表着冲破封闭、迎向广阔海洋的渴望，这一切，都只属于"隋家"和"李家"，而与"赵氏家族"无缘。《古船》所持的这种价值立场，无疑正是当时思想解放潮流所涌现的一种思想趋向，它为这部透视中国现代历史、被人们称作"史诗性"小说的《古船》，带来一种新潮的冲击力量。

但我们也应该看到，《古船》所体现的作者的精神特征，却又是具有明显的"二元对立"色彩，也就是将"家族"势力的绝对化，将认同与否定的绝对化。无疑，作为封建性的中国传统社会，它的根系往往深植于"宗族"与"血缘"的土壤里，由此蔓延至两三千年。但到了现代社会，这种蔓延已发生明显的变化，作为一种社会势力的汇聚，已经大大冲破了"宗族""血缘"的壁垒。所以，当作者把洼狸镇的过去与未来都倾注在与"粉丝厂"代代相连的"老隋家"这一家族式汇聚中，哪怕仅仅是作为一种艺术"象征"，也容易将人们对社会力量的认识引向偏颇。

《古船》在同时代出现的长篇小说中，其精神性思考确实具有它的丰富性、超前性，但在思维方式上，却又未能完全走出某种绝对化的运思惯性，留下了缺陷。这恐怕是这部作品一直存在争议的原因。

写于 2002 年 10 月

《白鹿原》阅读笔记

　　《白鹿原》这部作品，体现了 20 世纪 90 年代作家价值立场的转换在长篇小说中所作的精神方面的探索，有着更为全面、更为典型的意义。

　　作者在作品的扉页上引用了巴尔扎克的一句名言，"小说被认为是一个民族的秘史"，这句话，似乎正是宣示了这部作品的创作意向。事实上，它确实是陈忠实在书写"白鹿原"时的一个创作追求。小说在艺术地展现地处大西北的这个古原在进入 20 世纪现代社会后的历史演变、政治风云、民情乡俗以及各色人等的人生走向的同时，深入探索并揭示了这个凝结了一个民族最古老文化基因的地域生存奥秘、它的顽强固守以及最终无奈瓦解的因由。随着这层"面纱"的揭开，我们会感受到作家陈忠实在把握纷乱迷茫的历史生态时那种看似狐疑、实则果敢的精神性超越。

"原"的意味

　　作者选取"白鹿原"作为小说叙述的"底座"，无疑是有特殊深长意味的。这是处在大西北渭河流域中原文化孕育腹地最深处的一个村落，一个保持着最传统的小农经济自然生态的村落。在日出而作、日落而息的漫长岁月中，尽管屡屡经受灾荒瘟疫和饥馑，但这里曾经出现的"神鹿"传说，仍然寄予了人们对"万木繁荣，禾苗苗壮，五谷丰登，六畜兴旺"的美好憧憬。而维系着这里的族群虽有矛盾却仍能平静起居的，则是潜藏在人们脑海中根深蒂固的传统的宗法理念、伦理道德，有同宗而换姓的白嘉轩与鹿子霖两个家族，即使为争一块风水宝地而引起激烈冲突，也在"仁义"的旗幡下得到平息。这个"原"，可以说是遍布中国这个农业古国农村的一个非常典型的缩影。

作品并没有从"原"的亘古历史上着笔，它所重点展开的是这个古原随着中国历史从封建帝制而跨入现代民国后的踟蹰步履。辛亥革命，"皇帝没了"，革命军北伐，这些似乎都没有直接打破这个自然村落的平静，作为宗族稳固的象征——祠堂，仍然是岿然不动，"教民以礼仪，以正世风"的《乡约》，依然是乡民们行动处世的准则，掌管祠堂、执行《乡约》的族长，依然是乡中的最高"领袖"。直至新的行政建制开始实施，县府在白鹿原成立了"白鹿镇保障所"，并任命鹿子霖为保障所的乡约，"乡约"遂成了官名，这时，不仅族长一贯天经地义的最高位置开始受到实际的冲击，更重要的变化是："乡约"这传统道德之规也就变成了行政之规。在某种意义上，"外王"正要逐渐替代"内化"，这个"古原"的变迁，它所萌发的最深层的冲突，也就是以各种不同的理念行为对千百年来视之天经地义的观念与行为准则的冲击开始的。

陈忠实所揭示的"古原"受到的冲击力并不是单一的，他所描写的白鹿原从"旧"向"新"的变化，更不是"断裂"式而是"渗透"式的。这种渗透既有由于行政建制的变化，税收章法的变更，县参议会建立"推进民主政治"等社会管理方式的变化而带来社会生活的变化，但更多的是从民间生活的细部来显现，像男人剪掉辫子，女孩子放足，百姓衣着的更新，新学堂的创立，一直给乡人传播传统儒学教义的"白鹿书院"因学生的流失而不得不关闭，等等，这些都意味着古老的"原"的那种自给自足、亘古不变的生活将要不可避免地发生变异。封闭的宗法家族门庭，开始被人的流动冲开缺口：白灵逃离家庭到城里上新学堂，鹿兆鹏为抗婚而出走，黑娃要走出白鹿原到外面"熬活"当长工……而这种缺口的冲开，则意味着一种新鲜的，也许又是芜杂的东西将以不可阻挡之势渗进白鹿原。陈忠实没有像以往一些作品那样，简单地以一场轰轰烈烈的"革命"作为改变某个地域面貌的动因，而是以一种不动声息的娓娓叙述，慢慢揭开一个"古原"的渐变。

历史的变动最深层的原因是人的意识的变动。鹿兆鹏重回白鹿原点燃的是革命的星星之火，白灵带回来的也是敢于舒展自由个性的新的生活姿态，而黑娃带着被斥之为"破鞋"的田小娥回到白鹿原不怕父辈和族人的激烈咒骂仍然自立门户安家过日子，则是以"翻天"的行为将旧法度置之不顾。无怪乎白嘉轩以哲人的眼光观察到这一切时发出慨叹："毕了毕了。"确实，宏大的历史是由无数人物的行为交错、无数有迹可循或无迹可寻的生活细节所构成，陈忠实正是以这种创作理念来展现他笔下的那个"古原"，从而使这个"古原"在进入现代社会后的生活变迁具有了宏观的历史意义。

白嘉轩

陈忠实在他的《白鹿原》创作手记中有这么一段话，他说："当我写下《白鹿原》草拟稿第一行钢笔字的时候，整个世界已经删减到只剩下一个白鹿原，横在我的眼前，也横在我的心中；这个地理概念上的古老的原，又具象为一个名叫白嘉轩的人。这个人就是这个原，这个原就是这个人。"事实上，我们在阅读中也很自然地感受到这一点。这不仅因为白嘉轩的生命孕育无法离开白鹿原的土地、草木、甘霖和雨露，他的生活命运也无法离开白鹿原的时序转移与历史变迁，更重要的是这个人物身上相当沉潜而稳固地植入了这个古老的原的生命基因，白鹿原的文化精气，已经内化成白嘉轩这个人的心理构成和行为圭臬。探测这个人物的性格特征和心理变异，也许正是作者"解读"白鹿原历史奥秘的一个具体通道。

作为一个一辈子与土地打交道的农民，白嘉轩有着靠土地发家的精明，他会为了与同族兄弟鹿子霖争一块风水宝地而使尽农民特有的狡狯，也会在晚清鸦片蔓延的年代，连续三年通过种植十多亩罂粟，获取暴利，而使家业重新得到振兴，成为可以雇有长工的殷实地主。而作为一族之长，他更身体力行地履行着宗族法规，这可以说是他的一个牢固的精神支柱，即使时运巨变，也不能动摇他的人生信条。帝制崩溃后，他曾问关中大儒朱先生：没有皇帝的日子怎么过？朱先生郑重地"草拟了一个过日子的章法"的《乡约》给他，上面规约着应该如何"德业相劝""过失相规""礼俗相交"等，这也正是白嘉轩所要信奉和维护的乡人"谈话走路处世为人"的规范。因此他积极翻修祠堂，兴办学堂，甚至将《乡约》刻在石碑上，让它深入人心，让全乡老幼皆遵循之。

但毕竟世道并没有按照他的理想在运行。《乡约》的石碑尚未刻好，一向善于奉迎、阴险狡诈的鹿子霖却已被县政府任命为白鹿镇保障所的"乡约"。当"乡约"成了一个行政官阶的称谓时，作为乡民行为规范的《乡约》就逐渐松动，失去了应有的约束效应。白嘉轩的人生信条和精神支柱也就面临着无法回避的冲击。

陈忠实对白嘉轩命运跌宕的把握，固然也描写了他在社会大潮裹挟下在处世方面的变化，如在辛亥革命中他所策动的"交农具"以对抗官府的"印章税"行动；被聘为县参议会议员后，受"推进民主政治"潮流所推动，也顺潮流地剪掉了辫子，不再让女儿裹足，支持女儿上学等。但写得最有力度、最令人震慑的却是这个人物为坚守自己的精神支柱所作的抗争，以致最后的倒塌。

在整个社会的大变动中，白鹿原不断刮起阵阵"风暴"。军阀来了持枪强逼百姓交军粮；中共地下党指示黑娃烧掉军阀粮仓又引来军阀向百姓再一次征粮和肆虐。当黑娃被鹿兆鹏派到西安"农讲所"学习回来后，更在"原"上掀起了大规模的"风搅雪"：他砸祠堂，铡死骚和尚，斗争国民党乡党部要员田福贤……搅得白鹿原鸡犬不宁、人人惊恐。及至国共分裂，鹿兆鹏领导的共产党势力转入地下，田福贤又回到白鹿原，向白嘉轩族长借来村里的戏楼，导演了一场惨剧，"猴耍"十个农协作乱者，硬汉贺老大被活活吊死。这一系列反反复复的斗争的惨剧，似乎都没有"震"到白嘉轩，他只是以"超然物外的口吻"说："白鹿村的戏楼这下变成烙锅盔的鏊子了。"当黑娃砸祠堂时，白嘉轩"平心静气"不慌不忙地吃饺子；黑娃把村里"搅"得人心惶惶时，他照样按计划给小儿子孝武完婚，"他闹他的革命，咱办咱的婚事"。同样，当田福贤在戏楼"耍猴"导演惨剧时，白嘉轩却领人将被黑娃敲断的刻有"仁义白鹿村"的石碑修好重立，并修复《乡约》碑文，因此而受到朱先生的赞赏："这才是治本之策。"而白嘉轩则"愈加挺直如椽一样笔直的腰身"，信心十足地在白鹿村过自己的日子。甚至在当黑娃沦落为土匪，洗劫了白家和鹿家，抢走金银财宝，并抽打白嘉轩的后腰，使他的腰"再也直不起来"时，生命力顽强的他，仍然充满自信，把家园管理得"井井有序"。

真正使白嘉轩面临危机、导致他精神崩溃的，是被他看作家族"接班人"的白孝文的堕落。当他发现自己的长子白孝文违反族规、乡规，竟然与那个有伤风化，被千人踩、万人骂的"破鞋"田小娥私通时，白嘉轩所受到的打击才是摧毁性的。他恪守一生的人生信条，他视之为天经地义并付出整个生命来维系的"规约",没有因祠堂的被砸、《乡约》碑文的破损，甚至腰板的被打而有任何摇晃，因为这些都只是属于外在的东西，而宗法社会那一套仁义道德伦理和行为规范则内化成他坚不可摧的精神支柱。然而，正是他的嫡亲、他视之为生命延续的长子，却用那大逆不道的行为，践踏了他一贯信奉并履行着的道德规约，这无疑是迎面给他以粉碎性一击，可以说，这才是使他的腰永远直不起来的关键原因。

陈忠实塑造的白嘉轩之所以给人以厚重感和深沉意蕴，是因为他准确地把握住人物的文化心理结构的特征，作为白鹿原的一位族长，白嘉轩精神的倒塌，也就意味着白鹿原这个农村宗法社会的最后瓦解和崩溃，这是永远不可挽回的崩溃。

从"原"上走出的新一代

白鹿原上白嘉轩和鹿子霖两大家族所繁衍的新一代，他们命运的轨迹，构成了《白鹿原》的一个极为错综复杂的重要内容。他们当中有鹿子霖的两个儿子——鹿兆鹏与鹿兆海；有白嘉轩的儿子白孝文、白孝武、白孝义，女儿白灵；还有白嘉轩的老长工鹿三的儿子黑娃及其媳妇田小娥等。白鹿原上这一代人的人生触角已经大大突破了"原"的拘囿，与"原"外的广阔世面有了广泛的接触，而这些接触也就给他们的人生带来了比他们的父辈要复杂得多的选择，这自然与他们所面临的时代社会风云的变幻莫测有关，也与他们成长过程中的精神接纳有更直接的关系，陈忠实在描写他们的人生走向时可以说是别具枢机却又给人以更为信服的真实感。

向往自由，可以说是白鹿原这一代新人的一个共同点，但这种追求却又是如此的千差万别，选择的道向更是辕辙相异。鹿兆鹏追求的自由是为了农民大众，他作为中共地下党员在领导农民运动中可以说是出生入死、义无反顾，从不为复杂的政治形势和险恶的斗争环境所动摇。革命胜利后他虽然不知所踪，但他带给白鹿原的革命火种却结束了白鹿原的千年静穆和沉睡。鹿兆鹏的弟弟鹿兆海似乎不像他哥哥那样成熟，从他与白灵以抛铜钱的方式决定分别加入国民党抑是共产党就可看出他们对革命的无比天真，尽管当时在国民革命的旗帜下国共两党正处于合作阶段，但不同的政党主张，终于使这两个天真的年轻人在经历了一段实践后建立起不同的政治信仰而分道扬镳，各自选择了自己的政治归属。身为国民党员的鹿兆海参加过对共产党的"围剿"，背下了乡亲的骂名，但在抗日战争中他在疆场上英勇杀敌最后牺牲，却又得到白鹿原父老乡亲的厚葬。而白灵，作为白嘉轩的小女儿，可能由于自幼在家中被视作掌上明珠而使她的个性得到自由的发展，也使她敢于逃离家庭跑到城里上新学堂。在新思潮的激发下，她热情地投身于国民革命，在天真地加入了国民党不久，即毅然地投身于共产党的革命队伍，与鹿兆鹏一起从事地下工作，为劳苦大众争取自由而赴汤蹈火，冒尽风险。

鹿三的儿子黑娃和媳妇田小娥则以另一种方式演绎了他们反抗世俗的怪异人生。从小受尽穷苦日子的黑娃，作家特别描写了他在少年时代脑子里所留下的几道无法抹去的刻痕：一是"一粒冰糖的记忆"，偶然从"富家娃"手中接过的一粒冰糖，使他尝到了从未有过的"甜滋滋"的美味，也更加深了对自己贫困处境的痛苦和悲哀；一是"与兆鹏、孝文偷看黑驴和红马交配而受老师打板子"的记忆，在萌动了朦胧的性意识的同时，大概也因老师不由分说的"板子"和父亲"重不可负的一击"而埋下了反抗的倔劲；一是被白嘉轩"拽进学堂"让他"知书达理"的那只'粗硬有力的手'"让他极不情愿地跟着。这些记忆，正如潜在的因子，在他后来的命运中不断地发酵、膨胀、扭曲、变形，最终酿成了他那怪异的一生。当他走出白鹿原在外"熬活"当长工，却带回来与之私通的地主小老婆田小娥；被鹿兆鹏作为"革命种子"送到西安"农讲所"受训，却为白鹿原带来一场"乱打乱铡"的"风搅雪"。此后，他时而在国民革命军当警卫，时而"落草"当土匪，时而在白孝文的说服下被"保安团"所招安，时而又回白鹿原拜白鹿书院的朱先生为师，接受传统文化的熏陶"学为好人"。在革命的重要关头他为鹿兆鹏所策动，带领保安团起义，可在胜利后，白孝文摇身一变当了新政权的县长，而黑娃却带着被诬陷的多种"罪名"与国民党的反动骨干一起被枪毙。作者这样描写黑娃这种跌宕的人生，不仅表现了一个怀有反抗欲望却未受文化雕琢的生命的本能，也隐隐地透露出对新政权建立后的复杂情势的担忧。如果说黑娃在追求自由中带有更多的盲目愚昧色彩，那么田小娥命运中所受到的欺凌、压抑、愚弄、人格的被歧视与肉体的被鞭笞，以至于死后灵魂的无法安妥，都是围绕着一个女人的"性"的遭遇而展开的。作为地主家的小老婆，他与当长工的黑娃私通，自然被看作大逆不道，当她跟随黑娃逃出了地主家回到白鹿原后，尽管不能为白鹿原的宗祠所容，更遭到黑娃父亲鹿三的痛恨，但毕竟还能与黑娃独立居家过日子。及至黑娃参加了国民革命军在外闯荡，田小娥的遭遇更惨烈，先是被荒淫、阴险的鹿子霖所霸占，遂因犯家规被白嘉轩当众抽打，后又为鹿子霖所利用，去勾引白孝文以报复白嘉轩。虽然田小娥最后良知觉醒，痛斥了鹿子霖，但她只能"尿他一脸"，作为力所能及的反抗。而她一连串的行为，终于酿成了被鹿三下狠手所刺死的结局。也许白鹿原人慑于被她的冤魂所报复，族长白嘉轩决意领族人"造塔祛鬼镇邪"，用白嘉轩的话说就是："把她烧成灰压到塔底下，叫她永世不得见天日。"

白孝文作为白嘉轩的长子，被视为家族未来的希望，但他却不像他两个弟弟那样循规蹈矩，严遵父训。十六岁成亲后一旦尝到了男女之欢就一发不可收拾，以至受到父亲的严词训斥，其祖母亦频频出面进行"性干预"。但由此造成的性压抑却埋下了后来的祸根。

陈忠实对白孝文这个人物的最后处理是耐人寻味的。这个曾在国民党警卫团任官、恶行累累的白孝文，新中国成立后竟摇身一变，混入新政权，成了人民政府的县长，而且经他之手，处死了为解放滋水县起义有功的黑娃。这重要的一笔，确实为后来者带来无尽的思索。

"白鹿"：小说的中心意象

"白鹿"在《白鹿原》中有着不同寻常的意义，作者将它作为作品的中心意象，充分地展现它的艺术功能。它在作品中的出现不是瞬间性的，而是如一个精灵时隐时现地游荡在人们的生存空间中，跃动在人们的精神世界中，它具有巨大的繁复性和指向的多种可能性。

这一"意象"原发于这里的古代传说：一只雪白的神鹿，从南山飘逸而出，所过之处，万木繁荣，禾苗苗壮，五谷丰登。"白鹿"成了这里一代代人的心理"图腾"。由此，也就引出了生活在这里的同宗同源的白、鹿两大家族为争一块"白鹿宝地"而延续了数十载的宗族利益纷争，构成了这部作品的矛盾主轴。

"白鹿"不仅融进了这块丰沃土地成为白鹿原村的具象，更重要的是它还蕴含着多种精神意蕴。它常常成为白鹿原人某种精神的象征，在作为白鹿原新一代的白灵、鹿兆海、鹿兆鹏身上，在被称作白鹿原的"圣人"的朱先生身上，我们都可以看到与"白鹿"相关联的精神指向。

白鹿原的族长白嘉轩，是个宗法家族的顽固掌门人，而他的小女儿白灵，尽管出自宗法森严的家族，却从小就有着自由的个性，她才智聪颖，豪放不羁，让他父亲很早就感觉到她身上具有"形似白鹿"的"天性"。白灵对新思潮的敏感接受，更使她毫无顾虑地逃出家庭奔向为争取自由解放而斗争的革命，她在家乡一带秘密传递革命信息，支持群众的正义抗争，"就像一只雪白的小鹿在原坡支离破碎的沟壑峁梁上跃闪"。直至牺牲，她仍然是白鹿原人心头上的"一只白鹿"，一只向往自由、纯洁可爱、勇敢无畏的"白鹿"。白鹿，是一种精魂，它同样闪现在与白灵两小无猜、一起长大的鹿家新一代的鹿兆海、鹿兆鹏身上。鹿兆海在抗日战争的血与火中，勇敢杀敌，用生命阻挡侵略者对中原的进犯，显示了"白鹿精魂"的豪量；同为鹿家新一代的鹿兆鹏，更像中流砥柱，一直是白鹿原上为摧毁反动势力而出生入死的革命先锋。这代人身上的精气，就像白鹿那样，给白鹿原带来新的生命活力。

"白鹿"这一意象，我们还可以从另一方面感受它更潜沉的情感指向，那就是融注了作者对白鹿原上主持白鹿书院、被称作关中大儒的朱先生身上所体现的高尚品格和儒学精粹的激赏。

朱先生有着儒家的仁爱之心和入世精神，为保护一方生灵，他曾慷慨陈词劝退清兵，曾大义凛然犁毁满原种植的罂粟，曾自己挨饿却放粮赈济乡民饥荒……一次又一次地帮助这里的百姓渡过种种难关。他洞明世事，透视时务，待人以德，超然处世，以其高尚的品格成为白鹿原上做人的楷模和精神导师。然而，面对世道变迁，国事频仍，这位因身体力行儒学精义而被称作圣人的朱先生，却被抛到生活的边缘，终于感到"自己不能再有一丝作为了"。朱先生寿终，小说以"前院里腾起一只白鹿，掠上房檐飘过屋脊"，最终"在原上消失了"的描写，使中国传统的儒家精神要义得到艺术的升华，也流露出对它在我们生活中的消退而感到无限伤感。

长篇小说不同于诗歌那样重于情感抒发，但并不等于它只能写实而不需要情感的浸润和精神的舒展。为了适应现代读者对这方面的审美需求，更为了把自己对中国农村这段充满崎岖的历史命运所获得的感悟诉诸笔端，陈忠实创造性地运用了意象这一艺术元素，让它充分带给读者富有启悟的智性、繁富的情感和想象，从而使这部小说在艺术的铺陈中产生一种奇异的感染力量。

写于 2008 年 8 月

从《圣天门口》的创作引发的思考

　　刘醒龙三卷本长篇小说《圣天门口》的出版，既引起人们的赞叹，也引起了一些争议。但无论如何都应该承认，一个曾经被人称为"乡村小子"的刘醒龙，今天能够写出《圣天门口》这部如此厚重的作品，证明我们过去还没充分认识到他的分量。刘醒龙成名作是"大别山之谜"系列，可以看出，那里神秘的山水，奇妙的风情，那里历史的反反复复、恩恩怨怨，那里各色人等的曲折命运，在他心灵中留下过很深的印痕。经过了二十多年的人生体验，看来他已敢于对曾经留在脑海里的种种历史之谜、生活之谜、命运之谜追寻答案。作家这种执着的责任感和艺术雄心是令人感动的，而《圣天门口》的问世，不仅证明刘醒龙在驾驭长篇时具有不凡的实力，而且对历史的追问显示出难能可贵的勇气，这是他自身创作的一次非常大的跨越。

　　中国从近代到现代社会的历史沧桑，大别山可算作一个聚焦点，是一个非常好的历史仓库，《圣天门口》正是以这里一个小镇近百年的历史烟云为生活背景，充分展开作家艺术驰骋的天地。

　　从我的阅读理解来说，我更倾向于把这部作品看作一部历史寓言。说它是一部历史寓言，是因为它有历史的基因，而且跨越了从辛亥革命到"文化大革命"的大半个世纪，但其内容却充满寓言性：天门镇上两个大家族——雪家和杭家，恰是一文一武，他们代代繁衍，既对峙又相安；而不断汇聚到天门口来的各种人物，像面容姣好、身材窈窕却头长癞痢的阿彩，像到此以说书为生、深谙历代兴亡之道的董重里，像肺病缠身却不乏对革命忠诚的傅朗西，也都充满寓言色彩。尤其是那位一身充满高贵气质、把"爱"看作最大福音的梅外婆，那位一生下地就对活鱼的生命有着强烈感应的雪柠，就更加虚幻和神奇，正如小说所写的，她们"是两个只在梦里过日子的女人"。至于土生土长在天门镇上、作为杭家豪强一代传人的杭九枫，双目失明却能看透种种人生异象的常天亮，甚至那一身充满杀气、愚昧残忍至极的马鹞子等，在他们身上也都带有极大的传奇性、寓言性。也正是这些身影，很自然地把我们的阅读带进到一个颇为奇特的寓言世界中。

《圣天门口》的寓言性，我以为主要是通过强烈的命运感来体现的。而家族命运、人物命运的展开，则又是在一种"暴力"的推衍下来进行的。小说对"暴力"作了极大的渲染，诸如推翻清朝后军阀的杀戮，国民革命军对善良百姓的杀戮；而当共产党武装暴动的信息被傅朗西带进天门口以后，这个小镇"动静相宜，文武兼备"的局面迅速被打破，家族之仇、情爱之仇、官民之仇统统被煽起。于是，马镇长死于号称革命、实为痞子的常守义手中，而杭大爹的次子则被误为凶手惨死在国民党地方武装自卫队的马鹞子枪下。杀戮的风暴从此就在天门口蔓延，使天门镇这个"世外桃源"哀鸿遍野，血流成河。多少人的命运也由于各种各样的原因被卷进这样的"暴力"漩涡中，阿彩就是一个典型的例子。她被嫁到雪家后因头上的癞痢而被雪茄所抛弃，一直无法成为真正的夫妻，由爱而激起的仇恨逼使她也成为参与"暴力"的干将："你若是不走，我就是你的妻子，你若是走了，我就是你的刀子。"

在这样的背景下，小说所描写的家族命运、人物命运的结局是可怖又耐人寻味的：显赫的杭、雪两个家族最后只剩下杭九枫和雪柠这两个再也无法施展"武力"与"仁慈"的孤人，而暴力的策动者和参与者，除了那个惧怕政治纷争、拒绝"暴力"而不断选择"逃离"的董重量依然逃亡之外，都在不同时期、不同场合为"暴力"所毁灭。

无疑，这是刘醒龙在充分地显示他的"寓言效应"：历史上的种种"暴力"带来的是对人类生命可怕的残害，是对历史自然生态无尽的破坏，连人类最美好、最高贵的"爱"的情感，最终也被践踏得体无完肤，飘然而逝。

我不同意有些评论所说的，《圣天门口》体现了刘醒龙所持的"基督文化立场"。这部作品中有属于刘醒龙自己的历史感悟，他的心确实紧贴着"天门口"绵亘不断却又迂回激荡的历史生活，他的感悟，正是从那片特殊的土地深处所获得的。而小说情节发展中不时插入的从大汉民族混沌的起源到后来的种种兴旺和衰落的说书段子，更为他这种感悟增添了历史沧桑感。当然，也不难看出，他这种感悟其实也蕴含着不少矛盾因素，但我们还是应该肯定他敢于对历史作出自己思考的勇气，肯定他创作的善良动机，也就是力图在这种寓言式的、惨烈历史的艺术反证中，寄予一种对未来历史新的向往和对一种圆满和谐人生的呼唤。

这里还应该看到，作品的寓言化，丝毫没有影响它给人丰富的艺术感受。相反，对于大别山这片热土，刘醒龙为我们提供了非常独到而精彩的艺术描写。那些充满乡土气息的农家生活琐事、那些闪耀着民间生存智慧，既精致又粗鄙的山村习俗，在作家笔下得到了最酣畅、最传神的呈现。使这部"历史寓言"，浸润在浓郁、丰厚的生活汁液中，给读者带来很强的艺术新鲜感和阅读快感。

然而，有一个问题也不容我们不去面对，如果人们转换一个视角用现实主义的常规眼光来看待它，或者甚至用"史诗"的界石来鉴量它，那么，很可能就会发出许多质疑，质疑它所反映的历史的真实性和全面性，质疑它对待革命态度的客观性。

为什么会产生这些歧义性的质疑？从创作的层面上来说，我认为主要在于作者处理"寓言化"与"史实化"的关系时，出现了抵牾性的偏颇。刘醒龙将他的"寓言"构想，不是放在一个虚化的环境中，而恰恰是放在一个相当实在的历史行程中来展开，在这个历史行程中，大的事件如辛亥革命后的军阀混战，大革命时期国民党的反叛，土地革命，红军长征、共产党的肃反，国共合作，抗战烽火，一直到新中国成立初期的政治运动和60年代的"文化大革命"，基本上都是作为实写的背景；而且在这些史实中，有时还具体到如共产国际的指示，如党中央的具体会议，如部队的具体番号和作战路线等，都让人产生"真实的历史"的感觉。这里的关键问题是，在艺术画面中所突出的却几乎全是一次一次的"暴力"与"拼杀"。如果作为寓言，这样的"极致性"写法是完全可以理解的，但作为对历史叙事的真实追求，就未免会令人产生疑窦。

"寓言性"与"史实性"的关系处置不当，也许在某种程度上反映了作家创作意向的矛盾心态，一方面想将自己切实的生存体验，将自己所了解的历史上种种暴力行为对人的生命造成的摧残，通过"寓言化"的方式来表达。另一方面，又想使作品成为展现 20 世纪的世纪性"史诗"，矛盾也就在此产生了。因为史诗化的要求必然需要作家以更高的历史视野对笔下的历史进行总体观照。而 20 世纪无疑是一个战争恐怖的世纪，暴力横行的世纪，但不能忽略，中国的 20 世纪也是人民大众反抗反动暴力，抵制野蛮侵略，保护自己生存权利的世纪；也是人的理性逐渐觉醒、从挫折走向成熟的世纪。它惨烈，又庄严，真正作为现实主义史诗式的作品，是无论如何都不能无视这些的。

由此，自然会引起我们进一步对当前长篇小说创作的一个重要问题的思考：在对历史意义追问的同时，是否还需要对历史意义作出承担？

这些年来，长篇小说创作有一种令人兴奋的趋势，那就是作家在创作中常常显示出对历史作出自我阐释的浓厚兴趣，显示出对构建一种新的精神大厦的气度。这种创作追求确实给许多作品增添了丰富的意蕴和思想魅力。像近年出现的《狼图腾》，就相当震动人们的心灵。这些作品一个重要的特点，就是以鲜明的思想个性，对一种历史文化现象，作出自己独特的思考和阐释。《狼图腾》的作者在与游牧民族的亲近中，在"与狼为伍"的日子里，感受到"狼"对这些民族的图腾意义，在与农耕民族的比照中发现了游牧民族强悍竞争、强悍进取的民族个性。可以看出，这部作品对"狼性"在人类发展中的意义和作用所作的讴歌与强调，与《圣天门口》对暴力的声讨与拒斥一样，都是"极致性"的。这种"极致性"的尽情书写，无疑会带来痛快淋漓的阅读效果，产生强烈的震撼作用。尤其是今天，当人们对历史进行反拨和自审时，这些作品发出的声音恰恰弥补了我们某种精神缺失，因而很容易获得社会的广泛共鸣。但与此同时，我们也不能不思考：在这种痛快的、极致性的意义追寻中，是否还需要对意义后果作出承担？

在人类社会的自然生态中，游牧文明与农耕文明的生成，其实都有着它们各自的理由和合理性，这两种文明各自的优劣相生，决定了它们之间需要共存与互补，才能构成一个平衡和谐的人类社会。因此，我们在追寻"狼"的图腾意义，极度推崇"狼性"所迸发的豪强的文明素质时，是否也要承担失去"羊"的合理存在的责任？承担失去与此协调相生的文明素质的责任？同样，在人类社会的历史发展中，野蛮的暴力，确实给我们带来过无数的灾难。我们也应该

55

承认，在某种历史阶段，要遏制暴力肆虐，完全不以暴力抗争，恐怕只会更加助长暴力的施虐者们对生命的残害。

当然，我并不认为文学情感的表达一定要四平八稳、面面俱到，但文学情感的背后总是潜藏着理性思索的，我们要让在"史"的土壤中升腾起的"诗意"，不仅蕴含着艺术元素，更蕴含着思想哲理元素。这种"诗意"，应该将人们的情感与理智提升到新的境界，而不是沿着已有的水平线从一极走向另一极。因此，当我们在通过一种艺术创造来表达一种历史追问和情感呼唤时，就有必要把握好思索的支撑点，只有这样，才能使整个艺术生命体获得一个坚实的基架，从而展现出真正丰盈而激越的思想艺术魅力。

原载于《当代作家评论》2006 年第 6 期

阅读《我是太阳》引发的思考

20世纪对我国历史来说，是一个充满战火硝烟又充满和平渴望、图强进取的世纪。上半世纪的频频征战，为下半世纪的和平振兴打开了一条直接通道。一个世纪上下五十年历史血脉的连接，使我们今天处在平和安稳日子里的人，总难以止息或摆脱对那个峥嵘岁月的缅怀；更何况，直到今天，在我们身边，还活动着无数从那个岁月中走过来的人，无数从血与火的疆场走向和平绿荫的人。他们的身影，常常唤起我们对那逐渐遥远的历史风云的遐想，而他们身上所倔强地保留的历史赋予他们的特殊情操、特殊的人格精神，更常激起我们这些历史后来者心灵的震慑。那是为中华民族乾坤的扭转而付出过代价的一代人。

在当代文学中，我们许多作家的创作目光始终没有离开过这一代人，没有离开过这个充满传奇色彩和特殊原料的创作富矿。它就像一条不辍的历史环链，当一代作家的掘进尚未停止，又一代新作家早已来到这个对他们来说既是陌生又是神秘的领域，兴致勃勃地开始他们的新探掘，并且陆续创作出一批在精神基调和艺术取向上都有别于以往的作品。新的力量的介入，无疑给这个领域的创作增添了异彩，但也不能不看到，由于一些创作者在价值尺度的选择、艺术剔取的兴趣方面表现出"不蹈前辙"的决绝姿态，他们从历史景象中更爱提取一些世俗风尘的碎片，而有意或无意地避开那些崇高博大的灼热巨流；尤其是在处理历史生活原料时，又往往爱用心灵化合的方式来拆解历史，以个体的生命体验和生命情绪，去随意充填某种历史景象或膨化某种生命状态，而忽略或排斥对历史缘由和生活脉理的追问和理解。这种创作状态，在某种程度上导致了这个领域近年的作品色彩奇异者多而厚重深沉者少的局面。

邓一光也是作为新一代作家的一员进入这个领域的。他进入得比较晚，才放下对知青生活和城市生活的热衷，陆续以《父亲是个兵》《战将》《大妈》《走出西草地》等中长篇小说显示他开始以整个身心进入父辈所穿过的那条威武而惨烈、雄伟而险峻的历史隧道，并逐渐选择出自己所开掘的层面。而由人民文学出版社出版的长篇小说《我是太阳》，更明确地显示出他创作开掘的独特意义。

《我是太阳》是以关山林这位人民军队高级战将大半生的历程为主线，以一个潜隐的后辈视角有声有息地展示了主人公当年驰骋沙场的霹雳气概，也相当真实地描写了这位"战神"进入和平环境后的复杂心态和坎坷命运。小说从一个相当复杂的层面上揭示人物的生命原质，它传递给我们的既非单一的景仰式炽烈，亦非单一的俯踞式冷漠，而是一种既激越又冷峻，既荡溢着浓烈情感又逼射着现代理性精神的艺术力量。尽管小说在某些部分笔力仍有不足，但作为一位后辈作家，能把握这样的创作维度来表现他笔下的前辈人，确实不容易，特别是他从《父亲是个兵》到《我是太阳》的创作穿行，更使我们在这方面获得一些有价值的思考。

不难发现，《我是太阳》中关山林的形象与《父亲是个兵》中的"父亲"，有着直接的艺术引申意义。然而，关山林形象所概括的生活容量和所揭示的精神深度却带有某种质的飞跃。这固然与长篇和中篇的规模差异不无关系，但关键还在于作者对其直面的人生状态不仅有着直感性的生命体验，而且还获得了深刻的历史理解。

在《父亲是个兵》中，邓一光确实逼真地描绘了"父亲"这代人的某种现代心态：也许是血与火的太多惨烈，使他今天执拗地拒绝儿女再披戎装；也许是几十年军旅的铁纪严规形成的刻板习惯，使他无法适应和平年代各种软性的生活形式。冲锋陷阵的舞台失去了，他犹如一只猛虎跌落平原，也像一匹被拴的战马，只能仰脖嘶鸣长空。一种奇异的生命形态被作者反复地作了艺术强调：愤懑、牢骚、困顿、蛮拗。这里确实融进了作者强烈的情感体验，因而把父亲由于生命的落差而造成的心理和情感的严重失衡表现得甚为鲜明而逼真。但形象平面性的缺陷却也是存在的，作者融贯于形象的更多的还是直觉体验的混沌情绪，还欠缺纵横逼近的穿透力，致使形象本来具有的丰富内涵未能充分揭示。到了关山林形象的重铸时，我们会发现作者已把他对人物的直觉体验大大向纵深度推进了。

在《我是太阳》的创作中，作者在继续保持人物形象的生命质感的同时，更着重于展示那种驱动生命过程的复杂力量，着力去探寻生命形态的内在精神源头。他充分利用长篇小说矛盾交织的优势，在关山林生命过程中多层次地盘结了各种的"介入"力量。小说在关山林身旁，设置了他妻子乌云生活命运的对称性线索，枪林弹雨中的分分合合，和平日子里的相互支撑。通过两人命运的对称性展示，充分地强化了革命军人辉煌又艰辛的人生旅程。与此同时，小说又以关山林三个儿子不同的生命遭际，更有力地增添了关山林生命过程的丰富内涵和深沉力量。二儿子会阳在母亲乌云蒙受不白之冤的境遇中诞生，成了一个只会挤在墙角生存的痴呆儿，他的存在使关山林夫妇始终难以摆脱不正常的政治生活留在他们身上的阴影。大儿子路阳命运的引出也是有深沉意味的，作为一名优秀的青年军人，当他正像一颗新星耀眼地升起时，却不自觉地被卷进军内复杂的斗争漩涡，错踏贼船，从而变成流星骤然陨落。他的倏然闪现，给关山林和平时期的军旅生涯烙上了严酷的色彩和沉重的叹息。而三儿子京阳的命运则又显示了另一种悲壮。这个内向压抑的青年，最后为保卫祖国边境安全而赴汤蹈火，以血肉之躯换取战斗的胜利，同时也以此证明自己曾被污损的灵魂的清白，他的行为使关山林一代军人的凛然风貌和刚正品格得到了进一步延伸。这几条命运线索的成功组合，使小说涵盖了丰富的历史和现实人生，显示了作者对笔下人物的生命过程有了更开阔的历史理解。

在命运充分展示的基础上，邓一光对人物的精神内核也有了更深层次的开掘。他透过关山林倔强、固执的性格和不适从的心态，探视到他背后深藏的精神亮点，那正是对一种人生价值无比顽强的固守，对曾为之献身的理想执拗的追求。尽管坎坎坷坷，跌跌撞撞，尽管生命被扭曲以至凋零，仍不放弃、仍不退让，就像太阳一样，"跌落了，明天又再升起"。"我是太阳"，这种经过血与火的历史锻造的精神宣言，恰恰是"父亲"——关山林一代征战者身上最有价值、最可宝贵的东西，是关山林生命形态的内在支撑点。正因为作者终于洞悉了并有力地表现了它，所以这不仅给作品壮烈而沉重的氛围注入了高昂的格调，更使关山林的形象在具有生命形态的丰富性的同时，有一种强大的升腾感，它以沉郁却又强劲的艺术力度，唤起今天无数经历了坎坷曲折又毅然奋起的现代读者感情的回应。

应该说，邓一光还远不算一位成熟的作家，但他创作的推移却使我们获得一些启悟。确实，文学创作是有多种层次的，只求展示一种生命过程，一种人生状态，这只是创作的一个层次；深入透识并艺术地揭示这种生命过程形成的因由及其蔓延的延广性，透识并揭示出某种人生状态的内在驱动力，这是创作的又一层次。我们所说的历史理解，正是把创作推向这一层次的重要一环。无疑，创作是精神与情感的产物，它离不开对生命形态——生命的诞生、命运、痛苦、欢乐、死亡等的情感体验，但如果一个作家能对某种历史行程和历史力量有全面的把握，对一种生命过程与历史过程之间的内在"锁结"获得理性的认知，那必然会使他的生命体验进入一个更高的层次。特别是在我们表现过去的历史生活和伴随历史走过来的人时，只凭主观的臆想和情感的冲动，是很难写出复杂的人生和生命的力度来的。邓一光是一个军人的后代，他并不让自己的创作停留在血缘的亲情体验上，而是在对生活原料的反复研磨中，在对社会精神智慧的认真吸纳中，实现了对一种历史血脉的承接，大概这正是他创作获得跨越的一个重要原因。

原载于《光明日报》1997 年 5 月 27 日

《尘埃落定》：在陌生化场景中诠释历史

当尘埃落定，历史终于露出它的真实本相。《尘埃落定》的作者阿来对历史思考的巨大热情，给这部充满着康巴藏族风情的小说带来了沉甸甸的分量。

一个封闭、落后却又自以为可以安度百世的制度，由于它的专制、残暴，由于它的愚昧、固守，终于在历史前进的大潮中，无可挽回地自我崩毁，化为一片尘埃。这种历史警喻，我们已经在漫长的历史行程中无数次获得。而《尘埃落定》的最大成功，我以为则是在一种经过艺术陌生化的历史场景中，把这样的警喻诠释得令人感叹不已，令人永志不忘。

"陌生化"是俄国形式主义批评家维克托·什克洛夫斯基提出的一个艺术创作概念，它强调创作中要通过语言、内容、文学形式等层面使创作对象"陌生化"，其目的"是要创造一种对事物的特别的感觉"，以增加和延长"感觉"的难度和时间的长度，从而使审美过程获得更大的快感。《尘埃落定》为我们打开的确实是一片奇异的情景，在这个藏民聚居地仍保留着对今人来说十分陌生的"土司"制度，这个经过清皇朝册封后所留下的遗物，保留着各自的领地和臣民，保留着被奴役的奴隶，保留着维护土司至高无上权力的种种残酷典章刑法，实际上也就是一个封建专制王国的"缩微"，当我国推翻了帝制以后，它的存在就更具有奇特性和神秘色彩。

小说"陌生感"的创造，除了选取了一种奇特的现实存在外，更主要的是选取了一个特殊的叙述人，以甚为奇妙的叙述方式，为我们创造出一种"特别的感觉"。这个叙述人就是麦其土司的二儿子——一个自己称作，亦被人们普遍认作"傻子"的"我"。小说中的场面和故事，就是通过这位有着藏汉混合血统的麦其家二少爷的眼光、感受和心灵化的喃喃自语来展开的，他那飘忽的眼神，那语焉不详的话语，那时而清醒时而迷糊的行为举止，都给小说的叙述带来一种特殊的魅力，小说就是在这样一种"异样陌生"的场面中诠释着"土司的历史"。

选取"傻子"作为叙述人，固然不是阿来的首创，福克纳的《喧嚣与骚动》中那个"白痴"班吉、鲁迅《狂人日记》中的"狂人"，都曾在小说的叙述中起到十分精彩的作用。但阿来《尘埃落定》中的"傻子"，除了"痴"与"狂"，还带有着更丰富的意义。也许是一种混合文化基因所使然，他对自身所处的环境始终保持着异样的眼光。父亲的野蛮、专制，母亲的任性、奢华，总使在这个环境中成长的他感到格格不入，而在这个辖制数万人的家族中，兄弟间对继承人位置的争夺，更使他时时感到处于局外当一名"傻子"最安全，不然"说不定早就命归黄泉"。从骨子里来说，他其实是个清醒者，是这个濒临衰败的土司家族的客观审视者，"上天叫我看见，叫我听见，叫我置身其中，又叫我超然度外"。所以当父亲派他和哥哥分别到南、北边界守护那里堆满粮食的粮仓时，他在北方边界作出了一系列令人不可思议的举动：打开封闭的城堡，放粮赈济其他土司的灾民，又用麦子作交换破天荒地营造起一个贸易市场……他不像哥哥那样企图用野蛮的征战消灭敌手，而是"用麦子来打一场战争"，由此而得到民心又获得了财富。他这种"怜爱之心"和"审时度势的精明与气度"，给死气沉沉的土司群落带来一线生机，也使他父亲对他产生了怀疑："你到底是聪明人还是傻子？"

小说从傻子"我"的亲历感受入手，对人性、爱情、欲望等的叙述更充满辛酸的浪漫。作为麦其土司的二少爷，他身边美女如云，侍女川流不息，随时可以纵欲无度，但当他从少年懵懂的傻态走出，终于发现，与卓玛以及两个塔娜的关系，其实只有性而无真正的爱情。卓玛虽然对他温情有加，却只因为奴隶要伺候主子；侍在他身边的两个塔娜：门当户对的茸耳女土司美丽的女儿塔娜与他成婚，只是为了获得他的麦子而作为交换的砝码；瘦削的侍女塔娜，对他处处顺从，却只为他那"描金的首饰盒子"，直到官寨被轰毁仍死死抱住不放。怪异的制度造成了怪异的人性。如果说，缺乏符合人性的真爱，使这个家族的生命不断枯萎，那么，一代又一代的仇恨，就更像一条毒蛇，把这个家族缠绕至窒息。这个残暴的土司家族留下的罪孽毕竟太深重，仇恨，使他哥哥、这个家族的继承人倒在复仇人的刀下，最后，连被人们称为"有新脑子""能跟上时代"的傻子"我"，也被仇恨所毁，从而彻底断掉了土司制度的最后生机，显示了腐朽制度灭亡的不可逆转性。

小说中那位来到麦其土司宣传新教思想却被割掉了舌头的翁波意西喇嘛，最后成为土司历史破败的见证者，这位跟随在"傻子"身边的"书记官"，常以预言般的智慧，点明历史，启悟世人。他有一句话几乎成了阿来创作这部作品的最基本动机："历史就是从昨天知道今天和明天的学问。"

原载于《语文教学与研究》2008 年第 10 期

《活着》：一篇关于"活着"的寓言

　　余华的长篇小说《活着》，与其说是一部描写现实生活的作品，毋宁说更像一篇寓言，它借助一段平凡却又颇为离奇的人生故事，寄寓了关于人活着的一些深刻而隽永的哲理。

　　小说主人公福贵，数十年前原本是拥有一百多亩地的地主家庭的"阔少爷"，因是独苗，从小娇生惯养，长大后又爱嫖嗜赌，败掉了全部家产，变得一贫如洗，从此开始了他的苦难人生。新中国成立前为给母亲抓药治病，到城里被国民党抓去当壮丁，好不容易捡回一条命，两年后辗转回到家中，母亲却已逝去。新中国成立后土改变成了贫农成分，分到了五亩地，他与妻子家珍及一双儿女本想通过勤劳重新去实现祖辈留下的发家古训："一只小鸡，鸡养大后变成了鹅，鹅养大了变成了羊，再把羊养大，羊就变成了牛。"但小说的叙述并没有按照福贵最基本的生存意愿向前推移，反而要他面对接踵而至的一次又一次令人窒息的死亡："大跃进"和紧随而来的大饥荒，使他妻子家珍落下了不治之症；接着是儿子有庆，在献血时因医生失职过量抽血而不幸身亡；聋哑女儿凤霞，好不容易找到真心爱她的歪脖子丈夫二喜，但在分娩后却因大出血而死亡；凤霞死去不到三个月，卧床多年的妻子家珍也终于撒手尘寰；女婿二喜为挣钱养活儿子苦根而不惜卖命苦干，可一次工伤事故夺去了他的性命。四岁的外孙苦根与姥爷福贵相依为命，还没到七岁，就成了福贵劳动的好帮手，但最后却被意想不到的病魔夺去了生命。

一般的阅读很容易会以为小说写的是一个农民家庭在近数十年的现实遭遇，但实际上，土改、"大跃进""文革"等，都不是作者要展开描写的重心，它不过是作为一种生活底色，作者在这种动荡而又难以捉摸的生活底色中所要突出的，是死亡，是一次又一次看似离奇却又符合常理的、不断重复的死亡，他要用主人公不断面对的这些死亡，来有力地激起人们去思考、去体味"活着"的深层寓意。人的活着，就要具有面对死亡的承受能力。"活着的幸福"与"死亡的惨痛"，是人生紧紧黏合的两个"镜面"，人在生存中会像福贵那样，会有夫妻相濡以沫的慰藉，会有清贫中家庭的温馨，会有儿女双全的欢快，会在失去亲人后又意料不到地收获亲情的惊喜，会有新生一代的降生而燃起的不灭希望，但这一切却又都避免不了，也无法绕开死亡，这就是"活着"的无情的哲理。正因此，活着的人们是多么需要平静、需要沉稳和内心的坚强。

小说在故事叙述的开始，所设置的福贵命运"落差"的情节，也是富有寓言性的。福贵年轻时曾因家势的显赫、父母的骄纵而放荡不羁、挥霍无度，终使家庭败落，一夜之间从"阔少爷"变成了穷光蛋，但也因此逃过了土改被划为地主的厄运，没有像二龙那样因赢了他的赌债而成暴发户，结果在土改中被枪毙。这种命运的阴差阳错，除了戏弄人生的无常变幻外，实际上也成了"活下来"的福贵能承受一次次死亡灾难的心理基础，就像他自己所说的那样："我是越想越险，要不是当初我爹和我是两个败家子，没准被毙掉的就是我了……我想想自己是该死却没死"，"这下可要好好活了"。在福贵身上，人生的"无常感"就是这样转化为人生的"正常感"，因此，他获得了一种超越苦难的平稳心态。

《活着》有两位叙述者。小说的主要部分，是主人公福贵的倾诉，是在他经历了数十年苦难人生后，孤寂地与老牛为伴的境况下，对自己命运的倾诉；另一位则是听取他倾诉，并被他的倾诉深深吸引的年轻人，一位下乡搜集民间故事和歌谣的采风者。这种叙事安排，即使整个人生故事有着真实的现场感，使我们直接听到了一种经历了苦难，却又超越苦难，娓娓地叙述苦难的平静的声音；同时，又透过年轻采风者的目光，看到老福贵在田头牵着疲惫的老牛耕田时与牛调侃的无奈神态，看到他那与牛一样"黝黑的脊背"，看到在阳光下他那"脸上的皱纹欢乐地游动"……这一切似乎又更有力地衬托出主人公对待苦难的超然和"活着"的坦然。全书的最后是以年轻采风者发自内心的一段话结束："我看到广阔的土地袒露着结实的胸膛，那是召唤的姿态，就像女人召唤着她们的儿女，土地召唤着黑夜的来临。"这诗一般的语言，正是他把从大地上感悟到的生活真谛，诚挚地传递给我们读者。

原载于《语文教学与研究》2008 年第 9 期

《务虚笔记》：在精神王国里漫游与探秘

史铁生四十一万字的长篇小说《务虚笔记》，是一部奇特的书，一部完全将生活心灵化的小说，一部在精神王国漫游中不断对世俗价值观念发出拷问的动人的"笔记"。

作品的人物没有具体姓名，可以说，他／她们都只是生命的符号，只有命运，只有生命的轨迹，就是这些各自不同的命运轨迹，引发起作者对历史、人生、爱情、命运以及许多道德伦理的思考和拷问。

由于作者将生活心灵化，人物进出他的心灵往往是由他的思绪所支配，正如他在书中所说的："写作之夜的男人和女人，都不过是我的思绪。"在作者的"写作之夜"中，这些生命符号在他心灵中有时是重叠的，有时是交叉的，有时甚至是相互替代的；人物的现在和过去，事件的前因和后果，本人与他人的联系交往线索，常常是颠倒的、缠绕的甚至是错位的。他这种非逻辑、非连接性的叙述，犹如思绪的突如其来，忽如其去。这种奇特的叙述方式和结构方式，对读者的阅读无疑是个极大的挑战，它考验着我们阅读的耐心和专注，那种浏览式或跳跃式的阅读，是很难把握其全部真谛的。

为了对这部小说的内容有个基本了解，我们有必要将进入作者心灵的人物命运作一种抽象的、简约的梳理：

C是残疾人，X由于对他的理解和爱慕进入了他的生活，而他所遭遇的是没有性爱的爱情，这使他常处于惶然与恐惧状态。

F，一位医生，有一段无法摆脱的感情经历，他与N相爱，但父母却为他安排了到苏联留学的锦绣前程。而N不好的出身，更成了他们感情发展的障碍。"你的骨头没有一点儿男人"，N的这一句话，使F一夜之间白了头，背了一辈子的精神十字架。

Z，画家。九岁时带着天真的好奇心进入一处豪华住宅去看望一个小女孩，女孩却被家人责备："怎么把一个野孩子带进来。"一句话，刺疼了他的心，成了他一辈子无法摆脱的一道阴影；亲生父亲因不明的政治原因而不知去向，母亲为了Z的前途改嫁给一个嗜酒的工人，使他落入更平庸和丑陋的环境，给他心灵造成更大的重压。他后来追求高贵艺术、追求高贵精神、追求崇拜和征服所表现出的疯狂性，即源出于此。

O，女教师，与WR两小无猜，又在一起成长中共同仰望那只"白色鸟"，但命运却使他们天各一方。经历了多次情感失落后，她被Z炽热的情感所吸引，但最后发现Z爱的只是艺术和征服，终于，O在对爱、对生命意义的彻底绝望中结束了生命。

Z的叔叔，一位革命者，当年与葵树林的女人有过一段感情纠葛。在一次敌人的搜捕中，女人为了救他，引开敌人而落入虎口，但在敌人以她母亲和妹妹两条生命作威胁的情况下，她成了"叛徒"，也成了一辈子走不出屈辱的"生命躯壳"。

L，一位诗人，永远在1：400000000的地图所标出和无法标出的那些路上写着一部长诗，写他的梦想和希望，更写他"与不止一个也许不止十个女人，在那儿相爱无猜"。

WR是个有才华的青年，却因家庭是"右派"而被永远排拒在大学门外，激烈反抗的结果是被遣送到偏远的角落，历尽人间苦难。重获自由回到城市后，饱经沧桑的他一度迷恋于权力，决心从政，希望利用权力"不再把任何人送到世界的隔壁（人间地狱）去"，但他不知道，这是否只是个幻想。

从上面所梳理的人物命运中，我们就可以看出，史铁生通过他的"写作之夜"所思考的历史与人生，涉及面甚广，他对"革命与人性""从卑贱者到高贵者""人的差别与平等""爱情与事业""性爱与婚姻"等，都发出了大胆的、充满激情的拷问，而这些拷问又是与人飘忽的命运紧紧相连的，所以更具有强烈的吸引力和启悟性。

小说最显深度的还是它对人的心理透视和剖析。画家 Z 是作者着笔最多的一个人物，小时候他走进那座美丽的房子，"那根白色的大鸟的羽毛"所留下的辉煌印象，那句"怎么把一个野孩子带进来"的尖刻话语所留下的创痛，似乎影响了他的一生。他多年来百遍千遍地以各种背景画着那根"洁白的羽毛"，或中魔似的默默流泪，或发疯似的把画出的一幅幅羽毛撕扯碎，都传递出他被那受屈辱的心灵创伤折磨的极度痛苦。为此而激起的强烈的"雪耻的欲望"，又使他不断不择手段地追求着"高贵"，不惜用残忍的态度去"征服"被他认为有着高贵气质的 O 的情感……人在成长过程中所遭遇的非正常环境，心灵所留下的隐秘伤痕，在作者艺术的放大镜下，透射出惊人的震撼力。

原载于《语文教学与研究》2008 年第 11 期

《狼图腾》：被丰繁的艺术细节充盈的思想空间

　　毋庸否定，《狼图腾》的创作体现了作者一种执着的甚至是偏执的文化理想，认为必须弘扬比农耕历史更悠久、更有生命力、更有战斗力的"大游牧精神"。他认为，这是一种具有"残酷激烈的生存竞争"的精神，一种"在世界历史上从古到今不停奋进，并仍在现代世界高歌猛进的开拓进取精神"，而这种精神"是以强悍的游牧性格，特别是狼性格为基础的"。这样一种文化理想是否合理、是否偏颇，人们尽可以从学理上去与它商榷，但应该承认，作为一部小说，它那昂扬激越的基调，却是十分强烈地体现了今天时代所呼唤的敢于开拓进取，敢于竞争较量的拼搏精神和阳刚之气，具有很强的情感冲击力；而它从人类学、生态学的高度展示了人类的生存环境、自然生态对人的生命存在、精神存在的深刻影响，并对孕育于农耕土壤中的农业文明的一些痼疾和弊端发出沉重的忧虑，这也是值得人们认真思考的。

　　小说以狼为叙事主体，描写了20世纪六七十年代在内蒙古草原插队的一群北京知识青年在与牧民们的共同生活中和草原狼所结下的不解之缘。作为一部现实主义小说，它的艺术可以说是精湛的。作品那宏大的艺术构架，被丰富多彩又充满着神奇变幻的生活流程所支撑，围绕着"冬去春来"这一时间线索中轴，展现出草原一个个奇诡神秘的生活事件，一个个人与狼、人与草原、人与风雪的荡气回肠的故事，使这一艺术构架宏大而不空疏，延展虽长却又时有变幻，气韵充盈。

细节描写，是小说描写方法中的一个重要手法。通过对具有典型意义和艺术魅力的细小情节的精确、传神的刻画，往往能使人物性格、环境气氛等得到生动的传递。《狼图腾》最为精彩的是它的细节描写，像小说中人狗围剿草原狼的许多行动细节，像捕捉小狼、饲养小狼的许多生活细节，以及如何从冰窟中挖取黄羊、如何用雪上毡舟运送黄羊的许多特殊的技术细节，等等，都被作者写得无比的细微精致，逼真传神，极富生活质感。这里不妨略举一例以作说明。小说主人公陈阵，为了认真观察"狼性"的特征，费尽周折冒险从狼窝里掏到一只刚出生不久的小狼，亲自喂养，以此试验是否能改变"狼性"。其中有一段描写陈阵给小狼喂食的场面："陈阵发现，小狼崽吃撑以后就开始挑食了，先是挑粥里的碎肉吃，再挑星星点点的肉丁吃，它锐利的舌尖像一把小镊子，能把每一粒肉丁都镊进嘴里……陈阵再仔细看：小狼居然还继续在镊吃黄白色粥里的白色肥肉丁和软骨丁，把粥里面所有的荤腥丁丁不落地挑到嘴里。直到一星点肉丁也找不到的时候，它仍不抬头，居然用舌头挤压剩粥，把挤压出来的奶汤舔到嘴里面，奶也是狼的美食啊。当小狼终于抬起头来的时候，一大盘香喷喷的奶肉八宝粥，竟被小狼榨成了一小盘没有一点油水、干巴巴的小米饭渣。"通过对小狼"吃相"的这种精细描写，相当逼真地把狼的贪婪与精明，表现得极为生动传神。而陈阵对狼的本性能获得切肤般的了解，也正是在喂养过程的一系列细节中领略到的。他在小狼身上发现，哪怕你对它百般慰抚，小狼意识里也绝没有被人豢养的感觉，它不会像狗那样一见到主人端来食盘，就摇头摆尾感激涕零，小狼完全不认为这盘食是人的赐予，而认为这是它自己争来夺来的。即使被豢养，也丝毫不改变作为狼那种以死拼食、自尊独立的本性，这也是蒙古草原狼永远不可能改变的生存信条。这些富有生活本色、意味丰蕴的艺术细节，当然是来自于作者对生活的深入观察和生命体验，它给这部现实主义作品带来了强烈的艺术活力。

小说中细节的运用当然需要一个基本情节的统领，《狼图腾》在这方面无疑是以草原与狼、牧民与狼的天然共存作为故事的"底板"，其中贯穿的则是北京知青对草原狼的本性及其存在意义的思考。因此，小说在叙事中，在对各种生活细节的精彩描写中常会插进一些哲理性的感悟和浓烈的感情抒发，以此表现这批理性思考者所感到的"来自草原地心的震颤与呼救"，表现他们所获得的"与草原有一种灵魂深处的共振"和从心底"呼唤出最远古的情感"。这种穿插,使广袤的草原、冰凛的雪原、狼群的残忍与狡黠、牧民的强悍与温情……在作者笔下都获得了一种诗性的提升,让人们从草原人的生存历史中领悟到哲学的诗意。

原载于《语文教学与研究》2008 年第 12 期

《平凡的世界》阅读笔记

　　路遥的长篇小说《平凡的世界》出版至今已经二十多年了，这部三卷本、一百万字的长篇巨著出版后，不仅获得了我国文学界长篇小说的最高奖——茅盾文学奖，更重要的是，它二十多年来一直拥有千百万读者，一直处于出版物排行榜的前列，一直在各种官方和民意调查中被读者誉为最喜爱的文学作品之一。在数十年的长篇小说中，能如此自豪地、稳固地经受住时间检验的作品，能如此幸运地长时间地受到读者，特别是年轻读者珍视的作品，为数确实不多。这种不容置疑的事实，引起我重读这部作品的兴趣，希望在重读中寻找到这部小说能经久地触动读者心灵的奥秘。

　　路遥在他的一篇长达六万字的创作手记《早晨从中午开始》中，曾十分详细地、充满激情地记述了他在中篇小说《人生》获得成功之后，所计划的一次似乎是决定他人生价值的"沙漠之行"——以六年的时间创作一部"力求全景式反映中国近十年城乡社会的巨大历史性变迁"的长篇小说所经历的艰辛的创作历程：他对改革开放时局的密切追踪，他对各种创作素材和人文资料近似疯狂的涉猎，他几年中自困于偏僻简陋斗室的孤独和寂寞，他废寝忘餐、颠倒昼夜在稿纸上的顽强拼搏……这些记述令人读来自然无法不被感动。但是，在他这篇创作手记中我们却极少了解到,他对自己所面对的创作现实有着怎样的思考,怎样的把握,怎样的困惑。因此,对这位作家在这部小说中所赋予的精神价值,我们还是只能从他创作的文本中去寻找。

一

路遥创作于 20 世纪 80 年代的《平凡的世界》,近距离地描写了从 1975 到 1985 这十年间中国农村所面临的困境和逐渐发生的重大变动。这是一个光明与黑暗交替的年代,是一个令人忧伤、绝望又突现曙光令人振奋的年代。在这样的年代中,人的命运起落浮沉,生活的颠簸动荡是极其明显,也最震动人心的。作为文学创作,这样的生活"切面"自然常为作家们所截取。当然,如何处理和表现这个"切面",不同作家的"着力点"是有所不同的。而从路遥的"着力点"中我们会感觉到他的处理确有其一些独特之处。

小说以陕北黄土地的一个名叫双水村的小村庄作为生活基点,作品一开始就展现了十年动乱后农村的一片荒芜,长年的饥饿和极度的贫困无情地缠绕着双水村的农民大众,而村支书田福堂却不顾村民饥寒不保,为了争得"学大寨"的荣耀,突发奇想,盲目强制村民带着疲惫的肌体去修筑那个毫无经济效益的大坝……而更为残酷的是人的正当权利、人的正常情感所受到的肆意侵害,那些掌握着极左政治权力的田富堂、孙玉亭之流,可以把地主成分的金家子弟压得不能动弹,无法施展自己的创造力,可以因鄙弃孙玉厚家的贫困而强行威胁其儿子孙少安放弃对田家女儿润叶的情感,可以因一些社员做点小买卖而随意拉去批斗、劳动惩罚……这一连串的生活故事,我们似乎并不陌生。那么,路遥的独特之处又在哪里呢?我觉得主要在于他对这种"平凡世界"生活矛盾的把握及对人际格局变化的处理上。

双水村有着孙、田、金三大姓氏族群,但是在那政治对抗、矛盾纷争的环境中,路遥笔下的双水村这几大姓氏族群并没有像张炜的《古船》洼狸镇那样被处理成三股壁垒分明、界线划一、互相对立的社会势力,在双水村的姓氏族群中,其成员早已因经济地位和政治态度的差异而离析分解。孙姓中既有孙玉厚那样老实本分、勤劳过日子的农民,也有像孙玉亭那样好吃懒做、靠趋炎附势过日子的政治"盲流";田姓族群中除了田福堂这样的以"革命"名义无情地实施专权者外,还有像田润叶、田润生这样重情感、重道义的年轻人；至于金姓氏族就更为复杂，既有因长期受压抑而胆小怕事、唯唯诺诺者，也有秉公办事、敢于坚持正义者，有聪明智慧的后生，也有胡作非为的不肖子弟。总之，聚居在双水村的农家百姓，氏族维系的链条实际上已逐步在断裂，中国农村的宗法色彩尽管未完全褪去，但随着 20 世纪革命风暴的席卷，也由于现代经济生活的影响，农村社会的宗法氏族已经再无法壁垒森严地存在，路遥固然没有忽视氏族成员间千丝万缕的族群关系，但他所把握的农村的矛盾基本上已经不是传统的宗族间的矛盾，更要突出的是一种漠视土地权益、钳制农民创造力与农民要求成为土地真正主人的矛盾。当这样的矛盾与几个姓氏族群成员之间的错综复杂关系相互缠绕，也就构成了七八十年代之交双水村这个"平凡世界"的特有底色。土地权益问题、土地主人问题，这都是当今农村改革仍须严肃面对的问题，可以看出，路遥当年对农村演变中社会矛盾的把握，已经不是靠一种凝固的理念所支配，而是靠自己的透视力和理解力。

路遥在描写土地制度从"大集体"向"土地个人承包"的转变过程中双水村的变化时，给人印象最深的是人际格局的变化，而且，他把这种格局的变化不只看成是财富的增加上，而是着力于体现人的身心自由上。随着社会出现新的转机，当农民一旦重新获得了对土地的支配权，他们的劳动智慧立刻释放出惊人的创造力，从土地耕耘中获得了改变自己生存境遇的资源，迎来了生活新的转机。小说着力描写的是双水村一些像孙玉厚这样的贫困农户，如何在勤劳致富中经济获得翻身从而开始改变着自己的社会地位，取得了在村中的发言权，一些像金俊武这样的因"成分不好"长期被斥之边缘、压在底层的农户，在村里也开始有了发挥积极力量的权利。人的精神解放才是真正的解放，这种解放与田福堂的精神萎缩、精神颓败正形成鲜明的对比。在双水村的农民大众兴奋地走上生活正常轨道、在自己土地上大显身手时，本为农民却被权力异化成"四体不勤"的田福堂，身心已被无可抗拒的生活潮流所击倒，尽管其职务还"挂"在身上，但失去了昔日颐指气使的威风，只能整天蜷缩在屋前的破磨盘上哀叹：

> 田福堂忍不住从多痰的喉咙里发出一声叹息。他感叹历史的飞转流逝，感叹生活巨大迅疾的演变。是呀，想当年，在双水村这个舞台上，他田福堂一直是主角；而现在，是别人在扮演这个角色了。

他年老多病，一个人孤零零地躺在这里，成了生活中一名无足轻重的"观众"。

尽管田福堂始终不放弃"村支书"的权力，从内心抗拒着新的生活潮流，但他已经无法阻挡双水村人心的改变了。从人的精神格局变化来表现双水村人际格局的变化，路遥这种处理方式无疑是更能震动人心的。

当然，路遥也许深知人的精神变化并非都是"极端式"的，在变异中有些人身上常会出现一些出人意料的怪现象。如一直跟随在田福堂前后、热衷于唱革命高调吃惯了大锅饭的孙玉亭，他的变化就颇具讽刺意味。这个总想大轰大嗡、乐于大批判、大斗争的"革命家"，天天希望在报纸上找到恢复以往"革命景象"的风向，却又天天使他失望。"世事变了，他还是一副穷酸相。一身破烂衣服，胸前的纽扣还是缺三掉四"，可这个"破败的'革命老前辈'"，"政治热情"依然不减，后来竟然还利用这个"特长"主动去为孙少安的砖窑点火仪式出谋划策、大张声势、上下奔忙，为"资本主义"鸣锣开道。如果说田福堂是个有着浓重封建专制意识的"革命"权力的自觉执行者，那么，孙玉亭则是个没有灵魂、只图实利的政治"盲流"，所以，他只会为自己衣食无靠、风光不再而懊恼，而不会像田福堂那样有那么多的精神失落感。而正因为他没有灵魂，所以随时可以滑稽地改变"投向"。总之，无论是田福堂悲剧式的衰颓还是孙玉亭喜剧式的善变，它都标志着双水村社会一种人际结构的结束、新的一种人际结构的开始。

当城市化、商品经济的现代化大潮向农村迅速渗透蔓延，在冲击农村传统秩序和观念，给封闭的村落带来一片生机的同时，也带来了许多驳杂的色彩。个人的行动自由固然把农民从土地拉向生活的各个方面，但人的欲望的膨胀、恶性的彰显，使得社会风尚也变得更加芜杂。本来就不安于下地劳动的王满银，这时更有理由不顾家庭而常年游荡于城乡各地干他的倒买倒卖营生，金家的儿子金福在城里靠盗窃敛财，竟敢回村里炫耀自己的"富有"，更有像城里建筑工地上包工头对待打工仔的凶狠和盘剥，农村少女小翠在贫困逼迫下为了谋生而甘愿承受出卖肉体的屈辱，还有官场上贪欲与腐败的滋生……总之，由于农村土地制度的变革，由于城市商业化风潮的诱惑，随着主潮涌动而泛起的种种残渣，当年都被路遥注意到了。这使我不禁想起当前许多描写农村生活的作品，不也是在四围搜索、倾尽笔力去写这些残忍的、残缺的故事吗？当然，无论出于关注"下层"还是关注"人性"的动机，这种书写也是无可非议的。但路遥却不使自己的创作仅仅停留在这样的层面上，也许对他来说，他感到农村世俗生活的变动，给人的命运带来的绝不仅是沉沦，绝不仅是邪恶的出路，在眼前翻滚的某些生活浊浪中，他更敏感地看到了在那平凡的、被小农意识千年浸润的黄土地上一代人身上出现的不寻常的亮点。

二

路遥对双水村孙家兄弟孙少安、孙少平这两个人物的捕捉，对这两个人物身上所萌生的新素质的挖掘和展示，确实使他笔下的"平凡世界"更具有"不平凡"的意义。

首先我们来看看孙少安。作为孙玉厚一家的长了，孙少安虽然才智出众，却因家境贫困，十三岁高小毕业就懂得父亲已不可能供自己上中学了，他不得不改变自己的命运，回到家中帮助父亲劳动以支撑起一家的生活重担。在人生的转折时刻，他向父亲说了一段让他刚强的父亲泣不成声的话：

> 爸爸，我回来劳动呀。我已经上到了高小，这也不容易了，多少算有了点文化。就是以后在村里劳动，也不睁眼瞎受罪了。我回来，咱们两个人劳动，一定要把少平和兰香的书供成，只要他两个有本事，能考到哪里，咱们也把他们供到哪里。哪怕他们出国留洋，咱们也挣命供他们吧！他们念成了，和我念成一样。不过，爸爸，我只是想进一回初中的考场；我要给村里村外的人证明，我不上中学，不是因为我考不上！

这段话，使我们看到了这位少年懂得生活、懂得责任却又不甘于屈服命运的个性。正是把握着这样的性格基点，路遥展开了孙少安在双水村不寻常的奋斗足迹。

回到田间劳动的孙少安，不仅生活上尝受了一个贫苦农民的艰辛，同时在爱情上也遭受到难言的压抑。由于社会地位的悬殊，他和同学田润叶的纯真情感被润叶的父亲田福堂利用权力残忍干扰，尽管少安知道润叶对自己一往情深，但最终还是忍痛与润叶分手。路遥相当细致地刻画了他那种自尊与自卑相交错、内心矛盾与自我克制相混杂的心态。也许正是这样双重逼迫的命运遭际，使孙少安在社会刚出现转机时，就极其敏感地、"眼疾手快"地紧紧抓住生活的契机，在经过替人搬运砖块的实际体验后，果敢地在村里办起了砖窑，成为双水村第一个迈出土地寻求生存发展的专业户。路遥既写到他的创举给一直贫困、固守的双水村所带来的震惊，给正在探索农村经济发展新模式的城乡带来的荣誉，也写到了他在创业过程中的几起几落以及所遭受的世态炎凉，他在绝境中的奋起。有些评论者将孙少安这个人物看成是"传统伦理道德的继承者和承担者"，这种观点我以为并不完全准确。在孙少安身上无疑保留着许多传统道德操守，但已经不是那种盲目的忠与孝，更多地表现为一种对父母、妻儿的责任和承诺，对他人的诚信与道义。其实我认为路遥在这个人物身上更要突出的是一种"不认命""不服输"的气质，这使他敢于做出他的上辈人不敢想、更不敢做的事情，显示了世代背朝天、脸朝地的农民正开始昂起头来向新的生存方式迈步。对孙少安来说，他已经不是那种只会谋算收下的粮食能否糊口，只会打个土窑安身立命的农民，他懂得如何冒风险抓住机遇在土地以外不断博取更大的经济效益，去创造更大的事业。孙少安从办一座小砖窑成为被社会赞赏的"冒尖户"，进而激起"更大的雄心"一步一步扩大再生产。在积累了一定财富以后，他接受了弟弟少平的建议，克服了"拿钱去买个虚名"的自私心理，决定"为村里人办点事"，主动出钱修建村里的小学，为改变他生活了半辈子的这块土地的落后面貌尽自己的责任。这也正意味着他开始一步一步地在摆脱作为传统农民的小生产者的狭隘眼光和自我满足心态，开始拥有作为一个具有现代意识的农民更宽阔的胸怀。

小说有一段描写孙少安在作出"为村里人办事"决定后的心境：

> 此刻，他一下子想起了许许多多的事……噢，他已经在这块土地上生活了半辈子，他的后半辈子也要在这块土地上度过……过去，日日夜夜熬煎和谋算的是怎样才不至于饿死，如今却有可能拿出一大笔钱来为这个他度过辛酸岁月的村庄做点事了……就他而言，整整一个历史时期已经结束，他将踏上新的生活历程。只有一点不能改变：他还应该像往常一样，精神抖擞地跳上新生活的马车，坐在驾辕的位置上，紧绷全身的肌肉和神经，吆喝着，呐喊着，继续向前去！

　　显然，这是一个根须深深扎在土地上却又开始朝着更广阔世界迈步的一代农村新人形象，它诞生在中国社会政治经济体制发生重大变化的最初岁月，它预示着中国农村在摆脱传统农业文明向着现代农业文明迈出的具有深远意义的第一步。

　　特别值得我们重视的是，这个在80年代出现的文学形象所具有的精神品格和行为选择，已经大大不同于出现在五六十年代之交的梁生宝形象（柳青：《创业史》）。拿这两个人物形象做些比较是很有趣的：这两个人物都出自陕北作家之手，都是土生土长在陕北农村的青年农民，但他们却处于不同的时代背景，一个身处农村土地走向集体化的高潮时，而一个则处于农村土地制度发生变动，实行土地个人承包的环境中；两人都有一部艰苦奋斗史，一个是以忘我的英雄式姿态，弃置个人的家庭、爱情，不辞劳苦带领穷哥们试图走集体富裕的道路，一个则是普通农民的身份，既懂得勤耕细作解决一家温饱，又懂得置家立业并抓住机遇开创个人事业，在发家致富的同时又来扶助贫困乡亲、回报社会。两个人物都在奋斗中成长，一个是忠诚于上级既定的路线勇往直前，而另一个则是通过家庭和个人命运的遭遇，在尝受世间冷暖中、在敏锐地感受到时代激流的音响中，坚定着自己的人生选择。这两个既有血脉相连又有异样质地的人物形象先后出现，自然折射出不同创作年代作家价值立场的差异，也体现出作家艺术追求的不同趋向，前者充满着过分的理想主义色泽，而后者则追求着对生活本色的遵循，追求对最贴近泥土的生命气息的传递。从这样的比较中，我们不难理解路遥塑造孙少安形象——这个从黄土高原走出的、最早的农民企业家形象，在当代长篇小说创作中所具有的开启性意义。

　　《平凡的世界》中与孙少安相映照的是其弟弟孙少平的形象，这是一个对当今年轻人更具震撼力的形象。

　　用今天流行的称谓来说，孙少平也是个从农村流向城市的"打工仔"，这种形象在当今文学创作中可谓屡见不鲜，但是，却很少有像孙少平那样发出经久不减的震撼力。其原因何在？

　　小说一开篇，路遥就不回避这位农村少年所陷的生活窘境：家境的极度贫困，让他在学校仅能维持最低微的温饱。强烈的自尊心和自卑感使他每次进餐都有意避开绝大部分有条件吃甲餐、乙餐的同学，等到最后一个去食堂取他那份最劣质的饭——两个高粱黑馍。但唯一使他感到优越的，是他能够自觉地拥有精神食粮，在课余，他几乎读遍了当时所能够借阅到的读物，也许正是这些文化养料，丰富了他在贫瘠荒野中的精神内容，为他的心灵打开了一个新世界，从而促使他萌动起冲破生存现状的人生选择。在中学毕业前夕他与同学田晓霞在探讨今后生活时，有这样一段话：

> 他说："我不会变成你描绘的那种形象。"他立刻严肃起来，"你不知道，我心里很痛苦。不知为什么，我现在特别想到一个更艰苦的地方去。越远越好。哪怕是在北极的冰天雪地里；或者像杰克·伦敦小说中描写的严酷的阿拉斯加……"
>
> ……
>
> "我不是为了扬名天下或挖金子发财。不知为什么，我心里和身上攒着一种劲，希望自己扛着很重的东西，在一个不为人知的地方，不断头地走啊走……或者什么地方失火了，没人敢去救，让我冲进去，哪怕当下烧死都可以……"

孙少平回答田晓霞的这段话，就像喷发心中的一团火，表达了一个生长在"日出而作，日落而息"的农耕社会的年轻人要寻找新的生活天地、创造有别于小农生产方式下那种自满自足、平淡人生的强烈冲动。他的这段表白确实就如一份人生宣言，支配了这位向往新世界的年轻人与一般只求出外谋生的"打工仔"不同的迈步起点。

对路遥笔下的孙少平来说，进入城市并不是仅为了寻求一个时尚的生活环境和一个"体面"的城市户口，而是希望实现一种身份的转换，一种精神的转换。正因此，路遥为这个决心背弃世代农民身份的年轻人，设置了极为艰辛的、脚踏实地的生活道路。孙少平离开双水村外出"闯荡世界"的第一步，是到黄原这个靠近农村的小城市，当他身上揣着仅有的十五元钱，提着破烂的行李卷来到这个对他来说"已经是一个大世界"的黄原时，他只能像大部分流落异地的农民一样去当"揽工汉"——几乎就像牲口那样站在大桥头那里等候着工头来挑选，到各种建筑工地上做小工，扛石头，提泥包，钻炮眼……一天仅够糊口的工钱，还要受尽工头的盘剥和处处低声下气的顺从。这对一个有文化、有思想的年轻人来说，心理上、精神上所受的折磨，无疑比他扛一百多斤的大石块、背上的皮肉被磨烂还要痛苦，更毋说处在城市最底层、根本无立足之地所受到的世态炎凉了。即使后来得到好心人的介绍，到了桐城大牙湾当上了正式的挖煤工，实现了从农民到工人的职业转换，然而，一两百米深的挖煤坑道下可怖的环境，超繁重、高风险的劳动，更让他尝受到难以想象的人间劳苦。这里可以看出，路遥的追求不仅是向人们诉说一个农家子弟到城市后的残酷经历，以博得读者一点同情之泪；他所追求的是要让他笔下这个人物，在"苦其心智、劳其筋骨"中充分地表现他精神的成长，我认为这是描写苦难的两种不同层次。小说中有不少描写孙少平在工余的深夜躲在工棚破烂的帐子里面或伏在"烂尾楼"的芦席棒上借着微弱的灯光如饥似渴地读着《钢铁是怎样炼成的》，读着《牛虻》（这是在当时环境下只可能找到的书）的场面，表现他如何在最艰苦、最绝望的境况中，倔强地寻找着精神的支撑。我们不难感受到，保尔·柯察金、亚瑟这些人身上的坚毅、顽强、为追求理想九死不悔的精神，在孙少平身上所产生的影响。这也体现了作家路遥对实现文明转换的理性思考：要真正摆脱农村小生产者的狭隘意识，实现精神世界的彻底转换，并不是简单地进入城市或者简单地获得了工人的身份就能如愿的，一种新的文明素养的获得，更需要经历艰苦的精神历程和身心的磨炼。也许正因为触及这样一个最深层的精神揭示，孙少平的形象才会在正在从传统走向现代的当代青年读者中产生如此强大的影响，以至于许多年轻读者把这个人物看成是自己"少年时代的圣经"。

三

我注意到研究者对作家路遥创作所呈现的精神特征一直存在不同的看法，有的认为，他深受儒家文化影响，所以在其书中所表现出来的文化价值具有复杂性、矛盾性，既有对传统文化的体认和超越，又有对现代文化的却步和瞻望。也有研究者只看到路遥的创作一直存在一种"城乡对应模式"，而没正视这种"模式"内涵的变化。应当承认，路遥的精神世界和情感世界确实不是单一的，他骨子里浸润的是深厚的乡土文化，但是他又是个富有理性的敏感作家，乡土文化的深厚性和对时代飞速发展的感应力，构成了他农村小说的创作优势。他不像他所尊敬的前辈作家柳青那样，当自我构设的农村合作化理想前景遭到现实的质疑时，无法接受而陷于精神痛苦终至搁笔。路遥对自己精神立场的调整是明显的，我们从孙少平的形象和他在《人生》中塑造的高家林形象的比较中可以看出这种变化。他笔下的农村青年高家林，因不满农村的闭塞、落后，萌动了进城寻求出路的愿望，而且也实现了。但路遥对这个人物的人生选择所抱

81

的态度是十分矛盾的，他一方面写出高家林向往城市的合理性，但又流露出他对高家林抛弃农村少女巧珍而接受城市女性黄丽萍的不满，并通过对巧珍真挚深情和纯洁品格的描写，实现对高家林的道德遣责；同时又设置了高家林是利用了不正当关系顶替他人而进入城市的情节，最终让这个希望在城市中寻找自己新的生活位置的年轻人，灰溜溜地返回农村。这些描写，与其说是对高家林处世态度的道德批判，倒不如说是作者在对农村面对现代文明时，人的命运趋向的认识还存在着矛盾和犹豫，还没有完全摆脱"立足农村表示进步，离开农村表示忘本"的流行观念，还没有获得一种新的文化视点来观察、思考农村在向现代文明转换中所展开的多种人生选择的合理性。当然，他在高家林形象刻画中所表现的"两难选择"，在当时确实打开了人们的思维空间，给以往那种"非此即彼"的艺术接受带来了一些令人沉吟不已的叹息。但到了《平凡的世界》，路遥对于孙少平决心改变祖祖辈辈生存惯性，离开故土、闯荡世界，通过艰苦奋斗寻找新的生存方式的行为，则是以相当明朗的态度给予赞颂。即使对无法离开乡土的孙少安，也着力表现他善于把握生活契机、"眼疾手快"地开拓一片新的生活天地。这些，都体现了作家路遥在感受到现代文明潮流的到来时对自己原有价值观念的调整，也正是这个关键性因素，使他的《平凡的世界》能够把握住时代发展的脉搏，以超前的眼光透视新出现的现实矛盾，并经受住时间的检验，在延续了一段比较长的历史途程后仍然感动着当下的读者。

当然，在体现人物精神成长上，路遥还是有自己的尺度的，特别是对孙少平身份转换和精神成长的把握更为清醒，我们从作者描写孙少平先后对三位女性关系的处理上可以看到这点。高中阶段，由于共同处在最贫困的境况，使孙少平与同班的郝红梅有所接触，相同的生活困境和相同的读书兴趣，使他们在相互接触中逐渐产生了恋情。可是快到毕业时，郝红梅却移情别恋，与出身干部家庭、生活条件优越的班长顾养民相好了，这对孙少平来说是一次很大的打击，使他尝到了经济地位的等级差别对自己情感的伤害。这幕"小小的青春悲剧"似乎成为他继续奋发、改变命运的又一动因。他在参加学校的集体活动中因才华出众受到赞赏确实也给他带来了自信，逐渐克服了家境贫困而造成的自卑心理，特别是在活动中与同班同学田晓霞交往后，思想和视野也更加开阔，对人生的意义和社会的未来有进一步的理解。但是，当这位地委书记的女儿在接触中了解了他的志向、他的坚毅性格而毫不犹豫地超越了传统世俗的羁绊深深地爱上他时，孙少平面对命运的这种"现代奇遇"，精神上却无法跨越出新的一步。他一方面为获得这种真诚、纯洁、志同道合的爱情而激动不已，无限珍惜，但另一方面却又时时存在着可望而不可即的心理恐惧，从而无法摆脱精神痛苦。作者这样的描写，并不像有些研究者所说的反映了路遥思想在传统与现代之间的矛盾性，相反，我觉得这正反映了路遥在看待孙少平这位农家子弟在精神成长上的理性认知。尽管孙少平有着走出农民精神意识框囿的决心和勇气，但是，在一种仍然弥漫着等级距离、贫富悬殊、城乡差异的社会氛围中，一个从小浸润在农民意识空间中的人是很难完全忘记自己的实际身份的，他的精神世界也不可能完全摆脱这种氛围的渗透。因此，田晓霞对脚踏实地仍然要为生存而挣扎的孙少平来说，似乎只能作为抚慰心灵的虚幻物，所以，路遥将田晓霞这个人物处理为最后因救助他人而牺牲，是深有含义的，既让人物得到更完美的升华，又还原了孙少平精神的本原性，而没有把他也推向虚妄的高度，正说明作者理性的清醒。小说即将结束前，孙少平又一次拒绝了另一位女性金秀对他的表白，尽管这是他儿时早已熟悉的同龄伙伴，在这位已成为医务工作者的女性面前，他仍然感到有着难以跨越的鸿沟，因而果断地拒绝了她诚挚的爱，他的最后选择，是心甘情愿地回到矿上，与师傅的遗孀结合，继续过一个普通矿工的平凡日子。作者这样处理他笔下的人物，看来有点难以满足我们的期待，而实际上作者这种理性的精神立场反而使人物更加可信，在某种意义上更靠近生活在现实中的千万读者。

原载于《文学教育》2010 年 8 月

新古典主义的成熟与现代性的遗忘

——对中国 20 世纪文学中"十七年文学"的一种阐释

　　尽管"20 世纪文学"这一概念正受到一些学者的质疑，但在探讨"十七年文学"时我仍然愿意使用它。因为我认为问题恰恰不在这一概念本身，而在于我们如何去理解这一概念的内涵。如果仅以西方现代文学的特征来确立中国 20 世纪文学整体性的现代特征，以西方文学思潮演进的轨迹来框囿中国 20 世纪文学演进的轨迹，这种研究思路自然会造成一些与中国近百年文学实践的认识距离。但如果我们取中国文学从古代向现代形态转变的角度来看待它在 20 世纪百年间的演进和变化，那么，20 世纪文学就是一个充满丰富复杂内涵的概念，一个充满着动感的概念。我把"十七年文学"放在 20 世纪文学中来思考，也正是为了说明在 20 世纪中国文学现代转型过程的复杂性、迂回性。

一

　　文学的现代性可以说是 20 世纪文学的世纪性追求。中国历史进入 20 世纪，现代化已成了历史的必然，在这一历史过程中也逐渐孕育与生成文学的现代素质，这样说，并非忽视外来的文学艺术思潮的影响和诱发，因为中国文学的现代素质是在中国现代化的历史行程中，在中国的文化土壤中孕育生成的。一位西方学者在研究了 19—20 世纪之交这个历史转折期的中国小说后，说了这样一段话："西方影响并未像预想的那样在中国文学现代化运动中起到重要作用。在这个阶段中，外来因素的吸收也只是本身进化的补充。"（M. D - 维林吉诺娃《世纪转折时期的中国小说》导言．胡亚敏，张方译，华中师大出版社 1990 年版）我们在谈 20 世纪中国文学的现代性及其变化时，首先必须注意这一点。

就我个人的理解，现代性当然与现代化有密切的联系但又并不完全是一回事。现代化主要体现在政治、经济、科学技术层面上，而现代性则是在人类社会政治经济结构、知识理念体系发生全方位秩序转型后所形成的人的一种新的精神特征。这种精神特征体现在文学上其最重要的内涵我认为应该包括这么几个方面，即理智化的精神立场，重主观感悟、重生命体验的认知态度，非绝对化、线性化的艺术运思，间接性、不确定性的表达方式。我们现在所说的现代主义，也就是这种最基本的精神特征在文艺、文化领域中的一种实践性体现。而作为一种精神特征，现代性也同样会渗透进现实主义的创作中。

中国文学自 19—20 世纪之交，特别是经过五四新文化运动以后，建构文学的现代品格逐渐成为作家们的自觉追求。鲁迅在小说的叙事方式上融入了强烈的主观情绪而带来了小说风格鲜明的现代色彩，更令人震慑的是他那穿透历史、穿透现实的深邃目光，他对个体生命的重视和对自我大胆解剖的勇气，充分显示了一个真正意义的现代人的精神品格。五四时期以鲁迅为代表的一批作家，他们在作品中不约而同地所透露的悲凉之气，正体现了他们在反思历史和面对现实时精神的觉醒，体现了他们清醒的现代理性的精神立场。从 20 年代到三四十年代，中国文学的现代品格在不同作家的不同创造中不断得到多方面的体现和深化，30 年代初以流派出现的"新感觉派"是力图在艺术的表达方式上来显示创作的现代新意，40 年代在张爱玲、路翎等作家的创作中，文学现代性的体现则更深深潜入作品的内质。张爱玲对人性变异、人性扭曲的深刻感悟，对商业社会中人际关系相互算计的犀利透视，可以说正是现代理性的极致，而她对现代艺术表现生活的间接性、多义性、朦胧性的审美手段的引入，又使小说在传统的笔法中透射出强烈的现代感。路翎对人非理性心态的刻意描写，也说明作家在对人的观察和认识所站的现代高度。及至钱锺书《围城》的出现，西南现代诗人群落的出现，他们从现实的描绘中上升到对现代人类生存困境的思考，对现代人精神情绪的感受和把握，更给中国的现代文学增添了以往不多见的、浓郁的现代哲学意蕴。

可以说，从20世纪开始，特别是以"五四"作为明显转换标志后的20—40年代中，中国文学的现代素质确实随着整个现代政治、经济、文化的变迁而得到不断增强，这应该是文学史上不争的事实。在承认这一事实的基础上，我们还应看到：第一，现代精神素质在不同作家身上显示的强弱是不完全一样的，即使在同一作家的不同作品中，其表现程度也不完全一样。第二，现代精神特征在20—40年代中也不是以单一的状态存在的，在一定历史时期的文学发展中，体现不同精神特征、美学特征的多种文学的存在，是一种正常的现象。所以，我们在考察中国文学现代性的逐步孕育、生长的过程中，还有必要注意这样的事实，作为在旧的历史文化土壤中生长的传统审美趋向，也有可能在新的历史机遇中发生新的转换，从而获得新的发展。这种认识，正是我们今天探讨"十七年文学"的一个论述起点。

二

"十七年文学"是指新中国诞生至"文化大革命"开始前那段时间的文学。这个时期占据主流地位的文学，不难发现，其呈现的特征与五四以来所生长的具有我们前面所说的现代素质的文学有着许多明显的不同之处。为了使这一认识得到比较充分的文学史依据，我想选择在"十七年文学"中一种最发达的创作文类——描写农村生活的长篇小说来作论证，以便探究其呈现的不同特点。

第一，面对现实的态度：理智化的退隐，理想化成为主导基调。

这个时期描写农村生活的小说，绝大部分都触及中国农民在改变生产体制、摆脱小生产方式过程中的生活变化。走出千百年所习惯的生存方式，摆脱千百年来所形成的生活观念，这当中的心理波澜、行为波澜，以及由此引起的心理对抗、行为对抗，它的复杂纠缠与激烈回环是客观的存在，但在文学作品中面对这些客观存在所应有的理智审视往往被一种理想色彩所取代了。《三里湾》的糊涂涂顺利地"从糊涂变光荣"，个体所有的观念与集体所有制的激烈对峙也就轻易地变为欢快的顺应；《山乡巨变》中陈先晋为"恋土"而撕心裂肺的呼喊一下子就悄悄地被平息，《创业史》中的梁生宝经过区里的一次学习就私心尽除，成了共产主义式的先锋……这些人物及其行动在理想化的支配下，较之当年的闰土、老通宝、韩素娥的沉重，显然变得相当的明朗、轻松。

第二，艺术的运思方式：二元对立的思维惯性重新得到强化，直线、单一的艺术思路排斥了艺术的多重视角和不确定性效果。

这时期的作品，在把握事物现象和组结小说矛盾时，都不约而同地按照二元对立的运思习惯组结成"一体两极"式的矛盾构架，像《创业史》以梁生宝为中心，与其对立的就有姚士杰（代表地主反动势力）、郭世富（代表富裕中农势力）、郭振山（代表党内走资本主义道路势力），这几乎成了当时农村小说矛盾构架的最主要模式；而在揭示矛盾的发展和解决时，又往往采取单一的视角（基本上是政治视角）和直线性的思路，诸如：合作化号召——工作组进村——发动群众（依靠骨干力量、打击破坏力量、团结教育大多数）——全村农民纷纷入社。尽管不少作品也有着丰富的生活故事和细节的描写，但从艺术思路来看基本上都是这种单一、直线的思路。这实际上反映出作家们的创作思维方式仍自觉或不自觉地受传统的哲学意识所支配。

第三，感知方式和美感特征：重直觉而轻想象，欢乐感取代苍凉感。

这时期作家对生活的感知更强调了实实在在的深入和了解这一面，包括对一种生活过程的切实了解，对各色人等的具体了解，也就是对客观实际的实在性感知代替了主观感悟式的感知，由此，"真实美"胜于"想象美"。在美感特征上，苍凉感被轻松的欢乐感所取代，明朗、欢快、朴拙的艺术风格受到崇尚。

上述几个方面，使"十七年文学"在整个20世纪文学中呈现出特有的色彩。五四以后二三十年间文学中所呈现的现代品格，在这一时期看来已经被遗忘、被遮蔽。文学的主流已明显地被置换。

那么，应该如何来认识"十七年文学"的这种特质？以往，我们习惯于用"革命文学""左翼文学"的延伸或"工农兵文学"的概念以冠之，但我认为，如果我们的研究思路放在辨析文学的内在素质这一角度来展开，那就会明显感觉到，占据"十七年"主流的文学，是一种带有鲜明的新古典主义特质的文学。

相对于现代文学，中国古代文学在自身发展的数千年中，在古代社会的历史文化土壤中，孕育了灿烂辉煌、丰厚多姿的文学硕果。尽管在历史发展的不同时段会使文学的特色有所变化，但从总体上来说，这种生长在农耕文化沃土中的文学，深深印上传统的农业社会的精神特征，形成了一些最基本的文学特质：由顺应自然、"天人合一"的天命观而形成艺术的和谐感和善于以圆满的理想来抚慰生活的缺陷和情感的缺失；由对宇宙世界阴阳两极的固有观念而形成的二元对立、极向化的艺术思维模式；由对事物认识的客观绝对性和因果关系直接性的依赖而形成的一些惯有的艺术思路，等等。这些，我们可以说都是中国文学古典化的特有素质，而"十七年文学"可以说在某种程度上是重新呈现出这种素质。

这种古典化的特有素质重新呈现于"十七年文学"中，并非是偶然的突兀的现象。正如我们前面所论述的，当中国社会进入近现代，文学的现代品格也随着现代社会的转型在逐步形成，但在这个过程中，原来所固有的传统文学特征并没有一下子就自然消失，相反，由于中国历史道路的特殊性而使这种带有传统特征的文学在新的历史条件下又获得了新的活力和新的生存空间。因为，为了在中国这一传统的农业社会中建立起现代的民族国家，不可能排开、反而需要最广大农民的投入，这是特殊的"国情"。这种历史特点本身，就决定了中国文学会在一段很长历史阶段保持着那种孕育于农业社会土壤中的古典色彩。从 20 世纪二三十年代开始，伴随着中国农民作为革命武装的主力走上现代历史舞台，这种文学色彩逐渐涌动为一股势头越来越强劲的文学潮流，开始与"五四"文学延伸下来的具有现代品格的文学潮流并存，后来则占领着 20 世纪中国文学发展的重要空间。显然，中国 20 世纪文学的现代性追求开始发生迂回。

当然，应该看到这种带有古典化特有素质的文学，其精神特征与传统的古代文学已有很大的不同，这是因为其生存土壤和文学主体发生了新的变化。中国的个体农民，在中国进入现代社会后，由于有可能同人类先进的科学世界观发生联系，更有可能逐步与小生产方式发生主动分离，这样，就会使他们身上出现过去历史上的农民所没有的一些新素质。他们与马克思所分析的波拿巴王朝所代表的古代社会农民的特征正好相反，他们是"力求摆脱由小块土地所决定的社会生存条件的农民"，而不是"想巩固这些条件和这种小块土地的农民"，是"力求联合城市并以自己的力量去推翻旧制度的农村居民"（参见《路易·波拿巴的雾月十八日》，《马克思恩格斯选集》第 1 卷，第 694 页），而不是"愚蠢地拘守这个旧制度并期待帝国的幽灵来拯救他们和他们的小块土地并赐给他们以特权地位的农村居民"。也就是说，中国农民在创建现代民族国家的历史进程中，自身也获得了一种"新兴"的可能性，而其文学所呈现的古典色彩，又因为注入了新的历史精神，从而显示了新的素质，我们称它为新古典主义，即鉴于此。

新的历史精神的注入，使原有的古典特征获得了新的意义。像理想化的表现，由于中国历史现代进程的胜利，新中国作为一个独立的民族国家的诞生，自然为这种理想主义的合理想象提供了更可靠的现实根据；而半个多世纪的战争历史，不仅使人们普遍存在的对立式的思维方式进一步潜移默化，而且使它的加固与强化获得了更多的实践说明，于是这种长期难以挥去的"集体无意识"就更变成了"十七年"作家们把握和表现社会生活自觉的规律意识；至于欢乐感、英雄主义基调，因它与建设"新的世界"的豪情和历史愿望的紧紧相连，也就有了更加理直气壮的表现基础。这样，一种新的古典主义的文学潮流，在20世纪文学发展过程中，又得到蓬勃生长的机会，到了"十七年"，这种文学终于发展到了成熟状态，产生了一批比较完美地自觉体现自己美学理想和艺术风貌的经典式的作家和作品。

在表现农村生活的创作中，体现这种文学成熟的显著性标志，我以为主要有这么几个方面。

其一，小说创作形成了完整的美学规范。就长篇小说来说，在结构上，讲求构架宏大而线索分明，首尾贯通，体现均衡、对称的美感；在情节安排上，讲求矛盾的尖锐化但不故作悬念设置，讲求波澜起伏但不故作险象环生，保持结局光明的亮色；在人物性格设置上，讲求鲜明生动、重在单面性格的突出而不重于复合性格的描绘；在语言运用上，追求乡俗语言风味，并在此语言背景下注意诗化和性格化。

其二，在同一创作潮流中，作家开始形成自己的创作风格。面对农村的生活，赵树理重于民间形态的平实、质朴和民间情趣；周立波重于发现乡土自然风光的诗情画意，并特别珍爱它充满生机的音响与色彩；柳青追求史诗的气度，喜欢将生活矛盾纳入宏大的艺术构架；孙犁则喜欢把社会的矛盾放回到普通的人际间用淡淡的生活流程来展开。柳青的抒情议论充满政论色彩，而孙犁的抒情议论却充满着人情味和诗的韵致。这些艺术个性的呈现，正是艺术走向成熟的一种表现。

其三，这个文学潮流为文学史提供了一批体现自己独有美学价值的作品，塑造了一批具有特殊历史意义的农民形象：从失去土地到获得土地，从告别个体小生产方式走向集体生产方式，从被奴役到做主人，这是处在中国农村社会发生巨大历史转变过程中的农民形象。还值得注意的是，这批形象并不完全是单一的：既有像赵玉林（《暴风骤雨》）、梁生宝（《创业史》）、刘雨生（《山乡巨变》）、王玉生（《三里湾》）这样一些新农村先锋式的农民，也有像梁三老汉（《创业史》）、老孙头（《暴风骤雨》）、马多寿（《三里湾》）、亭面糊（《山乡巨变》）这样一些处在新与旧两种社会力量撞击下瞻前顾后、犹豫不前的农民；有像李月辉（《山乡巨变》）这样以农民讲求实际的智慧与"左"倾政治思潮巧妙周旋的农村干部，还有像王二直杠（《创业史》）这样冥古不化最终无法跨进新生活门槛的守旧式农民。在文学作品中他们不是作为贱民，也不是作为艺术舞台的陪衬，而是作为社会的主人，被放在文学的中心位置来表现的。而且，在某种意义上说，它们不是被"他者"的眼光所表现的农民，而是以"自我"的眼光、以"亲历"的情感所表现的农民，这点，在中国文学史上是具有开创意义的第一次，在世界文学史上也是一种崭新的创造。

这种文学潮流在 20 世纪 50—60 年代，亦即"十七年"中能够走向成熟，是因为历史为其提供了比较充分的条件。作为这个文学潮流的一批作家，从 20—30 年代开始，他们的艺术经验经过了几十年的磨炼与积聚，到了 50—60 年代应该是结出硕果的时节，加之，作为这一阶段历史的主体力量这时已经在政治舞台上确立了中心位置，自然也会为它所崇尚的审美理想的实现给予权力的保障；尤为重要的是，在"十七年"中，我国的经济发展还是"以农业为基础"，还在有力地保护着许许多多农业社会的生产方式和生存方式，依附在农业文明上的价值观念、致思方式以及生活情趣等，尚未真正受到一种新的文明的冲击。当时所搞的"集体化"，在更大程度上是为了使千百年来风雨飘摇的小农经济得到保护，得到生存的集体靠山。在新中国成立初期，为了使濒于破败的农村"欣欣向荣"，这种做法也许有其历史的必要性，但应该看到，"十七年"中的计划经济，不能说是新的文明的产物，而仍然是在小农经济上集权化的产物。这样的社会土壤，使新古典主义成熟化，也就是必然的了。

三

"十七年文学"在 20 世纪文学进程中的存在，促使我们在文学史的研究上要认真思考的几个问题。

第一，中国文学现代性确立的历史进程并不是直线式，也不是简单的递进式，它的迂回性是客观的存在。因为一种文学的精神特征与美学特征的确立，固然会受外来思潮的影响，但归根结底还是要受本土的社会生产方式、经济结构、科学水平、文明程度等因素的制约。正因为中国近百年在呼唤现代化过程中，在改变传统体制上的缓慢与曲折，形成了文学现代品格确立的反复与迂回。也就是我们在前面所论述的，从 19 世纪末到 20 世纪初开始，中国文学除旧布新、现代意识觉醒，追求文学的现代品格，但与这种现代新潮的涌动几乎并行的，是一股逐渐走向强势的新古典主义文学潮流的发展与成熟，在它的鼎盛期，甚至迫使世纪性的文学现代性梦想一度被飘失、被遗忘，直到 20 世纪的最后二十余年，文学现代性的命题才重新被唤起，并在现代主义和后现代主义语境下得到新的张扬。这正是现代中国文学发展的特殊之点，所以，中国的 20 世纪文学是一段充满动感和变数的、交织着复杂内涵的文学，而我们对于"20 世纪文学"这一概念的理解，恰恰应该建立在中国文学发展进程的这一特点的基础上，而不应盲目按照西方文学发展的模式来扭曲我们自身的文学进程。以牺牲我们自身进程的特点为代价，以强制性的阐释使我们的 20 世纪文学成为西方那种"现代主义——后现代主义"演变轨迹的翻版。

认识和承认中国 20 世纪文学这种自我律动的特点，对进一步确立中国文学研究的自主意识是有关键意义的。

第二，当一种文学获得了与一定的生存土壤相适应的生长条件时，它必然会按照它自身的规律继续发展，会不断强化一定的历史文化所赋予它的审美特征，并将这种特征发展至完善状态，显示了它作为美的一种存在。对于这种有着生存合理性的文学存在，我们就不能因它与今天的审美要求的不相适应而斥之文学史之外，要么以"断裂"之名无视它所占有的历史空间，要么人为地以当时尚处于"潜在"状态的文学篇章取代了这些当时处于"显在"位置并产生了实际影响的文学存在，否则，历史的书写，就会变成现时意愿的书写。

其实，文学发展历史中这种迂回和变数，在西方文学史上也同样有过。文艺复兴运动以后，在十七世纪的西方又出现了一股与文艺复兴时期的文艺观念相径庭的、崇尚理性的文艺潮流，一股向古代寻求文学创作典范和理论根据的创作潮流，也就是被欧洲文学史称作"十七世纪古典主义"的文学潮流。这股潮流的出现因有其历史的因由，有其社会思潮、哲学思潮的依托，使它不仅获得生存的空间而且在发展过程中还产生了它的经典，像高乃依、拉辛的悲剧，莫里哀的喜剧，拉封丹的寓言诗，波瓦洛的理论，等等。这种现象说明，我们在研究文学发展的历史时，应该坚持一种科学的考察眼光，当一种文学潮流已成为客观的历史存在时，我们的任务应该是认真考察它出现的原因，它存在的历史依据，它呈现的特点以及它是否在某些方面为文学史作出过贡献。而不是用一种简单化的感情态度，只因它与新生的文学潮流不合拍，与今人的审美趣味有距离，就轻率地、囫囵地随意弃之。我认为，这也是我们今天对待"十七年文学"应持的一种态度。

当然，这里我们不可能回避的一个问题是，对这一时期的创作所受到的政治的干扰和影响应如何估量？应该承认，每一个文学时期都不可能超脱一定时期政治的影响，这已经是一种常识。由于某种政治思潮的巨大存在，它的价值观念、是非准则、情感取舍以及审美兴趣等都会渗透到社会生活的各个方面，文学既是社会的精神产品，受到这些影响是必然的。当一定的政治思潮代表了历史前进趋势和社会的进步渴求时，它对文学的影响自然是积极的，而现在我们所说的"十七年"使人对它产生保留，自然是因为它所处的历史时期正受到一股越来越猛烈的错误政治思潮的干扰。不过，对于这种背景下的文学仍然值得我们作仔细的分析。在"十七年文学"中大体有两类作品：一类是作错误政治"传声筒"或有意迎合错误政治需要的作品；一类则是由于其面对的现实生活恰是在某种政治思潮影响下的现实生活，它不能不按照这种生活面貌创作的作品。这两类作品的价值和意义是不完全相同的，起码，后一类作品有其创作的现实根基，作家尽管在把握这种生活现实时也许缺乏超前的、理智的审视眼光，但创作毕竟有作家自己的主动选择和艺术上的独立追求。"十七年"中许多比较优秀的作品都属于后一种情况。像我们前面所谈到的那些描写农村生活的作品，其他还有像描写革命战争年代生活的《红旗谱》《青春之歌》《战斗的青春》等，像描写城市生活的《上海的早晨》等。还应该看到，这两类作品有时还会先后出现在同一位作家的创作中，像浩然的《艳阳天》和《金光大道》，前者的创作是有一定的现实根据的，这是1957年的政治风云波及农村生活的现实反映，尽管作家的思想立场也会受到波及，但作品毕竟也熔铸了作家丰厚的农村生活体验；而后者则是作家自觉地为当时错误的政治思潮图解农村生活的产品，我们只要把它们仔细比较一下，不难会有所分辨。诗歌创作领域中也有类似的情况，像贺敬之的《回延安》和《放声歌唱》与后来的《雷锋之歌》就分别属于不同类的创作。

"十七年文学"创作的这种复杂存在，使我们对它的研究，应该注意到一方面从作为新古典主义的美学原则着眼，另一方面又要与当时的错误政治思潮进行剥离，从而确认真正代表这个文学时代的经典式的作品。

第三，20世纪那个特指的"十七年"过去了，它所留下的那种新古典式的文学是否也彻底过去了呢？在研究工作中，我们很容易将"文革"文学作为它的终结，而将整个"十七年文学"也彻底地割掉，这恐怕是值得认真考虑的。

其实，到了60年代中期前后，由于错误政治思潮对文学的强力渗透和左右，使得一些文学原则和美学理想最终呈现的文学形态，已经和"十七年"中的新古典主义优秀代表作相距甚远，但它只能是"十七年文学"中负面因素恶性发展的结果，而不是整个"十七年文学"发展的必然结果。我强调这一点，是想说明，成熟于"十七年"中的新古典主义文学的美学原则，并没有因为"十七年"已经过去就消失殆尽，作为一种曾经为中国文学发展提供过独特审美价值的文学，作为中国现代文学传统中的一种，它的优秀部分，它的一些有价值的艺术经验，甚至它作为一种文学的风格和形式，仍然会在我们新的文学环境中得以存在，作为多元中的一元，占有它的生存空间。

进入新时期后，"十七年文学"曾在"拨乱反正"中被过激地声讨，这是可以理解的，那时，人们往往笼统地直接把它作为"文革"文学的渊薮。当中国的历史在改革开放中开始踏上现代化航程的时候，文学的现代性自然又成了急切的呼唤，对于世纪初曾作过的努力以及在后来的几十年中的被遗忘，当然要进行历史的反思，一种"弃旧图新"的情绪激荡在文坛。但今天如果能冷静地来考察一下，应该会看到不仅在七八十年代之交仍然存在着这种文学形态，而且直到今天，在一些被今人称作"宏大叙事"的作品中，在一些表现昂扬的主旋律的创作中，仍然保存着新古典主义文学的某些基因。如它的理想色彩，它的英雄主义基调，它那稍有曲折但仍明快、笔直展开的艺术线条，它那形式上的均衡感、对称美等，这些基因，经过了一些"现代调整"，注入了现代精神素质，完全可以为今天所接受，成为今天时代文学中的一种体现形式。

文学发展的历史就是如此，它不是以"断裂"的方式来跳跃前进，也不是以"单一意愿"的方式来推移自己的脚步，它总是遵循着精神领域中上下承传的规律，在扬弃与吸取中来丰富自己、改变自己、发展自己。当我们把"十七年文学"放在 20 世纪文学的发展进程中来考察时，我想，同样应该重视这样的原则。

原载于《学术研究》2002 年第 5 期，《新华文摘》2002 年第 8 期摘引

第二部分

历史的潮汐

中国长篇小说演进的历史步履

提起壮阔的大海，人们自然首先想到它那汹涌的波涛，飞溅的浪花，想起它无畏地呼啸着、腾跃着以排山劈岭之力向你阵阵迫来的气势。然而，大海也有平静的时刻。当你在海潮涌退的间隙漫步海边，就会发现面前的大海是那样的幽深悠远，那样令人心旷神怡，引发你无尽的情思。

我们这里面临的研究领域——长篇小说，又何尝不像浩瀚的大海呢？这个全面地汇聚作家的智慧和才情的领地，这个集中地显露一个民族一个时代文学威势的苑境，它既具有大海的广阔涵量，也具有自己潮涨潮落的悠远历史。这样，不妨就让我们站在那个平静的间隙中，对着已有久远历史的烟波浩渺的小说海洋，追寻一下它那辉煌而又喧闹的过去吧。这会使我们对今天新的浪潮的探讨，获得一个坚实的历史基点。

一些西方学者曾经饶有兴味地指出：中国长篇白话小说的兴起几乎和欧洲同时，都在 16—18 世纪之间。这是文学史上一个很有兴趣的共同点。（参见 A·普拉克斯主编：《中国叙事文学》）这里，不妨就从这个有趣的问题出发，以中西方的文学现象相互参照，看看中国长篇小说的渊源和演进的特点。

中国长篇小说的萌芽阶段，可以追溯到更加久远的时期。中国小说从志怪发展到唐传奇，基本上都属于文言短篇小说。到了 11、12 世纪的宋代，陆续兴起了"说话"这种艺术形式，它在当时流行的各种民间技艺中影响广泛，拥有众多的听众欣赏者。据南宋灌园耐得翁的《都城纪胜》记载："说话"有四家，即"小说""说经""说史""合生"。除讲宗教故事、演说佛书的"说经"和由两人演出、一人指物为题、一人应命成咏的"合生"外，"小说"是指有说有唱，专门演述短篇故事的形式，而"说史"（又称"讲史"）则是只说不唱，演述的都是长篇历史故事。研究长篇小说，是不能不重视"讲史"这种形式的出现的。

在"讲史"基础上形成的讲史话本，尽管语言上还不够纯熟，文白夹杂，结构也较零散，但它确已初具长篇小说的规模。它把复杂的历史事件敷衍成长篇故事，艺术手法上既从史传文学又从民间文艺中吸取营养，为以后的中国长篇小说的创作奠定了最早的基础，创造了初步的经验。可以说，它就是中国长篇小说的胚胎。如果遥望一下西方的上古文学史，就会发现，也就在我国的宋元之际，12、13 世纪间，也有一种文学样式逐渐取代古希腊罗马时期的史诗，这就是文学史上所谓的"骑士文学"。西方骑士文学的中心主题与中国的"讲史"有所不同，它似乎不那么专注于历代邦国的兴亡、朝代的更迭，而往往以一两个骑士为中心人物，写他们为爱情、荣誉、宗教而到处甘冒风险，作品充满浪漫的情调。但在形式上，两者却极为相似，都是叙述一个长篇的故事，具有曲折的情节、众多的人物和各种生活场面。骑士文学实际上也初步具备了近代长篇小说的规模。正如别林斯基所说的："固然，这长篇小说是骑士风的，空想的，是曾有的和未曾有的事物、可能的和不可能的事物的混合，可是这已经不是长诗了，里面成长着真正的长篇小说的种子。"（《论俄国中篇小说和果戈理君的中篇小说》，《别林斯基选集》第 1 卷第 152 页，人民文学出版社上海分社 1964 年版）

中西方长篇小说的萌芽期大致相近，当然不仅是种有趣的偶然现象，而是自有其必具的原因。从文学发展的自身要求来说，它需要不断扩大自己反映生活的形式和规模，这是必然的趋向。值得注意的倒是这个历史阶段中的中西方经济、文化背景。西欧各国从 11、12 世纪起，封建社会进入全盛时期，由于手工业同农业有了分工，商业开始获得发展，城市陆续出现，在这基础上产生了市民阶层和城市文化。处在这一历史阶段的宋代，也有相似的情况，商品经济的繁荣和市民阶层的扩大，使各种民间技艺都向城镇汇合，为艺术的综合、融汇提供了客观物质条件，而市民阶层纷繁复杂的生活以及由此而产生的新的文化要求，也为一种更大规模的文学样式的出现创造了主观精神条件。这恐怕是中西方长篇小说萌芽的一种共同依据，这是由相似的经济、文化历史背景所形成的。

　　然而，还需要进一步看到，尽管中西方长篇小说萌芽的时间大体相近，但是在发展过程中这种对应的平行状态却很快被打破了，数百年来中国长篇小说的发展自有其特殊的起伏特点。这里不妨继续把西方小说作为参照系，来审视一下这种起伏的特点及其形成的原因，也许从中可以获得某种有意义的启示。中国长篇小说在宋代萌芽以后，开始的四五百年的发展较之西方小说更为迅速。14 世纪末叶，即中国的元末明初，就出现了著名的长篇小说——《三国志通俗演义》，这是由罗贯中在民间传说及民间艺人创作的话本、戏曲的基础上，吸收了陈寿《三国志》和裴松之注的正史材料写作而成的。这是中国第一部具有完整意义的长篇小说。［现存《三国志演义》的最早版本是明嘉靖元年（1522）刊印的《三国志通俗演义》，分二十四卷二百四十则。一般认为这是比较接近罗贯中原著的本子］这部小说取材于重大历史事件，具有宏大的艺术结构，全书出现四百多个人物，塑造了一系列生动的艺术形象，显示了中国长篇小说创作起步的非凡气势。而在西方，在骑士文学出现后，长篇小说形态并没有太大的发展。倒是在 14 世纪中叶，意大利薄伽丘的《十日谈》（创作于 1348—1353 年间）开了欧洲近代短篇小说的先河，而长篇小说创作一直到16 世纪上半叶才出现了像法国拉伯雷的《巨人传》这样的巨著。（1532 年发表第一部《巨人卡冈都亚之子，狄波沙德王，十分有名的庞大固埃的可怖而骇人听闻的事迹与勋业记》，1534 年发表第二部《庞大固埃之父、巨人卡冈都亚十分骇人听闻的传记》，1545 年发表第三部《善良的庞大固埃的英雄言行第三卷》，1552 年发表第四卷。中译本书名为《巨人传》。）这部规模巨大的作品以五卷的宏大篇幅写了祖孙三代"巨人"，通过他们的出生、教育、游历及文治武功，歌颂了人的巨大力量。尽管小说还缺乏严密的结构和集中的故事线索，但它毕竟代表西方长篇小说发展中的第一个重要收获。而这比我国的《三国志通俗演义》晚了一百多年。

　　标志着欧洲长篇小说发展新阶段的是西班牙作家塞万提斯的《堂·吉诃德》，它出现在 17 世纪初（第一部，1605，第二部，1615)。小说通过堂·吉诃德主仆的"游侠史"，反映了 16 世纪末至 17 世纪初西班牙广阔的社会现实，无情地嘲讽了荒唐而又反动的骑士理想和骑士制度。作品的情节复杂丰富，在切近现实的生活背景上出现的近七百个人物都被有机地组织进基本情节中，体现出作家卓越的艺术构思力。小说更为突出的贡献是，开始注意着力塑造艺术典型。堂·吉诃德和桑丘这两个富有鲜明个性又涵括深刻历史内容的典型形象，不仅对欧洲，而且对世界长篇小说的发展都有启发意义。几乎就在《堂·吉诃德》诞生的年代，中国的长篇小说又往前跨越了一个新阶段。它的标志就是《金瓶梅》的出现。（据文学史家考证：《金瓶梅》产生的时间大约是 1568—1602 年之间，即明代隆庆二年至万历三十年之间。这同《堂·吉诃德》第一部出现的时间大致相同）

《金瓶梅》的诞生在中国长篇小说史上有着特殊的意义，它同此前出现的《三国演义》《水浒传》《西游记》以及《封神演义》《东周列国志》等小说的不同，在于它是由文人独立创作的第一部小说，这在我国古典长篇小说发展中是有重要意义的，它使长篇创作在内容和形式上都摆脱了宋元以来流传的对话本的依附性，而走上了独立的艺术自觉选择的道路。更重要的一点是，如果说《堂·吉诃德》尚未完全突破骑士文学的影响，那么，与它几乎同时出现的《金瓶梅》则已完全突破了宋元以来，所有长篇小说取材于历史故事或神话传说的传统，直接把艺术目光投向了现实生活，以现实社会中的平凡人物和家庭日常生活作为描写对象。这种从历史传奇向现实生活的突进，对于促进中国小说现实主义创作方法的成熟，起了重要的作用。即使是在世界长篇小说的发展史上，这也是重大的贡献。

中国的《金瓶梅》出现后，在 16 世纪末至 17 世纪的这段时间里，欧洲在小说创作方面并无多大建树，但在戏剧创作上却取得了辉煌的成就，出现了莎士比亚、高乃依、莱辛、莫里哀等一批伟大作家。直到进入 18 世纪，在英国的塞缪尔·理查逊和亨利·菲尔丁等的笔下，才又把小说推上了重要的位置。欧洲文学史家给理查逊的小说以重要的地位，是因为他的作品不再用冒险式的传奇情节来取悦读者，而是将艺术创作的目光转向了日常生活中的人情世态，直接接触到现实社会中普遍存在的婚姻道德伦理问题，引起社会的广泛共鸣。可以说，理查逊的小说是欧洲长篇小说开始从传奇化走向世俗化的一个重要标志。这种演进比中国小说也晚了将近一个世纪。

正是在欧洲出现理查逊小说的年代，中国长篇小说已经进入完全成熟的阶段，诞生了《红楼梦》这样的辉煌巨著。（据红学家们考证：《红楼梦》创作年代应是 1754—1763 年间，与理查逊的小说创作属同一时期）《红楼梦》从一个家族的兴衰折射了整整一个时代，艺术的总括力量可以说达到了惊人的地步。鲁迅对它出现的意义曾作过精辟的论述，在指出它"与在先之人情小说甚不同"（《鲁迅全集·中国小说史略》）的同时，特别强调这部作品在反映生活上所达到的真实程度："敢于如实描写，并无讳饰，和从前的小说叙好人完全是好，坏人完全是坏的，大不相同，所以其中所叙的人物，都是'真'的人物。"（《鲁迅全集·中国小说的历史的变迁》）。"盖叙述皆存本真，闻见悉所亲历，正因为写实，转成新鲜。"（《鲁迅全集·中国小说史略》）一些西方汉学家也从创作方法的角度推崇《红楼梦》在小说发展上所做的重要跨越：以前的小说主要是叙述外部世界，作者的眼睛老是盯着外界的现实而不是内心的意识，叙事过程中表露出的叙事人的观点也只是当时社会上一般流行的观点，而《红楼梦》却有了作者个人的与世俗不同的观点，在叙事语态方面，作者也摆脱了提线木偶叙事人式的假充无所不知的姿态，转向自传的，写个人内心的小说。东西方学者的这些评价，犹如来自不同方向的合力，把这部作品推到了最恰当的历史位置上，显示出它所达到的现实主义成就毫不比欧洲文坛后来在 19 世纪出现的几座现实主义艺术高峰逊色。而《红楼梦》却比它们要早半个多世纪。

从比较中可以看出：中国长篇小说的萌芽与欧洲大体同时，而走向成熟则要更早更快一些，在世界文学的历史潮流中曾经占有显赫的位置。然而也不能不继续看到这样的事实：在《红楼梦》产生以后，特别是进入 19 世纪以后，在一个很长的历史阶段里，中国长篇小说的发展步伐明显地缓慢了，呈现出创作衰落的景象。《红楼梦》之后出现的《镜花缘》，虽具有一定的民主思想，但因作者热衷于炫耀才学，结果破坏了情节的完整性，使它在艺术上有失光彩。到了 19 世纪后半期，长篇小说创作主要是两类作品：一类是鼓吹镇压农民起义、宣扬忠孝节义的小说，如《荡寇志》《儿女英雄传》等；一类是描写妓女生活的狭邪小说，如《品花宝鉴》等。这些东西泛滥了五六十年，适应了日趋没落的统治阶级的精神要求。

1898 年戊戌政变前后，改良主义思潮勃起。它给长篇文苑吹进一股清风，一时又出现了一批长篇作品，像《官场现形记》《二十年目睹之怪现状》《老残游记》《孽海花》《文明小史》等。有些文学史著作过分贬低这些作品的价值，这是有失偏颇的，应该看到，在这些作品中，已开始出现明显的现代小说的素质。如在叙述方式上，有些作品尝试性地引进了第一人称叙述者和时间倒置的方法，也注意对自然的诗意描写和象征性内涵的使用。尤其是在内容上，有更为切近现实的意向，它们反映的几乎全部是 1880 年至 1910 年间的中国，涉及了这期间的许多重大事件，如维新运动、义和团运动、帝国主义的入侵、清王朝政权的腐败、改良思潮的活跃等，具有强烈的时代气息。可以说，小说家们确实抓住并再现了中国历代社会发展过程中社会现实的种种复杂性和不稳定性。但问题也恰恰表现在这里：当小说家们面对社会过渡期中的种种怪现象时，还不具备一把锐利而准确的解剖刀，致使一些作品"描写失之张皇"，未能产生应有的艺术效应。

我国在进入旧民主主义革命阶段后，长篇小说领域中并没有留下辉煌的作品。而欧洲经过 18 世纪的启蒙运动，长篇小说领域在 19 世纪却产生了一系列巨著。从雨果、司汤达、巴尔扎克、狄更斯到列夫·托尔斯泰，他们的作品真实地记录了资本主义发展的历史进程，表现了一系列错综复杂的斗争，如残酷野蛮的原始积累、同封建主义长期曲折的较量、同农民矛盾的激化等，同时，也描写了资产阶级在不同发展阶段的生活和理想。这些巨著为世界文学的发展作出了不可磨灭的贡献。然而，恰恰在人类历史这样一个重要的转折关头，即从摆脱封建主义体制而向民主共和推进的历史阶段中，曾经是步履健快、浩瀚壮观的中国长篇小说却一下子像失去了元气的壮汉而显得神色空荡、踯躅不前。

长篇小说历史发展的这种自然起伏，似乎总在执拗地向人们透露这样的信息：它的潮起潮落，无法离开历史文化大潮的驱动。确实，仅用复杂的生活形态来阐明促进艺术发展的原因是难以解释这样的历史现象的：为什么在中国面临着大转折的晚清末年至民国初年，社会矛盾激荡，烽火迭起，然而在长篇小说的艺术海洋中却无一部可以深刻地映照出这种历史动势？相反，这一时期的长篇小说却显得如此的惶然落寞，缺乏生气。看来，机械的客体决定论不能不束手无策了。

面对这样的历史潮汐，我们无法拒绝承认这样一个事实：长篇小说的勃兴或衰微，同一个历史时期的思想理论高度有着极为密切的关系。欧洲 19 世纪出现一系列辉煌的长篇巨著，固然得力于一批文学天才，但更应该看到时代思潮的催化力量。经过了 18 世纪全欧性的启蒙运动，资本主义经济获得了全面的发展，自然科学一系列新的成就和实验科学的流行，为哲学的发展提供了物质根据，也促进它走向成熟。19世纪上半期产生的黑格尔的辩证法、费尔巴哈的人本主义唯物论、孔德的实证主义等哲学理论，形成一股强劲的思潮，给一代作家以深刻影响，使他们在封建社会迅速瓦解，资本主义的固有矛盾进一步暴露的历史变动面前，获得了透视社会矛盾、解剖生活现实的坚实的理论基石——尽管这个理论基石还不可能达到最科学的水平线，但毕竟形成了那个时代的智性"制高点"。可是，中国的19世纪，却处在哲学的贫困中。诚然，自明清以后，在明末农民起义烽火的冲击下和自然科学新发展的基础上，朴素唯物主义获得了进一步的发展，但在1840年鸦片战争后中国沦为半殖民地半封建社会的现实面前，在一切都在迅速崩溃着、形成着、变异着的令人炫惑的时代波涛中，思想理论的阐释力却显得明显不足。即使到了19世纪90年代，康有为、谭嗣同等完成了一整套资产阶级性质的社会政治理论和哲学观点的建树，提出了人权平等的道德学说和空想的社会主义大同世界的政治理想，特别是在哲学观上勇敢地超越了中国古代哲学完全侧重在社会伦理的传统思维方式，把近代的科学自然观作为自己的哲学基石，然而，就从他们的理论本身来看，却还带有极大的矛盾性和古典色彩。对现实社会和封建经典的迁就调和，也就必然导致哲学上的"天""人"平行的心物二元论，陷于唯心与唯物的交困中而难以自拔。这样一种思想理论特征，很自然地在这个时代的文学创作中留下烙印。作为时代生活的巨大三棱镜的长篇小说，它往往凝聚着一个时代的社会思想的精华，为了更高地俯视和摄取所要反映的历史和现实，它更需要登上时代最高的思想理论阶梯。而这个阶梯倘若还缺乏应有的高度和稳度，也就不能不限制了文学的视野的广度和透析的力度。这正是我国长篇小说在进入19世纪后处于衰微而未能腾跃的一个关键性原因。

就从对小说自身作用的认识来说，我国到了明代，在小说观念上已有飞跃。冯梦龙在他编的三本短篇小说集《喻世明言》《警世通言》和《醒世恒言》中，以"可一居士"为名撰写的《〈醒世恒言〉序》中说："明者，取其可以导愚也。通者，取其可以适俗也。恒则习之而不厌，传之而可久。"这可以说是中国文人对小说的文学价值和社会价值认识的最早的公开表露。而到了近代，特别是到了19世纪后期，小说创作理论相当活跃。理论家们纷纷致力于小说观念的更新，把小说的作用提到空前未有的重要位置，梁启超在《论小说与群治之关系》中认为，"欲新一国之民，不可不先新一国之小说"。天僇生在《论小说与改良社会之关系》中提出，"今日诚欲救国，不可不自小说始，不可不自改良小说始"。他们还一再强调小说应具有激人慷慨之气,动人凄婉之情的"神力"。然而,即便如此呼唤,仍然未能产生艺术的精品。这足见脱离时代的认识高度,只着眼于小说自身的调整,还是难以迎来小说创作的繁荣时代。

进入 20 世纪以后,中国的社会革命经历了从旧民主主义革命到新民主主义革命的急剧转变,马克思主义理论的逐渐传播和西方现代哲学的启迪,引起了中华民族的感奋,唤起了一个时代的哲学水平的飞跃。当这一切注入了小说界后,人们在这个世纪初就看到了具有特殊敏锐而轻捷优势的短篇小说的创作活跃局面,其中生活视角的多变、思考层次的深入和艺术式样的新奇,在我国小说史上留下了一片璀璨的色泽。那么,长篇小说是否也随之进入振兴的时代?回答是尚非如此。看来长篇小说还有它独特的行程。

回顾 20 世纪上半叶的文学领域,似能看到长篇小说创作的特点:确有时代标记式的作品出现,但是并未在某一时期中形成具有突破性的声势。《子夜》《家》《死水微澜》《骆驼祥子》《围城》《呼兰河传》《太阳照在桑干河上》《暴风骤雨》等,集中体现了 20 世纪上半叶,特别是三四十年代中国长篇小说的最高成就,体现了一个时代的创作标记,这是早已为人们所公认的。可是就宏观上来审视,这四五十年间,并不像短篇小说那样能在某一阶段中以密集的作品汇成一种势头,显示出在艺术(包括内容与形式)追求上某种不可遏制的执着劲头或必然趋势。这方面的原因也是值得深思的。

从 19 世纪中叶至 20 世纪中叶这一百年间,中国历史变动的速度可以说超过了以往的千年岁月。在社会制度上,从封建社会经过半殖民地半封建社会实现向社会主义社会的跨越;在政体上,从封建帝制到资产阶级民主共和而后则是人民民主专政;在政治思潮上,从资产阶级改良主义的萌芽到资产阶级革命论的出现再到马克思主义的传播。一百年间的历史风云,几乎汇聚了近代人类面临的思考与探索的全部问题,这种历史行程固然挟有汹涌激荡之势,但也令人难免有眼花缭乱之感。巴尔扎克是在法国资产阶级革命一百年后,经过了历史的几度沉积,才创作出表现资本主义社会的《人间喜剧》的;曹雪芹更是在具有超稳定结构的封建社会蠕行了两千多年后,才终于透视到它的全貌而写出呕心之作《红楼梦》。而近百年间急促的社会动势,确实给力图把握生活总体特征的长篇小说家们带来极大的创作难度。有时,对一段历史航程尚未看清,新的航程又马上展现在面前,它虽然能激人感奋,但也容易使人感到惶然与飘忽。这也是近百年间特别是 20 世纪前期,中国长篇小说虽有优秀之作但未形成汹涌浪潮，更未产生堪与《红楼梦》媲美的史诗式作品的一个客观历史原因。

历史的潮汐已在人们认识的岸边留下无数珍贵的刻痕，正视它的存在不是框囿对未知世界观察的视野，相反，它将会使我们面向新潮的目光增添凝重的历史感。确实，一个文学"殿堂"的构建，需要的条件毕竟太多了，这就自然要把我们研究的立足点推向宏观的天地。我始终认为，从"纯文学"的角度研究文学，是难以真正弄清文学本身的，对单个篇章的解剖，也难以获取艺术的真谛。文学有它的自我生存空间，一定时期的经济形态，以及在此基础上形成的政治、文化、道德、伦理、情感方式、思维方式都会理所当然地向文学的本体不断渗透，不断产生影响。所以我们的研究也需要宽阔的视野，建立起应有的思维空间，这才有可能认清一个时期的创作大潮的总体特征和呈现的壮景。

写于 1990 年 1 月

晚清小说的"现代"辨析
——兼议"现代文学的起点在晚清"一说

　　随着中国历史出现了向现代社会过渡的征兆，作为在古代社会孕育并经历了几百年发展历史的长篇小说也开始逐渐发生变化，从古代艺术形态，逐步向着现代艺术形态转化。就我个人的认识来说，这种转化不是一蹴而就的，也不是随便以某一部作品作为"开端的标志"就说明得了的。这是一个漫长的过程，就像古代长篇小说那样，它从孕育、成型、发展到成熟，经历了好几百年的时间，最后才出现《红楼梦》这样的创作高峰。因此，长篇小说现代艺术素质的形成乃至成熟，也必然会经历一段历史的崎岖。如果说，19世纪末20世纪初，是中国长篇小说现代转型的肇始的话，那么，到今天已走过了百年步履，而这种现代转化就目前来看还在进行中。

一个抽象的理论问题：关于现代性和小说的现代素质

　　当我们要讨论长篇小说的现代转型及现代演进时，自然绕不开一个既抽象又具体的理论问题，那就是：什么是"现代"？什么是现代性？什么是小说的现代素质？

应该承认，尽管如今"现代"这个词语已经深深地渗进了我们生活的方方面面，但对它的理解却不尽相同，有时甚至是极端的不同。因此，当我们要将这一词语或这一概念引入我们的论题时，就先有必要阐明我对它的理解以及我的理解所取之于的依托。

"现代"相对于"古代"，固然具有时间的标示意义，但我们今天在探讨一种文化对象的文化性质而使用它时，它们之间就有某种性质的区分了。我们所要探讨的小说的现代转型，探讨它所具的现代素质，就自然着重于其文化内涵与古代所具有的不同之处。

面对着对现代性的各种各样的理解和阐释，不能不引发我们对现代性作本源性的追问。人类社会出现的现代文化思潮，从根本上来说，它应该是人类智能发展的体现，而这种发展的最基本原因，就是划时代的科学发现。可以说，正是由于出现在 19 世纪末 20 世纪初的一系列的科学新发现，把人类的认知水平推上了一个新的层次。相对论的出现，从物体在动态中和静态中长度与速度的变化，使我们以往稳固不变的时空观受到了挑战；量子论的提出，把我们对客观世界的认识，从宏观世界深入到微观世界，而且懂得了在这个微观世界中，其粒子的"波动性"有着与宏观世界物体运动不同的规律；而测不准原理的产生，则从一个微观粒子某些物理量（如位置、动量或方位角与动量矩等）的变化，使我们了解到一种物质的物理量不可能同时具有确定的数值，其中一个量越确定，另一个不确定性则越大。由此而带来了物质判断的不确定性。

19 世纪末 20 世纪初，一系列的科学发现，大大推进了人类对宇宙、世界、物质的看法，而当这一切辐射到人的精神领域时，也就使人的精神特征发生明显的变化，在价值观、是非观和文化视野等方面，具有更加科学的理性精神，并由此引起一些深层性的因素的变化，如思维方式的非线性化、非绝对化，认知方式的重直觉、重顿悟，表达方式的间接性、多义性等。这些，我认为正是我们考察长篇小说现代素质的一个基本出发点。

基于这种认识和理解，我对长篇小说现代演进的考察，将主要集中于理性精神、文化视野和艺术思维几个方面来进行，以此作为探寻长篇小说现代素质生成的重要渠道。

如何认识晚清小说的历史定位

在探讨中国小说，特别是长篇小说的演进时，今天的研究者已经不约而同地把目光放在晚清末年至民国初年这一特殊阶段，更具体地说，是 1840 年至 1917 年前的这七八十年时间。

许多中外研究者都指出，在晚清末年至民国初年，中国长篇小说已经出现了一些现代素质。早在 20 世纪 70 年代初，捷克布拉格学派的领军人物雅罗斯拉夫·普实克就指出了中国 20 世纪初小说叙事的一些新变化（《二十世纪初中国小说中叙事者作用的变化》1970 年），这期间，亚欧一些学者也注意到1897——1917 年中国文学的"过渡性质"。到 20 世纪 70 年代末，捷克东方研究所哲学博士、加拿大多伦多大学东亚研究所教授 M. D- 维林吉诺娃主编了一本研究中国晚清小说的论集《世纪转折时期的中国小说》，集中了一批学者的研究成果。他们通过对晚清小说中的《官场现形记》《二十年目睹之怪现状》《孽海花》《老残游记》等一批重要的代表性小说文本的细读和剖析，认为，"晚清小说已经表现出后来中国现代小说发展的许多特性"，如它切近现实的主题，对现实生活场景人物的描摹"力求真实"；它生活场景的"流动性"和对"情感力量的强调"。认为"晚清小说已经捕捉到正在形成的中国现代社会的全部复杂性、多样性与不确定性"。与此相映衬的是在叙事形式、技巧、风格等方面出现新的艺术因素，他们运用西方的小说理论，从小说的叙述结构、叙述模式、叙述时间、叙述话语和叙述风格诸方面，探讨了这个时期小说的一些代表性作品所出现的"实质性变化"。这些研究成果，在 1980 年由多伦多大学出版社结集出版，在此前后，他们当中的一些文章已在我国学术刊物上摘译登载，开始在我国学术界产生影响。

这些观点的提出，无疑是对我国学界一直沿袭的对晚清小说的许多传统习见、甚至是权威论断的一种挑战。它大大启发了中国学者，打开了他们研究的新思路，将他们专注于"五四"的划时代性的目光延伸至清末民初，寻求文学现代转型的最初端倪。在小说研究领域中，陈平原出版于 1988 年的专著《中国小说叙事模式的转变》，就是这种研究新思路的一个最早出现并影响广泛的标志性成果。

在此以后的一二十年间，中外学者围绕着晚清小说来探讨"中国现代文学的开端"的各种论著不断出现，形成了一股相当强大的理论倾向。这些观点归纳起来主要有这样一些：1. "中国现代文学可以上溯到晚清时期，特别是1895 至 1911 年的十六年，在这段时间，一些'现代'特征变得越来越明显"。（李欧梵执笔的《剑桥中华民国史》文学部分）这是从现代文学的时限上提出的明确观点。2. "晚清小说岂止仅仅代表一个从传统到现代的过渡阶段；它的出现还有它的被忽视，本身就已经见证了中国现代文学现代性的一端"，但晚清文学所包含的"多重的现代性在'五四'期间反被压抑下来，以遵从某种单一的现代性"。（王德威：《被压抑的现代性——晚清小说新论》）这是认为晚清小说的现代性比'五四'文学的现代性更为活跃、更为丰富的代表性观点。3. 与上述观点有联系，进一步提出传统与现代的区分，即：人性解放的要求，自觉融入世界潮流的要求，文学本身艺术特征的追求。认为20世纪初至'五四'前这一阶段的文学已具备与上述三个特征相通的因素，因此确认"把它视为新文学的酝酿期而列入现代文学的范畴"。（章培恒：《关于中国现代文学的开端——兼及"近代文学"问题》）这是对文学现代性的最基本的特征所提出的一种有代表性的观点。四、关于现代文学开端的"标志性"作品的认定，提出"以19 世纪 90 年代前期刊行的韩邦庆的《海上花列传》为起点标志是比较符合实际的"。（孔范今：《论中国文学的现代转型与文学史重构》）《海上花列传》"是中国第一部具有现代性的小说"。（栾梅健：《论〈海上花列传〉的断代价值》）这是从"标志性"作品的角度进一步论证现代文学的开端不在"五四"，而在晚清，实际表明晚清文学不只是一个"过渡期"，而是"开创期"。

当然也应该看到，在这些有影响的看法中，也仍然有一些不同点，简要地说就是，有认为晚清小说已开始呈现现代素质，是传统向现代的一个"过渡期"；而有的则认为晚清小说不仅具有比"五四"更丰富的现代性内容，而且已经出现了"标志"现代性的作品，因而是中国现代文学的"开创期"。

应该怎样对这些观点作出判断？

为了弄清中国长篇小说向现代演进的真实步履，我们有必要先对晚清小说及其产生的背景做一些基本性的辨析。

（一）历史步伐的追寻

在这里，我认为首先要缕清两条思路，一是明清社会文化思潮演化的特点；一是小说以及小说观念自晚清至民国初年的变化脉络。

中国社会发展至明代中晚期，商品经济和贸易的繁荣，促进了资本主义的萌芽，这是许多学界人士的一个共识。而商品经济和贸易的发展与思想文化观念的发展又是相互映衬、相互促进的。晚明嘉靖中叶的著名启蒙思想家李贽就是当时新兴文化思潮的一个代表。李贽在他的《焚书》《答邓石阳》篇中，就提出了"穿衣吃饭即是人伦物理"的论点，将"穿衣吃饭"看作是世间一切政治、道德活动的物质基础，显示了以生命价值为中心的意识要求，这对以道德伦理为价值中心的儒家思想来说，无疑是一种冲击。李贽所提出的"童心说"，更是在思想领域向封建意识形态发出挑战的一个理论标志。它主张尊重人心的本然状态、主张思想情感表现的真诚无伪和个体的自我意识。这说明，作为人的自我意识的觉醒，在中国社会自身的发展中早有萌生。到了清代晚期，也就是 19 世纪上半叶，以龚自珍、魏源、冯桂芬为代表的一些思想家，在著作中更展露了许多对千年封建专制来说是"出格"的言论，像被梁启超称之为"近世自由思想之向导"的龚自珍，对当时封建社会的颓败，对"一人为刚万夫为柔"的封建专制，表现出强烈的不满。在他的诗文中，更是对人的尊严遭到漠视、人的才华无法施展的现实，迸发出惊动神州的呼唤："九州生气恃风雷，万马齐暗究可哀。我劝天公重抖擞，不拘一格降人才。"这正是对一个变革时代来临的呼唤。值得注意的是，在这代思想家中，他们萌发的已不止是一种"反叛"情绪，而是能够比较明确地提出一些具体的政治、经济主张。如与龚自珍同时代的思想家魏源，对当时声称有"十全武功"的"天朝"，竟屈膝于"么尔小夷"，不仅表现出满腔爱国义愤，更激起一种要求了解西方、寻找"御侮之道"的强烈愿望和行动。"师夷长技以制夷"，就是由魏源最早提出的新鲜观念。与此同时，他和龚自珍一样，对商业经济发展的新形势也甚为敏感，"天有私也，地有私也"，龚自珍主张言"私"言"利"。这种观念的萌生，无疑正是中国社会内部资本主义经济发展趋向的反映，是从自身历史土壤中产生的新鲜意识。正如李泽厚所指出的：这是"自明末以来不绝如缕的'工商皆本'的新鲜思想的延续，同时它也开始作为七八十年代改良派发展资本主义工商业的经济观点的媒孽而出现了"。（《中国近代思想史论》第 41 页）

伴随着工商业的兴起，一种平等意识也在萌生。冯桂芬作为林则徐的学生，在经历了鸦片战争的屈辱后，不仅激起了"雪耻"的义愤，而且也获得了理性的觉醒，更清楚地看到了封建主义的中国的种种弊端，因而明确地提出："人无弃才""地无遗利""君民不隔""名实必符"的主张。（《制洋器议》）

这些都体现出一种平等、务实的观念。

总之，自晚明至清代的几百年间，中国思想界并非混沌一片、沉默无声、缺乏亮色，相反，在商品经济的自发繁荣中，在从明代向清代更迭的历史曲折延宕中，都有思想界敏锐的触角，有他们对时代的感应而发出的、在他们那个时代所可能发出的声音。这些虽未成体系、但在今天看来仍然是闪亮的思想元素，为19世纪末20世纪初，也就是晚清最后的时段发生的颇为轰烈的改良运动，作了有力的铺垫，成为这一运动的"前驱先路"。同时，也给晚清时期文学的变化，带来了一些新的思想养分。

中国小说自身本来就一直伴随着社会和社会文化的发展而不断地演进，宋元时期在说书基础上产生的白话小说，在社会大众中发生的影响，早已促使人们对小说在社会生活中的位置，获得新的感受。到了明朝末年，李贽、冯梦龙、凌蒙初、袁中郎等一批文人就更加敏锐地感到小说的特殊魅力，他们特别看重这种文体的通俗性，甚至认为它对社会的作用超过了儒家经典。冯梦龙在《喻世明言·前言》中写道："大抵唐人选言，入于文心；宋人通俗，谐于里耳。天下之文心少而里耳多，则小说之资于选言者少，而资于通俗者多……虽小诵《孝经》《论语》，其感人未必如是之捷且深也。"这是小说的社会价值和艺术价值第一次受到社会文化界的承认，也使它在文学领域中逐渐趋向于主流地位。应该看到，小说的通俗性本身，对小说素质变化的影响和促进是多方面的。小说与社会大众的广泛接触，自然增加了作为接受主体的社会大众对它的期待，特别是由于商品流通、贸易成交面的扩大，给世俗生活内容带来巨大的变化，这对说书人和听众、小说作者和读者来说，都自然会产生重大的影响，一贯善于讲述三皇五帝、讲述历史传奇的小说，必然要逐步向最切近大众的世俗生活靠近，促使了小说，特别是长篇小说从传奇化向世俗化的转变，《金瓶梅》的出现，就是这种转变的标志。

长篇小说在这种发展过程中也在不断创造着新鲜经验，比如在叙事结构上，就有许多创造。金圣叹在他的《读第五才子书法》中，就曾经以《水浒传》为例，归纳过它的几种叙事方式：如"倒插法""鸾胶续弦法""横云断山法"等。而这样的经验也是在不断变化的，到了《红楼梦》，正如鲁迅所说的：一切传统的写法都打破了。

当我们粗略地梳理自晚明至清代人文思潮和小说演进的线索后，可以看到，在20世纪前的两三百年时间，中国社会自身的发展，可能已孕育或催生

111

了一种新的社会意识、新的文学意识，当我们来探讨晚清小说出现的新变化时，认清这一点是十分必要的。也就是说，中国长篇小说自元明至清代中叶，其自身随着社会的变迁已在不断地调整，不断地发展着创作内容，不断地创造着新的艺术经验，而并非简单地由于外来小说的影响，才使这种小说形态发生陡然的变化。

长篇小说发展到了清末民初，在创作内容和叙事方式上所出现的变化，自然仍有其内在原因。其中我认为有两个因素是最关键的。

首先，是自 1840 年鸦片战争后，中国社会出现了严重的动荡。清政府在西方列强进犯面前的软弱无能，丧权辱国，更加暴露了它的衰落与腐朽。尽管在五六十年代清朝廷也打起了向西方学习的"洋务运动"旗号，但很快就暴露了它那"对内屠杀，对外投降"、意在维护封建统治阶级的真面目。由此，早已在知识分子和民间潜伏的反抗意识，很快就形成了一股在爱国主义声浪中呼唤变法维新的改良运动。这是个如火如荼的呼唤变革的年代，为了得到广大民众的参与，改良派的领袖们意识到"开启民智"的迫切，于是，小说对民众的教化作用更被突出强调。当时"小说界革命"的倡导者梁启超，在他的《论小说与群治之关系》中，就指出：欲新一国之民，必先新小说。而新小说的一个重要功能就是"改良群治"，因此梁启超大力鼓励小说"写爱国之思""写政界之大势"。（《论小说与群治之关系》，《新小说》第 1 号）时代的要求，使许多文人加入了小说创作的队伍，包天笑就曾经这么诉说自己的转变："我之对于小说，说不上什么文才，也不成其为作家，因为那时候，写小说的人还少，而时代需求则甚殷。到了上海以后，应各方的要求，最初只是翻译，后来也有创作了。"（参见包天笑《钏影楼回忆录》，香港大学出版社 1971 年出版）正是"时代需求"，使小说创作开始变得更加注重表现社会大众密切关心的社会问题，更注意切近民众的现实生活，反映动荡的社会情绪。而读者们关切飘摇动荡社会的去向的自觉或不自觉的阅读渴求，也与这种改良的功利目的形成一种合力，驱动着晚清的小说创作界对小说内容的调整，使大量的"谴责小说""政治小说"应运而生。

在这批小说中，大部分都是以 1880 年至 1910 年的中国社会现实为背景，不仅涉及这一时期发生的重大政治事件，如戊戌变法、义和团运动、八国联军入侵、清廷的腐败、官场的黑暗等，而且也反映了封建秩序尚未退位，而城市生活在商品经济涌动、西方外来文化影响下所出现的奇异景观和谲怪现状。更值得注意的是，正如一些西方汉学家所指出的："此前的任何小说家在描写自己所处的时代时，都从未像晚清小说家那样力求真实。晚清小说从不按照传统小说的惯例，假托前代或某一不明确的时代，却像中国现代小说中一样，直言不讳地宣称读者读到的正是作者观察到的当今现实。"（《世纪转折时期的中国小说》第8页）这种敢于正视现实的精神，自然是受到渴望变革的社会潮流的支配。

而驱动晚清小说创作变化的，还有一个重要因素，这就是当时小说传播方式的变化。报纸、杂志成为小说传播的重要工具。

早在19世纪40年代，当时的西方传教士就已经把用铅活字和机器印书的技术传入中国，开始改变中国以线装书为传播媒介的文本手工制作方式。到了19世纪下半叶，书籍、报刊的出版势头更劲，从1861年上海第一张中文报纸《上海新报》的创办，到《申报》的出现，它声言其所面向的是"上而学士大夫，下及农工商贾"（《申报》创刊号的告白），代表了办刊的平民化趋向。这样的报刊，既"记述当今时事""崇论宏议，兼收并蓄"，亦有"奇闻逸事"和小说发表的园地。到1892年，中国第一份小说期刊《海上奇书》出现，这是由当时的自由撰稿人韩邦庆所创办的，他所创作的长篇小说《海上花列传》就是在这个刊物上登载。在此之后，许多作家的创作，都有报纸所依托，特别是到了19世纪末20世纪初，像李伯元的《官场现形记》，最早就是在上海的《世界繁华报》上连载的，刘鹗的《老残游记》最初十三回发表在《绣像小说》，后又在《天津日日新闻》上连载，曾朴的《孽海花》有一部分也是在他自己创办的《小说林》上发表。小说的这种传播特点，必然会对它的叙事方式产生重要的影响。对作者来说，他的产品为了适应报纸连载的急需，往往是"现写现卖"，很难像《红楼梦》那样，"披阅十载，增删五次"，才刻行于世。这种状况，自然使这些小说在结构上呈现新的特点：它的事件与事件之间，很难有严密的组合，事件的"起"与"讫"也会比较随意。这样在叙事结构上也就开始打破以往小说中古板的线性发展、环环直扣的叙事方式，出现一些双线或多线穿插的叙事路数，以使故事的生活场面显得多边化、芜杂化，更逼近生活的原生情状。在人物描写方面，小说中的人物往往是随事件而存在，随事件发生而出现，又随事件的过去而消失，个人的命运极少贯穿全篇，因而难以有主要人物形象的塑造，人物与人物之间也很难结成有内在逻辑的"关系网"。而在叙事方面则更注意对读者的吸引，读者阅读连载的小说，是分散性的、断续性的，如何使故事的叙述保持着对流动阅读读者的吸引力，自然需要有更多的叙事"妙计"。所以，当时一些作家除了沿用传统章回小说那种"且听下回分解"的悬念方式外，对西洋侦探小说那种倒叙、闪回、插叙等叙事方法特别感兴趣，目的自然是为了"吊住"读者的"胃口"；在叙事者身份的选择上，也有采用第一人称的叙述姿态，如《二十年目睹之怪现状》，一方面可以加强故事的真实感，一方面是为了拉近与天天在报上阅读的读者的距离。

这种种变化，其实都与当时小说所处的新的社会文化环境、面对新的读者群有密切关系，当然，在这种变化中，也自然受到当时大量以梗概翻译过来的西洋小说的影响和启发，但要看到，这种艺术变动的内在动机却是来自于自身发展的要求，正如一些西方学者所指出的："西方的文学技巧例如第一人称叙述方式、叙述时间的倒置之所以被引进，也只是因为中国小说已经发展出类似的技巧，或已经演化到这样一个阶段。在这个阶段中，外来因素的吸取也只是本身进化的补充。"（注4：M. D- 维林吉诺娃：《世纪转折时期的中国小说·导论》第14页）

当我们了解了晚清时期所处的思潮背景、文学背景，了解了当时促使小说发生变化的一些主要原因以后，再来谈谈应该如何认识和判断晚清小说的历史地位这个问题。

（二）时代思想基石新质的略显与脆弱

要对这样一个问题作出判断，我认为首先要正视一点，就是体现当时的思想先知所达到的时代高度。因为文学的发展总是受一个时代的思想智慧和哲学水平所制约，当然，文学同时也是一个时代思想高度的支撑点。

出现在19世纪最后的二三十年间，一批代表当时封建社会上层进步阶层的地主资产阶级自由派思想家正在崛起，谭嗣同、康有为、梁启超是他们的杰出代表。他们的思想主张引领着那时社会的时代潮流，影响着社会生活的方方面面。他们承接着龚自珍、魏源这一代的思想脉络，又更鲜明地反映着日益成长的新兴的地主资产阶级的政治要求和经济利益。给岌岌可危的清王朝以强有力的冲击。

代表这个时代智慧的一批思想家，他们的思想体系是相当庞杂的。它的最光辉部分无疑是对封建纲常和君主专制的猛烈抨击，尤其是谭嗣同，对封建制度的批判是决绝性的，"二千年来之政，秦政也，皆大盗也"。它"赖乎早有三纲五伦字样，能制人之心者，兼能制人之心"，正因此，他对封建社会的抨击，最主要是集中在它的上层建筑——政治、法律、文化、道德领域，"独夫民贼，固甚乐三纲之名，一切刑律制度皆依此为率，取便己故也"。（《中国近代思想史论》第237页）在他们身上，"进化论"的因子已经成为其回望历史与展望未来的重要思想资源，康有为在《论语注》中提到："人道进化，皆有定位""盖自据乱进为升平，升平进为太平，进化有渐，因革有由。"显然，也是他们变法改良的理论依据，更是诱发他们"大同世界"理想的想象基础。这些思想以及他们变法维新的行动实践，确实给已面临破败危局的封建帝制以极大的撼动，带给当时躁动社会的不是零星的光点，而是一束巨大的强光。

这种思想呼唤，也曾使自《红楼梦》之后暗淡无光的文坛，出现了起色。但也应该看到这个时代的思想基石的脆弱性。

诚然，晚清一批思想家的思想成分中，已经渗透了一些现代科学的启悟，这是他们的可贵之处、开明之处。现代科学知识，使他们懂得了物质作为世界存在的基础，"气之有冷热，力之有拒吸，质之有凝流，形之有方圆，光之有白黑，声之有清浊，体之有雌雄，神之有魂魄，以此八统物理焉"。（康有为：《自编年谱》）这对他们世界观中唯物意识的确立无疑是有重要作用的，使他们超越了当时封建士大夫们那种面对世界天地的一片混沌的眼光，获得了某种理性的觉醒。但也要实事求是地看到，当时这些思想家们对一些科学知识的理解还是相当肤浅、幼稚的。比如，他们承认物质的"电"的存在，但竟然又把"电"这个看似无形的、变化莫测的神奇东西，与人的精神、意识等同起来，"脑为有形质之电，是电必为无形质之脑"（谭嗣同：《仁学》），"知气者，灵魂也，略同电气，物皆有之"。（康有为：《礼运注》）这些看法反映了当时思想家们在理性跨越中的犹豫与固守。正如李泽厚所指出的："谭嗣同由'心力=电'而得出'心力'可以代替'以太'，宇宙世界只是'心力'表现的唯心主义；康有为则由'魂知=电'而陷在'天'（自然）'人'平行而相互独立的心物二元的尴尬地位。"（《中国近代思想史论》第103页）这也正是晚清思想家们所体现的时代思潮的基本特点。

（三）对创作文本的辨析

在这种思潮背景下，我们又应如何估量小说创作水平呢？这就需要进入

115

创作文本来进行考察。自鸦片战争后的近五十年间的创作我们暂且不谈，因为那一时段实际出现的作品如以《品花宝鉴》《花月痕》等为代表的狭邪小说和以《儿女英雄传》《三侠五义》以及《荡寇志》等为代表的公案、侠义小说，它们的思想内容的芜杂和艺术水准的参差，早已有许多定评。我们就从1892年《海上花列传》的出现到20世纪最初几年，《官场现形记》《二十年目睹之怪现状》《老残游记》《孽海花》等作品的相继问世来谈谈。

这十多年间的小说创作，正如我们前面所谈到的，它在真实地反映清朝末年的社会危机、混乱的现实世态，抨击现存制度，表现在外忧内患时"人心思变"的社会情绪等方面，有着重要的历史认识价值；在突破小说的传统样式、寻求小说叙事艺术的新变方面，较之以往的作品确有明显的进展。但我们也不能无视于：它的跨越也是有限度的，它自身的局限性也是明显的。

首先，从作家的精神立场来说。

作为这一时期小说的创作主体，由于所处的社会特点，使他们可以实现从士大夫阶层向独立报人和职业小说家身份的转变，从而相对地获得了个人的创作自由，摆脱了对封建体制的依附。所以，他们对腐朽的封建专制，对官场的黑暗的揭露是无情的，批判是辛辣的。然而，他们所持的价值立场却又是妥协性的，这是他们创作矛盾性的一个突出问题所在。

我们不妨拿被认为这个时期创作量最多、成就最高的吴趼人来分析。

吴趼人小说笔下所揭露的"怪现状"，用他自己的话来说是："第一种是蛇虫鼠蚁；第二种是豺狼虎豹；第三种是魑魅魍魉。"（《二十年目睹之怪现状》第一回）而我们具体归纳后发现，他所批判揭露的社会怪现象大体涉及这么几个主要方面：一是官场的种种丑类，一是家庭伦理的失范，一是十里洋场的光怪陆离。而他的揭露、批判所持的一个价值基点，就是"道德操守"问题。从这一基点出发，他谴责官场的种种丑类，是因为他们的"鲜廉寡耻"，既无民族气节，又以"卑污苟贱"的手段而官运亨通；他痛斥家庭父子、夫妇、兄弟及各种亲缘关系中的情义淡薄、相互倾轧、人伦颠倒、阴险欺诈的种种病态，是因为在他们身上伦理的失范；对十里洋场中那种"重利轻义"违反传统道德的行为，特别是对那些混迹于洋场却胸无点墨、浅薄鄙陋的所谓"才子""名士"的龌龊行径，更给予极为辛辣的嘲讽和无情的鞭挞。吴趼人所持的道德基准，用他自己的话说就是"我固有之道德"，是一种企望恢复传统礼治秩序的追求。由此可以看出，像吴趼人这样敢于切中时弊的作家，他们依傍的精神支柱仍然是古代的先贤之道，也就是像当年龚自珍所说的"药方只贩古时丹"。这也是那个年代一批先进思想家的一个共同特点，像康有为的"托古改制"，也就是"以孔教复原为第一著手"。（梁启超：《康南海传》）如果说，改良派的先导们是鉴于要"招引、争取、团结和组织变法运动的同情者和群众——封建士大夫们"的需要，所以要抬出孔子"尊之为教主"（梁启超：《清代学术概论》），以他作为一面精神旗帜，那么，要看到，像吴趼人这样的作家依傍的"固有之道德"，则更多是属于一种内在的精神反映，表明他们虽然获得了"独立的报人""自由撰稿人"的社会身份，但在精神上尚未完成从传统的"士"人向现代知识分子身份的转变。当然，我们不应否认，对封建腐朽的东西作出道德谴责，仍然是有积极意义的，但传统道德的尺度在社会面临改制的关口，显然与真正的现代价值观念是难以对接的。这种价值尺度必然会使作家在对现实的描写中带有情感的偏颇，像对待当时外国商品经济的进入和西方文化的渗透，吴趼人在"新文明"与"旧道德"之间对"新文明"的排拒，在"轻义"与"重利"之间对"利"的龃龉，都反映其精神立场对传统的固守，这也是鲁迅所指出的"描写失之张皇，时或伤于溢恶，言违真实"（《鲁迅全集》第八卷第 244 页）的一个内在原因。

从切身的感受出发，真实地描写近代社会不同领域新旧杂陈的生活情状，是晚清小说的一个页献。但它在内容上离"现代意蕴"恐怕还有一段长长的距离，就拿《海上花列传》来说吧，作者韩邦庆长期居住在上海，曾当过报馆编辑，常挥霍于花丛中，因此他对风月场中的风情百态，相当熟悉，"因而记载如实，绝少夸张"（鲁迅语）。当然这部作品之可贵，在于它不同于一些狭邪小说那样，或以猥亵的笔调招来读者，或以道貌岸然的面孔对妓女一味地"溢恶"，但他所写那些沦落风尘的妓女虽有个性、各有遭遇，但毕竟很难让人看出这里有多少"个性解放的要求与呼声"。

我们不妨看看作品第三十三回中关于对沈小红与嫖客王莲生关系的描写。沈小红在烟花场上以自己"独立的个性"与王莲生交往、周旋四五年，她与王的关系已不完全是商品式的肉体关系，而是对王投入了真情，也希望能获得一个正常人的生活位置。可是，当王莲生另寻新欢纳另一妓女张蕙贞为妾时，我们看到的只是她对已不可能回心转意的王莲生的低声下气的、无奈的恳求。而最后，当王莲生婚宴"叫局"，沈小红虽不情愿，却又"不敢不"顺从。及至王莲生要众妓女到新房"见见新人"，"沈小红左右为难，不得不随众进见"，

117

临离公馆前，王莲生对众妓皆有所赠，"沈小红又不得不随众收谢"。在这接连的几个"不敢不"和"不得不"中，我们可以看到作为一个失去人身自由的妓女希望得到生活的依傍，却又无权获得的可怜与无奈，感受到作者笔下这些令人同情的、被压在社会底层缝隙中的生命真相；却未曾感受到像后来在鲁迅笔下的"狂人""祥林嫂"那样所发出的呼喊与质疑。至于作者最后写的妓女王二宝，也可看出其精神高度。他写这个"心高气硬"的王二宝信赖于史三公子要纳她为三房的信诺，为此，"凡天然所有局帐，二宝不许开销""以为你既视我为妻，我亦不当自视为妓"。从此她"揭去名条，闭门谢客"。但对这个深陷骗局而不愿醒悟的女性，作者在客观描写的同时，并不寄予应有的同情，而是笔锋转为嘲讽，写她人处癫狂状态，不惜倾尽家财，准备嫁妆，等待史天然来"成就这美满姻缘"。最后，在一种"痴人说梦"的处理中结束了对这个人物的描写。《海上花列传》的作者当时所体现的精神高度，实际上并未超出、甚至还不如《红楼梦》，如果以这样的创作作为向现代精神的跨越，确实是无说服力的。

其次，从作品的艺术笔法来说。

正如前面已经说到，晚清长篇小说在叙事方式、艺术结构上，已经出现了一些新变动，这方面，国内外许多学者都已有不少精辟的论述。我想，我们应该在这基础上再作一些深入的辨析。

在进入具体辨析之前，我们有必要明确这样一个事实，中国长篇小说与西方长篇小说在各自的发展过程中，分别形成了一些不同的表现生活的艺术方式。这里，我想就它们概括生活的方法和艺术思路谈谈。

西方最早出现的长篇小说如《巨人传》《堂·吉诃德》《琼斯》《华生笔记案》《巴黎茶花女遗事》等，它们概括生活的一个主要方式，大多都是以"一人一事"来贯串，正如当年《小说丛话》中侠人所指出的，西洋小说"一书仅叙一事，一线到底，凡一种小说，仅叙一种人物，写情则叙痴儿女，军事则叙大军人，冒险则叙探险家，其余虽有陪衬，凡无颜色矣"。（《新小说》13 号，1905 年）而中国古代的长篇小说则不同，从《三国演义》《水浒传》等小说就可以看出，作品往往是人物众多，很少以一两个人物单独贯穿到底的，即使到了《红楼梦》，也不完全是以宝、黛为主线展开的，它只是与荣国府、宁国府两个大家族的众多人物共同存在。早在二十世纪初就有学者指出这种现象的原因："泰西的小说，所叙者多为一二人之历史；中国之小说，所叙者多为一种社会之历史。"

［《小说丛话》曼殊（梁启勋）语，《新小说》11 号，1904 年］姑且暂不去分析这种解析是否准确、科学，但说明这种现象很早就为中国创作界所承认。这一现象的存在，实质上反映出中国小说，尤其是长篇小说在叙事方式、艺术结构等方面，都有自己的特殊创造，如同西方小说也有自己的特殊创造一样。基于这点，我认为我们在探讨小说的现代演进时，所取的尺度就不能以中、西孰优孰劣为基准，也不应在表面层次上拿叙事学中所提出的有关叙事视角、叙事时间、叙事结构等概念，笼统地就作为现代艺术方式，将它们简单地套用于小说现代转型的研究中，而是应该认真地在各种叙事方式中，寻找出它背后所蕴含的现代意义。我们对晚清长篇小说艺术方式现代演进的辨析，也应该从这一认识层面上来进行。

先从"第一人称叙事"来说。对于"第一人称叙事"的使用，我们不能仅看它是否采用"我"的视角，还应该去体味这个作为叙事主体的"我"与其所叙述的事件的内在情感关联。"我"可以叙他人之事，更应叙自身之事，而重要的是，它应该给人以"事事从身历处写来，语语从心坎中抉出"（寅半生：《小说闲评》）的感受。也就是说，它应该显示情感体现的直接性和灵魂袒露的真实性。这是这种叙事法较之纯客观的全知全能叙事能更具有现代魅力的关键所在。晚清小说运用第一人称叙述其实还并不多见，人们现在一般所举的例子主要就是吴趼人的《二十年目睹之怪现状》。作为长篇小说首次使用第一人称叙事的实践，我们固然应该充分肯定它的开创性意义，但也应实事求是地评价其所达到的水准。这部小说作者托用"九死一生笔记"的方式，以别号为"九死一生"的这个人物作为叙事主体，叙说他自十五岁离开家乡到杭州看望父亲。可到达父亲商号时，"父亲已经先一个时辰咽了气"，从此他混迹于苏杭、上海一带，入了"生意一途"，时而由南至北，时而由北至南，南京、扬州、四川、广东、香港、汉口、宜昌、沙市……无所不至。小说正是借"九死一生"的眼睛，把他目睹的种种"怪现状"一一叙说给读者。如果说，在刚开始的叙说中还带有一点因新临异地、举目无亲所产生的心理忐忑，那么接下来的就是大量、客观地叙说一个又一个耳闻目睹的事件。而作为叙述者"自我化的程度"（赵毅衡语）则越来越低，作为人的"自我"凸现意识相当淡漠，小说仍然难以产生现代美感。

使用第一人称叙事，必然会带来一种"限制性"，也就是叙事学所说的"限制叙事"。它带有很强的现代意味，给读者以真实的"现场感"，更为读者的阅读提供了、留下了廓大的想象空间。而在晚清小说使用这种叙事手段时，一个最大的艺术缺失是，忽略了读者"想象空间"的营建。有时甚至因生怕读者不领会而故意破坏这种"想象空间"，小说叙述中常常出现的"看官！且听我来一一细说……""且慢！让我一一道来"等"干预性"的插话，就是明证。

同时，还要看到，在他们小说中为了事件的叙说，常常不惜突破个人"目睹"的限制，将事件的叙说者转移由他个"目击者"或"知情者"来完成。像《二十年目睹之怪现状》第七十回至七十二回关于太史"周辅成误娶填房"的故事，就出现了这种"转移"，由第一人称的"九死一生"转移到他在客店遇到的一位老者——徐宗生来担任叙说，而且这一"说"就占了两个半回目的篇幅。这种转移性的"第一人称叙述"，可以说带有"全知全能叙述"的浓重阴影，它反映了作者这样一种创作心理：创作目的是以交代事件为中心，交代其"无所不知"的目的，而不是以体现人的心灵、情感为中心。这样来运用"第一人称"，尽管可以营造叙事的某种切近感，但与小说的"现代感"仍相去甚远。

再次，再从"倒装叙事"和"心理叙事"来说。

小说的"倒装叙事"，从其所具功能来说，一来有助于吸引读者，小说一开始往往就以奇特、惊险的事件、情节或细节，唤起读者的好奇心和阅读的兴趣，这也是西方侦探小说惯用的手法；二来有助于小说的结构运作，金圣叹点评古代小说时所说的"横云断山法"，毛宗岗所说的"横桥锁溪法"，大抵就是从小说的结构特点来说的。所以，中西方小说无论在过去或现在，都不同程度上有过这样的叙事经验。

在晚清小说中，运用"倒装叙事"最突出、给读者带来别开生面的阅读的是吴趼人的《九命奇冤》。这部以18世纪广东一起轰动一时的谋杀案为蓝本的小说，它一开始就以一段急速的对话把读者带到案发现场，然后才逐一展开梁、凌两家的恩仇故事。这种时间倒置的叙述，无疑会给读者带来往下阅读的紧迫感。当然有些研究者还在文本的全阅读中，找到了多处"倒装"叙述的运用，如多伦多大学博士吉尔伯特·方在他的论文《〈九命奇冤〉中的时间：西方影响和本国传统》中就指出，小说的第十七、十八、三十一、三十五回中，都还有倒装叙述的运用。但实际上，那几个地方的叙述，只不过是一般小说中作为交代人物的过去或补叙某一事件过程的叙述，或因某一共时出现的事件需要另花笔墨，故将原来的叙述按下不表，谈不上真正的"时间倒置"。

因此，当我们鉴别这种叙事法的应用时，就不能从表面看其是否用了"倒装"，而且还要研究作者是否真正具备了"时间意识"。"时间"自然是客观存在，但要看到，人对"时间"的感受却带有很强的主观感情色彩，所以人们会发出"悠悠千年"或"弹指一挥间"的感叹，这是在不同境遇、不同心境中的一种心理现象。现代艺术注意到"时间"这种心理现象，并把它灌输到艺术创造中，也就是在文本叙事时实现将故事的原始或编年时间转换为叙事时间的功能，所以在叙事文本中就常会出现"倒叙""预叙"以及蕴含有现在—未来—过去的"时间交错式叙事"，还有种种"非时序"的叙事处理等。现代小说中的"时间意识"更重于凸现叙述者的心理因素，而不仅仅是为了悬念。像广为流传的加西尔·马尔克斯《百年孤独》的开始第一句："多年之后，面对着行刑队，奥雷连诺上校将会想起那久远的一天下午，他父亲带他去见识了冰块。"这里包含有现在—未来—过去的时间因子，而这种叙述的背后，我感到正潜藏着叙述者对一个人命运的追忆与慨叹的情愫。因此，我们要确实体悟到叙事者采用这种叙事方式的心理依据，也就是说，当这种叙事法与叙事者的心理活动真正交合起来时，这种叙事法才真正显示它的现代意义。否则，那就只能算是外在的、技法式的模仿。

最后，从小说的艺术结构来说。

长篇小说的艺术结构，在某种意义上说，是一种空间意识的体现。在现代哲学的概念中，"空间"是指物质运动的广延性和伸张性，它的存在离不开物质运动，物质运动决定了空间的存在。

在以往的中外长篇小说中，无论是采用单线型、复线型或多线型结构，也正是通过人物活动的展开来实现其空间的"广延"与"伸张"的。就从这一点来说，晚清的长篇小说确实有一些明显的突破。他们已经懂得通过对人物活动的设置，来拓展小说的表现空间。像《二十年目睹之怪现状》通过第一叙述者"九死一生"在各地的游走，将小说的笔端从南京、上海伸延至江南各地；像《孽海花》则随着金雯青携彩云出使俄、德、荷、澳四国而将小说的叙述空间从中国国内广延至欧、澳两洲。但我们应该看到，这种拓展，更多体现在地理空间上，而地理空间的扩展并不一定就意味着小说艺术结构的现代美感。德国美学家里普斯曾提出这样的观点：几何空间并不都是审美空间，只有通过审美主体的感情和意识的投射，构成形式，成为充满力量和有生命的空间，才成为审美的空间。（里普斯著：《空间美学和几何学、视觉的错觉》）这种观点是富有启发性的，它更注重的是文艺创作中的情感作用、心理作用，由情感、意志和心理作用下产生的"意象空间"的营构，才真正将长篇小说的结构艺术推向一个新的层次。而这点，在晚清小说中，除了《老残游记》有某种意象元素显现外（像"楔子"中的"船"，济南远郊的"鹊华桥"，严格地说，它还只是一种寓意，而非意象），其他大量作品都未能有实质性的跨越。

这里我还想谈谈《海上花列传》的叙事结构。这部小说的作者韩邦庆，在《例言》中曾明确表达自己所使用的笔法："全书笔法自谓从《儒林外史》脱化出来，惟穿插藏闪之法，则为从来说部所未有。"接着他又进一步阐明这种笔法的特点："一波未平，一波又起，或竟接连起十余波。忽东忽西，忽南忽北，随手叙来，并无一事完全，并无一丝挂漏。阅之觉其背面无文字处尚有许多文字，虽未明叙出，而可以意会得之，此穿插之法也。劈空而来，使阅者茫然不解其如何缘故，意欲观后文，而后文又舍而叙他事矣，及他事叙毕，再叙明其缘故，而其缘故尚未尽明，直至全体尽露，乃知前文所叙并无半个闲字，此藏闪之法也。"这些自然说明，在寻求小说艺术结构的独特新颖方面，作者确实有其刻意的追求。而我们现在要探讨的是，这种结构艺术的采用，是否如现在一些研究者所声言的：它代表了当时长篇小说的一种"现代性追求"？

从作者对"穿插藏闪法"的阐释以及小说的实际呈现来看，它的一个主要效果就是对单一的情节链条给予一些改造。小说以十七岁的赵朴斋从农村至上海访舅舅洪善卿为起笔，写他少不更事，沉溺青楼，最后沦落为洋车夫。其母携女儿二宝又来沪，洪善卿力劝而不归，及至资斧渐尽，二宝亦沦落为娼。但从全书内容可以看出，这条线索并非作者着力打造的主要情节，它只不过是作为一条引线，时隐时现，以它串起他极为熟悉的风月场中的林林总总，串起一桩又一桩的商贾、官僚、浪荡子弟与青楼女子间的情感纠葛、风流韵事。他所写的"故事"中，并不注意人物的身世、来龙去脉，而只是风月场中的相识、邂逅，相聚和分手，用作者自己在小说的"跋"中所概括的，作品写了王莲生、沈小红和罗子富、黄翠凤两对男女的分分合合外，还写了"姚、马之始合终离，朱、林之始离终合，洪、周、马、卫之始终不离不合，以至吴雪香之招夫教子，蒋月琴之创业成家……文君玉之寒酸苦命，小赞、小青之挟资远遁，潘三、匡二之衣锦荣归，黄金凤之孀居，不若黄珠凤俨然命妇，周双玉之贵腾，不若周双宝儿女成行，金巧珍背夫卷逃，而金爱珍则恋恋不去，陆秀宝夫死改嫁，而陆秀林则从一而终"。这一桩桩故事的人物之间、事件之间并无多大关联，唯一的关联是它们在风月场中的"共存性"，都属青楼女子的遭际。韩邦庆的叙述采取的"穿插"与"藏闪"，我想他更主要还是适应这种"共存性"的特点，为解决在故事铺陈中这种"多事件""多头绪""多起讫"中的悬念问题，因为然后就是一次次的"叫局"，一次次的"花烟间"杯盏交幌、打情骂俏，争风吃醋，一次次的"碰和"拼杀、酒醉烟迷，尽管做到他自己所说的"写照传神，属辞比事，点缀渲染，跃跃如生"，尽管他写出了不同青楼女子的不同个性，但场面的重复感，命运的趋同感，对一部长篇小说的阅读来说是极其不利的。所以，作者有些故事的叙述，常常在中途搁置，待若干回后，犹让它"闪回"。

因为在风月场中，有时一件故事尚未有结局，另一件纠葛又在青楼中牵出，作者也就由此而涉笔于它。待稍候时机，再将一些尚未交代的故事结局再作交代，或者干脆不作交代。这种笔法其实在《红楼梦》中已运用得相当出色，在这点上，我觉得《海上花列传》更多是受此影响，只不过他无法像《红楼梦》那样，真正树立起贾宝玉、贾政、贾母这样的主干人物，使荣、宁二府发生的一个个独立的故事都有了依附从而营造出一个辉煌的艺术结构罢了。

旅美学者赵毅衡曾精辟地指出"片断性是晚清小说最触目的形式特征"，为了将一些生活故事的片断"集合"成长篇小说，有些采用纯粹的"并置法"，即片断与片断的并置；有些采用"人物转换法"，即《儒林外史》的上一个故事的次要人物转换为下一故事的主要人物，带出另一个故事；有些采用"故事串接法"，即以一个人物的行动为线索，将许许多多故事串联起。但正如赵毅衡所说，实际上晚清小说"没有一种能成功地把片断衔接成一个令人信服的整体的方法"。我想，这当中一个重要原因，是晚清小说家还缺乏明确的长篇小说文体意识，更多考虑的是把一个个故事或一件件见闻写个畅快，而很少考虑整体的艺术构思。另外，商业化写作，也是一种影响。明清之前，许多小说家几乎是用大半生写成一部小说，而晚清时期，由于报刊的盛行，各种小说的需求量大增，商业潮流的推动，使不少作家很难潜心命笔，往往是忙于应付，据说李伯元就曾同时写作五部小说，其粗疏与随意可想而知。而有些小说家虽非多产，但经营小说也是作为随意之笔，没有什么全盘计划，像《老残游记》的作者刘鹗之子就曾作这样的回忆："《老残游记》一书，为先君一时兴到之笔墨，初无若何计划宗旨，亦无组织结构，当日不过日写数纸，赠诸友人。不意发表后，数经转折，竟尔风行。"也正因为自以为是"随意笔墨"，也就是抒发其对"棋局已残"的伤感，"故雅不欲人知真姓名"也。更还有一些小说家的写作，掺杂有私人目的，借小说以谤之，也造成了小说结构的人为痕迹。鲁迅对《海上花列传》的写作，就有过如下一段话："书中人物，亦多实有，惟悉隐其真姓名，惟不为赵朴斋讳。相传赵本作者挚友，时济以金，久而厌绝，韩遂撰此书以谤之，印卖至第二十八回，赵急致重赂，始辍笔，而书已风行；已而赵死，乃续作贸利，且放笔至写其妹为娼云。"鲁迅所述此背景材料，我们未能作深入考证，但这种"欲摘发伎家罪恶之书"，因私愤而破坏艺术的完整性，却是必然的，更谈不上对现代小说意象空间的追求了。

从上述几个方面来看，晚清长篇小说的演变，只能说明它正处在一个告别传统的过渡期，其之所以未能实现真正的现代跨越，原因自然是多方面的。时代的思想高度制约着文学发展的高度，而就晚清小说家自身来说，他们在精神立场的转换上，在艺术思维的变化上，在对文学价值的认识和文体意识的自觉化上，都还存在严重的局限。这使他们的创作尽管留下了时代变动的一些端倪，但未能拓开一个文学新天地。

原载于《长江学术》2013 年第 3 期

历史的跨越：长篇小说"蹒跚"迈步

20 世纪，是中国历史发生重大变动的世纪。1911 年的辛亥革命，结束了延绵两千多年的封建帝制，在建立共和体制的反复迂回和政治动荡中，"五四"新文化运动的爆发，更加推动了社会的科学、民主氛围的出现。这是中国历史的一次重要跨越。

在这样重大的历史变动中，作为一种特殊文学体裁的长篇小说，并没有像诗歌和短篇小说那样，随着历史闸门的打开，就立刻倾泻而出，而是经过了一段回流、一段沉寂的过程才"蹒跚"起步的。所以我们的研究也就不能用简单的办法，仅以"辛亥"为界或以"五四"为界来左右我们观察文学的眼光。

一、辛亥前后：长篇小说创作"哀情"的泛起

进入 20 世纪后，在辛亥革命风潮前后的若干年间，小说领域大量涌现的并非是配合革命呼风唤雨的政治小说，而是一批以描写"哀情"而风行一时的长篇小说，它们在当时动荡的社会中引起相当大的影响。这批长篇小说主要有：民国初年先后在《民权报》上连载的徐枕亚的《玉梨魂》、吴双热的《孽冤镜》、

李定夷的《霣玉怨》等，更值得注意的，还有苏曼殊的《断鸿零雁记》和漱六山房（张春帆）的《九尾龟》等。这批长篇小说，在以往一些现代文学史、小说史中，往往把它们归入"鸳鸯蝴蝶派"而受到笼统的批判，或因它们运用文言或骈文写作而被排斥于"现代文学"之外。但是，作为长篇小说演进的研究，对这个时期所出现的这种创作现象，是不应忽略的。

应该怎样来认识这样一种现象？为什么在辛亥革命前的晚清末年，长篇小说创作虽然也有言情，但大量出现的却是对社会种种腐败现象发出"谴责"之声，而一场划时代的革命爆发后，却没有带来文学领域格调高昂的革命音响，反而泛现一片"哀情"？

在近年来学术界的研究中，已经注意对这种复杂现象进行比较客观的分析，提出了一些有价值的看法。归纳起来，大致有这样一些观点：有些是从文学功能的角度来作分析，认为自变革维新以来，小说被提到社会生活的重要位置，被要求担负起开发民智、改革政治的重任，可到了辛亥革命的爆发，封建帝制的倒塌，共和民国的建立，一般会认为，革命任务已经完成，小说还是应该回到自身的功能，抒发个人情感，作"遣情之具"，而不必去作政治斗争的工具了。因为他们看到了小说的政治化，并不能给腐败的社会以起死回生之力，民国初年，小说家、翻译家包天笑也就是这么慨叹的："则曰群治腐败之病根，将借小说以药之，适盖有起死回生之功也；而孰知憔悴萎病，惨死堕落，乃益加甚焉！""以为小说之力至伟，莫可伦比，乃其结果至于如此，宁不可悲也耶？"研究者认为，这种言论，正是代表了当时在实践的挫折中对小说社会功能所产生的怀疑。有些研究者则是从社会思潮变化的角度来分析，认为辛亥革命高潮一过，许多知识分子已预感到失败的阴影，"民国"的名存实亡，带来的是一种欢欣后的极度失望情绪，加之"二次革命"失败，袁世凯称帝，专制骄横，更使知识者压抑难熬，因此便以"哀情"曲折地宣泄政治上失意的情感。南社成员、曾主持过《民权报》笔政的刘铁冷，在袁氏专制下《民权报》被迫关门后曾这样自白："近人号余等为鸳鸯蝴蝶派……然在袁氏淫威之下，欲哭不得，欲笑不能，于万分烦闷中，借此以泄其烦，以遣其愁，当亦为世人所许，不敢侈言倡导也。"（《铁冷碎墨》，小说丛报社 1914 年发行）

无论是认为对小说功能的反拨，还是认为在政治失意后情绪的曲折转移，这些见解，都触及"哀情小说"在民初泛起的一些内在原因。

应该看到，民国初年像徐枕亚、吴双热、李涵秋、李定夷、刘铁冷、蒋箸超等一批小说家，他们的立场是反对封建帝制而拥护共和"新政制"的，我们不能像当年某些评论者那样，笼统地斥他们为"封建余孽"或"小市民"。这些小说家对袁世凯的阴谋窃国所表现的不满，在当时他们所在的"踔厉风发"的《民权报》上，就有集中的体现，他们敢于首先揭露袁的阴谋行径，据经事者郑远梅的回忆："袁氏帝制之野心已暴露，于是（《民权报》）攻击更加激烈……宋父被刺，袁氏与赵秉钧洪述祖往还手札，种种铁证，由《民权报》首先铸版披露，阴谋诡计，遂大白于天下。"（录自《淞云闲话》，郑逸梅著，上海日新出版社1947年6月出版）这些行动，使"袁氏忌之益甚"，致使《民权报》受到袁氏的专制迫害而倒闭。在这种令人失望的政治压抑中，这些小说家们转向"哀情"写作，避开政治锋芒，也是可以理解的。

最重要的还是要体味他们的作品。在这个时期最为风靡的哀情小说中，有一个最重要的特点，就是它们不仅写男女之间情感的缠绵悱恻，更写他们为爱情的可望而不可得而——殉情。像《玉梨魂》写一怀才不遇的乡村家庭教师何梦霞与学生的寡母白梨影之间产生炽热的爱情，但双方都为当时无处不在的森严礼教所束缚，只能通过传递诗词以诉心曲，却不敢越雷池半步。白梨影为使何梦霞留在身边，宁愿忍受感情的折磨，撮合小姑与何的婚姻。最后，梨影郁郁而死，小姑则在自怨自艾中死去，而何梦霞则参军战死沙场。又像《孽冤镜》，它写姑苏一位在婚姻上受过挫折的世家公子王可青，在常熟泛舟遇见一美貌女子薛环娘，经朋友介绍，遂订终身。但可青父亲又强行为他订了一位大官之女为妻，可青反抗无效，托人告知环娘，环娘母女得知，双双呕血而死。而王可青婚后感情不和，最后精神错乱而死。还像《賈玉怨》，情节线索更复杂些，但所写两对恋人要么"不治身亡"，要么"留下青丝一缕，不知所踪"。总之，作品的结局，都选择了决绝性的死亡，看来这并非是偶然的。但在当年新文化潮头开始跃动的时候，却被一些激进的评论家鄙薄得无所是处，不分青红皂白地把他们斥之为"封建余孽"，甚至把他们的作品鄙之为"排泄物"。今天我们客观地来甄别一下这些作品，可以实事求是地说，作家们写这样的小说，不完全是无病呻吟，而是有生活的根据甚至是自身的经历和体验的，像徐枕亚的《玉梨魂》就有他个人遭遇的影子。所以，他们写的缠绵爱情的悲剧，写的为情而殉死的凄凉结局，其实在某种程度上也体现了对封建礼教束缚无言的怨恨和无奈的控诉。这些作品在当时获得如此广泛读者的狂热追逐，能发行三十多版数十万册（如《玉梨魂》），恐怕也并不完全是为了无所事事的消闲，里面确实有一些与当时社会情绪合拍之处：对旧礼教压抑人的情感的不满，对革命未能给人以真正身心自由的悲切。这些小说无一不选择了死亡，看来也不完全是为了赚取读者廉价的眼泪，而是对所处时代的一种绝望情绪的流露。当然，一个时代的文坛如果全部被这种"哀情"所充斥，也不是一种正常现象，但我们也不能因为后来这类小说中无数低劣的产品泛滥成灾，就统统否定他们存在的合理性。

这里我还要关注一部更重要的作品，就是苏曼殊的《断鸿零雁记》。过去在新文学史上，由于它的文言写作，由于它与鸳鸯蝴蝶派的某些牵连，由于它所抒发的哀情不为日益兴起的革命文学所相容，所以它基本上难以在新文学史上占有什么位置。但我认为，这部小说在个人情感袒露中所体现的真切性、极致性，在长篇小说文体创造上所体现的个人性、开创性，对中国长篇小说的现代演进有着不容忽视的推动作用。

苏曼殊（1884—1918）早年曾参加过资产阶级革命派在日本东京的革命活动，思想十分激进。在他与陈独秀合作翻译的法国作家雨果的《悲惨世界》中，为了表现对旧制度的激愤情绪，他可以不顾翻译应遵循的原则，抛开原著的后半部分，另作发挥，杜撰一个思想激进的理想人物，不仅抨击封建儒教，讨伐贪官污吏，而且要"大起义兵"，将那班为非作歹的满朝文武"拣那黑心肝的，杀个干净"。由此可见苏曼殊在早年思想的激进。但当他的革命行为受到家人的阻拦，又看到辛亥革命后的中国社会依然黑暗，不禁又黯然神伤，遁入空门。他的《断鸿零雁记》（发表于 1912 年 5 月 12 日—8 月 17 日《太平洋报》）就是在这种思想背景下写成的。

《断鸿零雁记》有极强的自传性质，采用的是主人公三郎第一人称"余"的叙述，三郎自幼失去母爱，未婚妻雪梅之父见其家境式微，立意悔婚，而雪梅却不肯负约。如此遭际，三郎精神落寞，决意皈依佛陀。在他三戒足俱之日，下乡化米，偶然遇见幼时乳母，得知自己生母为日本人，早已回国。为此，三郎毅然东渡寻母。后果然在日本与生母相见，充分享受天伦之情。母亲要将三郎的表姐静子许配给他，这使已皈命佛门的三郎在"出家"与"合婚"之间，发生激烈的情感冲突。三郎最终还是"力遏情澜"离开日本回国，在灵隐寺重归佛门。当他得悉雪梅为抗婚而亡，心灵受到强烈震动，遂回到乡间寻雪梅墓，但"踏遍北邙三十里"，却"不知何处葬卿卿"。

这样一个十分凄美、曲折的故事，被作者用他整个心灵和全部情感叙述得荡气回肠，催人泪下。小说所倾诉的"哀情"不是单一的，而是复合的，重叠式的。那种自幼失去母子亲情之痛，长大后又遭遇悔婚之痛，遁入佛门后又面对"力遏情澜"的切肤之痛，最后寻雪梅之墓未果的怅惘空漠之痛，都被作者扭结在一起而具有极强的感情力度。在这样的重重伤痛中展示的矛盾是多方面的，婚姻与金钱权力的矛盾、入世与出世的矛盾、佛禅与情爱的矛盾等的复杂交错，充分展示了动荡时代中一个精神无所皈依的心灵。

苏曼殊在《断鸿零雁记》发表后的几年时间，陆续还有《绛沙记》《焚剑记》《碎簪记》《非梦记》《天涯红泪记》（未完稿）等小说问世，他的小说由于充盈着浓郁的浪漫气息和青春苦闷，因而广受读者，尤其是青年读者的欢迎。有评论者认为，他的创作直接开启了"鸳鸯蝴蝶派"的先河，当时周作人也说：苏曼殊在"鸳鸯蝴蝶派"里"可以当得起大师的名号。却如儒教里的孔仲尼，给他的门徒们带累了，容易被埋没了它的本色"。（周作人《答芸深先生》《谈龙集》，岳麓书社 1989 年出版，第 92 页）这种看法有其准确的一面，也有其不合理的一面。所谓准确的，是他承认了苏曼殊确实是当时哀情小说创作潮流中的佼佼者，而所谓不合理的是，鸳鸯蝴蝶派本身并不是一个文学"联盟"，它只不过是在当时社会情绪支配下应运而生的一股文学潮流，他们的创作在作者与作者之间，在作者与读者之间，以及在创作与商业性运作之间，都是一种互动关系，难以说清是谁影响谁，谁又"带累"谁。苏曼殊的《断鸿零雁记》是自我命运的有感而发，徐枕亚的《玉梨魂》其实也是自身情感经历的一种倾诉，所以我更倾向于把这股创作潮流的出现，看作是小说家们对当时社会情绪的一种感应。我们不应为了肯定某位作家而想方设法地"斩断"他与"鸳鸯蝴蝶派"的牵连，也不应因这位作家被归入"鸳鸯蝴蝶派"而对他的创作笼统地贬低，而是应该以具体的作家作品为依据分别其良莠。

这个时期中哀情小说的一些佳作，除了以情感的哀切宣泄了对不合理制度和压抑人的情感的旧礼教的怨恨外，在长篇小说艺术上也有许多为晚清小说所不及之处。苏曼殊的《断鸿零雁记》在长篇小说艺术上的创新尤为突出。

首先，在运用第一人称叙事时真正实现了人称的"自我化"和叙事的"主观性"。它不同于晚清小说那样，通过一个设计的人物，由这个人物来进行叙述，这样的叙述者叙述的主要是客观所"看到的事""他人的事"，而且基本上没有个人感情的介入。而《断鸿零雁记》中作为第一人称叙述者"余"所叙述的主要是自己"心中的事""亲历的事"，带有极强的个人感情色彩和主观性。因此，有研究者认为，苏曼殊的小说是"预示浪漫抒情小说在'五四'时期获得长足发展的一个先驱"（杨义：《中国现代小说史》第一卷第 61 页），这个评价是十分准确的。

其次，叙事的自我化和主观性特点，也带来了小说结构上与传统小说不同的新变化。它的故事叙述完全打破了线性式的传统，而是随个人情感思绪的变化起伏而展开。小说一开始，叙事主人公已经"入山求戒"，在"百静之中""隐约微闻慈母唤我之声"，在这种情感驱动下，通过奇遇乳母，才倒叙了主人公的身世；在为筹资东渡寻母而焦虑时，又倒叙了未婚妻雪梅的家庭以及他们婚约之恶变。情节的叙写，受主人公情绪的牵制。母子在东瀛相见而后叙述与静子的情感邂逅，也是在一种矛盾心绪的撞击中迂回地展开。这使整部小说结构显得灵动有致，舒张自如。

最后，小说在心理描写上也处理得十分出色。尽管作者使用的是文言，在叙事抒情上有所束缚，但文言的言简意赅，运用得精当也能起点睛之妙。作者的心理描写不是纯客观的，而是有着强烈的情感依托，是一种内心呼唤式的心理揭露。如描写与静子初见，"余不敢回眸正视，惟心绪飘然，如风吹落叶，不知何所止"；又如描写即将随母离开静子家时，通过对景物的感应来写心理："一时雁影横空，蝉声四彻""盈眸廓落，沧溓泠然""但见宿叶脱柯，萧萧下坠，心始耸然知清秋亦垂尽矣。遂不觉中怀惘惘，一若重愁在抱"。特别是对主人公在情爱与佛门之间、在对静子的怀恋与对雪梅的负疚之间矛盾心境的描写，更是心的撕裂、心的长啸："此时正余心与雪花交飞于茫茫天海之间也""苍天，苍天！吾胡尽日怀抱百忧于中，不能自弭耶？"把一种陷于情感煎熬而又无法自拔的复杂心绪，写得令人痛切无比。在小说最后寻找雪梅墓未果，主人公心如木石，人归静室，但情感的波浪，仍难以遏止，"余弥天幽恨，正未有艾也"，这些心理呈示，真可谓"万叠如云"，情魂尽致，却又绵绵无绝。

《断鸿零雁记》在艺术上所呈现的这些特点，它的叙述情感性特征并由此而形成情节结构的灵动与开放，形成的主观性心理呈示等，都在表明它已向现代小说形态迈开了重要的一步。加上它作品所流露的那种孤独无援的空漠心境，那种情感困顿精神无所归依的怅惘情怀，很容易与跋涉在精神苦旅上的现代人获得心灵上的共鸣。过去在研究中常会因它使用的是文言而不是白话，而否认了它的现代意义，但我觉得，今天我们在探讨小说创作的内在素质时，在承认它语言使用的局限的同时，更应该在其内在情感、艺术思维等因素中发掘它所蕴含的现代素质。事实上，苏曼殊的古典文化修养已经渗透进不少西方浪漫主义的情感色彩，他对拜伦、雪莱、莎士比亚创作的迷恋，被他们著作的神韵深深感染，从而化入自己创作的血脉中。《断鸿零雁记》的出现，使我们获得了许多在阅读古代传统小说甚至阅读晚清小说时所没有的新感受，也使我们真切地感到，一部穿着古典语言外衣的小说，如何为中国现代小说的成长拉开了序幕。这真是一种意味深长的现象。

二、"五四"狂飙：长篇小说新文化视野的开启

"五四"新文化运动在中国现代史上的重要意义，不仅已有无数文字所记载，更为近百年的历史实践所证明。帝制的推翻，并不意味着支撑这一制度的精神宝殿立刻倒塌，它仍会发挥着束缚人心甚至羁绊人身的影响力。如果我们今天来议论辛亥革命的贡献的话，那就是：它的胜利推翻了帝制，而它的失败，则激起了一场文化狂飙。在世界民族之林，国力的孱弱，在"共和"体制下，专制继续横行，权力无休止混战，这种现状，终于激起一批知识精英和千万民众奋身而起，在爱国主义的旗帜下，发出了要求科学、民主的强烈呼声。"科学"与"民主"从此理直气壮地进入了中国的历史舞台，并且成了中国一代又一代志士仁人们前赴后继奋斗的目标。

不少人以"青春的中国"来形容"五四"文化运动高潮时神州的面貌，这无疑是符合那一代精英们的时代感受的。不管我们今天如何来评价当时的种种历史行动，不能否认，它是以不可阻挡的凌厉之势促使了民族理性精神的觉醒，促使国人作为"人"的独立意识的觉醒——哪怕还仅仅是初步的觉醒。而当这种理性精神和独立意识渗透进文学中，就自然酿造了文学的新质和新貌。

在小说领域，与这个文化潮头相呼应的，首先是短篇小说，鲁迅发表在1917年的、被誉为新文学开篇之作的《狂人日记》，就是代表。但是，作为现代文学中的长篇小说创作，却与这个沸腾、喧嚣的年代很不相称，直到五四运动爆发后的第四个年头，即1922年，才开始有长篇小说问世。

据统计，从1922年到1927年的五年时间，发表和出版的长篇小说只有十部左右。1922年出现了两部，即：张资平的《冲积期化石》和王统照的《一叶》。接着有张闻天的《旅途》（1924），杨振声的《玉君》（1925），张资平的《飞絮》(1926)，《苔莉》（1927），老舍的《老张的哲学》（1926）、《赵子曰》（1927）等。这些作品，是"五四"新文化运动发生后，长篇小说的最早收获。

131

无疑，这是一批相当稚嫩的作品，特别是作为长篇小说来看，作家们虽然运用的不再是文言或半文不白的语言，但却几乎很少具有明确的长篇小说文体意识，许多作品就像是中篇的拉长，长的不过十四五万字，最短的则只有五万字。情节设计和小说结构也无多大创意，只能说它们一律彻底抛弃了章回体而采用了自由书写，从这个角度来说，作为现代长篇小说的草创，它的蹒跚，它的稚嫩，它在艺术上的"无所适从"，都是可以理解的，正如刚刚挣脱千年枷锁，四肢还不知该如何伸展一样。

但是，也正因为它们是出现在"五四"狂飙后的新创，我们还是有必要仔细探讨一下它所自觉或不自觉呈现的一些值得我们注意的东西。

一是作为生命的独立意志的显示。

这些小说，从一般情节来看，大体离不开爱情故事，但从其作品的深层来看，它与以往许多爱情书写的不同在于，它所体现的是一种生命的独立意志。《一叶》的主人公恋爱不就，使他探讨人生问题：为何生命永久地如一片树叶那样飘坠在地上？主人公仍然是想用爱来弥补人生的缺陷，尽管是虚无的，但却体现了一种不愿让生命像落叶般飘零的人生思考。《冲积期化石》所表现的则是对生命放纵的痛苦。主人公于辛亥革命爆发后留学日本，他对亲人的思念，对男女分离感到苦闷，对废学嬉戏的不满，使其在酒色中沉迷。

而更明朗表现这样一种生命的独立意志的，是杨振声的《玉君》和张闻天的《旅途》。《玉君》所写的是一个比较奇特的情感故事：杜平夫赴法国留学，托友人一存照顾其恋人玉君。玉君与妹妹菱君在一存的照料下，三人相处甚好。而玉君的父亲却要将她许配给军阀之子黄培和，玉君以死相抗。一存为她选择了两条路：一是到渔岛上教书，一是筹款到法国留学。可是杜平夫回来却责备玉君与一存相爱，玉君斥杜爱的是皮肤而不是灵魂。最后一存变卖家产，资助玉君姐妹赴法留学，开始独立人生。这里所写的自然有男女感情纠葛，但却不是庸俗的三角恋爱，它突出的是人的独立意志，玉君的抗婚以及对猜疑她的杜平夫的斥责，无疑是要保持独立的灵魂，而一存对她的帮助，也是为了支持她获得独立生存能力，能够成为自己生命意志的个体。尽管小说人物身上有较明显的理想化，但它所体现的新时代色彩，不是表面的，而是触及人应成为独立个体这一作为新时代的本质特征。鲁迅当年对这部小说进行谴责，认为作者塑造的人物"不过一个傀儡，她的降生也就是死亡"（见鲁迅写于1935年3月2日的《中国新文学大系·小说二集序》），显然是一种偏见。《旅途》

在表现对自由生命的追求中，写得更悲壮。主人公王钧凯在美国留学，在国内的恋人蕴青对他精神上无限依恋，但为孝顺母亲，从母命而与并不相爱的人结合。王在颓丧中受到深爱他的两位外国女子安娜和马格莱的影响，尤其是马格莱，她是个开放的女性，追求自由生命，追求"力的自然，自然的力"，由此而激起王的革命热情。后来两个女子相继死去，王回国后也在与军阀和外国联军的战斗中献出了生命。

二是对悲剧的揭示，不仅触及封建专制和旧礼教，也开始对人性弱点的关注。

"五四"后最早出现的这批小说，大多数写的也是爱情悲剧，描写了婚姻不能自主的痛苦，反映了作者明确的反封建意识。与此同时，作者也开始注意到对人自身的思考，注意到人性弱点带来的悲剧因素。这一特点，是非常值得我们重视的。这是"五四"作为新的文化觉醒的一个标志。这种觉醒，不仅是对人作为生命独立个体的确认，也是理性地审视自身的开始。张资平最早的几篇爱情小说就涉及了这样的问题。《飞絮》写三角恋爱，教授要将女儿许配给洋博士，而女儿却热恋一位文学青年，最后酿成悲剧。这种悲剧的产生除了父母之命外，还与女主人公性格的好猜疑有关。《苔莉》写两性的苦闷心理，写婚外恋，而悲剧的原因也与主人公缺乏自主意识和彻底改变命运的勇气有关。《最后的幸福》的主人公虽有追求幸福的勇气，但又滑进了性解放的歧途，悲剧也是难免的。所以我以为张资平当时的创作，最值得我们注意的，不是它写了"三角恋爱"，而是他开始思考、触及人性弱点这一命题，这不但对于晚清小说来说，有着不同寻常的跨越意义，就以"五四"时期的创作来衡量，也是有价值的。

三是双重文化视野开始建立。

"五四"后出现的这批长篇小说的作者，大部分都有过留洋的外国生活经验，所以他们在创作中，特别是在观照本土的生活现实时，自然会多了一重视角，多了一种参照。在这方面，它与晚清小说显示了鲜明的不同点。晚清小说虽然可以写到境外生活场景，可以写到在中国的洋人、洋货，但作者的立场要么是猎奇式的展示，要么就是用固守传统的眼光对它进行讥讽，基本没有在其参照下对自己文化的反观意识、自审意识。而这时出现的像老舍的《老张的哲学》《赵子曰》以及稍后发表的《二马》，都显示了作者在一种新的文化视野的参照下，对"国民劣根性"的揭示和批判。"老张"的哲学是"钱本位而三位一体"，集宗教三种：伊斯兰教、基督、佛教；集职业三种：兵、学、商；

集言语三种：官话、奉天话、山东话。而以百家姓之首的"赵"为姓、以《论语》第一章开头二字"子曰"为名的"赵子曰"，则是个在大学里学过哲、文、化、植、社等学科，要成为"无所不有的总博士"。充满讽刺意味的是，这样的人物，无论是"办学"还是"革命"，都一事无成。当然，作者以一种英国士绅居高临下的态度来着笔，使小说的基调留下缺陷。但作品以戏谑的笔法来描写这些人物的"劣质"，实际上也寄予了作者对一种自重、自强的民族意识的呼唤。在《二马》中这种双重文化视角更明显。它把小说的背景从《赵子曰》的北京公寓拉到伦敦的民宅。马则仁带着儿子马威来到英国伦敦，接手哥哥的生意，经人介绍，租住在房东温都太太、温都姑娘家。小说就是在这对中国父子与英国母女之间，展开了中西文化心理和民族性格的对比，表现了中国国民的封闭、陈腐、愚钝的劣根性，同时也写出了英国人的傲慢与偏见和对中国人的歧视，在揭露"国民性"中保持着爱国主义的基调。

上述几个特点中可以看出，长篇小说在"五四"文化运动高潮中虽然没有像短篇小说那样起到呼风唤雨的作用，但它在稍晚的起步中所表现出来的思想素质，它对个体生命的重视和独立意识的张扬，它对人性的理性审视，它双重文化视角的建立，尽管这些特征还只是比较肤浅的触及和生涩的显现，尤其是牵涉到社会矛盾，往往只是一种感应式的表现，说不上什么深度，但我们还是应该承认，其创作的总基调与这场新文化运动趋向是相呼应的。当然，这些属于草创期的现代长篇，其艺术缺陷也是明显的。一些作家虽有优美清新的文辞，但创作长篇却几乎没有具备长篇的文体意识，正如老舍自己所说的："在人物与事实上我想起什么就写什么，简直没有个中心；这是初买来照相机的办法，到处照相。热闹就好，管它歪七扭八。"所以在这些作品中，情节处理的突兀，人物性格刻画的粗疏，矛盾线索交错的凌乱，还处处可见。

三、人的凸现：长篇小说创作被推向新的层次

中国明清时期长篇小说的辉煌，给我们留下的最宝贵的文学财富是它所塑造的一批栩栩如生的人物形象。《三国演义》中的诸葛亮、曹操、刘备、关羽、张飞，《水浒传》中的林冲、武松、宋江、李逵，《金瓶梅》中的潘金莲、西门庆，《红楼梦》中的贾宝玉、林黛玉、晴雯、凤姐等，这些艺术形象，已经超出了文本本身，走进了千家万户，走进了我们的生活中。这些具有丰富文

化内涵的艺术形象，是长篇小说创作水准的集中体现，可以说，作品正是因他们的存在而不朽。

长篇小说作为一种文学体裁，它的一个重要功能，或者说艺术优势，就是可以为我们塑造出血肉丰盈、具有命运感的艺术形象。在这个篇幅巨大的文学体裁中，如果只有广阔的历史和现实生活图景的展现，而缺乏感人的人的命运展示，是很难震动人心的，而命运的展示，就是人性格的展示，就是人形象的塑造。如果说晚清小说是中国古代长篇小说的一个低谷，其主要原因就在此，在于它没有为中国文学提供出哪怕只有一两个有艺术价值的人物形象。

人的凸现对长篇小说的意义，首先是因为人的生存、人的心理、人的性格成长、人生的经历遭际，都在不同程度上受到社会各种不同力的作用和影响，正如恩格斯所说的，人是站在社会"力的平行四边形对角线的交叉点上"。突出人的生存境况和生命过程，必然会使读者在关注人的同时，思考社会的历史和现实。因此，长篇小说对人的凸现，是把创作推向深度的一个关键。而人的命运起伏浮沉，人与人之间错综复杂的关系，又是形成小说情节的迂回跌宕，矛盾线索的盘缠有致、游弋多姿的基础。它也必然大大提高小说欣赏的品位。所以，在长篇小说的现代演进中，如何使人的形象在小说中凸现，是我们考察的一个重要的角度。

也正是从这一角度来看，在 20 世纪 20 年代末出现的两部小说，是很值得我们重视的。这两部小说是：叶绍钧的《倪焕之》和苏雪林的《棘心》。

《倪焕之》，1928 年 11 月写毕，1928 年开始连载于《教育杂志》20 卷 1 至 12 号。全书三十章，十七万三千字。

小说以辛亥革命前后、五四运动、五卅运动、大革命失败这十多年时间为背景，以小学教员倪焕之的生活经历和心路历程为主线展开故事的叙述。小说的开头是写知识青年倪焕之受辛亥革命热潮所鼓舞，抱着"教育救国"的理想，随友人树伯坐船到乡间小学去任职。从日本留学归来的校长蒋冰如，需要志同道合者共同办教育，希望用教育对那个"质朴的底里藏着奸刁、平安的背后伏着纷扰"的小镇进行改良。倪焕之也把这次上任作为自己理想追求的开始，他和校长努力贯彻新的教学理念，策划出学习同实践结合、知识传授与游戏结合，对学生循循善诱，以诚意感化学生等一系列措施。可是，它们的作为却受到仍处于宗法制农村社会各种传统观念和黑暗势力的阻挠和破坏，一些教员也为获取高薪而离校到公司任职。而倪焕之的女友金佩璋，在与之恋爱时，表现出新女性的进取和对教育改良的兴趣，但婚后却朝气顿失，疏离教育事业，进取之心被家庭琐事所淹没。"自立的意志、服务的兴味"都放弃了。倪焕之的理想遭到社会外部与家庭内部的双重挫折，感到幻灭与悲凉。

五四运动重新点燃了倪焕之心头未灭的火种，也使他懂得了孤立地"教育救国"的不切实际，他与蒋冰如四处演讲，表示从今以后"不但教学生，并且要教社会"。小说接着写到五四运动后社会思潮的变化，有人转向，有人退隐，蒋冰如当了乡董，只关心自己儿子成才，再也不关心学校和教育事业。而倪焕之由于得到革命者王乐山的启发，遂回上海投身革命。他在工人的行列中开始感到工人的伟大，感到自己不应站在教训他们的位置，而是应学习他们那种"朴实、刚健""不多说而用行动来表现的活力"。但是大革命的失败以及随之而来的白色恐怖，特别是他所敬重的革命者王乐山的惨烈牺牲，使他刚建立起来的信念和勇气彻底被轰毁。在极度失望中他用酒麻醉自己，最后得病而亡。

倪焕之这个人物形象，非常真实地记录了一个追求进步的年轻知识分子在中国历史转折的最初阶段，从满怀爱国热情，投身"教育救国"，到受挫后，又毅然走进工农革命队伍，再到最终因革命的失败，而在幻灭中结束生命的人生过程。从这个人物的命运中，我们会真切地感受到在刚刚结束封建帝制，正在向现代社会演进的转折时期现实的严酷，盘踞千年的历史蒺藜，难以靠天真的愿望自动消失；血与火的较量所带来的生命被毁，仍然是一种无尽的威胁；也使我们看到了知识分子在这种布满荆棘的现实面前，由于理想的天真不切实际，从而遭遇幻灭的心路历程。小说通过人的命运折射社会现实，特别是折射历史动荡时代人的精神伤痛，可以说达到了近代以来小说创作所未达到的深度。

《棘心》是苏雪林在1928年夏开始写作的一部长篇。1929年付北新书局印行（原印本十二万字，1957年经作者增订为十八万字），发行达十余版。

这部作品带有很强的自传性质，围绕着主人公杜醒秋的个人际遇展开故事。小说一开始，写在北京女子师范学堂就读的醒秋即将送别来探望她的母亲回家乡，由此回叙了她母亲在家中备受婆婆束缚、逆来顺受的不幸人生。作者以浓重的笔调，描述主人公对母亲的依恋及对离别的难平心绪，为整部小说设下了鲜明的基调，也就是作者在作品的扉页所引《诗经·凯风》的诗句："凯风自南，吹彼棘心。棘心夭夭，母氏劬劳。"（凯风：南风，长养万物者也。棘心：棘，小木、丛生、多刺、难长，而心又其稚弱，而未成者也。夭夭：少

好貌。劬劳：病苦也。——见《诗集传》朱熹集注）

小说主人公杜醒秋出生的年代，正是"皇帝已从宝座上颠覆下来，家庭尊长的地位，仍然巩固得铁桶相似"的环境，她成长在江南小镇一个家境殷实、传统观念却十分深厚的家中，自小处处受到压抑。但她有很强的求知欲望，从叔叔、哥哥们在上海带回的教科书中，她一鳞半爪地懂得了一些历史、天文、地理新知识，也崇尚中世纪欧洲武士的尚武精神，这个在家中被称作"野丫头"的醒秋，用以死相抗的行动，终于冲破家庭的种种阻力，相继进入省女子师范和北京高等女子师范学校读书，在接触五四新文化中，她的自我意识不断觉醒，不久，又获得赴法国留学的机会。小说的大部分篇幅，都是描写醒秋到法国后思想感情的变化。

小说对醒秋到法国后的描写，主要是围绕三条情感线索展开的。第一条情感线索是对母亲的思念，这种思念，又交织着对故乡、对故国越来越强烈的思念；第二条情感线索是对婚姻的矛盾心态，因与从未谋面的未婚夫性格爱好不合而深陷情感苦恼，想退婚却又怕违抗父母之命让母亲伤心，而违心地维持婚约又造成个人情感的受压抑；第三条情感线索是对宗教情感的变化，从理性的排拒，到情感的接受，到最后的皈依。这三条情感线索在醒秋身上错综盘缠，相互牵制、相互影响，由此而形成了主人公醒秋的极为复杂、常处于躁动不安的心态。西方文明固然为她打开了一片新天地，开启了她封闭的心灵，但又把她带入虚无的精神困境；家乡遭受乱兵、土匪蹂躏，自己作为华人在异国他乡备受歧视，又更加剧了她对母亲、对故国的思念和怀恋；婚姻的无着落，生活上的孤独无援，使她的理性逐渐失去平衡，天主教的教义也就乘虚而入，带她去"求神的爱抚"。然而，入教并没有使她的心灵得到安妥，同胞学友对她"背叛五四精神"的无情谴责以及她在五四"理性女神"面前的自我谴责，都更增加了她精神的痛苦。最后，是法兰西的灿烂文化唤起了她对美的情感的觉醒，终于放弃进修道院的念头，带着把文学当作"最佳慰情者"和"最相宜的终身伴侣"的决心，告别了法兰西。

《棘心》就是这样为我们描写了一位出自封建宗法观念浓重家庭的年轻女性，在辛亥革命、"五四"思潮影响下，自我意识的觉醒过程以及所遇到的各种精神困扰。它非常真实、细致地展现了在那个特定时代中，一个知识分子在传统与现代之间，在东方与西方的文化观念之间，在理性与情感之间，精神的迷惘、心灵的激烈碰撞和艰难的抉择。

《棘心》中的杜醒秋与《倪焕之》中的倪焕之，是处于同时代的不同类型的知识分子形象。一个执着于以教育救国、改造社会，而投身革命，一个敢于冲破传统羁绊、向往现代文明，却又陷入情感漩涡中不能自拔。一个在时代激荡起伏的潮流中，从希望有所作为到最后失望而亡，一个在个人奋斗的曲折途程中，始终未能摆脱精神困扰应和时代大潮，最后选择了文学作为灵魂安妥之所。应该承认，这两种类型的人物，在那个时代都具有它特定的典型意义。他们不仅通过这样的艺术形象，从不同角度折射出历史转折期社会的复杂动荡，新与旧较量的残酷，也不约而同地揭示了知识分子精神的脆弱性。

两位作家，在塑造自己的艺术形象时，也是各有特点。叶绍钧更多是在人物的行动经历中来塑造倪焕之的，在他比较成熟的现实主义笔法中，也揉进了一些幻觉性的描写，但总的来说，呈现的是一种朴实的现实主义图景；而苏雪林塑造杜醒秋，则更多是在心理历程中、在情感袒露中来表现人物，杜醒秋的精神苦闷、心灵震颤，被作家描写得细致入微，极具感染力。如果说，叶绍钧在表现人物的思想变化和心理转换时，还有某些过渡环节处理得较简单的话，苏雪林对人物心理变化的描写，则是极有层次，顺乎自然的。加上她对自然景物描写的擅长，情与景融合的优美笔法，使作品有着浓郁的抒情色彩和浪漫情愫。

《倪焕之》和《棘心》，是现代长篇小说草创期出现的两部具有开拓性意义的长篇作品。为我们塑造的两个艺术形象是完整的，具有各自的文化内涵。而围绕着形象的塑造所采取的叙事方式，无论是顺叙、倒叙，都相当自如。为以人的命运为线索折射生活的长篇小说创作，进行了初步的实践，提供了最早的经验。当然，由于《倪焕之》所持的明确的创作意向："教育救国"只是空想，改造社会，需要的是革命，是血与火的斗争。这种创作意向与当时的主流意识是合拍的，因而受到革命文学阵营的重视，在此后出现的各类文学史、小说史著作中，都把它放在重要的位置。而苏雪林则因后来在政治观念上的分歧，以及与革命文学阵营的龃龉，所以对她的这部作品往往予以忽略，或放在边缘位置，或评价谨慎。而今天，我们从长篇小说演进的角度来审视它时，我们还是应该实事求是地给予它应有的评价，承认它在我国现代长篇小说发展中曾显示的成就。

原载于《长江学术》2015 年第 3 期

"奠基性"年代：长篇小说在熔铸中的创建

　　20世纪30年代，是中国长篇小说现代演进过程中的重要年代，是长篇小说创作在对西方小说经验和中国传统小说经验的吸取、熔铸中，并始真正作出自我创建的年代，可以说，这也是中国现代长篇小说的奠基性年代。

　　据统计，在1930年至1939年间，出版的长篇小说就有一百二十二部。光就其中一些比较著名的作品，我们可以开列一份比较长的书单：废名的《桥》（1930），华汉的《地泉》（1930），欧阳山的《竹尺和铁锤》（1931），张恨水的《啼笑因缘》（1931）、《金粉世家》（1933），蒋光慈的《咆哮了的土地》（1932），茅盾的《子夜》（1933），王统照的《山雨》（1933），巴金的《家》（1933），老舍的《猫城记》（1933）、《离婚》（1933），陈铨的《革命的前一幕》（1934），萧军的《八月的乡村》（1935），李劫人的《死水微澜》（1936），鲁彦的《野火》（1936），萧乾的《梦之谷》（1937），老舍的《骆驼祥子》（1939），等等。就从这些收获本身，已经可以看出，长篇小说创作开始健步走出"蹒跚"状态的草创期了。

一、长篇小说发展的新空间

进入 20 世纪 30 年代前后，小说创作自身的发展，获得了一些新的条件，这是我们首先要注意的。

第一，长篇小说生存发展的空间更加扩大。现代小说家，尤其是长篇小说家绝大部分都是从杂志、报纸的副刊和丛书的出版环境中诞生的，其实这个特点在清朝末年和民国初年就已经显露了，不少流传甚广的长篇小说，都是在报刊上首发、连载。到了 20 世纪 30 年代，期刊数量不仅陆续增加（据统计当时期刊有三百种之多），而且，刊物的规模和质量也明显提高，如郑振铎同时主编的南北两大刊物《文学》与《文学季刊》就有很大影响；巴金主编的《文学丛刊》十余年中出了一百多册；著名出版家赵家璧除了主编《中国新文学大系》外，还有《良友文库》十八种。印行长篇小说的出版社也大大增加，除了商务印书馆外，这时像上海开明书店、上海世界书局、上海良友图书、北新书局、上海三友书社等，都推出了长篇小说作品，使许多长篇作品在报刊连载后都迅速得到出版，从而获得了更广阔的传播空间。

第二，长篇小说家们获得了更丰富、更具体的借鉴资源，创作视野更加开阔。中国长篇小说在向现代演进中，受到西方小说创作艺术的启发，是个客观的事实。在 19 世纪末 20 世纪初，就有不少欧美长篇小说被翻译过来，给当时的创作界以影响。但是，当时的作品翻译，是极为简约的，往往只是作品的故事梗概，而且用的又都是文言。林纾在 1899 年翻译《巴黎茶花女遗事》时，自己并不懂法语，他的翻译完全靠曾留学法国、精通法语的王寿昌对着小说文本口头直译给林纾听，然后林纾再用文字表达。林纾精湛的古文功力，加上充沛的创作情感，使得翻译本倾倒了当时无数读者。但这种译本很难说能忠实于原著的整体艺术风貌，因为靠口头直译难以体现小说原著的"艺术味"，而另一位笔头表达者则又容易借生花妙笔掺和进一些个人感情，影响了读者对原著的直接感受和理解。

到了 20 世纪二三十年代，西方小说名著的翻译，在翻译水平上有了长足的进展，翻译队伍也空前壮大。许多留学归国、接受过新式教育的作家、文学青年，成为文学翻译的主力，像胡适、鲁迅、周作人、刘半农、沈雁冰、郭沫若、李劼人、郁达夫等，都直接翻译作品。一些著名的西方长篇小说，像托尔斯泰的《战争与和平》《安娜·卡列尼娜》，雨果的《巴黎圣母院》，陀思妥耶夫斯基的《罪与罚》，狄更斯的《双城记》，哈代的《苔丝》，司汤达的《红与黑》，罗曼·罗兰的《约翰·克利斯朵夫》等，都在这个时期得到了完整和比较准确的翻译，使读者们能够从对这些译作的鉴赏中直接感受、了解原著的创作内容、艺术魅力。作家们在这些外来的文学资源中，自然可以获得更多的艺术借鉴。

还应该看到，这个时期的文学翻译，除了长篇小说外，还有中、短篇小说，自由体诗歌，散文，报告文学等各种文学体式作品的翻译，它们在《小说月报》《文学周报》《诗》《晨报副刊》《京报副刊》等许多文艺性杂志和报纸副刊中，占了大量的篇幅。一些翻译文学丛书也竞相问世，像《近代世界名家小说》《欧美名家小说丛刊》《世界名著选》，等等。当时的文学研究会还在《小说月报》先后组织了"俄罗斯文学研究""法国文学研究"增刊，开设了"被损害民族的文学号""非战文学号""泰戈尔号"（上、下）、"安徒生号"（上、下）等专号以及拜伦、罗曼·罗兰、芥川龙之介等的专辑。据不完全统计，《小说月报》从十二卷到十八卷共译介了三十五个国家二百七十多名作家的作品。（以上材料，参见《新华文摘》2007 年 17 期，秦弓《论翻译文学在现代文学史上的地位》一文）

世界文学的广泛传入，不仅为作家们拓展了文学视野，培植了一种世界性的文学眼光，同时，也对读者的文学兴味产生着影响；而这种新的文学兴味，反过来又会对本土自身的文学创作产生新的诉求，这种文学的互动关系所起的作用是不能低估的。

第三，小说创作的理论总结受到重视，作家在艺术追求上获得更大的自觉。

早在 1922 年的《小说月报》，在重视介绍西方著名文学作品的同时，也开始重视对小说理论的研究，当时"为人生派"的小说理论家瞿世英所发表的题为《小说的研究》的长篇论文，可以说是我国现代小说理论的最早研究成果。他的论文试图借助西方小说观念，对小说的创作构成加以系统的理论阐释。该论文的上部，通过对小说与诗歌、戏剧，小说与科学、哲学之间关系及差异之比较，探讨了小说的特性，强调了小说应该是"人生的一部或一片段的图画"，同时也强调了小说家对生活精细的观察、强烈的感受的重要。论文的中部，则具体地介绍了西方小说的三大要素，即：人物、布局、安置。作者在这里特别突出了"人物"是小说中最重要的因素，同时还提出了人物可以有"单纯"的人物和"复杂"的人物，指出了创造复杂人物的难度；对于"布局"，作者则强调了材料的可信，也就是说，小说的"布局"应该建立在素材的真实性上；至于"安置"，亦即环境，则是人物活动的依托，人物离不开环境，布局与环境也是密不可分的。论文的下部是关于小说作家的论述，论述了写实派的小说和浪漫派的小说以及中国当时创作界的情况。

从这篇论文，显示了当时对小说作为一个独立文体的确认，特别是 19 世纪美国小说理论家哈米尔顿关于小说"三要素"理论的介绍，对小说创作尤其是对长篇小说创作的影响更是巨大而深远的。当时，文坛上不仅重写实的人生派作家、理论家们重视这"三要素"，而且，重艺术的浪漫派作家、理论家们也重视这"三要素"，当时郁达夫发表的《小说论》，也重点论述了小说的结构、人物、背景。而"三要素"的准则，同时也成为日后长时期以来小说研究的一种"量度仪"。

特别值得注意的是，"五四"以后，经过了一个时期的创作实践，一些作家也开始结合自己的创作体验或从他人的创作中，对小说艺术作出自己的理性反思，如茅盾发表于 1927 年的《自然主义与中国现代小说》（《小说月报》第 13 卷第 7 号），强调小说要实现"表现人生、指导人生"，就需要"细致观察和客观描写"。他发表于更早一些的《读〈呐喊〉》（1923 年《文学周报》第 91 期），已经能从自己的阅读感受上升到理性的高度，发掘鲁迅小说的深刻意义，清醒地点明了鲁迅在对域外小说诸种艺术经验的成功化用，在建立中国小说现代品格上所作的贡献。郁达夫在 20 世纪 20 年代相继发表的《小说论》（1927 年）和《历史小说论》（1926 年《创造月刊》第 1 卷第 2 期），也是较系统地阐述小说创作理论的有分量的文章。特别是进入 30 年代以后，小说的理论探讨和创作评论，就更加活跃，像高明的《小说作法·视点及形式》（载《文艺创作讲座》第 1 卷，上海华光书局 1931 年版），从小说的内部技巧方面阐明了小说的叙事视角与小说的形式之间的因果联系，并联系文坛的创作实际，详细地分析了不同叙事视角的优势和局限。1930 年前后，张恨水应读者的要求，根据自己小说的创作体验于 1928 年发表了《长篇和短篇》（载 6 月 5—6 日北平《世界日报》副刊《明珠》），谈到了自己对长篇小说与短篇小说不同特点的理解；鲁迅则结合自己的创作体验写出了《我怎么做起小说来》（载《创作的经验》，天马书店 1933 年 6 月版），不仅阐明自己通过创作小说"揭出病苦，引起疗救者们注意"以达到改良人生的目的，还对小说反映生活和塑造人物的典型化手段，提出了自己的独到见解；沈从文的《论中国创作小说》则通过对创作风格相同或相异的作家创作的比较，以一种雅静、客观的批评文风，探讨了"五四"以来，鲁迅、凌叔华、叶绍钧、冰心、张资平等一批小说家的创作特色，提出了令人信服的见解。

有关小说理论的传播、研究，有关小说创作经验的总结和评论，反映出到了这个时期，人们对小说特别是长篇小说这个文体以及它的艺术特性，有了认真的思考和明确的认识，为长篇小说向现代形态的转型，提供了有力的导引。

二、"抒情诗化型"与"社会写实型"长篇小说的此消彼长

长篇小说的"抒情诗化型"写作与"社会写实型"写作的此消彼长，是20世纪30年代长篇小说走出了"蹒跚"状态后，在发展过程中的一个显著现象。

这里，我们先谈谈小说的"抒情诗化型"与"社会写实型"这两个提法。

关于"抒情诗化小说"这一概念，在中国的最早提出者是周作人。1920年周作人在《新青年》第七卷五号中，发表《〈晚间来客〉译后附记》，在这篇《附记》里，他指出，"在现代文学里，有这样一种形式的短篇小说。小说不仅是叙事写景，还可以抒情，因为文学的特质，是在感情的传染，便是那纯自然派所描写，如 Zola 说，也仍然是'通过了著者的性情的自然'，所以这抒情诗的小说，虽然形式有点特别，但如果具备了文学的特质，也就是真实的小说"。周作人还进一步指出，"内容上必要有悲欢离合，结构上必要有葛藤、极点与收场，才得谓之小说。这种意见，正如 17 世纪的戏曲的三一律，已经是过去的东西了"。介绍小说创作中具有这样一种形式，看来是周作人翻译美国作家 Kuprin 这篇小说的一个重要目的，这无疑开拓了我国现代小说的新视野。事实上，在 20 世纪 20 年代小说的创作实践中，也已经开始出现这种被称作"诗化型"的小说，短篇当中最著名的自然是鲁迅的《故乡》（1921）和《伤逝》（1925）。长篇小说中也有像王统照的《一叶》（1922 年）、《黄昏》（1923—1929 年），苏雪林的《棘心》（1928 年）这样抒情色彩极浓的诗化小说。到了 1932 年废名出版的《桥》，则更是一部典型的"抒情诗化型"长篇小说。

总的来说，"抒情诗化型"的小说，在形式上，明显地融入了诗歌、散文的艺术因素，它往往不重情节，背景淡化，像中国水墨画，人化入画，情从

画出；在内容上，它更多地通过叙事突出体现人的精神层面的东西，体现人的一种情绪或一种哲理性的思考。

关于"社会写实型"小说，主要是指那些通过生活事件、人生故事真实反映社会历史变动、反映现实矛盾斗争的小说。这类小说，从古代小说的产生直到现代社会，都是普遍存在、为人们司空见惯的。

从生产量来说，"抒情诗化型"小说对我国传统小说来说，毕竟是一个新的品种，由于出现时间较短，所以其数量远远不及"社会写实型"小说，这是可以理解的。但进入 20 世纪 30 年代，这种刚刚兴起的小说类型却几乎处于消失状态，而"社会写实型"小说则得到空前发展，并且在艺术水平上也获得了重要的跨越。

究竟是什么原因导致了长篇小说领域这两种类型"此消彼长"的现象？形成了"抒情诗化型"小说的逐渐式微、"社会写实型"的长篇小说逐渐占据创作主流的现象？照理，从历史进程来说，五四新文化运动冲破了封建禁锢，理应不仅在诗歌、散文领域，而且在长篇小说领域也掀起一个情感开放、直抒胸臆的浪漫抒情时代，但实际上，"抒情诗化型"小说在创作实践中经过一阵情感狂飙之后却很快就纳入了写实的潮流；从文艺思潮的影响来说，在20 世纪 20—30 年代，西方现代主义思潮正处于高潮期，我国文艺界当时也在同步地接纳着如象征主义、表现主义等的影响，可这些影响在小说创作中虽有过一些闪现，却终未能形成潮流；从晚清已有的理论观念来说，当时就已经出现了对小说情感性的强调，如：1908 年，当时著名的小说翻译家徐念慈，在以"觉我"为笔名的《余之小说观》中，就提出，"小说者，文学中之以娱乐的，促社会之发展，深性情之刺戟"，强调了小说功能除表现"人生之起居动作"，还应表现"离合悲欢"和"欲望之膨胀"。但在此之后，这种观念及与之相应的创作，却未能获得真正的发展。这种现象其实并不止出现在 20 世纪 30 年代，在中国长篇小说整个漫长的演进过程中都基本如此，究竟应该怎样认识中国长篇小说这种演进状况呢？在这里我想谈谈对这种现象的一些认识。

首先，我认为一个最根本性的原因，是与我国在 20 世纪的哲学接受有密切关系的。

我们都知道，西方哲学的演进，从古希腊到 20 世纪经历了三个重要阶段。从古希腊至 17 世纪，主要是属于本体论哲学阶段，当时人们的认识水平主要探究的是"存在是什么？世界的本体构建是什么？"等一类问题；到了以笛卡尔为开始的时代，也就是从 17 世纪到 19 世纪，哲学的问题主要是探讨人的认识的来源，探讨我们知识的依据。哲学追求的是知识的确定性，研究的是思维主体如何获得确定的知识，思维主体如何才能准确地反映世界。文学上也就自然重视和追求忠实地、客观地反映世界；而从 19 世纪后期到 20 世纪，以弗雷格、维特根斯坦为代表所开始的这一哲学时代，则是语言哲学时代。它的研究目的已经不是存在和求知，它转变了原来的哲学话题，提高对语言意义的探讨，把世界分成"现象世界"和"可说世界"，认为"现象世界"不是意义本身，"可说世界"才具有意义。这种对词语的不确定性、多义性的理解，直接影响了文学，使文学对世界的反映带有极大的主观性与不确定性。文学理论则出现了双生语说理论、巴赫金的复调小说理论、英加登的层次说理论、叙事学理论，等等。这是西方哲学所经历的三个主要阶段。

当然，这三个阶段并不完全如"登台阶"那样，一级一级界线分明，而是在演进中存在着交错性和重叠性。比如在 19 世纪中叶，哲学在经黑格尔后就出现了两种走向：一种是以叔本华为理论源头的与人的欲望相连的"生存意志"和克尔凯郭尔的与"恐惧"相连的"孤独个体"的哲学思潮；一种是经费尔巴哈的唯物主义而发展至马克思的辩证唯物主义和历史唯物主义。这两种走向，可以说基本上同时存在于从 19 世纪到 20 世纪的西方世界。值得我们注意的是，在 20 世纪初，西方的这两种哲学思潮，几乎是同时传入中国，但不久，前一种思潮，如掠过的一阵凉风，很快就被后一种思潮，即马克思的唯物主义思潮所取代，成为中国 20 世纪的哲学主潮。

为什么唯物主义成为当时中国首要吸纳的思潮？除了因为马克思主义在苏联的革命实践中得到了验证，成为推倒沙皇专制的精神武器，使当时中国的革命受到鼓舞外，从思想的深层原因来说，是因为中国的哲学水平还处于从本体论哲学向认识论哲学的演进阶段，人们的认知水平还处于刚走出"心物二元论"的阶段，需要急切解决对存在客观性的确认，解决认识来源于实践，解决人的认识如何正确反映现实、如何正确把握现实的矛盾等一系列哲学问题。毛泽东发表于 20 世纪 30 年代的《实践论》（1937 年 7 月）和《矛盾论》（1937 年 8 月）正是适时地对这些问题作出了时代性的回答。

哲学意识对文学有着强大的支配力量，从上述的哲学背景中，我们不难理解在"五四"后，中国的文学，尤其是长篇小说，为何会从一阵子的浪漫抒情而走向了追求忠于现实的"社会写实"。

其次，从小说的历史渊源来看。中国文学有着"诗骚"与"史传"两大传统，西方长篇小说主要孕育于史诗，而中国长篇小说则主要在史传基础上发育。史传有着丰富的叙事传统经验，特别是司马迁的《史记》所创立的纪传体，进一步发展了历史散文写人叙事的手法，所以千古文人谈小说往往都以《史记》为宗。这种渊源，特别是对长篇小说来说，影响更是深远，以至于后来在现代长篇小说的创作中，虽有史诗的追求，却往往只有"史"的规模，而缺乏"诗"的素质。作家们的创作思维，更重于从生活具象中寻找与现实世界的对应，而难以建立起空灵的想象世界。

当这种历史传统的创作惯性，与当时文艺领域那种强调文学的职责是为现实政治服务，是要发挥其认识、教育功能的强大的文学观念相结合时，"社会写实型"的创作自然就更是大行其道，蓬勃发展，而个人的主观抒情也就只能推到边缘。

最后，从"抒情诗化型"小说的创作实践来看，这类小说之所以不够发达，也与它的创作特点有关。作为小说，它不能只是"抽象的抒情"，还需要有叙事，需要在叙事的基础上来抒情，来作"诗"的升华，因此，它要处理好"抒情""叙事"与"哲理"这三者的关系，这是颇有难度的工作。

在现代长篇小说创作中，废名1932年出版的《桥》，是一部十分典型的"抒情诗化型"小说，我们不妨以它为例，分析一下它的成败得失，以便更具体地了解其创作的问题所在。《桥》有一个基本的故事框架：上篇写青年学生程小林放学后出城郊游，看到树林边的河畔上有一妪与一少女在放牛，小林摘金银花送给牧牛少女史琴子，两人一见钟情，不久即联婚；下篇写十年后，小林辍学返乡，认识了琴子的表妹细竹，细竹的天真活泼、充满青春气息更令小林倾心，无奈与琴子的联婚已成定规。整篇小说，突出的是田园风光和情趣，人物化入画中，平淡的人生故事化入自然意境中。无疑，小说确实是诗意盎然的，意境也相当美，但由于叙事的过分抽象化，人物过于虚幻化、理想化，甚至不食人间烟火。小说所追求的"美的幻境"因消解了生活中的贫与富、主与仆、善与恶、美与丑，遂使这种"幻境"失去了与读者心灵沟通的可能性。在象征的运用中，也有许多"暗示"因"不涉理路"而难以引起应有的联想，也使它所要尽情尽意表现的"禅趣"难以获得应有的共鸣。所以这部小说，虽然别开生面，但未能为广大读者所接受。

由此看出，一部"抒情诗化型"的长篇小说创作，确实需要作者具备的素质更为严格，在某种意义上说，它对作家的生活、思想、艺术的要求要更高，这也就使许多作家望而却步。

以上我们从哲学水平、小说渊源、创作难度几个方面来说明"五四"后，特别是进入 20 世纪 30 年代后，长篇小说领域中出现的"抒情诗化型"与"社会写实型"这两种类型作品此消彼长现象的原因。当然，这种现象的产生自然也与当时文学思潮的影响有重要关系。20 世纪 30 年代，"革命文学"口号的提出，使文学领域从"五四"新文化运动所开创的自由、开放局面，逐渐走向政治化，对文学的要求，也特别强调文学的教育功能和认识功能，由此而提倡小说要用"实录的方式"写"实在的故事"，以便更直接地为现实斗争服务。这些，不仅对革命文学队伍的作家产生指令性的作用，对具有民主思想的自由主义作家也产生了不可忽视的影响。所以，许多作家在艺术观念、创作追求上都有了明显的变化，后来的废名就说过这样的话："我现在只喜欢事实，不喜欢想象"，也就是要抛弃"诗"和"梦"，变为客观"实录"。他于 20 世纪 40 年代发表的《莫须有先生坐飞机以后》，就与当年的《桥》在艺术书写上判若两样。

三、在熔铸中创建："社会写实型"小说折射生活的几种艺术方式

通过生活事件、人生故事和社会的矛盾斗争，真实地反映社会的历史变动和现实状态，是 20 世纪 30 年代"社会写实型"小说创作的共同趋向。对于这类小说，在以往的文学史中，是被放在正宗的突出地位，并从社会政治功能的角度给予其充分评价的。不过，到了 20 世纪的 80—90 年代以来，似乎又是因为其政治化的原因而被一些研究者极力抑贬，甚至完全抹去其应有的文学地位。其实，这两种倾向，都忽略了这些作品作为小说的艺术创造，忽略了这些小说家们在熔铸古代和西方小说艺术经验、推进中国长篇小说现代演进中所付出的艰辛。

追求对生活的广度与深度的反映，是长篇小说的一个重要功能，这种深度，包括生活的深度和精神的深度。而这种深度与广度的获得，是作家通过小说与生活的对应关系的处理来实现的。

如果说，过去中国的长篇小说叙事中主要重视故事情节的处理，讲究跌宕起伏，讲究一张一弛，讲究奇与巧，那么，到了 20 世纪 30 年代，我觉得长

篇小说的创造则更加重视小说的结构功能，重视通过结构功能以实现长篇小说对生活的深广反映。在这里，我想选择在当年曾产生重要社会影响、在艺术营造上有不同探索从而各显特色的三部作品，作为我们研究、剖析的对象。这三部作品是：茅盾于1933年1月出版的《子夜》、巴金于1933年5月出版的《家》和李劼人于1936年出版的《死水微澜》。

应该注意的是，这三位作家都有较深厚的中国传统文化素养，又都接受了外国文学，尤其是法国文学的浸润。巴金在1927年1月去法国求学，在异邦受到启蒙主义者卢梭、无政府主义者克鲁泡特金等文化思想影响，他在法国写出的第一部长篇小说《灭亡》，就明显留下这种思想的印痕；李劼人在1919年至1924年也曾留学法国，后来还翻译了大量的法国文学作品，《包法利夫人》就是其翻译的代表作。他对左拉尤为肯定："写实派最为有力量，最富特殊色彩"，"左拉是此派的大师，用力极猛，影响极大。差不多十九世纪后半期的法国小说界中，完全都属于左拉学派的势力之下"。（《法兰西自然主义之后的小说及其作家》）茅盾与外国文学的接触和介绍则更广泛，在创作观念上，法国的左拉和俄国的托尔斯泰对他都有深刻的影响，他曾说："我爱左拉，我亦爱托尔斯泰，我曾热心地——虽然无效地而且很受误会和反对——鼓吹过左拉的自然主义，可是到我自己来试作小说的时候，我却更近于托尔斯泰。"（《从牯岭到东京》）这几位小说家在进行长篇小说创作时，也都不同程度地受左拉的长篇巨著《卢贡·马卡尔家族史》的影响，左拉这部长达二十卷、近六百万字的小说，表现了一个家族的两个分支在遗传法则支配下的盛衰兴亡，其异常庞大的艺术规模所概括的生活容量，无疑给这几位深受法国文学熏陶的作家以重要启迪。但在他们的创造中我们更多看到的是经验的熔铸而不是生硬的模仿，是从自身的生活体验、文化素养出发作出开拓性的创造，建立自己长篇小说的结构功能。

"伞网式"的结构方式：巴金的《家》

《家》描写的是深处内陆的四川省的一个封建大家庭的败落。作者并没有像《卢贡·马卡尔家族史》那样，展开家族几个分支进行描写，而是重点从高老太爷这一支脉中、依据中国家族的同堂制和联姻制的历史特点来结构作品。高老太爷是这个大家庭至高无上的统治者，犹如"伞"的尖顶，由此，通过父子、夫妻、姑表、姨表、主仆等之间的人际关系，结成了"伞网式"的小说结构。这种"伞网式"结构的特点就是：小说人物关系如"伞"一样从顶尖往下枝蔓分叉却又被一道"网"所紧紧封闭。

巴金采取这种结构方式，无疑与他的生活感受有密切关系。他生长在一个封建式的大官僚地主之家，大家庭中"有将近二十个长辈，有三十个以上的兄弟姐妹，有四五十个男女仆人"。在这样的一种人际关系中我们可以想见，有多少的恨和爱、多少的专权与受虐、多少的悲哀与欢乐，这些都为他经营自己的艺术天地提供了丰富的感受和生活原料。以这样的生活体验为基础，使他在结构作品时，一方面在受《卢贡·马卡尔家族史》的启悟，以家族人际关系展开故事线索，但又抛开那种以遗传学的眼光去表现家族衰败的局限，而是从人性的被损毁、活泼生命被压抑的角度，去表现封建专制的必然败落命运。另一方面，他又吸取了《红楼梦》那种将小说的枝蔓封闭在房族关系的艺术建构，从自己的优势出发，确立能驾驭自如并具有深沉意味的结构方式。

值得我们注意的是，《家》这种"伞网"结构的建立并非孤立存在，也不是作品追求的唯一目的，在这个"伞网"下，作者饱含激情和义愤，展现了三位女性的爱情悲剧：像梅花一样高洁的钱梅芬，深深地爱着她的表哥觉新，可是由于钱家的势单力寡，又由于生辰八字的不合和父母之命的不可违，使她不得不扼杀刻骨铭心的爱情，在对爱情的可望而不可得的幽怨中含恨而死；被觉新明媒正娶的妻子瑞珏，贤惠、善良，对丈夫和家人都充满爱心，可是，家族的愚昧及其顽固之规，仍然要吞噬她的生命，最后因分娩难产被认为带来"血光之灾"而被逐出宅门，以致在荒郊中无助地死去；高家的丫鬟鸣凤，更是一位美丽、聪慧却又心高命薄的女子，她被高家的三少爷觉慧狂热地爱着，她也对这位少爷寄予无限的依恋。她既深知这是难以实现的幸福，但却又渴望觉慧带她远走高飞，当这种美好的幻想破灭、自己即将落入冯乐山的魔掌时，她以沉湖自尽的刚烈行动维护了自己的尊严，也给这个漠视人的生命和真爱的专制营垒以重重一击。

作者以浓重的感情笔触描写了这三位女性的命运悲剧，也映衬出觉新、觉慧这两位高家第二代的人生选择。觉新那种逆来顺受的生活信条，使他虽然年轻却没有青春，他有个人情感但又甘愿受摆布，哪怕私下自尝苦果；他有良知但在高老太爷的威严面前又只能唯唯诺诺，不惜让自己违心地去充当帮凶，然后再暗自对良心自责。这个高家的最后支撑人，就是在这种无法自拔的矛盾漩涡中耗尽了生命。觉慧身上焕发着青春活力，由于他在家中的非长子位置，使他获得比觉新更大的自由度，也更容易接受"五四"的新思潮。他痛恨这个"在宝盖下一群猪"的这个"家"，但他的激愤与激情仍然是有限度的，所以他无法保护他所爱的鸣凤。他最后的出走无疑表明他与这个家的决裂，但同时也不能不可以说是一种只求自我解脱的无奈行为。

三位女性的悲剧与高家兄弟的命运，构成了《家》的"伞网式"结构所包容的有血有肉的最主要的生命信息，作者让一个个爱情悲剧酿成、一个个美丽生命夭折，从而形成一种极为强烈的情感磁场，形成一种在高度压抑下时时酝酿着迸发的张力。小说这种"迸发性"的"内质"，与"伞网式"结构"封闭性"的"外壳"，产生了激烈抵牾而无法消解的紧张情态。事实上，作者越将小说的结构封闭在"伞网式"的"家"中，其内部的情感压抑越强，其寻求喷射的力度越烈。我想，我们在阅读《家》时，常会获得这种情感"抵牾"的强烈效应，这是小说的"内质感"与"形式感"同时形成的。

"枝丫式"的结构方式：茅盾的《子夜》

茅盾的《子夜》，显示了他在长篇小说创作上有着巨大的艺术雄心。他曾经极力赞赏托尔斯泰小说的艺术概括力，认为他"以惊人的艺术力量概括了极其复杂的社会现象，并且揭示出各种复杂现象之间的内在联系，提出许多重大的社会问题"，他尤其倾心于托尔斯泰小说的"宏伟的规模，复杂的结构"。（茅盾：《激烈的抗议者，愤怒的揭发者，伟大的批判者》，《人民日报》1960年11月26日）很明显，他这种追求的目的，就是为了实现长篇小说更深广地反映现实的可能性。在《子夜》创作之前，茅盾已写过多部长篇，但这些作品，结构都比较单一，如写于1928年的《蚀》三部曲中，有采用单线结构的《幻灭》，有采用双线结构的《动摇》，也有采取以三个人物行动线索平行展开的结构方式。这样一些结构方式的《追求》，也是五四以来的长篇小说所广泛采用的。而《子夜》的创作在结构方式上却与以往的长篇有很大的不同。它所采用的是延伸力、辐射力极强的"枝丫式"结构。

《子夜》以20世纪30年的上海为背景，描写了民族工业资本家吴荪甫在振兴事业中所遭遇的种种矛盾和掣肘。小说以吴荪甫为中心，展开了他纷繁复杂的多重社会关系：金融买办赵伯韬依仗外国资本势力控制金融市场对他的严重威胁；民族工业资本家孙吉人、王和甫、周仲伟等人在利益场上与他的争夺和相互倾轧；农村经济的破败，农民的暴动对他家业根基的动摇；工人集体势力的增长和革命火种的悄然亮起更直接给他带来无情的冲击。此外，从他老父亲吴老太爷的到来带出了农村土匪的猖獗和红军火种的燎原之势；从他妻子与雷参谋的暧昧关系带出了蒋介石中央军与地方军阀的战争较量……在这些多重性的矛盾关系中，小说又通过吴公馆、交易所、裕华丝厂几个主要的活动空间，展开更为具体而又曲折的矛盾波澜。这多重性的矛盾线索，如同一棵大树的枝干和枝干上的枝丫，多向度地向外伸延，使小说从"深"与"广"两个向度辐射到当时社会生活的各个方面。

茅盾在《子夜》中创造这样的结构方式，与当时中国社会所出现的矛盾错综复杂化有密切关系，军阀混战，社会动荡，农村破败，民不聊生，城市浮华、醉生梦死，外国资本侵袭，金融市场受控，民族工业奄奄一息……这些，对于具有"大规模地描写中国社会现象的企图"的茅盾来说，无疑需要改变以往那种单线或双线的简单的结构方式，需要寻求建构更大艺术空间的可能性。而这个时候，也正是茅盾接受马克思主义社会学观念的影响，对复杂的社会现象进行理性思考的时候，从理念上认识到作为半殖民地半封建的中国社会，在实现现代化、实现民族工业、民族经济的振兴时所面对的几个本质性的矛盾，即：帝国主义与买办势力、官僚资本势力和封建势力；认识到中国的民族工业在这些矛盾的夹缝中求生存的困境。这样的理念，促就了《子夜》的特殊构思。

"漫反射"的结构方式：李劼人的《死水微澜》

《死水微澜》的作者李劼人，现在的读者可能比较陌生，但他的作品在中国长篇小说的现代演进中占有不可忽视的地位。他是新文学中最早试验做白话小说的一位作家，1912 年就发表了以讽刺四川立宪派的共和党人选举为内容的白话小说《游园会》，是传统小说向"五四"新小说过渡的一个代表人物。五四运动期间，李劼人曾应李大钊等的邀请共同发起少年中国学会，随后留学法国。1924 年回国后，一边办工厂、办报纸，一边写小说、翻译法国文学作品。1936 年至 1937 年，李劼人出版了三部反映中国近代史的连续性长篇——《死水微澜》《暴风雨前》《大波》，概括了自甲午战争至辛亥革命十余年间中国社会的政治风云和人间悲欢，其中《死水微澜》在艺术上最具特色。

《死水微澜》描写的是成都附近一个小小的、十分封闭的天回镇在甲午战争后社会世态所发生的变化。由于军阀混战、帝国主义物质和文化的渗透，使这个被封建地方宗派势力所盘踞的小乡镇发生了震荡，犹如一潭死水掀起了微微的波澜。这部小说所涉及的社会矛盾也是多方面的，但在小说的艺术构思上它又区别于比它稍早出版的茅盾的《子夜》和巴金的《家》，它不像《家》那样以"伞网式"结构将矛盾封闭在一个大家庭内部，也不像《子夜》那样在层次复杂的人际关系中凸现社会几种本质性矛盾的棱角。《死水微澜》所采取的是一种我称之为"漫反射"的折射生活的艺术方式，也就是通过民俗风情和人物心态的细致描绘来折射当时社会的动荡和世态的变迁。

在李劼人笔下，展开的都是一幅幅成都地区的乡土风俗画。

比如，它写四川民间所习惯的"摆龙门阵"。小说一开始，就是写地方绅士郝达三在他公馆里的鸦片烟灯前大摆"龙门阵"：在人物的交谈中，既议论到康梁倡导新学、主张变法，议论到义和团的新教，又议论到西方"洋货"的传入……正是从这些闲言碎语不经意的交谈中，使我们感受到一种特定的时代氛围。

又比如，它写元宵灯会的热闹。就是在这个人头攒动的灯会中，我们看到了镇上的袍哥大爷的大管事罗歪嘴，在那里恃强凌弱，横行霸道。这个袍哥虽强悍豪爽，看似仗义，却又勾结官府、包揽官司，贪吃贪嫖，无恶不作。他在灯会中派流娼刘三金诱骗顾天成，致使顾被打，让我们直接看到在最封闭环境下这些地方封建帮派恶势力的猖獗。

又比如，它写因吃了"洋药"治好了病而改信"洋教"的士绅顾天成，依恃当时不断膨胀的教会势力，恶报私仇，诬陷罗歪嘴砸教堂，逼使川总督封掉与罗歪嘴有联系的兴顺店铺，使蔡兴顺无辜下狱。洋人势力的骄横与地方官府的屈让，也跃然于读者眼前。

也就是在这一系列情节的展开中，在十分丰富、生动的细节点染中，小说有力地折射出清末年间这个内陆最封闭的角落的社会情态：封建地方势力的强抢豪夺；洋人政治势力和文化势力的无孔不入；社会政治势力的激烈较量与消长兴衰。

小说的折射力除了通过种种世情铺写来实现，还特别从人物心态的变化来折射时代的变化。

邓幺姑是这部小说的核心人物。她本为农家女，但当她听到本村富人家谈论成都大户的豪华生活，谈论城市妇女的妖艳打扮时，她的虚荣心被挑动了，为了追慕荣华富贵，她可以不计较镇上那个生意兴隆的杂货铺主人蔡顺兴的痴憨、没男人味，主动嫁给他，以便获得物欲需求的满足；与此同时，她又以她的几分姿色成了罗歪嘴的情妇，既满足了放纵的情欲，又可得到袍哥势力的保护；而当罗歪嘴被迫出逃、丈夫又蒙冤入狱时，她看到教会势力抬头，又去嫁给胡作非为的教民顾天成，甘当其"生人妻"。小说对邓幺姑三次嫁人的虚荣心态，写得真实生动、细致入微，作者正是以"心态"折射"世态"，让我们看到西方资本主义物质文明的渗入，不仅引起社会力量的变动，而且还诱发了隐藏在人身上的物欲与情欲的恶性滋长。邓幺姑这个形象，带有福楼拜《包法利夫人》中爱玛的影子（李劼人曾三次翻译该书），但形象的内涵还是有所不同，福楼拜是写爱玛受浪漫主义小说和资本主义糜烂生活的引诱而堕落，而李劼人在邓幺姑这个农村女性身上，除了她的虚荣心导致其不择手段地追求物欲与情欲外，还糅杂有一种藐视传统、敢作敢为的因素，表现了一种长期被封闭、被压抑后所迸发的顽强的生命力量。

在以往的小说中，也不乏世情描写，而《死水微澜》这种"漫反射"的艺术构思方式，则不同于那种纯客观的、随意性的琐细纪实，它是在作者对社会的整体面貌获得理性认知后、对生活现象不仅有感性体验而且有了理性触及后所进行的艺术创造。

上面我们分别分析了《家》《子夜》《死水微澜》几部小说在艺术营造方面各自的不同探索和追求，它们是作家们在自己生活体验和创作优势的基础上，熔铸西方和中国传统小说艺术经验所进行的新创造。艺术构思上的这些新创造，突出反映了作家们创作视野的开阔性明显加强，不止于关注个人的小悲欢或一个家庭的伦理变故，而往往是由此将视野延伸至大社会，或展开对大社会错综复杂矛盾的铺写，或将动荡的社会情绪引向家庭内部和人的内心，由此所构思的作品自然特别具有厚重感。

作为当时长篇小说发展中的一种新探索、新创造，这几部在艺术建构上各有特点的作品所呈现的面貌是鲜活的，带给人们的艺术感受是新异的，由于它们的创意性，使它们在当时的出现，带有一种标志性，也就是说，它们在一定意义上代表了这个时期长篇小说所跃上的新层面，对我国长篇小说的现代转型，起到了一种"奠基性"作用。

四、如何判断这批"社会写实型"长篇小说探索的意义

从今天回过头来看，上述作品所创造的几种折射生活的艺术方式，对后

来长篇小说创作的影响十分深远，可以说，直到20世纪80年代中期，中国长篇小说的创作构思方式，基本上都没有完全跳出这几种样式。尤其是《子夜》那种以社会几种主要矛盾为线索构架小说的创作思路，在20世纪50—60年代，几乎成了长篇小说的主要创作模式。在这里我要强调的是：当时这些作品的出现，确实是以鲜活的艺术形态来感染人的，并非干瘪的、无艺术活力的"模式"。现在有些研究者由于茅盾在作品中突出了当时半殖民地半封建社会的几种主要矛盾，就主观地把《子夜》判为公式化、概念化的典型、鼻祖，其实这是一种缺乏历史眼光又未认真钻研作品的不负责任的责难。

如果我们从长篇小说向现代小说转型的历史过程来审视，就会认识到，当时这批小说的出现及其所作的艺术探索，正是代表了现代长篇小说开始真正跃上了新层面。它是建立中国长篇小说现代形态的一种新的努力，新的成果。这个新层面所显示的最主要特点，我以为主要体现在两个方面。

首先，它反映出作家的创作思维开始走出传统的线性的运思习惯，在对事物和人际关系的观察和表现中，他们改变了那种单一的、单面的传统视点，更注重于把握事物间、人际间内在的相关联性和复杂性。像茅盾的《子夜》，正如我们上面所分析的，它的矛盾线索设置不仅注意从广度上铺开，力求触及当时社会矛盾的各个方面；更重要的是，作家还以其出色的驾驭力，按照生活的脉理，把握住各种矛盾线索间的联结点，对各种矛盾作出合乎生活内在逻辑的勾连：买办势力对金融市场的控制，犹如卡住吴荪甫的咽喉，而吴荪甫经济陷入窘境，又更加剧了他对工人的盘剥，激化了他与其他工业资本家之间的矛盾……总之，作家对事物及其发展变化的认识，是多面的，因而使作品对多重矛盾的驾驭，获得了整体感，这是过去的长篇小说所少见的。

作家创作思维的变化，还体现在他们对人的性格的多面性把握和命运轨迹的非定向性的设置上。在这几部作品中，作家所塑造的一些主要人物如《家》中的觉新、《子夜》中的吴荪甫、《死水微澜》中的邓幺姑，他们的性格所含因素都不是单一的，而是有着相当复杂的多面性，甚至是对逆性。对这样一些艺术形象，近二三十年来，已有相当可观的研究成果，觉新作为封建大家庭中的长子，他对家长和家规，是顺从的，但对同辈人的叛逆行为，他又是保护的；他的爱情、婚姻可以受父母之命，但他对所爱的人的情感却又是无法泯灭的；他要支撑这个摇摇欲坠的"家"，他无法逃弃这个家。吴荪甫也是如此，他既有振兴民族工业的雄心，希望大有作为，但在强大的对手面前，虽如困兽挣扎抗争，却终避免不了精神崩溃、一败涂地。邓幺姑在欲望膨胀下的行为，固然是一种放纵，但也含有对传统世俗挑战的意味。总之，正是由于作家们在对人的认识上摆脱了单面性的思维，所以他们所塑造的艺术形象其内涵的丰富性以及其对读者的感染力，是此前的长篇小说所没有过的。

其次，这些作品的出现，反映了作家们在创作中对真实性的独到见解和对真实性的自觉追求。

应该承认，自近代以来中国所出现的一批以写实的笔法反映社会现状的作品，它们虽然也描写出那个处在历史交替期的社会黑暗、官场腐败、道德沦丧等失衡现象，但是由于当时的作者还缺乏正确的社会理论所烛照，因此往往只能停留在"怪"现状的陈述，而且又都是平面性的、一事又一事的摆开，很少能够把握到社会现实的主脉。而《子夜》《家》《死水微澜》等作品的创作，则由于有了社会理论的烛照，因而对社会有史深的洞察力。

茅盾这个时期对自然主义做过很认真的推崇，他当时所指的自然主义，实际上就是写实主义。他首先推崇自然主义的是它追求的"真"，而要达到对生活的真实描写，就"必须事事实地观察"，他认为，"自然派的先驱巴尔扎克和福楼拜等人，更注意于实地观察，描写的社会至少是亲身经历过的，描写的人物一定是实有其人（有 model）的"，"他们不但对全书的大背景，一个社会，要实地观察一下，即使是讲到巴黎城里的一片咖啡馆，他们也要亲身观察全巴黎城的咖啡馆，比较房屋的建筑，内部的陈设及空气（就是馆内一般的情状），取其最普通的可为代表的，描写入书"。茅盾还进一步认为，"这种功夫，不但自然派讲究，新浪漫派的梅特林克等人也极讲究；可说是现代世界作家人人遵守的原则"。

这种创作观念现在看来似乎过于刻板，忽视了创作所必要的主观想象力。但要看到的是，当时茅盾推崇这样的创作主张，是有明确的现实针对性的。他对"中国旧派的小说家"以及一些"新派作者"有许多作品是"徒凭传说向壁虚构"，或是"在几本旧书上乱抄"的现象极为不满，质疑这种"没有出于实地观察、抄自书上的人生"能有什么价值？因此，茅盾当时在创作上强调"真实"的主张，对文学的现实主义的推进，是有积极意义的。

事实上，我们上述几部作品之所以在当时能产生巨大的震撼力，与作者们对生活的亲身体验和深入考察是有密切关系的。巴金自己就生长在那个专制的封建大家庭中，亲自体验到那种令人窒息的压抑情绪，更目睹了大哥那种悲剧的人生，这是他的《家》能撼动人们心弦的生活基础；李劼人在创作《死水微澜》之前，就对四川成都一带的乡风民俗有广泛的了解，并曾写过考察成都方位街衢的掌故和衍变的《说成都》，也曾写过谈中国人，特别是四川人日常生活的《漫谈中国人之衣食住行》的著作，这也就使他在那些市集庙会、饮食游乐、婚丧嫁娶、民间节庆等生活画面中透视到许多人生故事。至于茅盾本人，在创作《子夜》过程中对证券交易所、棉纱工厂等生活现状的考察，就更是深入细致，光是对于棉纱问题，他要计划考察的内容就有："日纱竞争时代之中国纱厂情形""纱厂内部组织及工作情形""日本纱厂竞争的方法"等，（参见孙中田：《〈子夜〉的艺术世界》第34页）这也是《子夜》的厚重感的重要基础。这些来自生活实际和真切感受的作品，它们所体现的现实主义精神，给中国文学增添了一种隽永的气息。

还应该看到的是，从生活中摄取最真实的画图，还不是这些创作的唯一价值，要使作品达到"真"，茅盾当时还认识到自然主义的一种重要主张，那就是自然主义"是经过近代科学的洗礼的"，它们的题材以及思想，都和近代科学有关系。他列举了一些自然主义经典作家的创作，"左拉的巨著《卢贡·马卡尔》，就是描写卢贡·马卡尔一家的遗传，是以进化论为目的。莫泊桑的《一生》，则于写遗传而外又描写环境支配个人。意大利自然派的女小说家塞拉哇的《病的心》则是解剖一些薄弱妇人的心理的。进化论，心理学，社会问题，男女问题……都是自然派的题材"。

"自然派作家大都研究过进化论和社会问题，霍普德曼在做自然主义戏剧以前，曾经热烈地读过达尔文的著作、马克思和圣西门的著作，就是一个现成的例子。"茅盾认为，"作社会小说的未曾研究过社会问题，只凭一点'直觉'，难怪他用意不免浅薄了。想描写社会黑暗的人，很执着的只在'社会黑暗'四个字上作文章，一定不会做出好文章来的"。所以，茅盾认为，"我们一个学习自然派作家，把科学上发现的原理应用到小说里，并应该研究社会问题，男女问题，进化论种种学说。否则，恐怕没法去内容单薄与用意浅显两个毛病。即使是天才的作者，这些预备似乎也是必要的"。

应该承认，自近代以来中国所出现的一批以写实的笔法反映社会现状的作品，它们虽然也描写出那个处在历史交替期的社会黑暗，官场腐败，道德沦丧等失衡现象，但是由于当时的作者还缺乏正确的社会理论所烛照，因此往往只能停留在"怪"现状的陈述，而且又都是平面性的、一事又一事的摆开，很少能够把握到社会现实的主脉。而《子夜》《家》《死水微澜》等作品的创作，则由于有了社会理论的烛照，因而对社会现实有更深的洞察力。自觉地吸取一个时代的先进的社会科学理论作为自己创作的精神武器，这在中国长篇小说创作上是一个重要的跨越。可以说，长篇小说涵盖生活容量的丰富性和复杂性，决定了它若只凭个人的主观认识和感受难以达到对历史和现实的真实反映。因此，以茅盾为代表的这个时期的作家所获得的这样一种理论自觉，对推进中国现代长篇小说走向历史深度，有着特别重要的意义。

写于 2005 年 7 月

第三部分

访谈与对话

珍惜作家精神劳动的成果

——答《文艺报》记者问

记者：请你先谈谈你从事文学批评的机缘。

陈美兰：我从事当代文学批评工作可以说既有必然也有偶然。1962 年我毕业留校任教，我的老师刘绥松先生分配我的教学任务就是在贯通"五四"以来新文学的基础上重点给学生讲授当代文学，这就使我自然要关心新中国成立后的文学创作，除了研读作品外，还要关注当时文坛的各种动态，包括思潮、理论探讨、文艺论争等，当时在教学之余就有了写点文章的冲动，也写了一些小文章。可是不久，阶级斗争浪潮再度掀起，学校师生奉命到农村搞"四清"，接着，"文化大革命"开始，光阴也就荒废了。

20 世纪 70 年代末，社会动荡结束，文艺也开始复苏。1982 年我突然接到中国作协创研部的通知，要我参加首届茅盾文学奖评选读书班，也正是这样一个偶然的机缘，使我有了接触文艺界、参加文学评论实践的机会。在近五十天的时间里，我和读书班的十多位朋友被'幽禁'在北京香山的一座陈旧的古庙里，夜以继日地阅读作品、认真地研讨、激烈地争论，这些对我这个习惯于书斋生活的人来说，是如此的新鲜，我曾在一篇回忆文章中写道："我仿佛走进了一片郁葱而又驳杂的文学原野，同时，又仿佛走进一个不能只抽象地谈玄论道，而是要在生动的、变化着的创作实践面前比试'真格儿'理论武器的战场。"后来，我又接连参加了第二、三、四届茅盾文学奖评选读书班，这样，使我对当代小说，尤其是长篇小说有了更多的阅读积累，也有了更认真的理论思考，所以这二三十年来在文学批评方面我主要是集中在文学思潮和长篇小说创作领域。

记者：你在文学批评方面有些什么追求？

陈美兰：记得在20世纪80年代中，我曾在贵报发了一篇文章：《珞珈书简——就当今长篇小说创作致友人》，主要是探讨中国进入新时期后长篇小说如何摆脱长期以来在创作中所形成的思维定式，即小说故事情节的延展往往严格依赖于生活的实有过程；小说矛盾支架的确立直接受制于社会矛盾形态的制约，也就是矛盾对立的"一体两极"方式。文章发表后，我直接或间接地听到一些作家的反映，认为这样的文章有助于他们解开创作上的一个"结"。这些反映其实也帮助了我，让我更明确自己进行文学批评时的立足点：在面对一种创作潮流或一种创作现象时，不能只停留在对它的表面描述、简单梳理归纳这样的层次上，还应该努力去探寻、揭示这种思潮、创作现象出现的内在原因，它是"必然"的抑是"反逆"的。20世纪90年代中我写作了《"文学新时期"的意味》一文，针对当时文坛对文学多元格局的争议、现实主义是否过时、文学价值基准如何确立等问题所作的探讨，就是朝这个目标在努力。对一部作品的评论自然也应该如此，它的创作成就和存在的缺陷其实都有其非常复杂的潜在因素，要是我们能进入到更深层次去思考，而不只是停留在对作品的复述性阐释，这样对作家、对读者都是会有启发的。我90年代初出版的《中国长篇小说创作论》没想到会得到文艺界、学术界那么多同行的认可，大概就是因为它能透过一些具体的创作现象比较深层次地、多角度地去找出这些现象存在的因由和症结所在，并提升到理论上作出有说服力的论述。

当然，由于自己的学识、视野、艺术感受能力等因素的限制，我的追求至今仍是一种追求，一种努力的方向而已。

记者：你能谈谈对文学批评重要性的认识吗？

陈美兰：这是个大问题，其实在这方面许多专家已经有不少精辟的论述，教科书上也有明确的说明。我只能从我个人的体会来谈点认识。

固然，提升人们的艺术鉴赏力、帮助读者更深入全面地理解作品、对文学的发展发挥它的导引作用，等等，这些无疑都是文学批评的重要职能。除此之外，我觉得还有一点认识也是挺重要的，尽管我们都认为文学批评与文学创作同是文学领域不可分割的两翼，但应该看到，文学批评不是从属于文学创作而存在的，更不是依附着作家而存在的，它有自己相对的独立性。曾经有一位台湾诗人好心劝导我："你应该多写些著名作家的评论，这样你也出名了。"我听了淡然一笑，他对文学批评理解得太肤浅了。他不知道文学批评是推进文学发展的有骨有肉的"一翼"，而不是纸糊的点缀性的"一翼"。一个文艺批评家他也具有对人类、对世界、对生活独立的观察力、理解力，具有对文学艺术发展的历史洞察力，由此而生长出他作为生命主体的一套思想理念，他对文学作品、文学现象作出自己的评价，正是他这种能力和理念对象化的结果。如果说，作家的创作是他对自己所理解的生活、世界、历史，对他被感染的情感思绪进行艺术转化的话，那么评论家对一部文学作品的评价、对一种文学现象的透析，则是他理解世界、洞察历史的一个部分。他是从艺术感受中发现这种对生活、情感作艺术转化的确切性、合理性，由此而对它的意义和价值作出评判，这是他作为一种生命力量认识世界的独立方式。正如一部文学作品的价值最终需要由历史来检验一样，一个文学评论家的评判是正、是谬，也不是由作家"拍板"，而是由历史"拍板"。

记者：你作为评论家要经常阅读作品，你与作家的关系密切吗？

陈美兰：评论家与作家应该是朋友，以私人身份来说还可以是"哥们儿"。作为评论家，我对作家不管有名还是尚未成名都是尊敬的，也特别珍惜他们精神劳动的成果。不过从职业身份来说，我个人却持有一种不一定对的"原则"，我认为评论家与作家的"交往"，还是"若即若离"为好，即使对我周围熟悉的作家如刘醒龙等也是如此。因为评论一个作家的作品固然需要"知人论事"，但也有必要拉开一定的距离，只有对自己的研究对象、评论对象拉开距离来审视，才能保持某种客观性，不受亲疏好恶所左右，不会讲"哥们儿"义气。加上我这人比较木讷，不大善于交际，即使遇到很有名的作家，我有时也怯于交谈。记得2004年我随中国作家代表团到巴黎参加中法文化年的文学沙龙，在飞机上恰好与作家阿来邻座，但我似乎不敢打扰他，他看来也比较内向，所以在九个小时的飞行中几乎没有什么交谈。现在想起来真有点可笑，责怪自己过于迂腐。不过我感到我是了解他的，因为我认真读过他的一些重要作品，这是个有思想、有个性的作家，常常会在他所独有的生活富矿中挖掘出一些令人感到陌生、惊愕、震撼的东西。

确实，我与作家接触的方式，主要是阅读他们的作品、阅读他们写得真诚的创作谈。对一些有代表性的作家我还会有意识地跟踪他们一个时期的创作变化，在跟踪过程中去把握他们的创作是在提升或是在下沉。过程性的跟踪，是了解、判别作家的一个必要手段。倾听作家的自我诉说自然也会有收获，但作为评论家我以为"静观"，也就是做一个冷静的、过程性的"旁观者"最重要。在对各类不同作家作"静观"中我会逐渐明确一些作家的定位，比较有把握地判断他们创作的等次，不会受一些情绪化的干扰。在过程性的"静观"中，其实也是自然地与作家在精神上"交往"。这种"交往"有时比在一般场合见见面还要有内涵。前两年我到陕西师范大学参加一个学术会议，见到了作家陈忠实，他在会上致辞中说到今天是第一次与我见面。会后一些青年朋友惊讶地问我："你真的一直未与陈忠实见过面吗？"我说是的，只是"神交"已久而已。

记者：你是怎样看待当前文学批评的现状的？

陈美兰：谈到当前的文学批评时，我不禁回想起20世纪80年代的文坛，那正是一个文学新时期的开始，为了冲破思想牢笼，创建文学新天地，不少作家以无畏的选择突破禁区创作出一批批体现新的文学精神、新的艺术创意的作品，而当时的文学评论家们也在以对新的创作理念的弘扬与文学创作相呼应，同时，又以果敢的姿态给那些体现了我国文学新趋向的创作以有力的支持和导引。文学创作与文学批评的互动，体现出非常明显的"时效性"和"实效性"，营造了一种动人的文学景观。

今天来看文学批评的现状，情况有很大的不同。我觉得，当我们对文学批评现状进行评估时，不能无视它现在所面临的处境。首先是它生存的空间。从某种角度来看，当今文学创作生存的空间是越来越大的，它的广阔性可以说是过去从来未有过的，那么多的报纸、杂志、出版物，那么自由廓大的网络天地，都可以成为文学创作的载体。这自然大大引发了大大小小的作家、写作爱好者创作欲望的生成，只要你写，不出格，都可以面世；纸媒上不行，还可以到网络上去，那天地就更无拘束了。可是文学评论呢？恰恰相反，它的生存空间却越来越小，越来越狭窄。比如，过去省级的文艺刊物都设有文学理论批评的栏目，但这些年基本都取消了，只发文学作品，不发文学评论。当然还有《文艺报》《文学评论》《当代作家评论》《南方文坛》《上海文化》等一批报刊努力在办，但相对于文学作品的天地来说毕竟太小。其次，文学批评所面对的文学创作生产量负荷过重。现在文学创作的产量是空前的，这就给文学评论带来极重的负荷，试想，一个评论家的阅读时间需要多少？如果比较认真，读其产量的十分之一也是不容易的，这种情况也就给评论家对一个阶段的创作面貌、重要收获、值得注意的创作问题等的把握造成困难。现在我也经常看到一些文学创作的时评、述评，固然给我们提供不少信息，但也不可避免挂一漏万，难以切中要害。对如潮涌般的这么多作家作品以准确评价定位，就更困难了。如果说当前文学评论工作有些萎缩和滞后，与它所面临的处境是有密切关系的。

记者：那么，你认为在当前这种处境下文学批评应该有些什么作为？

陈美兰：其实在不同时期，文学批评都会遇到不同的问题和困难。今天从整个文学环境来说是良好的，文学创作的丰富、多彩，创作队伍人才辈出，为我们的文学理论研究、文学批评提供了许多新课题、新的认知角度。所以我觉得当前的文学批评工作应该还是大有作为的。

我注意到近年来，有关文学批评的工作会议、研讨会议开得特别多，对文学批评工作的重要性、取得的成就、存在的问题都谈得非常充分，也开出了一些改变现状的良方，说明社会对文学批评工作有着热切的期待。正因为如此，我认为文学理论批评界不能总是"坐而论道"，更重要的是"身体力行"，实实在在地做点有效的工作。

以我个人肤浅之见，我以为现在文学批评界在这几方面应该有更突出的作为。首先是认真为文学创作的发展、提升，做好把脉工作。现在的文学生产犹如大江奔腾，巨浪涌涌，如何认识这汹涌的浪潮含有什么流向，身在江中的"弄潮儿"有时很难认准和把握，这就需要岸边有一双具有宽广视野和透视力的眼光，对流动着的创作浪潮给予量测、给予辨析和疏导。我以为这是文学批评最艰巨的工作，当年你鼓励我写的那篇《行走的斜线——论90年代长篇小说创作艺术探索与精神探索的不平衡现象》，就花去了我不少精力，因为它提供给社会的认识不应是随意性、扫描式的东西，而是需要在潜心的广泛阅读中，去发现最值得关注的亮点和暗礁，并作出富有启示性的理性说明，让人们对整个文学发展的势态获得一种不是抽象的、格套式的而是贴近实际的清晰把握，这对推动文学的正确运行是很必要的。我想，作家和读者都会有这样的期待。

其次，是进行扎扎实实的作家研究，认真撰写一批有分量的作家论。文学的历史可以说是由作家的创作写成的，我们对于一个时期文学的演进、转型、突破等的了解，往往都是从对一个个具体作家的创作开始的。我记得80年代文坛出现的一批相对厚重、扎实的作家论，后来就成为文学史家撰写新中国文学历史的重要基础。现在，一批从新时期开始进入文坛的作家，许多人成就斐然，为我们的研究提供了丰厚的资源，写出有分量的作家论是完全可以的，像前几年洪治纲撰写的《贾平凹论》就很受称赞，并获得了鲁迅文学奖。即使是正在成长中的优秀作家，也值得给予及时的专门性的研究。这里我还想插一句，我对现在流行的"70后""80后""90后"作家的提法很不以为然，这种提法一个最大的弊端就是以"代际"掩盖了个体，以年龄的边界取代了文学的个性。市场上可以以此招引人们的眼球，但对文学研究是很不利的。当年我们关注余华、苏童、格非，难道在意他们是"60后"吗？是因为他们在文学的先锋实验中作出了各自的贡献，是因为他们体现出新的文学个性。现在同是70年代或80年代出生的作家，他们的创作追求已经不受"代际"的限制，正在各显神通，关注他们各自不同的成功创造，才是最重要的。

还有一点，现在人们对频频举办的那些新闻发布会式的"作品研讨会"诟病不少，意见确有合理之处，但我觉得这些活动在当今文学的生态环境下恐怕也是难以避免的，一个地区、一个出版部门为了推出新人新作，利用这种场合发发声，并无不可。不过，我觉得作为文学的有关领导部门更应该有计划地举办一些专题性的、有深度的创作研讨会，通过研讨会促进一些新的创作理论研究成果出现。像60年代初中国作协举办的"农村题材短篇小说创作座谈会"，就很有时效性和前瞻性，它提出的理论见解，有力地打开了作家们的创作思路。

记者：你如何看待我们文学批评界的未来？

陈美兰：现在我看到，一批在知识结构、文学视野、思维方式都具有新创性并经过学院的严格训练的中青年文学理论批评家正成为文学评论界的中坚力量，这是非常可喜的现象，我经常从他们的文章和著作中获得启发，像前不久我读到邵燕君撰写的《面对网络文学——学院派的态度和方法》就很有感触，只有像他们这样的一代学者才可能对一个新的文学领域持有这样的敏感和卓见，从思想到语言都是那么自然地与研究对象获得沟通。看来，一代人必然会有一代批评家，这话是对的。这也是我对文学批评界的未来充满信心和期待的原因。

原载于《文艺报》2012 年 8 月 22 日

珍惜作家精神劳动的成果

历史理解与历史发现

——对话汪树东

汪树东（武汉大学文学院教授、博士生导师）：陈老师，虽然早在 1962 年您就从武汉大学中文系毕业留校任教了，但在我看来，因极左政治思想的束缚和"文革"的干扰，您真正踏入中国当代文学研究领域还得从 1979 年参加由教育部指定的全国统编教材《中国当代文学史初稿》（以下简称《初稿》）编写组开始。是这样吗？

陈美兰：其实，1962 年我毕业留校时，我的老师刘绶松先生分配给我的教学任务就是重点在当代文学。当时"当代文学"进课堂还是个试验阶段，作为现代文学史家的刘绶松先生亲自带头讲授，不是讲"史"，而是分成小说、诗歌、散文、戏剧几个单元来讲授。分给我的任务是讲"当代戏剧"部分，可以说，那是我真正涉足当代文学领域的开始。不过好景不长，1964 年后不是下乡就是搞大批判，一切正常的教学秩序都打破了，到了"文革"，更是消耗了十年光阴。

也许正是因为有过当年的涉足，所以当动荡岁月结束重返教学岗位时，自然也就像你所说的"真正踏入中国当代文学研究领域"了。

汪树东：当时，当代文学史尚处于草创时期，极左思想尚未肃清，如何勾勒出真实的文学史相貌，又不至于踏上政治的"雷区"，就是一门极为高超的艺术，史家不但要有大胆的史识，更要有超卓的政治敏锐性。在当时的语境下，你们是如何应对的？

陈美兰：参加全国统编教材《初稿》的编写，对我个人来说确实是我学术成长的重要机遇。十年动乱后，教育部重新修订教学规划，把"中国当代文学史"正式列入高校的必修课程，自然急需这门课的"统编教材"，任务就落在从各高校抽调来的十八位教师身上。当时我们都是刚进入不惑之年，却仍被称为"年轻教师"，而我们也确实保持一种年轻的"冲劲"，加上这又是教育部下达的任务，所以大家都是全心全意、忘情投入。

正式开始编写工作才感受到难度之大。如果说，十年动乱使我国经济到了崩溃的边缘，那么文艺领域更是被搞得混乱不堪。如何重新去认识我国文学自 1949 年至 1979 年三十年的这段历史，如何去分辨、评价这个时期所进行的各种"文艺运动""文艺思想斗争"，如何去把许多被"四人帮"和极左思潮斥为"毒草"的作品作出客观的评价……这一切都在考验着我们的智慧和勇气。为了对这些问题取得比较准确的一致认识，编写组进行了反反复复的研究，此外，还以编写组名义在北京、上海分别举行了两次研讨会，邀请全国一些高校的当代文学教师一起认真讨论。可以说，这部教材是集中了当时全国许多当代文学教师的智慧，尽管今天看来还存在一些局限，但确实体现了刚进入新时期我们对当代文学所达到的认识水平。

作为"当代文学史"，自然需要建立"史"的构架。当时我们坚持的原则是，既要吸收新中国成立后出版的几部中国现代文学史著作对"五四"后三十年文学历史的叙述经验，更要根据这三十年文学的具体演变情况作出描述。从文学的收获来说，三十年中的前十七年自然是占绝大部分，"文革"十年虽算作一个时段，但创作收获寥寥，难以成为与前十七年作为平衡的篇章；而从 1976 至 1979，文学确实开始发生了大变革，但也只是新时期文学的一个开端，未能成为一个文学发展的"阶段"。鉴于此，在建立这三十年文学史的构架时，自然就不会像现代文学三十年那样去做阶段性的分段，而是要从文学演进的实际出发，这是我们当时坚持的原则。全书用十八章篇幅叙述"十七年文学"，最后各以一章分别叙述"'文化大革命'十年的文学创作"和"新时期文学的开端"。这样的构架若以社会政治的观念来看，似乎是不均衡的，但它却符合文学的历史实际，是"文学史"而非"社会政治史"。

对于新中国成立后历次"文艺运动""文艺思想斗争"这部分内容的叙述和评价，在当时倒是个十分敏感又棘手的问题。不过在具体写作中我们还是尽可能表述出经过对历史检验所获得的见解。像关于《对〈武训传〉的批判》一节，该节的执笔者首先客观介绍了《武训传》放映后文艺界对它有肯定、有否定的双方观点，接着又客观介绍了《人民日报》发表批判它的社论内容及所掀起的一边倒的政治讨伐。在叙述了这一历史过程后，接着又叙述了这一场大批判后在文艺界所引起的对大批文学作品的批判，造成极不良影响。从这一节前后内容的矛盾可以看出我们的执笔者当时所使用的"巧妙"手法：对当时这场大批判的全过程作正面的叙述，不去"踩雷"；又客观地记述了这场大批判后文坛所发生的一系列事实，实际上是在用"后果"的事实来"反射"那种政治干预所带来的消极影响。这种颇为矛盾的述史方式，也是当时处在"乍暖还寒"的氛围所不得不采用的无奈手法，没经历过那个时期的读者现在恐怕很难理解。

事实上，近距离写当代史必然还会遇到不少障碍，会牵涉到当代的不少人和事，即使你有更高明的识见，但现实环境各方面因素的影响与压力，有时却很难让你的识见在书写中得以体现。

汪树东：在这部文学史中的小说部分，写作的自由度是否要好些？我们都知道，新中国的前十七年中许多思想艺术水准较高的小说都曾经遭受指名批评，有些甚至被斥之为"毒草"，长时期惨遭雪藏。您所负责的小说部分，是如何面对这种情况？是如何体现作为文学史家的"史识""史见"，这种"史识"的建构和实践，在当前中国学术语境中的要点和难点何在？

陈美兰：《初稿》中的小说部分占了相当大的篇幅，这是三十年创作实绩所决定的。对这三十年的小说创作，其实我们相当熟识，毕竟是同代人嘛。对一些曾在社会上影响较广的作品，我们都有过难忘的阅读印象，有过自己内心的自发性取舍。虽然有些作品或前或后遭遇各种不同程度的批评甚至"批判"，但很难改变我对作品的真实感受。特别是在十年动乱"停课闹革命"的日子，逍遥无事，我曾有意识专门找那些被批判的作品来重新阅读，似乎更坚定自己内心的感觉和判断，当然，到了文学史写作时，这种阅读感觉和判断就更需要理性化的检验。就我个人的认知来说，文学史对作家的定位和对作品的取舍，应该坚持的原则是：所选取的作家除了看他的创作实绩，还要看他在一定时期的创作潮流中所具有的代表性，我想这也是史学界的一种共识。"十七年"中反映农村生活的创作占有显著位置，其代表作家自然是赵树理、周立波和柳青，他们创作成果丰硕，对农村生活的选择，各有不同，写作上也形成了自己独创的风格。他们的创作可以说是代表了那个阶段农村题材创作的水平，因此给他们各立专章作全面论述。

至于对其他作家和具体作品的选择，就更复杂了，更需要具有一种透识历史的眼光。今天学界的某些舆论，往往会不经研读就把"十七年"的作品都看成是极左意识形态的产物而笼统地否定掉，其实如果我们真正用历史的、美学的观点细细研读作品，就会发现事实并不如此。比如周而复的《上海的早晨》就有过很奇怪的遭遇：小说于1958至1962年相继出版第一、二卷后，当时就曾被批判为站在"右倾"立场，"为资本家唱赞歌"；可"文革"过去后，却又有人说它错误地"宣扬了阶级斗争"而不可取，其实无论从哪种角度否定它，都是缺乏一种历史的、美学的眼光。当我重新研读了这部小说后，感到作者在描写新中国成立初期的"三反""五反"运动和对民族资产阶级改造时，虽然无法回避当时主流意识形态的影响，但是由于作家对上海十里洋场的过去和现在有着深刻了解，对刚进入新社会的工商业大大小小资本家各色人等的内心活动和行为方式更是异常熟悉，因此在他笔下所刻画的工业巨子、金融大亨和许许多多的中小企业家，并没有刻意丑化，而是栩栩如生地让他们站立在作品的中心位置，特别是对他们的不同角色在社会舞台上的不同表现和微妙心态的描写更是精彩传神。在这一点上，若把它放在"五四"以来以上海商界为描写中心的作品来看，我认为它可以与《子夜》媲美。可以说，它在一定程度上客观地记录了30年代的"吴荪甫们"到了50年代所遭遇的处境。因此，我在撰写《上海的早晨》这一节时，在承认它有受"阶级斗争"意识形态影响的同时，更以较多篇幅来分析作品对资本家形象的成功刻画，指出，"一部文学作品，写这么多资本家的形象是很少见的，而作家正是通过这一批人物深刻的描绘，使我们看到步入社会主义时期民族资产阶级的真实面貌，这是《上海的早晨》的一个突出贡献"。

文学历史是由各个时期出现的文学作品书写而成的，因此，用历史的眼光对不同时期的作品进行细致的检索和认真的研究就异常必要，如果我们判断的粗心大意，随便的人云亦云，把一些有其存在价值的作品抛开，就会造成文学历史链条的断裂，这对后人是一种不负责任的态度。

所谓"史识""史见"，无非就是对历史的存在有新的理解和新的发现，而要做到这一点，对第一手材料的直接掌握要尽量地广泛。在编写当代文学史的"十七年"小说部分时，我常常有意识地查找一些当时出版却未受到当时舆论所热捧的作品来阅读，为的是尽量全面地感受当年小说创作的全貌。在查找阅读中我惊讶地发现，其实在那个时期有些作家对生活的观察和描绘，并不完全像我们今天所想象那样是按一个调子来进行的。即就对农村生活的反映来说，有昂扬地去歌颂当时轰轰烈烈的合作化，但也有作家用十分冷静的眼光从生活的琐碎片段中以优美、隽永的笔调去描写农村千年传统积习的顽固性以及在今天生活中褪去之不易，秦兆阳的《农村散记》就是个明显的例子，只不过当年因"基调"的不合潮流而受到冷落而已。今天作为历史的真实呈现，它们是不应该被忽略的。即使同样描写农业合作化时期的农村生活，也并不是只有《创业史》《山乡巨变》那样正面去反映运动过程的作品，像刘澍德的《甸海春秋》《归家》就显得有点"另类"。《甸海春秋》描写一位生产队长在1958年社会刮起"浮夸风"时，敢于顶住上司的无理威吓和被评为"下游"的压力，坚持实事求是，不说假话。"真是真，假是假，何消这样花花草草？！"显示了作家的清醒和胆识；《归家》则通过一对农村青年的感情纠葛、爱恨情仇，折射出当时所谓"农村两条道路斗争"在农村下一代心灵上所留下的无法弥合的创伤，十分令人寻味。在文学史中记叙这些曾被掩盖的史实，会使人们认识到，即使是一个高度"一体化"的时代，文学也不是"清一色"的。所以，我还是主张把刘澍德这样的作家作专节论述，以显示曾被忽视的一种历史真实状态。

其实这种对文学的"历史理解和发现"，对我们今天进行文学评论及研究也是有意义的。现在我们不是常常抱怨对文学现状的观照过于平面化吗？在文学创作大批量生产的今天，如何发现真正体现时代精神的优秀之作，发现一些真正具有创新潜力的作家，确实需要我们在潜心阅读作品中获得历史理解，获得新的发现。

汪树东：在参编《初稿》时，您对中国当代小说尤其是十七年时期的小说已经非常熟稔。后来因缘际会，您又被中国作协创作研究室邀请参加第一届茅盾文学奖评选读书班。这使您有机会大面积地系统研读新时期以来的长篇小说。这为您正式进入中国当代长篇小说研究领域创造了最佳的机缘。因此，才会有在学术界产生广泛影响的《中国当代长篇小说创作论》。你能够谈谈你这部著述的初衷和追求吗？

陈美兰：撰写《中国当代长篇小说创作论》可以说是我参编当代文学史后研究工作的延伸。它所关注的是自 1949—1988 年近四十年间长篇小说创作的演变，当然，重点是"十七年"与"新时期"。这两个时段长篇小说创作的变化十分明显，这种状况我在 1980 年撰写文学史下册的"新时期文学的开端"时就意识到了，这应该是我酝酿这部专著的萌动期。1982 年参加茅盾文学奖评选读书班，则真正点燃了我对长篇小说创作深入思考的激情，在香山昭庙五十天的阅读与研讨，接触的大量作品和许多值得重视的创作问题，不仅增添了我对文坛新貌的认识，也打开了我的历史视野，促进了我对几十年间长篇小说创作的连贯性思考。回校后在教学的过程中我逐渐将这些思考系统化、理论化，最终才完成了这部著作。

说实在的，在面对文学的变化现象时，特别引起我兴趣的倒不是它的过程，而是变化的内在原因。其实过程只是历史的表象，而内在原因才是历史的本质。"十七年"长篇小说创作为何逐步走向模式化？固然有社会政治斗争哲学理论的影响，但毕竟是一种外在因素，而真正的潜在原因则是作家头脑中存在被长期文化熏陶所形成的一种思维惯性，这种思维惯性表现在创作中，一方面是惯于以"阴阳两极"的方式来总括生活，在小说的矛盾构架上自然地设置或"敌—我"，或"先进—落后"，或"革新—保守"……以这种"二元对立"状态来展开故事。在一些反映农村合作化过程的小说如《创业史》《艳阳天》等的小说矛盾构架中，我还发现那种"一体三极"的普遍现象，即：合作化带头人面对地主富农、党内走资派、农民保守顽固势力三方面矛盾。这样的作品当我们把它的具体事件与具体人物抽象化后，其裸露的情节模式基本是一样的。这种思维惯性的另一种表现是它的直观性、直接性。在小说展示人物命运的浮沉时往往直接依附于时代的兴衰，时代兴旺人物命运进入佳境，时代衰微人物命运进入逆境，这必然容易造成人物的同一命运模式。也正是作家深层的思维惯性，造成了大量作品的"模式化"。所以进入新时期后，小说创作的突破，我认为首先是从思维惯性的突破开始的。最典型的是李準的《黄河东流去》。当李準雄心勃勃地推出了反映抗战时期花园口决堤造成百姓大灾难、被当时称作"历史巨片"的《大河奔流》时，却意想不到地受到观众的极度冷落，这一遭遇让作家惊醒，开始意识到自己仍然是轻车熟路地循着惯用的艺术思维去结构作品，结果又陷于人们司空见惯的模式中。于是，他决心用他所熟悉的丰富生活素材，以"黄泛区"七户人家的不同命运展开故事，写成了长篇小说《黄河东流去》，出版后受到广泛欢迎，成为新时期文学的最早收获之一。这说明文学历史行程的转折，最终起作用的还是作家艺术思维惯性的突破，所以这也是我这部专著论述的一个着力点。

与此相联系的就是作家的精神立场，作家对生活的透视深度、价值判断，这也是决定文学质量是否有所变化的重要因素。人们认为新时期中国文学发生重要跨越，我想也是基于这样的原则。所以近二三十年来我在追踪我国文学发展的过程中，也仍然是更多关注作家们艺术思维和精神立场的变化这两个重要方面，我先后发表的论文如《"文学新时期"的意味——对行进中的中国文学几个问题的思考》《价值重建：面对当下中国文学思考》《创作主体的精神性转换——考察新时期文学的一种思路》等，都是从文学历史发展的内在原因这一角度思考问题和提出问题的。进入21世纪，我回顾了自20世纪90年代以来的文学，特别是长篇小说的发展情况，感到较之80年代的创作缺乏明显的起色，通过对大量作品的阅读，我发现长篇小说创作中艺术探索与精神探索的进展是不平衡的。在艺术创新上，一些作家可以说是承接着80年代以来那种先锋试验激起的追新求异的热情，在不同程度上寻求新的突破；但在精神层面的思考上，在历史意识、人性意识、悲剧意识等方面，似乎更多还停留在80年代那种水平，极少看到新的生长点；对于急剧转型的社会生活形态，捕捉现象者多，深刻透视者少，我认为这正是长篇小说难以引起读者广泛共鸣的重要原因，鉴于这种认识，我写成了论文《行走的斜线——论90年代以来长篇小说精神探索与艺术探索的不平衡现象》，被同行们认为切中了文学发展的要害。

汪树东：我注意到，您这些年的相关论文，如《晚清小说的"现代"辨析——兼议"现代文学的起点在晚清"一说》《历史的跨越：长篇小说"蹒跚"迈步——近百年中国现代长篇小说现代演进过程探讨之一》《30年代：中国长篇小说现代转型中的"奠基性"创造》，还有《新古典主义的成熟与现代性的遗忘——透视"十七年文学"的一种角度》等，都是以极为恢宏的气势来把握近百年中国长篇小说的现代演进历史。那么，您这宏观的构想有些什么特点？您能够和后学较为详细地分享一下这方面的研究经验吗？

陈美兰：探讨近百年中国长篇小说现代演进的历史，确实是我这些年来的一个宏愿，对我来说也是一个十分艰巨的课题，但它却一直吸引着我带着浓厚的兴趣缓慢前行。

在我确立这一研究目标之前，学术界的前辈和同辈学人，已经有不少现代小说史的著作，这些学术成果无疑给我很大的启发，但同时也促使我要找到属于自己的研究理路。在思考近百年来中国长篇小说的现代演进时，我不打算做平平的、流水账式的全面叙述，而是将着力点放在几个关键问题的探讨上，这就是：长篇小说向现代迈进的真正开端；它在演进过程中的奠基性创造及多向性发展；它现代演进轨迹的迂回性；它在新的文化背景下演进的新特点，等等。我想，把这几个问题弄清楚了，中国长篇小说的现代演进过程和特色也就明晰了。

汪树东：在我看来，始终以问题意识为先导，追寻整体领悟的宏观视野，建构学理性的深度阐释，是您学术风格的核心。您曾说："坚持带着问题意识从具体创作实践出发，摸准问题的症结，再进行理论的提升，并敢于作出自己的理论归纳。"您这样的学术风格对于后辈学者无疑是具有宝贵的参考价值的。您是如何在当代文学研究中一步步形成这种学术风格的？您能够结合您的学术研究谈谈这方面的体会吗？

陈美兰：我确实感到，带有明确的问题意识进行学术研究会更有特殊兴味，更有探求的动力。我为什么首先要去弄清楚"开端"问题呢？除了是我设定的研究理路所需要的之外，还因为这些年学界有一种观点认为现代文学的开端应该推前至晚清，甚至认为1892年刊行的韩邦庆长篇小说《海上花列传》可视为"现代文学起点的标志"。这也就更促使我认真对这个"开端"问题探个究竟。就我所认识的晚清小说生长的环境来说，当时的社会自身发展水平、思想意识形态的跃动以及外来文化的传入，确实对小说的创作视野和艺术手段产生了积极影响，出现了某些类似"现代"的元素。但是，从宏观上来说，代表那个时代先进思想的基石还是十分脆弱的，还没有彻底走出旧传统的藩篱，特别是当我们进入具体作品，仔细剖析这些"元素"时，就会发现这些元素其实还缺乏真正的"现代意味"，我承认，从切身感受出发真实描写近代社会不同领域新旧杂陈的生活情状，是晚清小说的一个贡献，但它的精神内涵却离"现代意蕴"恐怕还有一段长长的距离，就拿《海上花列传》来说吧，作者韩邦庆由于长期居住上海，曾当过报馆编辑，常挥霍于烟花丛中，对风月场中的风情百态相当熟悉，"因而记载如实，绝少夸张"（鲁迅语）。而且这部作品之可贵，还在于它不同于一些狭邪小说那样，或以猥亵的笔调招徕读者，或以道貌岸然的面孔对妓女一味地"溢恶"。但要看到，韩邦庆所写的那些沦落风尘的妓女却很难让人看出有多少"个性解放的要求与呼声"。我通过精读作品对一些回目的详细分析，从作者对所谓有"独立个性"的妓女与嫖客关系的描写中，虽有真情投入，但最终仍"不得不"或"不敢不"顺从于权势与淫威。在这些"不敢不"和"不得不"中，我们固然可以看到作为一个失去人身自由的妓女，希望得到生活的依傍却又无权获得的可怜与无奈，看到这些被压在社会底层缝隙中的生命真相。可是，却未曾感受到她们的什么"独立个性"，未曾感受到像后来在鲁迅笔下的"狂人""祥林嫂"那样所发出的呼喊与质疑。对有些深陷骗局而不愿醒悟的女性，作者甚至并不寄予应有的同情，而是笔锋转为嘲讽。从作品许多描写都可以看出《海上花列传》作者当时所体现的精神高度，实际上并未超出甚至还不如《红楼梦》，如果以这样的作品作为向现代精神跨越的"标志"，确实是无说服力的。

我也清楚，早在 20 世纪 70 年代，西方布拉格学派以 M. D - 维林吉诺娃为代表的一些汉学家在他们的研究中就曾提出这样的观点，认为晚清长篇小说在叙事方式、艺术结构上，已经出现了一些新变动，出现了一些现代小说的新因素。当他们的著作在 20 世纪 80 年代初被翻译过来后，确实为我们打开了学术视野，改变了一贯以来把晚清小说贬得一无是处的传统看法，我国学界也陆续出现了一些以新的视野探讨晚清小说叙事模式的研究成果，我为此也受到启发。但我也常纳闷：仅以叙事学的一些概念，如以所谓"第一人称叙事""倒装叙述""心理叙事"等概念到晚清小说中去寻找它形式上的体现，就可以简单判断其小说实现了现代形态的转换了吗？我仍然希望从作品的具体剖析中去寻找答案。比如对于"第一人称叙事"的使用，我觉得不能仅看它是否采用"我"的视角，还应该去体味这个作为叙事主体的"我"与其所叙述的事件的内在情感关联。"我"可以叙他人之事，也可叙自身之事，而重要的是，它应该给人以"事事从身历处写来，语语从心坎中抉出"之感。也就是说，它应该显示情感体现的直接性和灵魂袒露的真实性。这是这种叙事法较之纯客观的全知全能叙事更具有现代魅力的关键所在。晚清小说运用第一人称叙述其实还并不多见，人们现在一般所举的例子主要就是吴趼人的《二十年目睹之怪现状》。作为长篇小说首次使用第一人称叙事的实践，我们固然应该充分肯定它的开创性意义，但也应实事求是评价其所达到的艺术水准。小说作者托用"九死一生笔记"的方式，以别号"九死一生"这个人物作为叙事主体，借他的目光把他时而从南到北，时而从北到南目睹的种种"怪现状"——叙说给读者。如果说，在刚开始的叙说中还带有一点因新临异地、举目无亲所产生的心理忐忑，那么接着就是大量的客观地叙说一个又一个耳闻目睹的事件。而作为叙述者，"自我化的程度"（赵毅衡语）则越来越低，作为人的"自我"凸现意识相当淡漠，使小说仍然难以产生现代美感。而且还要看到，在他们小说中为了事件的叙说，常常不惜突破个人"目睹"的限制，将事件的叙说者转移由别个"目击者"或"知情者"来完成，这种转移性的"第一人称叙述"，可以说明显带有"全知全能叙述"的浓重阴影，它反映了作者这样一种创作心理：创作目的是以交代其"无所不知"的事件为目的，而不是以体现人的心灵、情感为中心。这样来运用"第一人称"，尽管可以营造叙事的某种切近感，但与小说的"现代感"仍相去甚远。

我这个人如果说还有什么研究风格的话，主要就是靠"笨功夫"，注意将宏观性的思考落实到具体作品的"求证"上，我始终认为，文学史所作的一些历史结论最终还是应该通过作品来体现。正是通过对晚清小说作品的具体检验，我对这个结论的获得是自信的：晚清小说创作只是从古代向现代转变的一个"过渡期"，而不能说是"现代文学的开端"。

汪树东：您将"十七年小说"称之为"新古典主义的成熟与现代性的遗忘"，是否意味着中国长篇小说的现代演进并非是一个直线的过程？

陈美兰：是的，这个认识是我从"现代演进"的角度提出的。其实，阐述现代文学史或现代小说史应该有许多不同的角度、不同的建构，可以选择"启蒙"与"救亡"相互变奏的角度来建构，或选择从写实主义—浪漫主义—现代主义流变的角度来建构，也可以选择"雅俗文学并存互进"的角度来建构……总之，多种多样。我对于近百年长篇小说的"演进"则是想从小说"现代化"的角度来阐释。当然，据我的认识，所谓"现代"应该是一个开放的、内涵不断延伸的概念，但它与"古代"却有一定的"质"的区分，而不只是具有时间的标示意义，我们今天在探讨一种文化对象的文化性质，探讨小说的现代转型，探讨它所具有的现代素质时，就自然着重于其文化内质与古代所具有的不同之处。

这些年来，理论界对于现代性有着各种各样的理解和阐释，那么，我在

177

考察中国长篇小说的现代演进时，自然不能不引发我对现代性做本源性的追问，在认真吸取自然科学、社会科学等各种学说的基础上建立自己的理论框架和研究重心。人类社会出现的现代文化思潮，从根本上来说，应该是人类智能发展的体现，而它出现的最基本原因，就是划时代的科学发现，正是由于出现在19世纪末20世纪初的一系列科学新发现，把人类对宇宙、世界、物质的认知水平推上了一个新的层次。而当这一切辐射到人的精神领域时，也就使人的精神特征发生明显的变化，在价值观、是非观和文化视野等方面，具有更加科学的理性精神，并由此引起一些深层性的因素的变化，如思维方式的非线性化、非绝对化，认知方式的重直觉、重顿悟，表达方式的间接性、多义性，等等。这些，我认为正是我们考察现代性、考察长篇小说现代素质的一个基本出发点。

我之所以把长篇小说演进至20世纪40年代末到50—60年代这个阶段的创作称之为"新古典主义的成熟"，是因为从它的精神立场、艺术思维方式、认知方式及表达方式等方面都在重陷"古典主义"的套路：在面对现实的态度方面，理智化退隐，理想化成为主导基调；在艺术的运思方式方面，二元对立的思维惯性又重新得到强化，直线、单一的艺术思路排斥了艺术的多重视角和不确定性效果；在感知方式和美感特征方面，重直觉而轻想象，欢乐感取代了苍凉感，等等。这些，都与自"五四"以来长篇小说逐渐呈现的现代素质有较明显的距离，当然不能说完全"复古"，而是带有时代的新因素，但从其"内质"来说，这阶段的创作潮流所呈现的美感，我认为不是"现代型"而是"古典型"。也就是说，中国长篇小说现代演进的步履不是直线式向前的，它在20世纪的50—60年代有过一段迂回，直到20世纪80年代才又踏上现代的征途。这是具有漫长农耕社会历史的中国其文学现代进程的特色，这是个前沿性的问题，对它做更深入的研究，是很有兴味的。

汪树东：我记得您在论文《前沿性：中国现当代文学的魅力所在》中曾说："所谓前沿性，很大程度上是指精神价值的前沿性，作为研究者，更需要的是具有一种建立在历史透视基础上的超越性眼光，一种广涉于多元文化格局的大视野，一种紧贴文学演进行程所获得的敏锐感悟。"当研究者具有这样的资质和素养时，对于当前的中国现当代文学研究界而言，该如何保持这种前沿性呢？

陈美兰：当我们在探讨中国现当代文学研究中哪些问题属于前沿性时，恐怕不应该忽略一个重要的前提，这就是：这个学科本身所具有的前沿性质。

我认为认识这个学科的前沿性，也正是认识这个学科的价值所在，魅力所在。

这个学科的前沿性质，是由它所面对的研究对象决定的。相对于有着两千多年历史的中国古代文学来说，中国现代文学（含当代）历史行程才走过一百年左右的时间，作为一种新的文学形态，它的种种新的特征，还将会随着社会政治经济形态的变化、文化背景的变化和人的哲学意识、思维方式的变化而逐渐地显现出来，逐渐地发生演变。因此，这是一段仍处在发展过程中的文学，而不像古代文学那样基本是一种完成性的文学。正由于中国现当代文学的这种过程性，决定了对它的研究本身就具有前沿性。因为过程本身是充满着可变性、未知性的。对它的认识既没有"先人"在指引，也没有现成的结论可参考，只能靠我们自己去考察、去探索，去总结。

从世界文学的眼光来看，中国现当代文学学科的前沿性质，是因为它所生长的土壤与世界其他地域有着不可比拟性。在积淀了几千年的农耕历史文化土壤中实现向现代工业文明的转换，自然会有着不同于西方的独特的转换方式、独特的演进过程。这也就决定了伴随着这一转换而产生的中国现当代文学其文学轨迹、文学内涵、文学精神特征，都会为世界文学历史提供许许多多为其他地域、其他国家所没有的认识资源。前面我已经说过，从近百年的历史来看，中国文学现代素质的发育，并非直线式推进的，中间有过明显的"迂回"。当然，这种"迂回"的轨迹在西方自文艺复兴运动以后，也曾出现过，但中国式的这种"迂回"是仅此一次呢还是会有多次？这问题本身就具有很大的挑战性。

中国现当代文学的发展，是处在后发的现代化的历史境遇中，它必然也必须要受到先发展的现代化国家和地域的文化影响和渗透，这也引发出一个使它在自身发展过程中无法绕开的问题：如何处理本土艺术传统的承传与吸纳外来文化资源的关系，可以说，这是近百年来发展中的中国文学的一个本体性问题，也是当今人类多元文化格局中一个虽存在久远却仍期待作出回应的问题，研究它在这方面所创造的中国经验或是它遭遇的教训，对世界文化的交流、发展也自然具有前沿性意义。

中国现当代文学学科的前沿性质，正是这一学科存在的意义和价值，也是它越来越吸引当今许许多多国内外研究者的魅力所在。在这个学科中，无论是对其总体性的把握或是对其某一细部、某一个案作出研究，都会有许多"第一次"在等候着我们，这是一个会不断引起我们兴奋感和新奇感的研究对象，这不仅是因为它在新的行进和发展中会有层出不穷的文学景观常使我们眩目，

179

引起我们探究的欲望，还因为在当下文学发展的新现象中会不断激起我们对近百年文学做更深入、更客观的反顾和思考。这种"过程性的动力"，恐怕也是只有属于这种性质的学科才具有的。我想，作为这个领域的研究者，只要我们保持一种开阔的文化视野，一种冷静的历史眼光，一种敏锐的探索精神，必然会创造出有价值的研究成果。

汪树东：除了对一些重大课题做宏观研究外，您也做了许多非常及时有效的文学批评，而且主要是当代长篇小说评论，我觉得您的长篇小说评论都能够深入小说文本的艺术肌理和思想核心，游刃有余地分析人物、情节和主题，富有透视力的深度阐释，同时又能敏锐地发现当代长篇小说创作中普遍性的思想和艺术问题，由个案上升到理论，具有很好的启发性。您不但评论文学史中较重要的作家作品，而且也评论一些初出茅庐的小说家的新作。在您看来，从事当前小说批评，批评家需要具备哪些基本素质？有何种困惑？您又是如何解决的呢？

陈美兰：搞当代文学研究的人，似乎总离不开对当下文学创作实践的关注，正如我前面所说的，当代文学是一个处在发展过程的学科，它在不断积淀，又在不断添加。了解新的创作情况，自然有助于我们把握它的发展趋向，同时，更重要的是有助于我们加深对它已有存在的认识。我不妨略举个例子来说明。20世纪80年代，当马原、残雪、余华、莫言这样一批创作上具有先锋性的作家在文坛出现的时候，文坛一片兴奋，研究者趋之若鹜，断言"中国现代派"从此诞生。无疑，他们的创作不管是模仿还是试验，的确给中国文坛带来了猛烈冲击，但对他们在中国文学中的准确定位，却恐怕不是一时就能有科学之见的。事实上，这批作家十多年来在创作上正不断地自我调整，更需要我们密切关注，既关注他们的新作，还应该关注他们创作观念的变化。他们对现实主义、现代主义文学经典的精心研读，像马原《阅读大师》中对海明威、霍桑、加缪等作家的研读，余华《我能否相信自己》中对福克纳、契科夫、博尔赫斯等20世纪一大批经典作家的研读，格非在《塞壬的歌声》中对马尔克斯、托尔斯泰等作家创作的解读，等等，都在预示着这批作家正在更深层次上锻锤着自己的艺术融汇力，思考着创作的新变。总之，对一批在二三十年前作为新时期文学的开拓者或曾在当代文坛掀起过创作新潮、今天仍在创作征途上"行进着"的作家，他们将在中国文学发展中有什么样的定位，作为当代文学的研究者、他们的同代人，对他们的创作新貌自然有责任不断跟进。这也是我一直愿意在文学批评领域中努力的原因。

不过实事求是地说，近些年我对初出茅庐的年轻小说家关注并不多，从许多介绍、评论他们创作的文章中，知道他们当中有不少优秀人才、优秀作品，但由于自己精力有限，阅读不多，加上对某些"新潮式"的文艺观念也有个认真辨析的过程，所以不敢轻易发言。特别是面对如此汹涌而来的文学产品，很难作出一些比较准确的总体性分析评价，这恐怕不仅是我的困惑，也是当前评论界的困惑。

汪树东：陈老师，您退休之后，仍然没有停止钻研问题，发表文章，参加学术活动。这种活到老、学到老、写到老的钻研精神值得我们学习。由此也可看出，文学研究对于您而言，是一种值得终身付出的事业，而不是养家糊口的职业。那么，在您看来，该如何建构好文学研究和生命体验之间的互动关系呢？

陈美兰：文学，一直是我心之所爱，读书、写作，是我生活的重要内容，所谓"退休"并不会成为我人生的一道界线，相反，它给予我更宁静的心境，更丰裕的光阴，可以读些以往来不及读的书，写一点以往曾有所思考却来不及写的文章。不为名和利，不为稻粱谋，人就变得自由多了，读书写作成为生命的一种需要，日子也就过得更充实。倘若说与过去有什么不同，那就是随着年龄的增长，阅历的加深，对当今层出不穷的文艺现象的观察、判断会更沉稳，对文艺作品的理解力、感悟力似乎也有所增强，而眼光也变得更具有挑剔性，不仅对他人之作，而且也常常挑剔自己过去的写作成品，更看清自己存在的弱点和偏颇所在。诚然，无论是对他人还是对自己，有了这种挑剔才会有觉醒，才会有继续前行的动力。

原载于《新文学评论》2016 年第 1 期

"我以我血荐轩辕"

——纪念鲁迅先生诞辰 120 周年（答《楚天都市报》记者问）

记者：今年是鲁迅先生诞辰 120 周年，全国各地都在回顾这位文学、思想界的巨人，你觉得对今天的我们来说，学鲁迅最重要的是学什么？

陈美兰：鲁迅作为 20 世纪中国文学界、思想界的巨人，今天我们纪念他，既是因为他对中国现代历史文化、对中国文学作出过巨大的贡献，更是因为他留下的精神财富对我们今天仍有着重大的意义。在鲁迅身上所体现的精神品格有着丰富的内涵，他"横眉冷对千夫指，俯首甘为孺子牛"的爱憎分明，他对真理孜孜不倦的追求，他甘为"人梯"对年轻一代的扶持与爱护……都显示了他的伟大胸襟和高尚的精神品格。作为 20 世纪最早一代的知识分子，我认为他身上最闪耀的，是他对时代精神最敏锐的感知力量。他的这种敏锐感知是建立在对中国、世界的历史和现实深入而执着的思考基础上的，特别是在辛亥革命以后，他认识到中国要真正地振兴，一个最关键的因素是民族精神的解放，这也是他在文学创作中一直致力于"国民性"批判的最根本原因。鲁迅对个体说明也是非常重视的，这使他对西方的人文思潮发生了直接的感应，但他又绝不把个人的欲求与群体的力量和利益对立起来。他的小说《伤逝》写到子君为爱的自由而离家出走，最后又只得垂着翅膀回到家中，这种充满伤感又沉重的描写，正是让人们懂得，没有经济地位的根本改变，社会命运的自由解放，个人的自由解放是难以实现的。这种深邃的独立思考，发生在 20 世纪之初，是相当震动人心的。正是因为鲁迅具有这种与时代紧密相连和深刻的思考精神，使他真正成为 20 世纪中国现代文化的一面光焰的旗帜，一面永远飘扬在人们心中的旗帜。

记者：鲁迅先生一生写过许多作品，其中以杂文、散文和短篇小说影响最大，有人说从文学的角度讲，鲁迅先生没有写过鸿篇巨制，作品也只有三百万字，将他推为"文学巨匠"有些夸大，你怎样看待这个问题？

陈美兰：我认为一个称得上"文学巨匠"的作家，固然需要有一定创作数量作支撑，但更重要的是他的创作所产生的影响和他在文学历史发展中所作的重要贡献。在中国文学从古代向现代转型中，鲁迅的创作是一座名副其实的里程碑。他的创作熔铸了中国传统文学的精髓，又吸纳了西方最现代的艺术智慧，鲁迅正是在传统与现代、东方与西方文化的交汇中，在这个历史的坐标中确立了自己的位置，作出了杰出的贡献。他的小说创作可以说是开了中国现代小说之先河，既为中国的写实小说，也为中国的诗化小说创造了许多一直到今天都非常具有借鉴意义的艺术经验。他的散文诗《野草》所体现的现代情绪和现代艺术技巧，跨越了将近一个世纪，还令今天的读者和研究者惊叹不已。他的散文、杂文思想的精辟和文字的功力，到今天恐怕还是我们难以跨越的一个高峰。说实在的，西方人对中国的文学、文化知之有限，对中国现代作家往往就知道一个鲁迅，这一方面说明他们失之片面，另一方面也说明鲁迅在世界的独有影响。

记者：鲁迅先生的"骂"是很有名的，这主要体现在他的杂文里，鲁迅先生也把自己的杂文比作"匕首和投枪"。而近年来，"骂"鲁迅的人也多起来，有些人提出在新时期要对鲁迅重新审视，重新评价。你对此又是如何看的？

陈美兰：历史真有趣。鲁迅先生当年"横眉冷对"的"骂使敌人和一切恶浊的东西胆战心惊"，而今天鲁迅先生又被某些人"骂"了起来，这种现象令人深思。当然，要区分开鲁迅当年的"骂"与今天某些人的"骂"，鲁迅的"骂"历史将会证明他在当时的正确性与意义，不需要我们再多说；而后者的"骂"，则是当今文化领域中的一种复杂现象。从好的方面来说，我称它为"后

183

现代现象"，也就是说，它带着浓重的怀疑情绪、解构欲望，对一切崇高的、伟大的、神圣的甚至是被称为永恒的东西，都抱有一种怀疑情绪和质疑态度，对傲居中心的东西都有一种力图颠覆、破坏的欲望。这样，鲁迅当然就成为他们颠覆和破坏的对象之一。我之所以并不完全否定这种行为，是因为我相信，在这种质疑情绪的背后，也许会促使我们对鲁迅的认识不断获得深化，而不会永远固定在一个旧有的水平上。而从不好的方面来说，现在总有些人想以"骂"来使自己出名，这是一种新的"沽名钓誉"方式，不值一谈。

记者：鲁迅对中国的影响是否会出现渐渐淡化的趋势？鲁迅精神能够持续多久？

陈美兰：前面我说过，鲁迅作为中国 20 世纪先进文化的一面旗帜，它会永远飘扬在历史天空，只要我们瞻顾历史，就会看到他的存在。鲁迅对历史的追问，对真理的追求，这种执着，使他成为一个时代的智慧和良知，这种精神，这种智慧的力量，我认为是永恒的，因为它会在一代又一代时代的先进分子身上得到永生！

原载于《楚天都市报》2001 年 9 月 27 日

关于女性精神存在的思考

——与文学专业女博士生的一次交流

在座各位坐得那么整齐，但我倒希望这不是一次正襟危坐的讲演，而是一次敞开式的谈心，好吗？这样，黑板上写着的这个题目——"关于女性精神存在的思考"就不会显得那么抽象，那么玄乎。女性的精神存在应该是与我们女性的感性存在融为一体，无法分离的具体可感的问题。

我不是女性问题专家，女性文学也不是我的主要研究方向。我选择这一话题，完全是带自发性的，是出于生活中的一些自我感受和在文学阅读中所获得的某种启悟。先说这么一件事吧，记得那是20世纪70年代末80年代初，我先后读了张洁的两篇小说——《爱，是不能忘记的》和《方舟》，这是大家所熟悉的，当时相当轰动。我读后，当时有这么一种直感，觉得《爱，是不能忘记的》那位女主人公钟雨较之《方舟》中那三位女性给我的冲击力要大得多，留下的余韵要深得多。我曾经想了许久，这是为什么？后来我自己给自己作出这么一个结论：因为钟雨一旦认准她心中所爱，她就执着于他，哪怕这种爱是虚渺的难以企及的，却始终刻骨铭心，无怨无悔。这样的人物尽管在现实中孤独无援，然而其精神却令人震慑。《方舟》中写的三位也是知识女性：研究马列主义哲学的曹荆华、进出口公司的翻译柳泉、导演梁倩。为了事业的追求，

185

实现自我的价值，她们不惜牺牲婚姻和家庭，毅然选择了离婚或分居，企望作自强不息的奋斗。但当她们成为独身者聚在一起后，却又摆脱不了失落与悲哀，她们那种变态的、歇斯底里的宣泄，实际上是精神倒塌的征兆。这样的女性，我可以同情她、理解她，正如作者在题记中所写的"你将格外地不幸，因为你是女人"，但却无法唤起我精神的震动。因为她们更多是以作为一个女人的感性存在而让人为她们处境的不幸、压力的沉重而叹息，而作为一种精神存在，她们却是不完整的、无力的。

这样的阅读，自然引发我对现在女性问题的一些联想。我感到现在我们关于女性、女性主义、男女平等这样一些话题的讨论和研究，好像比较重于对女性的社会地位、对女性应得到的理解和尊重等方面的关注，重于从女性意识出发研究女性的心理、行为等。无疑，这种研究的关注点以及由此而向社会所发出的呼唤，无论在过去和现在仍然是必要的。但不能不看到，这种呼唤往往是从女性的立场，向社会，也是向男权发出的呼唤，而从女性自身，特别是从女性的精神存在方面来审视女性自身，来认识女性作为精神存在的重要，我以为这种自觉意识和呼声还比较薄弱。

从人类学的角度来看，人的存在，有三个层面，一是自然存在，一是社会存在，一是精神存在。女性作为一个人，她的存在，当然也包含这么几个层面。那么，什么是人的精神存在呢？或者说，人的精神存在包含哪些"基因"呢？我想最重要的也是最基本的就是指人的知性、意志、情感。我们现在所说的女性的精神存在，主要也就是指女性的知性、女性的意志、女性的情感。女性要实现其自我的价值，要在社会上占有其应有的位置，要获得应有的尊重，其精神结构的健全与否，我认为是具有关键性意义的。

还是从我们身边的一个具体例子说起。前几年，我的一个女学生，在硕士阶段，她的学习在她那一届的同学中，显得比较突出，无论在研讨问题时，还是在文章写作上，都可与男生匹敌，甚至许多地方都超过她同年级的和同一"师门"的男生，这使她有了继续深造的自信。硕士毕业后她随即跟我攻读博士学位，可这时，她却突然出现了我意想不到的变化，变得情绪紊乱，心态失衡。这真使我惊讶。什么原因？原来这一届博士生的整体水平确实比较高，有几个理论思辨力特强的男生，研讨课时，他们旁征博引，侃侃而谈，尤其是西方的理论一套套的，这样，使她和年级的另两位女博士生一下子蒙了，本来口齿伶俐的她们连发言的勇气都没有了，课后回到宿舍，三个人唉声叹气。过了一段时间，甚至还产生了退学的念头。这个时候我知道，首先要解决的不是教她们如何去搜集资料，选好研究课题，如何去准备好发言提纲，更不能要男生们给她们以关照，而是首先要在心态上、精神上让她们找回自信，找回对自己在知性能力上的自信，不能一遇到强势，精神就败下阵来。我说，唯一的办法是靠自己进取，不能靠同情，靠迁就。我对她说，男同学的理论思辨能力一般可能比女同学强，但也可能有粗疏、空泛之弱点；而你们女同学在对作品的艺术感受力方面，在对问题分析的细致性方面却常常显示自己的优势，为什么看不到这一点？为什么一看到他们的强势就精神崩溃？这是属于自我撤退，不能怪别人不重视你，别怨天尤人。我把话说得特重，是想刺激她奋发。我说，如果你保持和突出自己的优势，又能有意识地在理论把握上下功夫，那么，你的知性能力不仅不比男生差，还有可能超过他们。所以，女性的精神存在，首先要在知性上清醒地懂得自己，只有懂得自己，才能有效地发展自己，才能具有凸现自我存在的力量。

当然，她对我的话的接受，有个比较长的过程，因为除了心态情绪的调整、确立精神自信力之外，在发展完善自己的过程中还需要意志、毅力和勇气。

在座各位步入了攻读博士学位阶段，自然都会有进入文化高层领域工作的愿望。这是非常值得鼓励的愿望，因为目前在我们国家，无论是学界、政界还是商界，高、精、尖领域中的女性实在太少太少，越到高层女性越少，这是众所周知的事实。要谈客观原因可以列出一大堆，什么传统观念的歧视啦，什么社会分工的不合理啦，等等。但我认为，女性自身的精神意志问题，却非常值得我们重视。就在女知识界来说，确实不乏富有才华的人才，但我觉得有些人却存在着心理"栅栏"，在事业追求过程中缺乏"跨坎"的勇气。人生道路上是有许多"坎"需要跨越的。前两年，有一位高校的年轻女教师来找我，说准备来考博士，我自然欢迎。我说，希望你认真做好准备，既然下了决心，就一定要争取达到目的，哪怕不能一次成功。她报了名，也确实花了时间做准备，我知道，边工作，边准备应考，是很苦的。可是在考试前夕，我接到她的电话，说她的副教授职称刚批下来，她暂时不想考博了。她问我的意见，我有什么意见呢？考不考，完全是个人自愿，我说，你自己完全可以做出决定呀！她犹豫地放下了电话。这时，我清楚地意识到，她这个"坎"是跨不过去了。正在苦苦咬牙的时候，突然有了一个堂而皇之的理由让自己逃离"苦境"，是轻而易举的事，况且，万一考不上，副教授的"面子"怎么搁？我深知并体验过这种心灵的奥秘，这常是我们女性的心理弱点。可是，这一"逃离"，可能就会使自己失去向更高层次挺进的最有利时机，或者使这种愿望实现的机会推迟到永远。当然，与这种例子相反的事实也不少，九八届我有一个来自西部地区的女博士生，第一次入学考试时，她孩子刚满月，由于成绩欠佳，我没录取她。我以为她暂时会罢休，毕竟孩子太小，牵扯精力，还有繁重的教学任务。没想到第二年她还是来考，而且说，这次不成还会来第三次。带着这么小的孩子仍在奋斗，我颇为感动。第二次她的成绩入围，我说，我录取你，是看中你的毅力和倔劲，女青年有了这点，成绩本来一般也会变成优秀的。毕业后，她被一所重点大学选中，而且第一年，她的教学就在全校获奖。这真是跨过一"坎"，海阔天空。这就是精神意志在女性命运中，尤其是在事业追求中的意义。

再说说女性精神领域中的感情因素，这倒是个非常复杂的问题。人们常常赞美女性感情的伟大，为人妻者能使丈夫获得体贴与温存，为人母者能使子女得到抚爱和荫庇，作为父母的女儿更应对父母做更多的侍奉和尽更多的孝心。文学作品对此曾给予多么热烈的赞颂！这种情感体现，确实是女性存在的重要方面，不过，我觉得在思考女性的精神存在时，对这种情感体现要用一种更为复杂的眼光来看待、来分析。我们是否切身地想过，在这种"伟大"的光环下，女性作为一个人的独立形象是凸现了，还是消失了？这是我们思考这一问题时的基本出发点。情感的体现和付出，必然有"他者性"，当女性的情感完全消弭于"他者"中，女性的自身存在就有可能成为虚幻，失去了作为一个人的具有自身意义的爱与恨，这是个很微妙而不易觉察的问题。当"她"失去丈夫之后，她会感到"感情"无所寄托，就像《方舟》中那三位女性一样；当"她"有了子女时，她又会将全部情感移情于子女甚至于他们的下一代，而"忘情"于自己。当一名女性的情感消弭于丈夫、子女身上时，实际上已失去作为"人"的自己。确实，精神存在的缺失，常使一些女性不知不觉地舍弃了自己，举一个简单的例子，像我们周围有些女同胞，在事业竞争中采取了所谓"二保一"的态度，也就是在业务上舍弃自己的继续进取，而全力保证丈夫的"上进"，特别在高校，这种事例太多了，我常常为此而对这些女教师表示惋惜，表示不平。我不知道那些人在歌颂女性情感的"伟大"时，究竟是正视女性的存在还是对女性存在的疏忽。

当然，我们不能这样说，一个女性，当了妻子，当了母亲，就等于失去作为女性的精神存在。她仍然可以以一个人的独立形象凸现在世人面前。不知大家是否读过项小米的长篇小说《英雄无语》，从小说中的奶奶形象那里，我们可以对女性的精神存在获得一种更深的理解。

作为一个革命者的妻子，《英雄无语》中连姓名也没有标示的"奶奶"，她一生的命运无法不被丈夫所左右。这个目不识丁的农妇，为了给丈夫的革命工作做掩护，从偏远的山区被唤至上海党的地下联络站，在丈夫与另一女人组成的家庭中当佣人，这种生活位置给她的情感带来的煎熬是可想而知的。对组织上这样安排本身的荒谬性我们暂且不谈，可她并不因得不到丈夫半点的感情施怜而放弃自己的职责。在地下联络站被破坏，丈夫为躲避敌人追捕而不知所踪，与丈夫同居的女人被逮捕并牺牲，忠于职守的丈夫有钱交党费却拒绝给小女儿"每"治病终使她夭折，一连串的灾难，她恨丈夫的无情、暴戾，但作为妻子，在几十年杳无音信下她仍四方寻找着他的坟茔。新中国成立后，她找回了失散多年的儿子，又从大山第二次来到上海。当她从亲人那里得知丈夫还活着并再度结婚的消息时，她没哭，没大喊大叫，没向任何人诉说，正如小说所写的，"这里面的原因绝不是一个'坚强'就能说得清的"。只有她的儿媳注意到一个细节，从此她决不提她丈夫，实在无法避开时，就一律称他"那死人"。可是，当"文革"的风暴使丈夫的历史蒙受不白之冤，当后辈无知地责备她丈夫亵渎了马列主义时，她却为他发出怒吼，令人震惊。确实，她可以因他的冷酷无情、不通人性而恨他一辈子，但无论是恨或爱，这种独特的情感"就像埋在地下的根纠纠葛葛一辈子也缠不清"。我感到，用所谓"专一"来概括这种复杂情感表现是过于简单和表面化了。在这位充满睿智和良知的农妇身上，有一种对作为一个人的责任的坚守，它显示出豪强的精神个性，正是这一点，使她在生活中有着谁也夺不去也置换不掉的位置。也终使曾心硬如铁、不守信义的丈夫自惭于她。

这一文学形象投射到生活中，启发我们，女性的精神存在，并不完全在于她社会地位的高低，知识程度的高低，而在于她对一个人的责任的坚守。《英雄无语》中的奶奶，她这种责任并非出自狭隘的私情，而是出自人的良知，出自她的明大义、识大理。这些，使她不仅是以一个妻子，更是以一个独立的灵魂凸现在人们面前，使她的后辈，都自觉地围聚在她身边，都以她的存在为骄傲。这就是一个女性也是一个人的精神存在的意义。

我们生活在今天的现代社会，自然会按照现代女性的标准来塑造自己，来进行自我精神的构建。作为现代女性，精神性的东西我以为特别重要。现在

189

有这么一种看法，似乎现代女性的特征就是感性欲望，甚至以此来作为判断女性是否"现代"的标准，把一些越大胆暴露人的情欲、物欲的作家称之为最现代、最摩登的作家。这实际上是对"现代"意义的莫大误解。现代性本身就是以现代理性精神作支撑的，现代女性的精神建构当然也就不可能采取对理性的排斥态度，相反，现代女性的精神存在应该是以理性精神为基石。而理性精神的建立，则要靠在与人类命运的联系与沟通中去获得人类智慧和思想精髓的浸润和启悟。精神的强大，仅仅靠良知和情感是不够的，一种建立在人类理性阶梯上的精神存在，才是坚不可摧的。

我想大家也会注意到，现在在我们一些女性中，特别是一些文学女性中，十分流行这么一种观念，我把它归纳为"拉上窗帘""审读自身"。许多人都爱引用英国女作家弗吉尼亚·伍尔芙（1882—1941）那句名言"一间自己的屋子"。以为文学女性，就是要把自己关在"自己的屋子里"，"拉上窗帘"，与世界隔绝，与社会生活割断联系，才能保存自我，才能写出好作品。实际上这是对伍尔芙的女性意识和文学观念的一种误读。伍尔芙强调女性特别是女性作家要有"一间自己的屋子"，并不意味着她对社会、历史和人类的漠不关心，相反，只要我们全面阅读她的著作，就会发现，她是处处在强调这一点。她在《妇女与小说》一文中说："如果剥夺了托尔斯泰作为一名士兵所获得的关于战争的知识，剥夺了他作为一个富家公子所受的教育给予他的各种经历，以及由此所获得的关于人生和社会的知识，《战争与和平》就会变得令人难以置信地贫乏无味。"在《一间自己的屋子》一书中，她再一次强调："假使托尔斯泰和一位结了婚的太太孤独地住在修道院里和'所谓的世界隔绝'，那不管是多么好的道德教训，我想他恐怕都不会写出《战争与和平》来了。"同在《一间自己的屋子》一书中，伍尔芙还对《简·爱》的作者夏洛蒂·勃朗特表示遗憾，她说：勃朗特要是"设法多得到了一点关于繁华的世界，城市，富有生命的地带的知识，多得到了一点实际经验和与她同类的交游，各种性格的认识"，那么，"她该获得多大的益处"。从这些见解可以清楚看出，伍尔芙认为一个人、一个女性、一个作家其精神创造的基础，是不能离开社会人生，不能离开各种知识的吸取的。在她所处的年代，女性仍为社会偏见所歧视，特别是在文学领域中尚未获得平等的位置，伍尔芙之所以提出"一间自己的屋子"，实际上就是为了获得一种独立追求的权利，获得一个独立思考的空间。而这种追求和思考，则又是"非个人"的，伍尔芙的"非个人化"观念，除了指作家在作品中应采取一种不介入的超然态度外，还有一层含义，即：小说家的目光不是局限于人物个人的悲欢离合，而是关注整个宇宙和人类的命运，表现人类所渴望的理想、梦幻和诗意。

我关于伍尔芙说了那么多，是因为我常听到一些自我标榜为现代女性的人宣称，对社会现实不感兴趣，对历史前进的音响两耳不闻，对人类命运更无暇关心。她们最陶醉的是自己的内心，自己的感性欲望，自己的身体感觉，将女性的精神构建只拘囿于自己那间狭小的"屋子"，似乎这才显示出自己作为女性的特异，才是女性作家的"归宿"。这说明她们根本不了解伍尔芙，不了解这位现代女性意识的最早觉醒者。伍尔芙之所以成为现代派文学最早的拓新者、实践者，成为世界文学发展历史的一个重要标记，恰恰是因为她向世人体现出一种表现人类所渴望的"理想、梦幻和诗意"的精神存在。

我曾在一篇文章中说过这么一段话："无论什么时候，女性的价值及其社会位置都是通过她对社会的价值实现来获得的，是通过她精神强力的显示来获得的。当她的创造与劳作真正汇进了历史前进的大潮时，当她的精神存在成为不可替代的独立示标时，谁又能遮蔽她的天空？"

我愿以此与各位共勉！

原载于《女性论坛》2007年第一辑

第四部分

珞珈杂忆

东湖，我心中的湖

在我一生中，似乎还没有任何一个湖泊会像武汉的东湖那样如此牵动我的思绪，这不仅因为它曾是我国一个最大的城中湖，风景无比秀丽、让人流连难舍，也不仅因为它曾是一个既久藏着古老传说又因依傍着高等学府而散发着现代文化氤氲的诱人之地。对我来说，它的存在，更是因为它那一望无际的湖水盛载着我人生中许多难忘的经历，许多欢乐与忧思。

半个多世纪前，当我在遥远的南方接到武汉大学的录取通知书时，我就在介绍学校环境的页面上知道了有个东湖的存在。但当时的我只沉浸在上大学的狂喜中，并未顾及它巍峨壮丽的校舍就耸立在东湖之滨。记得那是来到学校报到的第二天，我还来不及好好游览整个美丽的校园，同班的几位新同学就主动相邀：到东湖划船去！我这个来自广东的新生就这么随大流跟着一群来自全国各地、尚属陌生的新同学来到了东湖边。我们用新领的学生证作抵押，在学校的船坞借到了两条小船（武汉人叫"小划子"），很快，就欢快地向湖心划去。

也许看到我一直默不作声，一位同学关切地问：你怕水吗？我不好意思地摇摇头。心中却暗暗好笑：我这"广东妹"早有游泳三千米的纪录了，还怕水？只不过还不习惯与外省同学交流罢了。

这是我第一次亲近东湖水。它是如此的纯净、清澈，秋日金色的阳光直透湖水，清晰可见湖底长着一簇簇嫩绿的水草，它们丰腴的身姿随着我们船桨的划动，在水下自由地摇曳起舞，似乎是在欢迎着我们这群新到来的年轻学子。我真的一下子就爱上了这片水、这个湖了，它的清澈透明，它的纯净可掬，不就像我们这群刚刚建立起同窗之谊的学友们吗？

于是，从那时开始，我给家乡的亲人、给远方的朋友写信，总不忘告诉他们，我身边有个很漂亮、很漂亮的湖。

1958年，我大学二年级快结束时，突然接到学校通知，要抽调我到省划船队集训，准备参加下半年在东湖举行的全国首届赛艇、皮划艇划船比赛，而且还强调，这是个"政治任务"。听到这个通知，我曾有所犹豫，不想为此"脱产"离开课堂。但转念一想，何不趁此转换一下生活内容呢，正是抱着这种心情我到了东湖边上的湖北省水上运动站进行报到。

也许知道我有较好的游泳底子，身体也算灵巧，运动队决定分配我担负单人皮艇的项目。皮划艇是那时刚从国外引进的一项运动，虽然以前在图片上见识过，但当我直接接触它时，仍免不了感到惊讶：两头尖的船身，十分轻巧，一只手就可以轻轻提起，但放到水上就难驾驭了，人一坐上去，重心未稳就会翻船。记得第一天训练，一个上午就翻船十多次。教练在旁边并不来帮忙而只是指点：人掉进水里，如何学会自己动手把翻倒的皮艇重新翻过来；如何学会从艇的尾端慢慢爬回中部小小的座舱；如何用桨压住水面获得平衡……我就是这样不断地翻，不断地爬，呵，这回我可真的是与东湖水不断"亲密接触"了。

几个月的艰苦训练，我才真正感受到东湖水的"个性"。表面看去，它是如此的静谧，平静如镜，湖水会轻轻地拍着你的船舷，稳稳地托着你这"一叶轻舟"。而当你在它上面用力挥桨，发起冲刺，你就会感觉到湖水那种内在的巨大推动力，你下桨用力一分，它会传给你力的十分，促你向前，向前；当船身滑过后，湖水又会立刻恢复平静，含蓄而不会无端掀浪炫耀。每天训练划着我的"轻舟"在它寥廓的水域上冲刺、划行，我才越发体会到这个湖深沉的内蕴，我的汗水天天滴进湖中，我感到我的身心也逐渐与湖水相交融了。

其实，东湖也并不是一潭静水，有时它也会发怒、咆哮，掀起巨浪。记得有一次运动队做长途划船训练，船队从东湖东北角出发，沿着一条蜿蜒的小河一直划到了几十里外的青山。这时我才发现原来东湖是通长江的，它的血脉其实与浩荡的大江直接相连，怪不得它既有"湖"的平静，又有"江河"奔腾的个性。可不，当我们返程进入东湖时，突然刮起了五六级大风，顿时湖面高浪滚滚，船队中那些赛艇手们似乎不怎么害怕，四人艇、八人艇，他们人多力量大，只见他们大声呼叫，一齐发力，破浪前进。而我这一叶轻舟，独自划行，该如何迎接巨浪？一旦翻船，皮艇肯定会被巨浪卷入湖底，别想再翻身。正当我显得慌乱时，教练和老队友们在前方高声呼喊：赶快调整船头，让船与排浪成直角，稳住！稳住！这个提醒太重要了，我立刻用力摆正船头，让皮艇直对排浪划行，皮艇时而跌入浪谷，时而抛上浪尖，起伏着前进。这时，何止汗水与浪水交融，我激动的泪水也流下来了。

大运动量的训练是艰苦的，皮肤被晒得黝黑，浑身肌肉酸疼，但在不断熟练着驾驭皮艇技巧中，在不断学会与湖水"打交道"中，心灵却无比快乐、舒坦。

全国正式比赛，湖北划船队大获全胜，最终击败了强劲的对手上海队获团体冠军。我的单人皮艇也为湖北队夺得了一块小小的银牌。

比赛任务完成，东湖集训也该结束。此时水上运动站领导有意要我留下来当专业运动员，我一口拒绝了：我虽喜爱运动，但仍然渴望当"书生"，况且，半年多的超负荷训练，我的身体已严重透支，不能再继续了；再况且，我虽留恋东湖，可离开了运动站不等于就离开东湖呀，我的学校不就在东湖之滨吗？

重回书斋，全国"大跃进"的狂热稍有停息，经济生活困难无情地袭来，粮食紧缺，常常是半饥半饱。学校关心学生的健康，提出的任务是：减少学习时间，注意"劳逸结合"，保证身体健康，特别对体质弱的同学更有严格要求。在那段相对平静的日子里，我倒凭着运动员的体质，分秒必争，狠读了几年书，以补偿前些年政治运动、体育运动所流失的学习时光。

毕业分配，我意想不到被留校任教，而且从事的正是我心爱的现当代文学专业。正式报到后，分配给我的宿舍竟是"湖边一舍"——一栋临湖的女教工宿舍，呵，这时我真的意识到，我这辈子确实再也不会离开东湖了！

生活在东湖边，处处感受着东湖。白天常会有湖面缓缓吹来的湖风，晚上常会隐隐听到湖水拍岸的声响，每到夏天，住湖边一舍的伙伴们就会在黄昏成群结队地往湖里扑腾一番。这时，已不是我的汗水融进东湖，而是东湖融进我的生活中了。

不久前我翻阅旧相册，发现我和夫君合拍的第一张照片，就是坐在湖边一块岩石上面对东湖的背影，那是同事在我们背后偷偷拍摄的，那时我们还在谈恋爱呢。这张"闹着玩"的照片，倒真实记载着我们当年谈恋爱的习惯：每到周末，总会相约坐在东湖边，谈志趣，谈爱好，谈天南地北的种种逸闻逸事。当然也会谈谈理想，向往一下未来，虽然有点虚无缥缈，但对着东湖那一望无际的湖水，总会激起无尽的遐想。也许正是这没完没了的"湖边交谈"，使两颗心逐渐贴近，让我们一直牵手至今五十余载。

20世纪的60年代，尽管那时已当了教师，但还算年轻气盛，假日时不时就会和同事们相邀，来个"横渡东湖"的"壮举"，从武大湖边下水，一直游到湖心亭（今天的沙滩浴场），三四千米的距离，既考验我们的体能，更磨炼着我们的意志。直到"文革"后期，我所在的单位仍会自发地来一下"渡湖"活动，在长距离的游泳中相互关照，相互嬉闹，湖水也似乎在洗刷着人与人之间的"硝烟"。

当然，随着年龄的增长以及工作的繁忙，随着我们家搬离湖边住到了家属中心区，离东湖越来越远，直接接触东湖的机会也就越来越少了。但当年在东湖的一切，似乎仍没有离开我的生活。说来也奇怪，特别是人到中年以后，在社会为我们提供了可以真正开创事业的新舞台时，当年水上运动的搏击、东湖水上的磨炼以及东湖给我留下的种种感受，竟会在我的生活中，在我长年的书案工作中时时产生着影响。当我在面对一件需要持久完成的工作，中途感到畏难而想撂下时，或面对一篇长篇论文的写作，中途思绪枯竭而想放弃时，当年在湖上那种咬紧牙关做最后冲刺的情景就会突然在脑海中出现，就会有一股无名的、执着的耐久力把我低沉的情绪重新激活；当我遇到生活中一些人为的或非人为的难解矛盾时，当年那种在风浪中平稳着船只的定力，似乎也在帮助着我很快调整心态，不急不躁地冷静面对……确实，人生的每种历练在身上留下的因子是很难一一道明的，但它总会在后来的生活中折射着它特殊的能量。

是的，东湖不仅融进了我的生活，而且实实在在地融进了我的心中。即使今天，它已无奈地被无数高楼和各种建筑物所包围，被幽暗的隧道无情地穿越它的湖底，被长长的高架路强行凌空跨压它的自然天姿，它的原初生态正一天天受到扭损，纯净的水质也被莫名侵染。但保留在我心中的，却仍然是那片广阔无垠、连接天际，充满勃发生机，时而平静、时而浪急，给人带来不竭之源的东湖。

无论什么障碍，永远都无法把我心中的湖屏蔽。

原载于《长江文艺》东湖专号，2014年

我的 56 级 "情缘"

——写在珞珈山樱花烂漫时

2006 年金秋，中文系 1956 级 "相约半世纪" 的年级聚会刚结束，晓明、凤好意犹未尽，当时就和我相约，待到明春樱花烂漫时，再来珞珈山相聚。

今年春天，她俩偕同夫君，果然如期分别从北京和广州来到珞珈山，这真让我这个山上的 "土地主" 欣喜异常。要知道，几十年来，我与这两位 56 级的 "铁姐妹" 虽时有联系，但总未能有机会充分畅聚，晓明偶有过一两次重返母校，但往往都是匆匆而来匆匆而去，难以 "细叙衷肠"；而凤好则是自 1963 年调回广州后，"贵腿" 从未踏上过珞珈山，2006 年年级聚会才第一次实现 "凤还巢"。

这次我的 "接驾"，完全是家庭式的。腾出了客房和书房，让他们各占一间，这样安排，是出自一种迎接亲人的内心感觉。事实也确实如此，整整十天，我们三对 "两口子"，在家中真是其乐融融，天南地北，无话不谈。我自然还拿出烹调的 "绝招" 让他们品尝，而晓明的夫君老彭、凤好的夫君老周，不但在科技领域成绩斐然，在烹调上也是 "身怀绝技"，所以每顿饭都让我们吃得眉飞色舞，把那些 "三高"（高血脂、高血糖、高胆固醇）的威胁统统抛之脑后。

樱花正在盛开。今日校园的樱花已不止一条樱花道了，在行政大楼旁、珞珈山庄旁以及鲲鹏广场都新育了一大片。这些"新生儿"，枝干挺拔、花朵繁茂，大有抢夺老樱花大道风采之势。但毕竟，还是那条最具武汉大学传统特色的老樱花道更让我们感到亲切，更让我们流连忘返。因为这里留下了我们无数的青春脚步，留下了我们太多的青春记忆。

我在中文系1956级学习其实只有两年的时间，到二年级结束，也就是1958年的暑假，就被借调到湖北省划船代表队脱产集训一年，参加全国首届皮划艇比赛。及至1959年秋天开学，到系里报到准备由1956级转到1957级学习。

离开了56级，但似乎"情缘"未断，56级的同学仍然把我看作同窗，毕业后几十年来，年级同学的大大小小聚会，总没忘了通知我参加，而我，也好像理所当然地把自己看作56级的成员。确实，"历史情缘"有时并不是以时间长短为依托的，在我们进校最初的短短两年中，我和这个年级的同学共同经历了一系列对我们年轻学子来说既惊心动魄又毕生难忘的社会事件，当时年轻幼稚的我们仿佛被抛入长江的巨大漩涡中，被搞得晕头转向，也难免呛下几口水，但在漩涡中我们也开始练就搏击巨浪的有力臂膀。也许，正是从那个时候开始我们才真正懂得什么是社会，什么是人生；而且也许正是这种"共同踏上人生路"的机缘，使我与56级同学始终保持着割不断的情谊。

几十年的风雨，在我们这代人的生命中留下了深深的刻痕，这些"刻痕"，记下了苦难，也焕发出光辉。这次与晓明、凤好的相聚之所以如此欢乐，是因为她们把跨越人生坎坷的坚强气质，把洞明世事的豁达、平静心态，也把天籁般的纯真个性带到我身边，深深感染着我、激励着我。

事实上，在这近二三十年来，随着社会动荡的结束、正常生活秩序的恢复，还有许多我们56级同学激动人心的信息，经常给我传来：有的以几十年的默默奉献，荣当市教育战线劳动模范；有的在主持省图书馆工作并以重大科研成果获奖；有的以普通教师身份当选了人大代表；有的勤奋著述，著作等身；有的严谨治学、执教有方，成为深受学生敬慕的教授……真是太多太多，难以尽书。我深深懂得，这些同学在厄运中的奋起，是多么的不容易，在困境中所取得的成就是多么的弥足珍贵。更为重要的是，它向我们昭示了一代人应有的生活信念、人生态度。这是令我永远向往、永远珍惜的精神财富。

人们常说，同窗之谊是最珍贵、最纯真、最持恒的。确实如此，我们的同学，有些虽然几十年没能谋面，但一旦有机会促膝谈心，心灵一下子就能够沟通，由此所体现的真挚友情，常常令我感动不已。这次我和晓明夫妇、凤好夫妇到武当山，本不想惊动身体正感不适的老唐，但他得知我们经过十堰，不仅和夫人亲自到车站迎接，为我们安排好一切，而且毅然停止吊针，坚持要陪我们登山，怎样劝阻也不顾。其实几十年来，我们交往甚少，但至今浓浓的真情却一丝未减……这无数的真情交往，常给我无言的熏陶，不断让我领悟真正的同窗之谊的含义，也不断教会我要为这种珍贵的情谊作出自己应有的付出。

珞珈山的樱花开了又谢，一年一度，生生不已；我和晓明、凤好的相聚难舍又难忘。樱花见证着我们 56 级同学半个世纪的"情缘"，青春虽已逝，真情却永存！

2007 年 5 月匆匆写于珞珈山自静斋

难忘在香山昭庙五十天

——回忆首届茅盾文学奖评选读书班

1982 年初春，天气仍是乍暖还寒，我从武汉到了北京，揣着中国作协创研部的通知走进位于香山的昭庙，向在这里举办的茅盾文学奖评选读书班报到。记得首先接待我的是作协创研部主任谢永旺，他除了表示欢迎外就是向我交代读书班的任务，接着，就分配一批让我读的长篇小说。

于是，我还来不及环视一下周围的环境，也来不及打听一下读书班内有哪些成员，就开始了工作——因为我是最晚一个报到者。

一切对我来说，是那么兴奋，又是那么陌生。

其实，在接到参加读书班通知之前，我就从报刊上获知了设立"茅盾文学奖"的消息。1981 年春，我们所尊敬的文学前辈茅盾先生，这位为中国现代文学的发展奉献了毕生精力的文坛巨匠，在他临终之前留下遗言："为了繁荣长篇小说的创作，我将我的稿费二十五万元捐献给作协，作为设立一个长篇小说文艺奖金的基金，以奖励每年最优秀的长篇小说。"记得我获悉这样的消息时，心中确实充满难以抑制的激动，这位为中国现代长篇小说创作园地作出了开拓性贡献的作家，在离开我们之前，仍然对我们的文学事业寄予厚望，作为文学后辈能不为这种博大的胸怀所感动吗？！

这年的秋天，中国作协就作出了启动评奖的决定，并将这一奖项定名为"茅盾文学奖"。这是新中国成立后由政府部门批准的第一个以个人名义设立的文学奖，可知它的意义非凡；而长篇小说又是被人们称为衡量一个国家文学水平标志的重要文学门类，所以这个奖的重要价值也是不言而喻的。但我真的没想到，我竟然有机会来参加这个奖项的初选工作。尽管我于 20 世纪 60 年代初就开始留校任教，涉足当代文学领域，也写过几篇肤浅的小评论，但经历了"文革"的十年寒冬，却使我在春天到来之际不得不重新起步。"文革"刚结束，由于接受了教育部编写当代文学统编教材的硬性任务，那几年我重新系统地读了一些五六十年代的小说，也满怀兴趣地读了一些七八十年代之交新创作出版的长篇作品。也许是对两个时段小说创作的同时接触，更激起我对当时新近出版的长篇新作的兴趣和敏感，也就情不自禁地写了好几篇评论，大概这就是我受到邀请的一点缘由吧。而在我来说，这是第一次参加如此重要的全国性的文学评奖活动，心中自然是既紧张又兴奋，能有这样的条件集中时间阅读作品、接触最新的创作态势，这种难得的机会又怎能轻易放过呢？

在我稍稍整理好该读的书籍后，我才开始环视一下周围陌生的环境。原来我们住宿和工作的地方并不是正式的招待所，更不是什么"宾馆"，实际上是一座藏汉混合式的喇嘛庙。经打听，我才知道这个昭庙原是乾隆四十五年（1780 年）为了迎接西藏六世班禅来京祝贺乾隆七十大寿而建的，故称班禅行宫。两百多年来，遭受过两次大破坏，早已是残垣断壁，后来修复的一些房舍也已变得破旧不堪。不过周围环境倒也十分清静，特别是周边耸立的几棵高大繁茂的古油松，似乎在显示着其历史之不凡。作协把读书班放在远离京城的这里，我想大概是为了排除外界的干扰，让我们在这里闭门潜心研读吧。当时一心想为我国刚刚复苏的文学事业的重新振兴尽把力的我们，哪里还会去讲究什么住宿环境和工作条件呢！我记得当时我和王超冰住的是大堂偏旁的一个小房间，两张窄窄的硬板床，中间放着的是一张油漆斑驳的旧书桌；住在我们隔壁的是湖南作协理论研究室的冯放先生。大概是优待我们两个女同胞和年纪稍大者吧，其余十多位读书班成员，都住在大堂外面隔着一条通道的一排低矮的平房里，这排低矮的平房，可能是当年班禅行宫杂务人员的宿舍，我还记得，当时从我们房间的窗口望过去，这里晚上常常是灯火通明，而且不时还会传出激昂的、热烈的争吵声——那是为讨论一部作品或一个文艺观点而争论不休。直到现在每每想起那样的情景，我都会无限感慨：一群"文学志士"为了迎接文艺事业的新春，可能早就忘记了去计较自己是身处高楼大厦抑是低矮简陋的平房了。

在逐渐交往中，我开始熟悉在这里的十多位"班友"，他们都是当时文学界的非等闲之辈。其中有来自北京师范大学于今已是终身教授的童庆炳，有来自《上海文学》后来在评论界有很高声誉却英年早逝的周介人，有《文学评论》的资深编辑蔡葵、《文艺报》评论部的孙武臣、陕西作协的资深评论家王愚、河南作协理论室的孙荪、江西作协理论室的吴松亭、山东师范大学的宋遂良、中山大学的黄伟宗，来自杭州大学的吴秀明，是读书班上最年轻的一位，大家都亲切地称呼他"阿秀"。这几位大学的同行，后来在当代文学领域都成了知名的教授，来自南通师院的吴功正，在美学界也颇有名气。读书班上还有当年北京的中学教师、后来进入中国作协评论部至今仍活跃于文坛的著名评论家何振邦。吴福辉则是一位身份颇特殊的成员，他那时是作协创研部的工作人员，既参加读书班研讨，又是读书班的资料总管。二十多年后，他除了研究成果丰硕，还担任了中国现代文学馆的副馆长，我笑他这回真正成为中国现代文学的"资料总管"了。当时就是这样一批中青年评论家，刚刚经历了"文革"的严冬，现在从四面八方汇聚到这里，沐浴在我国文艺领域的早春气息中，怎能不让自身的青春活力尽情释放？对于拨乱反正时期文艺问题的探讨、释疑、争论、交流……往往从会议桌上延伸到饭桌、寝室，延伸到香山昭庙四周弯曲的小道上。也许每个人都把文学当作自己最心爱的事业，所以一旦汇聚，很快就成了熟悉的朋友，加上被我们称之为"老板"的谢永旺，既是一位资深的评论家，更是一位富有经验且性格风趣、平易近人的行政领导人，由他所带领的这个临时集体，除了严肃的研讨外，更少不了欢声笑语。

这次读书班的任务用现在的眼光来看似乎并不繁重，首届茅盾文学奖评选的范围是 1977—1981 年之间出版的长篇小说，那时的年产量根本不像现在那样的数以千计，所以当时由全国各协会、出版社、大型文学杂志编辑部推荐上来的作品只有一百三十四部，但是，如何在这一百三十四部作品中挑选出代表这个时期创作水平的作品，对当时读书班来说却是一件不容易的事。记得当时班上有一个不约而同的认识：一定要仔细研读作品才能作出高下、优劣的判断。经过一段日子的"挑灯夜读"，才开始进行第一轮淘汰，在反复交换意见后，一百三十四部作品中有两人以上阅读认为可考虑的作品是二十六部。在进入第二阶段工作后，研讨活动就更频繁了，为了认清一部作品的价值或问题，大家常常会把话题拉开到对当时整个文学态势的谈论。为此，读书班还专门举行了多次规模较大的研讨会，除读书班成员外，特别邀请了冯牧、唐达成、刘锡诚、阎纲等几位资深评论家与会，希望在交流中更扩大视野，从而评选出在当时来说最有价值的作品。

对我来说，那样的交流实在太难得了，它不仅让我在鉴别作品时更有把握，同时更引发了我对当时文学发展过程中一些问题的思考。至今我还保留着对"班友"们一些发言的深刻印象。蔡葵从小说的内容、人物塑造的多样性、丰富性、表现手法的创新等方面，比较了这七八十年代之交的创作与"十七年"文学的许多不同点和所显示的一些"新质"；也对当时一些作品缺乏时代精神作了认真分析。童庆炳从"真"与"美"的角度，谈到了那几年长篇创作的不足，他特别强调长篇小说应具有很高的审美素质，而不止于写生活的具体过程，见事不见人，见物不见美。应该把社会生活内容融化到审美的内容中去，写出人情美、道德美、伦理美。周介人也指出，过去总喜欢用"史诗"的规模来反映阶级斗争的历史，排除了用个人心灵历程来映衬时代的可能性，现在出现的一些优秀作品说明，通过个人的命运、家庭的悲欢离合同样能够让我们感受到时代风云、社会世态，而且往往更为动人，毕竟，历史是由无数普通人的命运书写的。这样一些见解，在 20 世纪 80 年代之初，自然显得十分"前卫"，即使到了今天，它对我们的文学创作仍然有着重要的启发意义。当时在参评作品中，历史小说有着相当数量，像《李自成》《金瓯缺》《戊戌喋血记》这样一些作品大多创作于"文革"时期，反映了作家们在当时环境下借用历史所抒发的人生感悟和爱国情怀。当时吴秀明、宋遂良即以高度的敏感对这批作品的艺术经验作了认真的概括。他们特别指出这批作品在熔铸历史时所体现的强烈的主观色彩，人物形象内涵复杂，融进了作者丰富的感情寄予，许多作品迸发的是一种从低谷下奋起、迎逆流而上的民族精神。他们当时中肯的发言也预示着两人必将会成为研究历史小说的著名专家。

在昭庙里所进行的这些研讨和交流，它的意义无疑远远超出了孤立地选出某一两部作品。因为那时中国文学正处在一个重要的转折时期，我们的文学不仅要走出"文革"和"帮派文学"的阴影，更要面向未来选择自己新的发展道向。事实上，这个时候所进行的文学评奖，也在某种意义上体现了我们的文学应该建立什么样的价值基准和理论追求。记得唐达成先生在研讨会上就曾明确地提出了这样的观点：我们的许多理论认识应该要用创作来回答。他这种观点也更坚定了我后来的科研追求：不搞那种空对空的理论演绎或阐释，理论研究一定要认真关注创作实践，关注具有创新活力的创作实践，要着力于在创作丰腴的田野上去发现、提升理论的亮点。

日子一天天过去，读书，研讨，没有外界电话的干扰，更没有什么"饭局"的诱惑，安静的昭庙里仍然是一片繁忙。当我们对文学创作发展势态有了全面的观照，有了对文学作品价值基准的共识，在选拔作品时就顺利多了，意见也很容易统一。经过读书班的讨论，二十六部作品又进行了一次淘汰，留下了十七部。这时，各自如何从中选出几部获奖的推荐作品，自然就需要更加审慎了。这段时间，从昭庙透出的灯光在夜空中也更加漫长——大家都在准备拿出自己的推荐意见。

翻阅一下我当年所做的笔记，我个人当时比较推崇的是这么几部作品：《许茂和他的女儿们》《芙蓉镇》《将军吟》《沉重的翅膀》《冬天里的春天》《漩流》《黄河东流去》《李自成》和《金瓯缺》。

我当时选择这几部作品是基于这样的认识。反映"文革"时期社会动荡生活的《许茂和他的女儿们》（周克芹）和《芙蓉镇》（古华），前者把一个普通的农村家庭被政治风暴所撕裂、亲人的爱被践踏，把一批善良的农村人对走出生活阴霾的渴望，写得相当感人；后者则以一个清纯、勤劳的农村女性在极"左"思潮笼罩下悲惨的命运和叛逆抗争，不仅反映出政治斗争的残酷，也写出了人性尊严之不可侮。这两部作品在当时大量涌现的反映"文革"时期农村生活的作品中显得异常突出。《将军吟》（莫应丰）是以军内生活为背景，相当真实而直接地描写了一批坚持真理和正义的我军将士对倒行逆施的"四人帮"及其路线所作的激烈斗争，体现出刚烈无畏的凛然正气，尽管作品在艺术上稍微粗糙，但作者能在黎明前的黑暗日子做这样的秉笔直书，其胆与识不能不令人敬佩。

在反映20世纪上半叶历史生活的作品中，我特别喜爱《冬天里的春天》（李国文），这可以说是长篇小说中最早吸取意识流艺术手法的一部作品，三十年的时间跨度和历史事件，是以主人公希望破解当年在游击战中妻子被谋害的疑团所作的三天行程为基本线索，并以主人公的意识流动穿插其中来组结作品的，这种叙述方式在当时确实给人以耳目一新的感觉。加上在意识流动中所传递的阵阵情感热浪，更强化了读者的阅读感受。《黄河东流去》是李準在电影《大河奔流》题材基础上重新创作的一部长篇小说，描写了抗战时期国民党以黄河决堤阻挡日军进犯从而造成一千多万民众流离失所的大灾难。我之所以推荐它，是因为我感到作者在力图跳出以往那种以阶级斗争的二元对立方式组结作品的思路，力图以生活的原生态来表现人物、家庭的命运遭际，在浓郁的生活汁液中让人们感受到时代的动荡，历史的无情。我认为作家做这样的转型实践，是值得鼓励的。《漩流》（鄢国培）也是以20世纪30年代生活为背景的作品，在当时引起关注，是因为它选择的题材有所突破，正面地描写了长江航运上民族资本家朱佳富为振兴民族企业所作的艰苦拼搏和所受的磨难，这在七八十年代之交仍以工农、知识分子为主体的创作中无疑独出一格，作者对航运生活领域的熟悉和细致的描写更使作品有一种别开生面的感觉。

《沉重的翅膀》的作者张洁是当时最当红的作家之一，所以她的第一部长篇自然让人关注，史重要的是，这是一部最贴近现实、最直接反映当时社会情绪的作品，描写了十年内乱后，我国重新踏上现代化建设途程所遇到的错综复杂的矛盾与起步的艰辛，笔锋犀利，情绪激越，很容易引起渴望迅速改变旧有体制束缚的读者的共鸣。我读了也是激动万分，所以毫不犹豫地推荐了它。

至于反映古代历史生活的作品，我当首选《李自成》（姚雪垠）。记得还是1977年夏，在《李自成》第二卷刚出版风靡全国之际，湖北省作协就曾邀请我在当年李自成遇难的九宫山，参加了一个作品研讨班，花了整整一个月的时间研究这部小说并写出第一批评论文章。这部作品当时可以毫不夸张地说受到了亿万读者的欢迎，除了因为它最早满足了广大百姓十年的文化饥渴外，还因为它在历史观念和创作艺术上有着明显的新意，崇祯这位明朝末代皇帝的形象，李自成农民起义队伍中像刘宗敏、牛金星等许多复杂人等，都被他塑造得真实可信、意蕴丰盈。加上他在长篇小说艺术结构上的刻意创新，使它在当时大量涌现的历史小说中稳占鳌头。

在我考虑推荐作品时，还有这么一段插曲。当时参评的历史小说中，我还把《金瓯缺》（徐兴业）也作为我个人推荐的作品，这当中自然有我的特殊感受。这部小说以12世纪北宋抗金的历史为题材，彰显了马扩、岳飞等军民为国家的完整所作的不屈斗争。小说分四卷出版，当时只出了一、二两卷，作者写得相当严谨但也过分冗长，艺术灵气确实欠佳。我当时不愿把它排除在我视野之外，主要是被作者的创作精神深深感动了。徐兴业早在抗战期间就开始酝酿这部小说的创作，其意图是明显的，以历史上军民的爱国精神来激励正在与日寇浴血奋战的我国民众，抨击腐败无能的国民党政府。但因种种原因直到 20 世纪 50 年代才开始动笔，这时他妻子到了国外，多次以优厚的物质条件动员他离开祖国，而徐兴业却始终不为所动，他向妻子这样表白："我写的是中国的小说，是写中国历史的小说，是写一部旨在激发中国人民保卫自己国家的小说，我的主要读者是中国人，我的写作土壤在中国，我离不开我的祖国。"尽管他知道会伤了妻子的心，但仍然坚持在清贫孤独和恶劣的政治环境下，完成了小说的第一、二卷。1981 年小说出版，他专门给远在巴黎二十年没见面的妻子寄上，并附上一封十分感人的信，当中有这样的话："我的感情没有改变，空间和时间的距离，思想意识和社会地位的距离都不能成为我要改变感情的理由，我的爱情是忠贞的。"当时我在《海峡》杂志上读到徐兴业这封《给巴黎的一封信》，真有说不出的感动。这样一个凄美的传奇故事深深吸引了我，我为我们文艺界竟有如此执着于自己的理想、职责而主动放下爱情、家庭和物质享受的作家而无比敬佩，这种精神太值得珍惜了。"真希望这部小说能获奖"，那段时间我经常对"班友"们这样唠叨。但正式讨论时，我的意见却为大多数人所不接受。他们仔细分析了作品的许多不足，认为作家的创作精神当然可贵，但作为创作上的奖励还是应该以作品的质量为依据。这可以说是我在读书班所受到的一次教育：评价作品要更理智，不能感情用事。

读书班对作品的筛选和研讨，就是这么反复地、多次地进行着。我记得当时的作协党组书记张光年还专门到昭庙来了解读书班的工作进展情况，听取大家的推荐意见。张光年的到来，自然使我这个尚属文艺领域的"新兵"无比激动。这倒不是因为见到了作协的最高领导，而是因为我立即想起了《黄河大合唱》，想起了那首曾在我心灵无数次强烈回响的歌曲，现在，这位曾用自己的笔唤起亿万民众爱国豪情的文艺领域的"老战士"来到了我们中间，与我们一起谈论着文学的创作，谈论着文学的理想，这种亲切感确实使人难以忘怀。我记得就在昭庙的一个权当会议室的房间里，大家坐在随意摆开的木椅子上，光年书记认真地听着各人对一些作品的评价。他本人作为茅盾文学奖评委会的副主任（主任是巴金先生），除了强调评奖应掌握的原则外，绝无对评选的作品划任何框框。这种民主的、平等的作风，是中国新文学界应有之风。

张光年在昭庙的座谈和对话，更增添了我们对评选工作的责任感。临别时他与大家一一握手，当他来到我面前，听到谢永旺介绍我来自武汉大学中文系时，立刻说：啊，你是晓东的老师！我当时不好意思地回答：他是我们中文系的学生。其实那时我还没给他儿子所在的 77 级上过课呢，所以不能随便承认是他儿子的老师。但他尊重教师的态度，却深深感染了我。

经过了一个多月的反复阅读和讨论，最后以读书班名义推荐给评委会讨论的作品，根据我笔记的记载是十七部，最后自然由"谢老板"交评委会定夺。第一届评委会的评委全部是由作协主席团成员担任，有巴金、丁玲、艾青、冯至等，规格相当高。巴金先生是当然的主任委员，据说当时已是七十八岁高龄的他也读了不少作品，如《许茂和他的女儿们》《将军吟》《芙蓉镇》等，真不容易。大概到了1982年秋季，我在报上看到公布的获奖书目是：《许茂和他的女儿们》《李自成》《将军吟》《冬天里的春天》《芙蓉镇》《东方》六部。心中有着说不出的高兴：获奖作品全部在读书班推荐的范围内，而且我也暗暗自喜：我个人的推荐大部分都没有落空。

在昭庙度过的五十天是难忘的，我们不仅认真地、负责任地挑选出能够代表当时创作风貌、创作水平的优秀作品，同时通过"班友"们的相互交流和对具体创作成果的探讨，使我对正在出现的新的文学观念和文学转型，有了更深切、敏锐的领会，这是我在书斋里很难感受到的。

当我带着这些收获走出昭庙、离开香山时，那里已经是遍山嫩绿、百花盛开，这盎然的春意似乎在呼唤着我，要以新的活力尽快融汇到迎接文学春天的行列中。

原载于《新文学视野》2013 年第 7 期

"给我一个支点……"
——武大作家班杂忆

"给我一个支点，我就可以撬动地球"，这是古希腊著名数学家阿基米德的一句为众人所熟知的名言，用它来表达20世纪80年代一批年轻作家的心情是颇为恰当的。这批迎着思想解放的春风刚刚踏入文学领地的年轻人，他们的艺术才情得到了真正施展的机遇，很快在创作上就有了良好的开端，一篇篇像《小镇上的将军》《百万大裁军》《中国农民的大趋势》《请举起森林一般的手，制止！》等作品的出现，为他们带来了声誉，也带来了实现更高文学梦想的雄心。然而，由于昔日的历史暗影，他们在成长阶段正常的文化接受受到了非正常的阻隔，限制了他们今天创作事业的发展。于是，对知识的渴求比任何时候都要强烈，希望能进入大学进行系统的深造，打造厚实的文化根基，似乎成了这批踌躇满志的年轻作家普遍的内心渴求。"给我一个知识文化的'支点'吧，我的笔可以描画出整个美好的世界。"我捉摸，他们就是抱着这么一种激越的情怀，走进武汉大学这个高等学府的。

武汉大学插班生制度的设立和作家班的招生，在当时社会上引起的强烈反响，至今人们仍记忆犹新。中国作协、各省市作协为配合学校选拔优秀的创作人才，制订了科学的工作方案，其工作效率之高是惊人的；而学校方面，在掌握选拔标准之严格，录取程序之细致，也是超一流的。笔试考核、成果鉴定，都是由经验丰富、秉公办事的教师把关，据我回忆，当时的作家班没有一个学生是靠"人情"录取的。正因为这种入学资格的来之不易，使这批特殊的学生对上大学有着更强烈的庄严感、使命感。我还记得，当年学校为他们举行了正式的入学仪式，当刘道玉校长步入会场时，全体学生自发地"唰"地一下起立，从他们含泪的眼光中，从他们激动而坚定的脸庞中，我深深理解，他们此刻内心正在想什么。

这批有着创作实践经验的学生进校后，在学习上有着非常强的主动性。中文系根据他们的特点，除了一般的基础课外，还设计安排了一些选修课。我看到作家班的同学们选课面是相当广泛的，大大超出了文学的范围，他们几乎都特别注意去吸取哲学、史学、美学、经济学等方面的知识，这正是从实践中来的学生懂得如何建立自己完整的知识结构的体现。经过了实践的磨炼，他们更清楚进入大学后应该怎样利用这个知识殿堂，应该怎样去吸取他们在实际工作中所欠缺的营养，而不是呆板地去争学分、混文凭。作为一个中文系教师，我对他们这种主动的学习精神和开阔的学习视野，是非常赞赏的。

作家班学生的进校，对我们教师的教学也是一种挑战。站在讲台上给他们讲课，我感到，不能再用那种"灌输"的方式，因为从这批学生听课的眼神中，我明显地意识到，他们对教师所讲的内容，常会表现出自己的判断，或赞同，或不解，或质疑。这种反馈有时很强烈，所以给他们上课特别带劲，因为他们不仅是用"耳"在听，而且是用"心"在听。对一种理论观点的接受，他们往往要经过自己思辨的过滤，经过自己生活经验的验证。所以，那个时候我给他们讲课，备课时间要比通常多几倍。既要考虑如何将一种理论观点讲深讲透，讲得有说服力，又要将理论与他们所熟悉的创作实际相结合，中肯地点明一些创作特点及问题。他们在这方面接受的敏感度有时比我还高。记得有一次我在课堂上分析了几部小说在价值判断上所采取的不确定性的处理方式，并引用了美国一位评论家的话，说明现代文学的特殊魅力，即二元对立的不能解决所带来的诗境……一下课，许多同学就涌到讲台前，纷纷表达他们对这种分析的赞同和兴奋。说实在的，他们在一种新的观念面前所受到的触动是如此的敏感而迅速，大大出乎我的意料。

一般来说，作家都是很有个性的，平时独立笔耕，各行其是，现在汇聚到学校里来，成为一个"班"，能相安无事吗？开始我们都颇为担心。当时，我是他们一个小班的班主任，班上共十八人，我笑他们是"十八棵青松"，个个都有一本创作的"光荣史"，都曾在文坛露过一手。这批写作"能人"，现在作为同学聚到一起了，学习之余，有时也难免为一些莫名其妙的事磕磕碰碰，各执己见，互不服输。于是我这个班主任就得常常为平息"纷争"而费尽口舌。但我也不能不承认，这些自我意识极强的学生，却仍然具有很强的集体荣誉感，他们会自觉地用自己的行动来保护作家班、插班生的声誉，他们的班干部都尽职尽责，班上的同学除极个别外也都十分自律。尽管有时他们也会因对方某种行为而看不顺眼，但我从未听到过他们在创作上互相鄙薄、互相诋毁。相反，他们都能够清楚认识对方的特长和优势，这种超越"文人相轻"传统积习的表现，令我感到特别欣慰。

作家班，现在在武汉大学已成为一个历史名词了，然而，当年这批特殊学子与教师所建立起来的特殊情谊却延续至今。记得在2003年校庆一百一十周年的纪念活动中，就有一段十分感人的插曲。作家班首届学生瞿琮，这位当今全国著名的音乐文学作家、脍炙人口的《我爱你，中国》《吐鲁番的葡萄熟了》等歌曲的词作者，官阶至"文职将军"的中国人民解放军艺术学院院长，被聘为庆祝校庆大型文艺晚会的指导专家。利用这种身份，他向学校的晚会负责人提出，希望把当年曾为作家班任教的老师请到晚会现场，并要求把他们安排在前排就座。于是，这个晚会就出现了一种奇特的景象：十多位衣着朴素、两鬓斑白的离退休老教师，安然地坐在了观众席的第一排，与位高权重、着装讲究的嘉宾相互映衬，在花团锦簇的人海中特别耀眼。当瞿琮被邀请在晚会上讲话时，还专门表示了对当年为他授业的老师的敬意。那次我因出差在外未能亲赴现场，但仍然为这种动人的师生之情深深感动。

确实，直到今天，作家班的历史回响仍然在我们心头震动。从这个班上走出的学子们，在回到工作岗位后，正不断地用他们更出色的成果回报社会，回报母校。仅就进入21世纪后，当我听到长篇历史小说《张居正》，荣获了我国长篇小说最高奖——茅盾文学奖时，就会想到既有诗人气质又有社交能力、虽经历坎坷却仍乐观进取的熊召政；当我听到从总政政治部文艺局局长职务退下后，仍笔耕不绝，出版了富有特色的长篇传记《一个"参与创造历史"的华人：司徒眉生传奇》时，我就想到二十年前一方面以自己的作品为新时期报告文学创造辉煌，一方面在课堂上瞪着乌黑的大眼睛听课的袁厚春；当我在网上看到正在率领"影视浙军"挺进的浙江广播电视集团总编辑在各种场合的精彩讲话时，就会想到当年在班上聪慧内秀、走出校门后却率先拿出《中国神火》这样气势磅礴的电视力作的程蔚东；当我在荧屏上看到《乔家大院》以及它惊人火爆的收视率时，我就会想到在校时腼腆低调，毕业后默默耕耘，陆续有《穿越死亡》《音乐会》等战争小说问世的朱秀海；当我得悉《两代人的热爱》获得了"冰心儿童图书奖"时，我自然也就想到了一向外表沉静寡言、内心却充溢着对文学火样热情，并写出一手漂亮的、荡漾着浓郁诗情的好散文的女生华姿……太多，实在太多了，周百义把一个严重亏损的长江文艺出版社打造成全国出版界的一个名牌，野莽在中国文学出版社为向世界推介我国作家作品所作的有效努力，陈世旭、李传锋在领导一个省的文联工作所创造的业绩……只要我们稍稍关注一下当今的文坛、文化界，就会听到作家班的各种令人振奋的历史回响。作为普通教师，我为自己教学生涯中能与这样一批学生有过学习交流机会而感到满足；作为武汉大学，更应该为自己的文学院能培养出这样的学子而无比自豪。

原载于《创新改变命运》，武汉大学出版社 2007 年 12 月出版

木兰湖畔的思考

　　2001 年 6 月，湖北作协在木兰湖畔召开了"关于湖北文学批评之批评"的研讨会，会标上有四个醒目大字：实话直说。这个会议，有意把我们的目光拉回到身边，关注一下我们湖北省的文学批评现状，而会标那几个大字，当然更鼓励我们能真正掏点心里话。这种氛围，挺让人舒服，特别是今天，"真诚"二字变得比什么都可贵的情况下，湖北的文学批评家们在一起共同创造出这样的氛围，真不容易。起码，这是一种责任感的体现，也是一种自信的体现。

　　应该说，湖北省的文学批评队伍是一支有实力的队伍，特别是 20 世纪 80 年代至 21 世纪初，湖北省的评论界、文学研究界，在关注全国文学态势的同时，对推动本省的文学发展也发挥了重要作用。对湖北省老一代作家在文学史上的定位，湖北省的文学研究者在 20 世纪 80 年代初编撰《中国当代文学史初稿》《中国当代文学》这些重要著作时，就作出了巨大的努力；对湖北省崛起于 80 年代的新一代作家的成长及所产生的全国性影响，湖北省的评论、研究者们所作的付出，更是有目共睹的；直到今天，他们对湖北省新生一代作家的期盼和扶持，仍没有停止。我觉得湖北省文学评论界一直保持一种良好的风气，那就是不管对谁的作品，都是有好说好，有坏说坏。从20世纪90年代在研讨会上对刚"出道"的刘醒龙创作问题的坦诚剖析，到21世纪初在研讨会上对已成名的邓一光作品不足之处的无情揭示，都显示了这种科学的真诚态度。湖北省文学批评界不是某一"名家"身边的一群"吹鼓手"，一出作品就盲目"鼓噪"，也不喜欢假作家之名，随意标榜或故发"惊人之见"借以抬高自己。但他们却是作家身旁的真诚朋友，是真心期待作家写出好作品的真诚朋友。这种作风的形成，恰恰说明湖北省的评论界是有学养的，有艺术鉴别力和理论是非感的。

当然，在面对文学发展复杂景象的今天，我们的评论活动有理由要更加活跃，更加有所作为。比如，在文坛越演越烈的"炒作"风中，湖北省一些重要文学刊物如《长江文艺》等倡导了"实话直说"的批评风气，让评论家们在刊物上公开"点击"一些作家的创作，展开富有学理性的探讨，这无疑对文学批评的健康化是有积极作用的。也正是在这种氛围下，我们可以对文学批评活动作进一步的思考。

就目前对湖北省作家创作的研究来说，我觉得我们的文学批评更应该持一种理解的宽容态度，这倒不是说不应该苛求，我说的理解和宽容主要是指理解和允许作家保留自己的创作个性，而不要用一个单一的尺度去左右他们各自的创作追求。事实上像池莉、刘醒龙、邓一光这样一些经过了一二十年创作历程的作家，他们已开始形成自己鲜明的创作个性，当然，他们形成这样或那样的个性都有其特殊的条件和原因，我们在做研究或评论时应该正视这一点。这些年来我看到人们总是对池莉创作中的"小市民气"和刘醒龙创作中的"乡土气"诸多贬抑，对他们的创作立场发出质疑或责备，对此我很不理解。其实，池莉对她的所谓"小市民"的解释是很明白的，也就是那些最普通的城市居民，那些在城市的生活流中繁忙穿梭、起落浮沉的各色平凡百姓。无论哪一个作家，他有意识地选取了他们作为自己创作的关注点，以理解的态度真实体现他们的情感特征、他们的价值观念，写出让他们乐于接受的作品，这有什么可非议的呢？如果我们以"珞珈山"为知识分子、文人精英的代名词，以"花楼街"为小市民的代名词，那么，在文学创作中难道只能以"珞珈山"的眼光写"花楼街"，就绝不能以"花楼街"的眼光写"珞珈山"，像池莉的《不谈爱情》那样？文学是精神产品，而精神世界是极为复杂多样的，它有许许多多不同的层次，池莉的小说，体现了今天社会一定层次的精神情绪，它受到社会一定层次读者的欢迎，它就有其存在的根据和价值。打个不一定恰当的比喻，20 世纪上半叶的中国文学，只有张爱玲而没有鲁迅，当然是严重缺陷；反过来，若只有鲁迅而没有张爱玲难道就正常吗？今天的文学史上都有他们各自的位置，尽管是不同层次的位置，但文学的历史整体毕竟是由他们共同构成的。

关于刘醒龙的"乡土气"，我觉得更值得认真分析。从生活环境来说，刘醒龙早已成为"城市人"，但乡村情感始终在他的创作中留下深深的印记，这不单体现在他写农村生活的作品上，而且也非常有特色地表现在他写城市生活、写城市人的作品中。我在读他的《生命是劳动与仁慈》和《大树还小》等作品时，突然意识到：刘醒龙这种自觉或不自觉地以"乡下人"的眼光来观察城市、思考城市、表现城市的创作方式，也许恰是刘醒龙今天创作的价值所在、魅力所在。这使他既区别于那些以城市人身份写城市的作家，也区别于那些在农村生活过，回城来再写城市的知青作家。即使都土生土长在农村，刘醒龙也不同于贾平凹。贾平凹身上的乡村情感已融入了更多的书卷气，而刘醒龙则更多保持着一种"农村小子"的天然本色和气质。这么"前后左右"一比较，我们会发现刘醒龙在当今文坛的特殊意义和位置。因此，我觉得我们没必要在研究中笼统地去"排掉"他的所谓"乡土气"，否则，刘醒龙就不是刘醒龙了。

我们搞理论研究和文学批评的人对于创立文学多元化格局的意义，曾经谈过千条百条道理，那么，我们在进行创作批评时是否也需要注意保持一种允许多元存在的气度和心态呢？

理解和宽容也同样体现在如何看待作家创作的转换过程。作家创作到一定阶段，常会自觉调整自己，或开辟新的创作领域，或寻求上新的层次。这个过程中常常会出一些略失原来水准的产品。对此，我们搞评论的常会忽略创作的甘苦而失去冷静和耐心。这点我最近也有过教训。后来，在评论邓一光的《想起草原》时，头脑就清醒多了。这部小说对邓一光来说，看起来好像有失原有水准，但它却是作家想在写实基础上追求超越，追求小说的形而上意味的一次新尝试，它是作家这种转换过程所出现的一个产品，这个产品的毛病尽管不少，但也许正是因为有它的出现，才会有今后的成功。这些例子说明，作家对自己创作的进展要有耐心，评论家对作家创作的转换也同样需要在理解的基础上具有充分的耐心。

湖北省评论家在对 20 世纪 80 年代崛起逐步走向成熟的一批作家继续作

有深度研究的同时，也不断注意着新人新作的出现，但我觉得较之对 80 年代崛起的那批作家来说，湖北省对近年新出现的作家作品研究和促进的力度都很不够，特别是在今天的文化市场那种"运作"方式面前，我们的评论工作和对策，都值得重新做认真的思考。

原载于《长江文艺》2002 年第 1 期

历史的足音在我心中回响

——重访定南散记

　　也许是一种历史机缘，使我在十年间有两次机会到定南，到这个地处江西南部边陲的偏僻小县城，到这个山清水秀却曾经是那么贫瘠、封闭的地方。

　　记得那是 1998 年的暑假，好不容易约好几位来自南方与北方的亲友，从广州出发，意欲寻看颇有神秘色彩的东江源头，再奔赴心仪已久的井冈山。在定南停留的两三天时间里，由于当时的兴奋点集中在东江源头探秘和对革命圣地的向往，也由于定南这个小县城在当时确实没有太多可以引人注目的地方，所以对它没有留下太深的印象。当时的这个小县城，横贯其中的是一条十分普通的街道，店铺房屋极其简朴；只有一条不算宽敞、被百姓称作"先富起来"的小街，两边所立起的一栋栋墙上贴着"马赛克"的房子，成为这个县城开始走出"土墙土屋时代"的标志，但却仍未摆脱笨拙的"土气"。我们下榻的地处小县城边缘、有四层楼高的南天大厦，似乎算是县城的一个"高标"，可周围的一片荒芜和到处飞扬的尘土，使这个"高标"的屹立，显得那么孤独和不安。

　　1998 年，当全国改革开放的浪潮在许多地方一浪高似一浪地奔腾向前时，小小的定南似乎还像一个羞羞答答的少女，虽然也会芳心跃动，但还不敢摆动双臂，昂首阔步。

十年过去了，当我又有机会应邀来到定南时，映入眼帘的，则全然是另一番景象：到处是雄心勃勃，生机盎然。

在与这里一些初次认识的年轻人聊天时，让我觉得有趣的是，他（她）们一开始要告诉我的不是别的，而是这么几句话：我们现在的定南，坐汽车到广州只需三个半小时，到深圳只需四个小时，到赣州坐飞机到北京，一共也只需四个多小时。他们说话时那种爽朗和欢畅，一下子就感染了我，我理解，这是一种长期封闭后突然走向开放所特有的情感。年轻人对此所表现的兴奋和自豪，我想不仅仅因为交通的畅通给他们的行走带来方便，更因为他们所生活的这个被称作"江西南大门"的定南，今天门户的真正打开为他们青春智慧的施展开辟了一个无限广阔的舞台。基于这点，我更明白这里迎接我们的主人为什么最先带领我们参观的，不是这里的青山绿水和繁华街道，而是他们花了近十年时间营建的工业园——以城区为中心分别向城北、城东、城南方向辐射开去的"城北工业小区""富田工业小区"和"良富工业小区"，还有城西方向依傍于京九铁路的"交通物流区"，这种精心的布局，恰如一位健美的神女舒展开肩上的一双翅膀和两支玉臂，以宽阔的胸怀给这里秀丽的山川描画着新一代人的理想和壮志。

工业园的创建，无疑是定南人的大手笔，它反映了今天定南人思想的敏感和行动的敏捷。当京九铁路南北两段在这里完成了历史性的接轨，当高速公路的车辆飞驰过这里的那一刻，定南大地的血脉被激活了，定南人迅速地抓住了这个历史机遇：迎接着南方劳动密集型企业北移的大趋势，让改革开放的历史脚步有力地踏进自己的家乡。真的，在工业园参观时，我突然感到我仿佛听到了响亮的历史足音，感到当年在深圳、在东莞那种充满开拓进取、热火朝天的生活喧闹，今天终于来到了这片静穆多年的土地。据说，截至 2008 年，在园区（还包括太湖和竹园工业小区）已经有粤、港、澳、台等四十多家企业在这里开始他们创业的新宏图。在台湾宇瑨实业（赣州）有限公司投资的工厂车间，我看到年轻的女工们一排排坐在机器前认真地制作着全部营销海外的雨伞伞面；在陶瓷和玻璃艺品厂的工场，我看到在不同工作台前一群群年轻的工艺人员精心细致地给各色工艺品添色加彩；在稀土精深加工厂的现代化厂房中，我看到年轻的技术员们认真而利索地操作……这些景象难道不正是向我们展示着，定南新一代人的历史命运，正在悄然地改变吗？

一片片工业小区的出现，确实从根本上带动着定南的振兴。参观大华新材料资源有限公司的稀土加工厂时，一位年轻人告诉我，去年光这个企业上缴给县政府的税收就有五千多万，今年估计可以达到八千多万。他说，我们全县的工资款额就是五千多万呀。这就意味着，定南的经济今天已经有了不可觑视的"底气"，囊中饱满，胸中的宏图才有可能变成现实。

县城面貌的新变，似乎是我们意想中的事。当年的南天大厦，今天已经失去了它的"标高"地位了，它已自然地融进了一条繁华的市街当中，与它并肩矗立的一些建筑物好像有意与它"试比高"一样，显示着傲然拔群的气势，我们的汽车路过时，要不是朋友的特别指点，我差点发现不了这幢曾在定南显赫一时的建筑。

其实，我觉得定南县城的城市化建设还不算是定南最突出的亮点，这样的建设新貌不说在全国、即使就在江西全省或就赣州地区范围来看，它都难以进入"先进"行列，毕竟它还是个只有二十多万人口、曾经是那么贫困的小县。但当我们看到这个县的农村面貌，就会发现，其实它的资金流向恐怕更多是撒向了栖居在全县广大村落的农民生活中。据资料显示：到了"十一五"规划末，"全县的公路通车总里程已达七百二十九公里，实现了村村通公路的目标"。他们为了这一目标的实现，四年的资金投入就相当于前十年的总和。当我们坐着汽车在这些虽还不算宽阔但却四通八达的平坦公路上欢畅地奔驰的时候，我不禁想起了十年前我们坐车从定南县城开往东江源头路上的情景，那辆不算太旧的面包车，在坑坑洼洼的泥巴路上颠簸不停，一次甚至把我全身抛起，头重重地撞到了车顶，疼得我忍不住惊叫起来，那真是尴尬且苦不堪言的一刻。

今天，汽车欢畅地奔向的目标，是主人热情相邀参观他们的新农村建设。虽然时间匆匆，走马观花，但我在这里却获得了一个与我在别的地方参观新农村的不同印象，一个我认为有特别意义的印象。这里的村落并没有以一排排按统一规格、统一色彩建造的新房子来显示自己的"新"姿，相反，这里的新"农舍"都是按主人们自己的需要来设计自己的生存空间，我们所到的历市镇的中圳村、龙塘镇的白驹村、长富村似乎都是如此。在村民聚居地，一家一户，以各不相同的户型和谐地落居在那里，充足的阳光照耀，令人看了特别舒服。农村本来就是大自然的一个组成部分，让它充分显示它的"大自在"，不是更天然合理吗？——也许这是我个人的偏执。不过这里也有它一个统一"标志"，那就是家家户户的房顶上都有一个以锃亮材料特制成汽油桶状的太阳能热水器，在阳光下闪闪发光，特别引人瞩目。听说这是由个人出资、镇政府补助统一安装的。

它似乎在无言却又自豪地告诉我们：这里洁净水源的解决和村民在卫生条件上的跨越。当然，我感到这里的村镇干部更引以为自豪的，是他们带领村民们探寻到自己村子的生产定位和发展战略，或重在脐橙，或重在禾笋，或重在生猪……在大圳村，我们坐在村头的树荫下，一边品尝着村里的大妈大嫂们盛情地送来的刚从果园摘来的果品，吃着这里农家传统的小吃——沙炒粉皮、盐煮花生，一边听着村干部们自信地介绍他们的一些"当家产品"及其发展远景，介绍村民经济收入的逐年增长。这让我更醒悟到：克服小生产的自然"望天收"，主动按市场需求部署自我发展的生产蓝图，这才应该是新农村之所以"新"的命脉所在。

定南热情的主人大概知道我们这些文化人对文化事业的特殊兴趣，所以在短短的几天中有不少时间是在学校、图书馆、剧场、老人活动中心等单位穿梭。所到之处，欢迎队列中热烈的鼓声、号声、乐声似乎一次次在提醒我们：定南的骄傲不仅在它工业园的兴起，不仅在它的农村打开了"新"的出路，而且它的文化建设也不可小觑呀。

在定南县中学，我听到主人对一个有趣景象的叙述：以往，每逢周末结束，定南的公交车就把许许多多到外县求学的定南学生往外拉；而今，每逢周末结束，定南的公交车却忙着把许许多多来定南求学的外县学生往里送。这真是一个最有说服力的景象！一个正在走出贫困的小县，它办的学校竟然能吸引许多甚至比它更富的外县的学生来这里求学，凭的是什么？无疑是它的教育质量，是它为青年学子们打造的能为将来登上科学殿堂的坚实"天梯"。看来定南的教育部门是很明智、很具胆略的。这几年，他们果断地收缩教育网点，大力整合教育资源，使教育环境大大优化。他们不是以牺牲质量的办法去扩大数量，相反，是在保证不断提高质量的前提下去稳定数量，我作为教育战线的同行，深知定南人这种做法需要付出多大的勇气。

为了定南，也为了祖国的未来，定南这个经济收入刚刚有所起色的小县，对教育的资金投入却具有相当力度，为了改善办学条件，仅2003——2007年，所投入资金累计就有近亿元，说实在的，这个数字令我暗暗吃惊，同时也为这种远见卓识而欣喜。由此我也恍然悟到了，为什么这个小县在引进教师人才上能有如此大的吸引力：在全县两千多的教师队伍中，仅近年从全国各地引进的就有六百多人。这真是一种英明的决策，一位好校长，一批名师，是打造一个名校的关键因素，我从定南中学前后的变化，更深地体会到这一点。

如果说，我在参观学校时更多被一种熟悉而亲切的气氛所感染，那么，当来到位于城郊的敬老院时，我的心灵更被深深震动了。

我全然没想到，这片三面被秀丽的青山环绕、风景宜人、清雅幽静的地方，这片被今天无数开发商所觊觎的"风水宝地"，却被定南县确定为安置全县孤寡老人的敬老院、安置优抚对象的光荣院和安置弱小孤儿的福利院的"三院"所在地。

这里的一切似乎都超出了我的想象。在占地面积五十多亩的开阔土地上，光为"院民"而建的住房就有六栋楼房，全县符合供养条件的"五保"供养者六百多人，几乎全部被接到了这里集中照护，安度晚年。我们刚走进这个"神奇"的地方，就看到了一些老人散坐在树荫下，小溪旁，或三三两两在聊天，或摇着蒲扇在默坐，他们或用亲切的眼光或举着蒲扇轻轻摇动来表示欢迎我们的到来。

这是定南县进入 21 世纪后从 2002 年开始的一项温暖人心的"工程"。当全县的经济开始获得快速发展的时候，他们并没有随意地为县里的行政机构扩建超豪华的办公楼馆，却首先想到应该提高全县孤寡老人的"五保"供养水平，遂决定把过去分散在十三个乡镇的敬老院"院民"都集中到这里来，使他们真正地老有所养，老有所乐，老有所医。除了住房、衣物、医疗等免费外，老人们享受的每月两百元的生活费也全部由县里承担，这是让我非常惊讶的地方，我在这里仿佛更真切触摸到定南人的胸怀和境界。不忘祖辈、父辈在定南这片土地上所洒下过的汗水甚至鲜血，敬重长者，这固然是传统美德的延续；而懂得对人的尊重和关爱，则是在历史进步中所提升的一种新的精神境界。定南人不仅在理念上接受了"以人为本"这四个字，而且在实际工作中实实在在地把这四个字变成了动人的现实图景。

在小溪旁摆着几张小方桌，放着一些农家小吃和果品，院内的工作人员还特地端上他们自家酿造的米酒，使我们一些男士更加兴奋，趁着他们和主人们热烈交谈的时候，我和几位女伴跨过小溪上的小桥，走到了老人们的居室。正坐在居室前休息的几位老婆婆，笑逐颜开地站起来，拉着我们的手，我问到她们的年纪，都在八十岁以上，还有一位已是九十高龄。尽管我不能完全听懂她们浓重的乡音，但看着她们满脸深褶的皱纹，握着她们那双布满厚茧、粗糙而干枯的手，我已经深深地感应到它所传递的丰富信息：她们勤劳而坎坷的一生，她们为她们的后代曾有过的艰辛付出。至于问到她们自己今天的晚景，几位老婆婆似乎有千言万语却又只能用一个颇为有力的"好"字来作答。我走进她们的居室，看到在小小的厅堂两旁，是四个小房间，每个房间摆着一张单人床和一个小柜，不用说，老人们享受的是"住单间"的待遇。厅堂后面，则是卫生间，设计可谓周到而周全。我想到现在有些大城市的孤寡老人，恐怕一时还难以有这样被社会"全包"的福利待遇，可在定南，却提前实现了。

在这个被统称为"三院"的许多角落，你似乎随处都可以感受到它对人、对生命的认真关爱。当我们漫步在院内的花坛旁，突然看到一位老妇怀里躺着一个婴儿，再仔细看，这还是一个裂腭儿。我惊讶地问身边的管理人员，他说："这是一名弃婴。他也是一条生命嘛，我们福利院有责任保护他。"管理员还指着不远处一个坐在轮椅上的少年说，"那是个软骨孩儿，从小无人照料，我们也把他收下了。"听到他这种朴实又平静的陈说，我的眼眶不禁涌上一股热潮。

我真想告诉人们，就在这个僻静幽深的地方，我再一次感受到历史足音响亮的回响。人类社会发展过程中，尽管也曾有过不少生产发达、经济繁荣的阶段，但只有当一个社会无论是"高贵者"或"卑贱者"都得到同样的尊重，当人的生命被看作具有至高无上的价值时，那才会真正透露出现代文明的曙光。我在这里似乎隐隐地感受到这种曙光正在呈现。

写于 2008 年秋

寻找古篷坑

记忆难忘，"古篷坑"这个字眼几十年来竟会一直在我心中回旋——从少年到老年。它是个遥远的地名，却又是我生命中难以抹去的童年记忆。

那是20世纪的40年代初，抗日战争爆发的第四个年头，我们家居住在香港。但本以为安全的香港也被日寇所侵占，社会混乱，人人自危。为了不在侵略者铁蹄下低头度日，我父亲毅然放弃在香港经营多年的生意，带领全家避难到广西梧州。当时尚未满五岁的我，还依稀记得，在离开香港通过关卡时，站在两旁的日本大兵手中所晃动的刺刀。寒光闪闪的刺刀，冷酷地刺痛我童年的心灵。

几经周折，全家好不容易到了梧州，在郊区的一间木房子里安顿下来。为了维持生计，父亲和朋友临时合伙开了一间小型电石铺，大概只有一年多时间，梧州也不安全了，经常遭遇日本飞机的轰炸，电石铺也在一次轰炸中被炸毁。我们时时遭受到敌机的威胁，于是全家又继续逃难到一个更偏僻的小山村，当时被人们称作"古篷坑"。

时光过去了数十年，这个隐藏在重山叠嶂里的小山村却始终在我脑海中时隐时现。

当时父亲是经朋友介绍，才拖家带口转辗到这个人生地不熟的村落。是这个村的小学校长接待了我们。由于战事紧张，学校已停课，他就把逃难到这里的几家人安排在学校的一间大教室里，用行李箱子分隔成几个小间，算是几家人的安顿之所。七十多年后，我忆起那些原本隐隐约约的生活片段似乎越来越活灵活现——在山沟的小溪里蹚水被蚂蟥吸住吓得哇哇直叫；和村里的小伙伴乐颠颠地学着爬树采野果、捉柞蚕；跟着妈妈上山挖野笋，站在山边直到太阳下山仍不见翻过山头的妈妈归来而哭得昏天地暗；晚上早早躺在床上听着隔间的老婆婆讲着各种神神怪怪的故事；天天吃着妈妈变着花样给我们做的炒木薯、蒸木薯、木薯饭……总之，一幅幅渐显渐近的图景总在触动着我：七十年了，我多么渴望能再寻找到这个令我难忘的小山村啊。

老伴曾多次提议，找个机会去寻访一下那个小山村。而我总在犹豫，年代如此久远，父母也早已作古，当年这么一个小小的自然村落，它真的还存在吗？它还能寻找得到吗？

于是，念想只能搁置在心中。

今年春节前，我和老伴准备到南方女儿家度假，出发前几天，我突然兴起，何必不趁此南下机会，去实现我的寻找之梦？那天深夜，我打开电脑，想碰碰运气，看在地图上能否找到"它"。在我从小混沌的记忆里，一直以为"古篷坑"就是在广西梧州附近，所以先打开广西地图，找了半天，没有；再打开梧州附近的地图，也没有。但从广西与广东的交界处，我看到了儿时听大人们常挂在嘴边的几个地名：德庆，郁南，罗定，连滩，南江口……我忽然悟到：莫非"古篷坑"不在广西而是在广东？急急打开广东省地图浏览，未发现；再输入德庆县搜索，地图上果然有个古篷村，不觉一阵惊喜，但看过这个村有关资料后，又感失望，因为其地貌、环境和物产都与我的记忆很不相符。无奈之下，我试着再打开郁南县的地图，看到了"南江口镇"的字眼，心头又一震，忙把鼠标箭头往下拉，"古篷村"几个字赫然跳进我眼帘，原来郁南县南江口镇下辖也有个古篷村！在古篷村的页面上，我看到它包含有十六个自然村，其中一个就叫"古篷"，这个自然村恰好处在偏远的山区地带，盛产松脂、蚕茧、木薯……呀！我想，这肯定就是我梦魂萦绕的"古篷坑"了。我立刻跑进卧室，推醒已熟睡的老伴，激动地对他说："古篷坑找到了！真的是有个古篷坑！"

地图上的寻找，给我们"按图索骥"的行动提供了信心和决心。春节一过，我就和在广州的两位妹妹约好，一起去寻找古篷坑！我的大妹是在逃难中出生在梧州的，全家逃到古篷坑时她才一岁多。小妹虽是抗战胜利后回到广州才出生，但作为一个出生前半个多月父亲就溘然长逝的"遗腹女"，她也多么希望感受一下父亲曾带领全家所走的艰辛路啊。我们三姐妹和夫君，外加为我们开车的女儿女婿及几个亲友，老少三代十二人，"浩浩荡荡"地出发，一起踏上"寻找之旅"。

从广州出发，途经云浮市，汽车不久就开上了广梧高速。车上的我越过路旁的田野远远望去，那是层层叠嶂的群山，我想，古篷坑大概就隐藏在这群山脚下，也许因为有这天然的屏障，才使这些偏僻的山村在残酷的战火中保持了一份安宁。记得当年我们是坐木船到了南江口，然后跟着父亲和大人们走了一天的山路才到达的。我还记得，当时已经六岁多的我由于在路上自告奋勇要替换妈妈背未满两岁的妹妹，这时一直沉默寡语的父亲走过来用手轻轻地拍拍我的脑袋以示赞许……是的，父亲就像一个总指挥带领着全家大小，尽管疲乏却倔强地前行。想到这种情景，我突然意识到，我如此渴望寻找"古篷坑"，是否正是为了寻找父亲的足迹、重新走近父亲呢？

日寇侵华的战火，骤然打断了父亲雄心勃勃的创业之路。他是民国初年官费留学英伦牛津大学的留学生，学的是化学。学成回国后曾在广州中山大学当教授。人人谈到"火柴"，也许会记起这个与"火柴"联系在一起的知识分子。20个世纪的20年代，当时国人生活中所使用的火柴，基本上都是靠进口，故称"洋火"，价格特别昂贵。在南方一些地区，虽有外国人，主要是日本人投资办厂生产火柴，但为了绝对控制中国的火柴市场，他们的火柴头药引配方，是绝对对中国人保密的。在振兴民族工业的爱国热情激励下，父亲毅然接受了工商界友人的约请和大力支持，终于研究出火柴的药引配方，经试验成功正式自制出中国火柴，从而结束了国人长期依靠"洋火"的历史。在和友人合伙创办了广州东山火柴厂之后，他辞去了教授的职务与全家移居香港，并再次到英、德等国考察，寻找着有利于民族商业发展的商机……可日寇侵华的战火却把他推上了这荒僻又崎岖的山路。今天我实在难以想象他在这种进行中是一种什么样的心情。

群山离我们越来越近，很快汽车就进入一条长长的隧道。这是刚通车不久的石牙山隧道，全长有四公里多，听说是广东省最长的一条隧道，它让我们直接穿过群山屏障迅速进入了郁南县，到达了南江河畔。道路两旁开始出现各色各样的农舍，不久即发现了一个挂着古篷村农机站牌子的单位，我急忙下车打听，得知古篷村下属的一个自然村确实叫"古篷"，而且离这里只有一里多路。我的心怦然一动——我的"寻找"终于要有结果了。

汽车在标有"古篷桥"的前面停下。路两旁是一些杂货店、肉店和饭馆，这里已经不是昔日广东人所说的"山旮旯"了，更像一个颇为兴旺的农贸集散地。我们来不及一一浏览，随即分头去打听当年小学的所在地。据我记忆，当年我们所住的小学是在一个高坡上的。恰巧我妹妹询问到一位肉店里的老者，当年他曾就读于这所小学。他立即带我和妹妹向山边走去，通过一条两旁杂树丛生的婉转小径，上了一个高坡，眼前耸立着一棵高大的樟树，树的周围则是几间破旧的房子，里面堆满枯枝杂柴。尽管房子已不是当年我们所住的那幢教室，但从那棵如今已长成二人环抱粗的樟树，从树旁远望去的一大片水潭和错落在山边上的那些农舍，我就认定这正是我们在战乱时的安身之所。因为我清晰地记得，我常站在那棵樟树旁听到水潭对面农舍的人不知是为了预警还是为了别的，敲着锣高喊："日本仔来啦！日本仔来啦！"……

在这方圆一两亩的高地上，有老樟树的见证，我还可以约莫分辨出当年那幢教室的坐向和那个小小篮球场的方位，我俨然以一个亲历者的身份给亲友们一一介绍着我印象中的环境。在我脑海中，当年我父亲平时就经常在教室前面的篮球场上来回走动，即使我和妹妹在旁边也少有理睬。偶尔外出到附近的乡镇探听一下外面的形势，回来也是沉默无语。壮年的他就像一头困兽被困在这里，几乎两年时间任何作为都无法施展。当时幼小的我们怎能理解他隐藏在心里的极度焦灼、愤懑与忧虑呢？也许直到今天，当我真正寻找到这个当年逃难的去处，我才仿佛回到历史现场，才会感受到什么是国破家亡，才会体会到逃难者的辛酸，才会切实懂得国家的安危与个人命运是如此的紧密相连。确实，在国难当头，人身虽可以一时避开战火，但"躲避"所带来事业的破碎、精神的困顿却是无法逃避的。

此刻，七十年前令我最难忘的一个"画面"又浮现在眼前。那天，我和妹妹正在操场玩耍，突然看到从外面归来的父亲，走得比任何时候都更利索，还未走到篮球架下，就举着拐杖远远朝我们高喊："日本仔投降啦！日本仔投降啦！"我和妹妹当时还不会欢呼，但这一情景，却一下子就牢固地、清晰地永远定格在我脑子里，七十年来，我忘不了"古篷坑"，也许不仅是记住了战乱中我们曾有过的艰难处境，更主要的是因为记住了在那里我父亲的那一声高喊，那是令我终生难忘的一刻！

227

原载于《人民日报》2015年6月13日

无尽的思念

——写在纪念母亲百年诞辰之际

妈妈！今天是您百岁诞辰纪念，请接受您的女儿——美兰、美仪、美琳和她们的子孙们深深的祭拜！

您离开我们整整三十年了。这三十年，我们陈家三姐妹不仅在事业上得到发展，生活逐渐富足，而且家族先后增添了不少可爱的新成员。每当我们在一起欢聚的时候，我们都会想到您，惋惜您不在我们身边。您为陈家、为我们的成长含辛茹苦一辈子，而正当社会环境和我们的家庭生活刚开始好转，作为女儿的我们还来不及尽自己的孝心回报您的养育之恩，您就匆匆离开了我们，不能和我们一起享受天伦之乐。这是我们三姐妹最无法驱走的心头歉疚。

我们自幼只知道您的辛苦，却不完全懂得您所经历的人生。直到我们长大成人，成为一名妻子、一名母亲后，才逐渐知晓、领悟到您走过这一生是多么的不容易。您还不满十岁，就因家境贫困被卖给人家当婢女，尽管您说，您的主人家非常心善，待您如亲生，也让您有机会粗通文墨，但毕竟您所处的仍然是伺候人的地位。及至进入陈家，您仍然被当作生儿育女的工具，在当时那种社会和家庭中，您所受的屈辱、所受的欺凌，是无法明言也是无法言尽的。然而，这一切并不影响您对您子女的爱，不影响您为陈家操劳、为我们创造尽

228

可能适宜的生存环境。当时正值四五岁的美兰还记得，在香港沦陷全家逃难到广西梧州时，全家几十件行李，全凭您一人在上下张罗、来回奔忙，而这时候您正怀着快要出生的美仪呀！抗战胜利回到广州，生活尚未稳定，父亲就猝然长逝，家庭的矛盾、无聊的纷争，曾使您多次萌生离开陈家的念头，但看到尚未成人的我们三姐妹，您始终又无法下此狠心，只能把眼泪往肚里流，继续为抚养我们而呕心沥血。

日本鬼子的侵略，使父亲本不算丰厚的家财几乎损失殆尽，最后留给我们孤儿寡母的主要是葵树庙街的一幢房子。几十年来，您就是这幢房子的守护神，刚解放，您为争回被骗去的产权而四处奔波，几十年的风风雨雨，您为节省开支，经常亲自爬上陡峭的屋顶，为这幢日趋破旧的房子添砖加瓦，整修补漏，年过半百仍不辞劳苦、不畏艰险，为的是使我们和下一代有个遮风挡雨的栖身之所。直到今天，我们和孩子们还享受着母亲您的惠泽。

我们的孩子也应该铭记着您！他／她们每个人的出生和长大，都浇灌着您的心血。朝晖出生时，您冒着漫天大雪步行数十里来到医院照顾美兰和孩子，朝晖出生之后的几年中，就是云松、云徽的相继降生，您又成了我们抚育孩子的主心骨。思颖从海南回到广州，您自然更义不容辞地给予抚爱，直至您离世之前，您仍然牵挂着还在孕育中的思明。今天，他们一个个已经长大成人，成家立业，他们每年清明时节都会拜祭祖先，时时唤起对您的感念。相信您在天之灵会感到欣慰的。

光阴在流逝，亲情将永驻。亲爱的妈妈！我们仰望太空，常常会看到您慈祥的面容，殷切的眼光，我们会更加珍惜您赐予我们的生命，积极面对人生。我们会把您对我们的爱永远珍藏在心中，一代又一代，永远，永远！

您的女儿 敬祭
己丑年二月十三日

第五部分

感受异域风情

莱茵河，你好！

——一次匆匆的文化探访

从青年时代起，"莱茵""莱茵河"的字眼就经常在我的阅读中闪现，它在我脑海中形成了一种既庄严又美丽神秘的感觉，唤起我许许多多的联想和幻想。除了马克思先后主编的《莱茵报》《新莱茵报》而引发的轰轰烈烈的历史风雷外，还有那些以"莱茵"为背景的文学作品所演绎的种种或悲壮或浪漫的人生，都不时地在我心中回荡。今天，我终于有了机会，来到这片曾经牵动过我年轻思绪的土地，亲自探访一下这里的真实人生。也许，这回在我面前翻开的，又将是一本丰富而有趣的新书。

使我获得这次文化探访机会的是德国特里尔大学的赫茨校长和汉学系主任波尔教授，他们今年年初就给我发出邀请，希望我在6月份到他们学校作为期一个月的讲学。这自然是一个使我走近莱茵河的好机会。而事情的缘起则要追溯得更远。那是1988年冬日的一天，学校外事部门通知我去接待一位德国客人，这就是当时特里尔大学汉学系的主任乔伟教授，一位一见面就让你感到亲切和信赖的华裔学者。我听说，从20世纪80年代开始，他就利用他的德籍华裔身份，为中德的文化交流积极奔波，做了大量的、扎扎实实的"搭桥"工作。那次来访，是因为他在欧洲看到我们刚刚出版的《中国当代文学手册》，所以专程来与我们联系，希望在迅速传播中国文学的最新成就和文学动态方面与我们合作，这种具有远见且又极其诚恳的意愿，自然获得我和同事们的积极呼应。也许就从那时开始，打下了我们与遥隔万里、相连于莱茵河水脉的特里尔城在文化交流和双向探访的基础。1993年，当乔伟先生退休，波尔教授接任主持汉学系工作后，这种联系就更广泛和经常了。

我坐的是法航班机，在巴黎转机后再进入德国。当我在法兰克福机场下飞机后，一走出大厅，就见到波尔教授笑盈盈地迎过来，这位五十出头的汉学家是开着自己的汽车跑了两个多钟头的路来接我的，这使我一踏上德国的土地就消除了陌生感。汽车在高速公路上向着特里尔城开去，公路两旁繁茂的树木不断向后飞驰，突然，波尔教授指着车窗外闪过的一条南北走向的河流说："看！莱茵河！"我立即朝他指的方向看了一眼，汽车就匆匆掠过继续向西行进。但这一眼终使我明白，我真的来到了莱茵河的身边，来到了它的水脉所贯通的土地上。

发源于德国南部阿尔卑斯山脉的莱茵河，自南向北流经荷兰入北海，它的主干及其重要支流摩泽尔河、美因河，贯通了德国西部和南部的大部分土地。法兰克福、波恩、科隆、杜塞尔多夫等著名城市，都依傍在它的两岸，而特里尔城，则被它的支流摩泽尔河所环抱。这个幅员广阔的河域是孕育日耳曼民族历史文化的重要温床，也是德国土地最肥沃、风景最秀丽的地带。无怪乎德国人都习惯称莱茵河为父亲河，称摩泽尔河为母亲河，因为这是给他们世代生存以滋养的重要血脉。

特里尔大学离市中心约十公里，我到达的第二天恰好是周末，汉学系的朋友要陪我到城里参观，我自然也乐于更快地熟悉这里的一切。特里尔是一个相当精巧的城市，尖顶的楼房、石块砌成的街道、建筑物上精致的装饰线条，一下子就会把你带进欧洲传统的文化氛围：典雅、庄重、沉稳。令我惊异的是，这里竟还保留有那么多的古罗马时代的建筑，像建于公元2世纪的高大宏伟的尼格拉城门、庄严宽敞的罗马帝王议事厅、可容万众的露天剧场以及只留下断墙残壁的王公浴场遗址，等等。这一切都显示这里有着非凡的历史。原来，特里尔一千多年前曾是西罗马帝国的首府，后来古日耳曼人由于受到匈奴人的进犯，在向西迁徙过程中才把这个显赫一时的奴隶王国推翻。又经过长期的历史分合，古日耳曼人的后裔到公元9世纪才建成德意志国家。尽管最初他们也曾自称为"神圣罗马帝国"，但严格说来，古罗马并不算日耳曼民族的历史源头，可是今天这里的人们仍然把它当作人类历史的一次辉煌而珍惜和保护着。这固然可以使这个小城市吸引络绎不绝的观光客，但我感觉到，这些久远的文化遗产对今天的特里尔人来说，不仅是把它当作一种旅游资源，更重要的是把它作为今天日耳曼文化的一种底蕴。我在与特里尔大学日耳曼语言文学系主任阿尔豪斯教授的一次闲谈中，曾经向他提出过一个有趣的问题，我说：为什么德国历史上能出现那么多的哲学家？从康德、黑格尔到后来的胡塞尔、海德格尔，可以列出长长的一大串名字。他的回答倒挺认真，除了从他的本行谈到日耳曼语言对人的思维习惯的影响外，还特别提到了古希腊的哲学对他们民族思辨能力的熏陶作用。看来文化的衔接有时往往是超出了狭窄的民族界线的，特别是在欧洲，很难离开古希腊罗马的文化源头，也许，这正是今天特里尔人珍视这里的历史遗产的一种自然的心理动机。

特里尔这个城市在近代，也曾为人类历史文化贡献了一位伟大的儿子，这就是马克思。马克思诞生的故居就位于市中心的一条大街上，那是他犹太人的父亲买下的一幢三层的楼房，1818年马克思就在这里出生。这位历史伟人在特里尔生活了十七年，而现在他的故居却为我们展示了他一生的生活足迹，从他在这里读完中学到离开特里尔，到波恩，到科隆，到巴黎、伦敦开始波澜壮阔的岁月。故居的三层楼房，存放着马克思的革命活动资料，相当丰富，包括他的手稿、信件、著作以及那个时代的各种报纸、杂志和革命活动的图片等。这一切都使你直接领悟到马克思的博大思想和惊人睿智。可惜原来的家具什物已荡然无存，现在客厅摆设的19世纪的家具，都是后来从当地市民那里征集来的，这有点令人遗憾，不过，我们走在那咯吱咯吱的木地板上，心头仍然感应到一阵阵历史的声音。

那天我和友人S君参观完马克思的故居后冒着小雨在大街上散步，我突然发现这条大街的名字很奇特，大街的南段叫马克思大街，而街的北段（即故居所在的地段）却叫布吕肯（Brucken）大街。我问友人，为什么同一条街却取两个名字？这位参加过《马克思传》翻译工作的朋友告诉我，这是特里尔市民两种意见调和的结果。二战后，在恢复马克思故居纪念馆时，一些人主张起个纪念性的名字，而另一些人则主张保留原初性的名字，大概各有理由，于是就采用了现在这样的办法。我心中思忖，其中或许还有别的复杂原因，但如果真从保持历史的原初性来考虑，也不是没有道理的。不过在大街北端的公共汽车站，却明确地标示着：马克思站。我们每次从城里返校，就是在这里乘车的。

235

莱茵河畔，除马克思外，还诞生过不少文化名人，波恩这个城市也有它的骄傲：贝多芬！在波恩一下火车，迎面就是宽广的贝多芬广场，中间耸立着贝多芬高大的铜像，铜像底座的周围种满了鲜花，时刻表露着人们对这位音乐天才的情感。我和 T 君正想在此相互照相时，一对老年夫妇缓缓走过来，他们似乎懂得我们的心思，主动提出给我们在贝多芬像前合照，我们自然高兴地承领了他们的好意。照完相，T 君用德语向他们道了谢，他们含笑地继续往前走了。我望着这对德国老人的背影，想到他们这代人在 20 世纪所经历过的可怕的历史风雨，也许正是残酷的战争教会了人们倍感友谊与爱心的可贵。

从广场拐过了两条大街，就到了贝多芬故居博物馆，那是尖顶的两层楼房，1770 年贝多芬就诞生在这个尖顶下的阁楼上。1827 年贝多芬去世，三十多年后，他的故居曾遭到被拆毁的危险，是当时的十二位波恩市民联名写信提出要求并积极筹款买下这座房子，才使这位音乐天才的故居不至夷为平地。现在想来还不免令人心悸。有时一种文化价值并不是为所有人都理解的，但历史岁月终会使人醒悟，当一百多年后我们这些后来人走到这里的时候，谁又能不深深感谢这十二位先人卓越的文化意识和果敢的作为呢？

展览厅里，陈列着贝多芬使用过的各种乐器，他弹奏过的管风琴、中音提琴，他写给女友的情书，还有他与那些支持和关心他音乐创作的友人及王公侯爵的各种照片。我在他那些布满音符的珍贵手稿面前，伫立良久，觉得有一种拽人的力量在吸引着我，我苦苦地在想，是一种什么样的魔力让这些音符能穿过如此久远的时空，在一代又一代人心中唤起强烈的波澜？当我走到后一个展厅，那里摆着两架锤击钢琴，它们仿佛在无言地回答着我。贝多芬晚年双耳失聪，为了坚持创作，伦敦钢琴制造师布罗乌德和维也纳的钢琴师格拉夫专门为他制作了这两架特殊的钢琴，它们是那么有力地显示了贝多芬崇高而又顽强的创造力量和与命运抗争的不屈不挠的精神。是的，贝多芬正是把人类这种最高贵的情感用音响和旋律弘扬至极致从而使他的艺术获得了永恒。

今天莱茵河畔的现代人，再不会像 19 世纪波恩市市政管理者那样无知，相反，为了展示一种文化的存在，他们确实投入了不少资金。记得后来我到法兰克福歌德的故居参观时，我的德国学生丹尼娅首先就眉飞色舞地向我"炫耀"：在歌德故居旁边刚刚建成一座美术馆，前几天才正式开放哩。真棒！我参观完歌德故居后自然就到那座豪华的美术馆去观赏，看到里面展览的全是17 世纪末到 18 世纪的油画精品，整个美术馆回荡着一股激动人心的、充满理想主义的现实主义艺术浪潮。这时我才恍然悟到在紧挨着歌德故居建立这座美术馆的深层意义。它有力地烘托出歌德所处的那个时代的艺术氛围，歌德一生的文学活动正是不断摒弃那种脱离现实和敌视人生的病态浪漫主义倾向，坚持着促进人类历史发展、培养完整和谐人格的"古典"主义文艺旗帜，创造了德国文学的一座丰碑。美术馆通过它的艺术展示，让人们去亲自感受那个孕育歌德的时代，让人更深刻地理解歌德。

由歌德自然会想到席勒，也会想到与贝多芬同年出生的黑格尔，他们既是同时代人，又都与莱茵河有牵连，席勒和黑格尔都出生在符腾堡州，那是莱茵河上游流经的地方，可惜没有机会去了。我和T君从贝多芬故居出来，边走边谈论着，我们穿过波恩大学的林荫道和大草坪，终于来到了莱茵河边。那天正好是星期天，商店全部关门，这是欧洲的习惯。人们的休闲不是去逛商店，而是寻找与大自然接触的机会，莱茵河畔恰是个好去处。我看到一些年轻的母亲推着儿童车，把可爱的孩子带到这里来，一些少男少女在河边的绿茵上欢快地玩耍，一些老年人三三两两地在散步或靠在河边的栏杆随意地聊天。这些，使莱茵河呈现一派平静闲逸的气氛。我走到游艇的船坞边上，用手惬意地拨动着河水，不觉想起当年马克思、恩格斯在《德意志意识形态》一书中告诫德国人的一段话："人们为了能够'创造历史'，必须能够生活。但为了生活，首先就需要衣、食、住以及其他东西。因此第一个历史活动就是生产满足这些需要的资料，即生产物质生活本身。"而世人们为了真正懂得这个真理，无论东方还是西方，都曾付出过沉重的代价。

这次到德国我才更具体地感受到，德国人对东方文化的兴趣可以说有着久远的历史，记得张君劢先生曾经说过，一战前，西方抱着种族优越感来看待东亚民族，一战后情况则完全相反，人们对东方的兴趣大增，希望在那儿寻求人生的智慧。这个判语看来是符合实际的。今天，人们都会记得在中德文化交流史上的一位重要人物，这就是世界上《易经》德译本最早的译者卫礼贤（Richard Wilhelm，1873—1930），在中国当了二十多年传教士的他，深深懂得这部著作在东方文化中的意义，称它集中了东方"三千年最成熟的生活的智慧"，"是中国思想学说的基础"。而他的《易经》译本，在西方世界也备受推崇，至今仍然吸引着无数读者。卫礼贤的贡献当然不止翻译一本《易经》，经他之手翻译的几乎包含我们的全部经典，如《论语》《道德经》《列子》《庄子》《孟子》《礼记》《吕氏春秋》等，这真是一种惊人的文化奉献，他使中

237

国传统文化的精粹直接进入了西方。

在汉学系讲学期间，有一次我和波尔教授交谈，我说："我很想了解，您为什么对汉学发生兴趣？"他笑着说："这得从中学时候说起。"我颇为惊讶，他继续兴致勃勃地回忆道："有次我和同学们出外郊游，在候车时偶然翻阅一本杂志，它的封底上印着一些中国的古文字，我觉得相当有意思，回来后就找了一些介绍中国的书来看，这大概就是我接触中国文化的开始。后来，我又读了《道德经》和《易经》，就更加被那里面的思想迷住了。"自那以后，波尔教授开始学习汉语，研究中国的思想文化和文学艺术，还给自己起了一个极有中国文化意蕴的名字：卜松山。20 世纪 80 年代初，他在加拿大多伦多大学东亚研究所师从布拉格学派的著名汉学家 M. D- 维林吉诺娃教授学习，1982年他以研究郑板桥的诗画和书法的博士论文获得博士学位。当他回到莱茵河畔，很快就成了这一带颇有知名度的汉学家，先在宾根的蒂宾根大学汉学系任教，不久，他又被聘任为特里尔大学汉学系主任兼文化学院院长。

和波尔教授接触久了，就会感到他和阿尔豪斯教授文化气质的差异，尽管两人都有着日耳曼的严谨风格，可阿尔豪斯教授开朗活跃，谈笑风生又不失绅士风度；而波尔教授则内向、含蓄，不苟言笑却又淡泊洒脱。我曾暗暗地想，不知是不是中国的文化基因也在他身上起了作用？这真是个太有趣的问题。其实，这个印象在我第一次走进波尔的工作室时就产生了，一进门，迎面的墙上挂着一位书法家给他写的大条幅，上面是三个飘逸的大字"大自在"，似乎要把你带进禅悟的境界。文化的潜移默化作用，确实很神奇，常令人难以捉摸。

我注意到波尔教授这几年的研究方向在逐渐转移，从文学艺术转向了文化。特别是这两三年，我经常在国内一些文化、学术刊物上读到他研究中国儒家文化的文章。儒家思想与中国现代化问题也是当前德国汉学界研究的一个热点，这似乎和我国目前的儒学热相呼应。但当我在德国与他们的一些学者交往后，才比较真切地体会到他们对东方儒学重又发生兴趣的内在原因。从学术上来说，德国的学者对儒家思想在现代化中的作用看法并不一致，可以说，大部分学者都持否定态度；而认同儒学的学者，却是要对 20 世纪初他们德国的著名社会学家马克斯·韦伯的一个在世界有广泛影响的论断提出挑战，这个论断是：儒家和道家思想都不能像西方新教伦理那样促进现代化的实现。现在德国一些学者则从儒家思想在东南亚地区经济发展中的积极作用，来对韦伯关于资本主义精神的驱动力理论的普遍意义提出质疑。这确实是一个极有挑战意味的课题。不过，我看波尔教授似乎不太介入两"派"之争，并不在儒家文化于中国现代化的意义上固执己见，他的研究兴趣主要在探讨中国传统的儒家学说于今天的世界性意义。他更多的是从西方今天现代化的现状，从他所感受的西方社会面临的道德环境来探讨儒家学说。所以他对儒家的"修身"理论、"仁"的准则以及"天人合一"的观念钻研颇深。尤其令我佩服的是，他能用普遍性与相对性的哲学观点来阐述与中国进行跨文化对话的必要性和可能性，显示一种双向而平等的文化姿态。也许这种态度更能吸引更广泛的学者，所以1997年4月，他所领导的文化学院举办的中西文化对话国际研讨会，能云集东西方的一大批著名专家、学者，真可谓盛况空前。讨论会开得热烈且意犹未尽，决定明年还到特里尔来重聚。确实，平等对话、文化的互识、互补与互用，恐怕是当今世界发展的一种趋向，清醒的学者应该最敏感这一点。

在我的讲学工作即将结束之际，丹尼娅从法兰克福给我打来长途电话，她说，她和我的另一个学生克罗迪娅很想与我见面，问我能否到法兰克福她家里去住两天。丹尼娅和克罗迪娅都曾到过武汉大学学习，并选修过我的课，她们对中国充满感情，求知欲也特强，经常利用课余或假日要求我给她们多介绍一些中国的文学知识，渐渐谈论的东西越来越广，从中国谈到德国，谈到大千世界和各式人生。1990年前后，她们先后回国，临别前她们都依依不舍地说，中国教授真好，平易近人。我也高兴地说，咱们成为朋友了。分别后，丹尼娅还经常到中国来，她在德国办了一个咨询公司，利用学到的中国知识，专门为投资中国的德国人作咨询。而克罗迪娅却一直没见过面。这次能有机会在德国与她们相聚，我当然有说不出的高兴。况且，法兰克福又是个世界有名的金融中心，能够看看莱茵河畔的另一个文化圈，不是挺有意思吗？

到法兰克福那天恰好是6月30日，这天对中国和世界来说，都是一个不平凡的日子，全世界都在翘首等候香港回归的神圣时刻。在此前两天，德国朋友就互相提醒：30号别忘了看电视！可那天由于瓢泼大雨，高速公路上能见度极低，汽车到达法兰克福已是下午六点多钟，也就是北京时间的30号零点刚过，当丹尼娅陪我走进她寓所的时候，她丈夫乌里在门口迎接，还来不及寒暄两句，这位银行家就急忙说，先别管其他，赶快看电视，香港正在移交！

我们三步并两步地走进客厅，电视屏幕上正在播放香港的升旗仪式，看到我们庄严的国旗终于在这个飘零在祖国母体外百年的城市上空升起，心中自然激动无比。香港是我的出生地，它除了是祖国不可分割的一部分外，它和我个人的命运也是不可分割的。同时令我兴奋的是，我的德国朋友也是那么真诚地和我一起分享我们的欢乐。

丹尼娅夫妇居住的地方叫科伦堡，离法兰克福约二十公里，开车不到半小时就到了。科伦堡是银行家聚居的一个小镇，每栋小洋房前后都有花园，街上浓树密荫，相当幽静，除了汽车，极少看到行人。晚上他们要请我到外面吃饭，乌里问我，到中国餐馆怎么样？我在德国已经懂得他们的习惯，请客人吃中国菜是很时髦的事，也是一种颇高的礼遇。中国饮食文化在世界上如此风靡，当然值得自豪，但我婉言谢绝了，我开玩笑地说："中国菜还是等你们到中国时我再给你们做吧。"丹尼娅懂得我的想法，说："陈老师要的是不同的文化体验。"我和乌里都哈哈大笑起来。

晚餐确实体验到典型的欧洲风味：轻柔的古典音乐，餐桌上闪动的烛光，挂在木质墙壁上若隐若现的西洋画，彬彬有礼的侍者端上来的还带点血红的牛排……据说，这是镇上有百年历史的小餐馆，门边上还挂着第一代老板的照片，现在负责柜台的是第二代，而厨师则是第三代。餐厅只有七八张桌子，客人基本坐满，但气氛却很静谧。乌里悄悄告诉我，旁边那桌坐的几位也是教授，而他倒没有特别向我说明另外那几桌坐的是不是银行家，也许他认为教授更能增添那个环境的文化气氛，这属于我的猜想。

晚饭后已经九点多钟，天还亮着，他俩要开车带我去看看市镇的环境，我以为他们要让我了解一下这个富豪地区的现代生活，可他们引我去参观并自豪地介绍的却是这个镇上最古老的和最有传统特点的地方。当汽车开到一座古堡式的建筑面前就停了下来，乌里告诉我，这是19世纪德国一位皇后的城堡，皇后是英国维多利亚女皇的女儿，城堡充满贵族气。我们走进去一看，果然金碧辉煌，现在这里已成为五星级饭店，但一切都保持当时城堡的原样：卧室、各式餐厅、大小客厅、书房等，还有珍宝陈列室，陈列着许多国家元首赠送的珍贵艺术品。听说科伦堡的银行家们经常在这里聚会，商谈业务。我们在客厅里坐下来喝茶，我也有机会细细地观察这里的环境和人，看来，最现代的金融巨子们和最古典的贵族文化是那么的水乳交融，我感到这真是一种颇具意味的文化景观。

金融与文化并不相斥，乌里也爱收集各种名画，在他们家的客厅和楼道上，都挂着各式各样的现代派名家之作，丹尼娅指着客厅正面墙上的一幅画说，这是毕加索的作品，价值四十万马克。我笑着说："看来你们的财富显示还是通过文化。"乌里并不反对的笑着耸耸肩。

第二天，丹尼娅开车和我到海德堡去看望克罗迪娅，她正带着一岁多的孩子，不便行动，当然应该我们去看她。加上我对海德堡大学早已向往已久，很希望看看这所德国最古老的大学。克罗迪亚回国后在海德堡大学获得了硕士文凭，而她的夫君则正在那里攻读博士学位。这次我才知道，克罗迪亚的父亲是一个市的市长，可她在中国时从未宣扬，而他们现在仍然不靠这种"资本"，宁愿自己踏踏实实去奋斗，我看他们现在的住房相当一般，甚至有点"寒碜"，可他们一点不以为然，这倒令我欣赏和佩服。

海德堡也是莱茵河水脉上的一个城市，是德国一个有名的古城，直到现在，仍保留着古朴的民风。海德堡大学建于1386年，至今已有六百多年的历史，民间传说中的浮士德，相传就是这个大学的博士。现在，当年那栋最早的校舍，还保存良好，门框上 University 的字迹仍依稀可见。它的汉学系成立相对较晚，1962年才开始招生，但在全德国二十二个汉学系中，其资历仍不算太浅（汉堡大学的汉学系成立于1909年，是全德国最早的汉学系），我专门参观了它汉学方面的藏书，三层楼房摆得满满的，从古代的各种典籍到当代世界各国出版的汉学研究资料，相当齐全。中国大陆、港澳、台湾许多学术新著、文艺作品、报纸杂志，甚至省级的文艺刊物，都搜集得很广泛，使人看了特别兴奋。难怪乎一些中国学者在这里参观后留下这样的字墨"汉学重镇"。

离开了海德堡大学，我和克罗迪亚、丹尼亚三人漫步街头，走到一个露天小食店，坐下来喝饮料。温和的阳光照射着我们，这时，一种说不出的情感突然涌上心头，没想到事隔多年后，我竟能和我的两位德国留学生在德国的土地重又坐在一起促膝谈心。她们非常动情地回忆起在中国那段难忘的日子，令她们最留念的是在中国时同学之间、师生之间的那种亲密无间，那种相融与相通。克罗迪娅说："回国后，有将近两年时间我的心态都很难适应过来。"我问，为什么呢？她的眼睛充满泪水，说："我感到很难一下子进入这里的人际圈。"丹尼娅默默点头。似乎也有同感。沉默了一会儿，克罗迪亚接着说："后来，我加入了基督教，并成了这里华人教友活动的组织者，每星期都在一起讲圣经，非常愉快。"

我的心被深深震动，我万万没想到，接受中国文化的熏陶后，她们会有如此大的心灵反差，恐怕这是我们浸润在自身文化中所体会不到的。有比较才会有怀恋，我在异乡似乎更深地懂得了怀恋，对自己文化的怀恋。

　　回到克罗迪娅家里，她一定要亲自做中国菜给我吃，而且不许我动手帮忙。她利索地忙了不到一个小时，一桌漂亮的中国菜就做好了。她要我品尝并给她"打分"，我说，不用尝，光闻一下香味，就可以给你打满分，因为这是典型的中国风味。克罗迪娅搂着她的女儿，开心地笑了。

　　在送我出门时，她把一份礼物塞到我的外衣口袋里。我坐上了丹尼娅的汽车与她挥手告别，在她的身影消失后，我拿出礼物拆开一看，竟是一本《圣经》！我突然想起了科隆的大教堂，想起了遍布各城市的大小教堂，我常看到那里面独自坐着的静思者，是的，在繁杂喧嚣的现代社会，人的精神往往更需要寻找安妥之所。我看着克罗迪娅夹在《圣经》里的她和丈夫女儿的照片，心中感慨万分，我只能默默地遥祝她精神上得到安宁。

　　一个月来，莱茵河畔的一切，也处处在感染着我。有接触，心灵必然有碰撞，但我相信，这种文化撞击力只会激起我不断探索的激情，而不会让我偏囿于一隅。在告别特里尔的时候，波尔教授送给我一瓶葡萄酒，并郑重地说：这是莱茵河畔的葡萄酿造的酒。我深懂其意，也郑重地感谢他，我说："虽然我不会喝酒，但我一定慢慢品尝它。"波尔教授会意地笑了。

　　带着莱茵河畔朋友们的浓郁情谊，带着莱茵河的佳酿，我登上了飞机，向着我的东方飞去。

　　再见，莱茵河！

原载于《珠海》1998 年第 1 期

穿过"尼格拉"大门

——特里尔之行随感

1997 年 6 月，我接到特里尔大学赫茨校长和汉学系主任波尔教授的邀请，到该校进行为期一个月的讲学。在到达特里尔之前，我只知道特里尔的历史意味是马克思的故乡，当然仅此一点也够让人兴奋的了。然而，当我踏进这座位于德国西部边陲的小城时，在我面前展现的，却是一个比我想象中远为宏大辽阔的历史空间。

在法兰克福下飞机后，坐着波尔教授驾驶的小汽车往特里尔开去时，波尔教授告诉我，特里尔是一座有两千多年历史的城市，它曾是西罗马帝国的首府，是西方世界的四大古都之一。这时我才突然意识到，我是从德国历史的最深处进入德国的。

到特里尔大学的第二天，恰好是周末，汉学系的朋友要陪我进城参观，我也热切希望尽快一睹特里尔的风采。汽车往城区开去不到十分钟，朋友 T 君就指着前面说，尼格拉大门到了。我们下车兴致勃勃地向前走去，一座古拙而又宏伟的建筑就耸立在眼前。

这就是特里尔人的骄傲——尼格拉大门，一座建于 2 世纪的古罗马城门。抬头望去，两扇大门足有三十米高，在它之上，还有两层高大的城堡，嵌在城

243

堡上的一个个窗口，至今仿佛还在威严地洞察着一切。这种规模和气势，使你一下子就会感受到一千多年前人类社会那种辉煌和显赫。我抚摸着城门上那些布满历史风雨印痕却仍然坚实牢固的石块，心头似乎获得一种无言的触动。真感谢特里尔人，没有人为地去添加任何的现代装饰，或去恢复它原来的白石色貌，而是让它披着历史的风尘和积垢，让它以灰黑色的身躯屹立在世人面前，永远透射着一种饱经沧桑却坚毅无比的力量。

尼格拉大门在特里尔市中心占有显赫的位置，但历史对特里尔又何止一个古城门！当你漫步街头，你常常会不期意地遇到不同时代的遗迹，就像一道道历史声浪向你涌来。穿过尼格拉大门往右拐去，是特里尔市的一个中心广场，广场的北面，是一座建于1235年的大教堂，历史在这里比尼格拉大门多走了一千年，它既保留了罗马时代的宏大气势，又多了不少庄重与沉稳。这种哥特式的建筑，在某种意义上说，我觉得似乎更接近今天日耳曼民族的性格，难怪它会成为现在特里尔人宗教聚会的最主要场所。

确实，历史在特里尔不是凝固的，罗马时代，哥特人时代，都留下了流动的足迹。在Konstantin大街与Weberbach大街的交汇地带，有两座建筑特别引人注目。一座是建于3世纪的宏大而威严的古罗马帝王议事厅，另一座则是紧挨着它的，建筑于17世纪的德国选帝侯的官邸。也许是先人们的有意为之，让它们前后相依并立，为后人显示着历史的鲜明变化。选帝侯的官邸是典型的巴洛克文化的象征，它那充满动感的线条，细致而繁复的装饰，还有那嵌镶在墙头梁架上的一个个散发着生命活力和人性欲望的雕塑，与古罗马议事厅那种平直整一的线条和典雅、庄重、古拙的风格，形成了强烈的对比。看着它们，就像读着一部生动而形象的史书。

在特里尔期间，我无数次地徜徉在这种既陌生又令我惊叹的历史氛围中，但奇怪的是，它们在我心中逐渐消除了它的遥远感，我明显地感到历史的躯体已经融到了现实中，它已经和今天的特里尔——那现代化的建筑，那闪烁着光艳色彩的商店橱窗，那经过人工整治的绿茵茵的草坪……和谐地交织在一起。而它的苍茫气息，不仅与饱经沧桑的耄耋老者联系在一起，更与那一群群充满图强进取活力却又不失深沉持重的少男少女们联系在一起。今天特里尔人正想利用它在地理位置上的优势，积极争取发展成为欧洲共同体的经济文化中心，向着最现代化的水平做新的努力。也许正是对现代文明的追求，促使他们如此爱护、保存着自己的历史，珍惜着这片土地深藏的一切。是的，过去的历史与今天的现代化并不是对立的，特里尔人一点也不把历史看作是走向现代化的包袱，这点，很值得我们深思。

确实，现实怎么能离开历史呢？就拿与今天特里尔人生活关系最密切的酿酒业来说吧，我在市博物馆前看到一件出土于 3 世纪的文物，那是用巨石雕塑的一条运酒船，船上俯跪着一排奴隶，压在他们身上的是一个个沉重的大酒桶。船也许正在摩泽尔河上运行。那条被称作德国母亲河的摩泽尔河世世代代以自己的乳汁，浇灌了两岸茂盛的葡萄园，也酿造了驰名世界的葡萄酒，一千多年，盛产不衰。然而，今天的酿酒人已经不是当年被酒桶压得痛苦无言的奴隶了。酿酒成了受社会敬重的职业，每年，这里的城市和社区都要评选葡萄酒的皇帝和皇后，他（她）们都是最出色的酿酒能手，他们为大众奉献美好的佳酿，自然成了社会公众的代表人物，在各种社会活动中受到人们的尊敬。在特里尔举小的一次老城节（有美、英、法、德的四个老城代表参加）的庆典上，我就目睹过葡萄酒皇帝皇后的丰采。看到他们的欢畅和自信，很自然会想起 3 世纪时运酒船上的那些奴隶，不正是他们把历史"扛"到了今天吗？在这里，历史和现实不仅融合了时空的界限，更在精神上获得了双重的意义：现实会使历史焕发出异彩，而现实本身，也会因有悠久历史的支撑而更显出它价值的分量。我似乎悟到了尼格拉大门的"通透性"，历史和现实，常常就是在这样的通透中相遇和相融的。

在特里尔待久了，你还会体察到特里尔人对待历史的那种心态。史书上的资料表明，当年的西罗马帝国是被古日耳曼人，即今天德意志人的祖先推翻的。由于匈奴的进犯，使自古栖居在易比河与莱茵河一带的古日耳曼人发生大迁徙，遂威胁直至消灭了西罗马帝国，并在长期的历史分合中形成了今天的德意志国家。严格说来，西罗马帝国并不算今天日耳曼人的历史源头，可是，罗马时代毕竟是人类历史的一次辉煌，因此，今天特里尔人仍小心地保护着它。这里的朋友告诉我，城里建筑施工时，常常会碰到历史古迹和文物，于是宁可改变施工地点也要使这些千年遗址不受损坏。现在，在市区内就有一片奇特的"广场"，据说原先计划在此盖一座大楼，但施工时发现了地下遗址，于是临时把它覆盖上，形成了一个大广场。现在我看到地上的施工变成了地下的施工。朋友说，再过一年多，就可以开发出一个可供大众参观的地下历史遗址了。

对待历史的开放心态，显示了特里尔人对人类历史财富的理解。对于我们所敬仰和关注的马克思，尽管在意识形态上或许他们有某种保留，但马克思

245

故居却被保存得如此庄严、完整且内容如此的丰富，三层楼房存放着各种文物资料，以及马克思的手稿、信件、著作，故居管理的那种细心和严谨，可使你直接感受到这位伟人的博大思想和惊人睿智。正如特里尔的朋友所说，因为马克思不仅是特里尔的儿子，更是人类历史上一位杰出的思想家和哲学家。

珍惜历史实际上是珍惜今天。在我离开特里尔的前一天，汉学系的 S 教授还热情地邀我登上特里尔的最高点——玛利亚山麓，让我俯瞰一下特里尔的全貌。当我站在山顶上的玛利亚塑像下放眼望去，美丽的特里尔城尽收眼底，摩尔泽河则像盘绕在她身上的一条清亮的腰带，从城东南逶迤流向城的西北，再向北流到科布仑茨与莱茵河汇合。我清楚地看到，在这条秀丽清澈的河上，分别有三道桥，S 教授告诉我，中间一道是罗马桥；靠下游的一道桥叫恺撒·威廉桥，以德国封建王朝的一个战功显赫的皇帝命名；在上游带有现代风味的一道桥则叫阿登纳桥，它是纪念二战后使德国出现"经济奇迹"的一位总理。我听了怦然心动，历史就像摩泽尔河不息地流淌，三道桥不又是三道历史足迹吗？看来特里尔人处处都不会忘记为历史留下刻痕的人。

由此，我大概更懂得了尼格拉大门于特里尔人的深刻意义，它赋予了特里尔人一种突出的性格：尽管城市小，人口不过十万，但却心地高远，既能沉着地对付今天，又能满怀信心地远眺未来。

原载于《芳草》1998 年第 2 期

快乐的欧洲自由行

"自由行"的快乐

尽管近十年间，我已到过三次欧洲，但都是带有公务，虽然行动也比较自由，可很难尽情尽兴。所以，我总盼望有机会能够在这片土地上来个"自由行"，以便尽量饱览这里丰厚的文化遗迹、深入体味这里的生活风情。

今年夏天，我终于下了决心，让老伴"独守空房"，和女儿独闯欧洲。和我们同行的还有她的一位女同事，三人的英语都很蹩脚，我笑称：这真是三个"哑巴"闯欧洲。

我们不是大款，只能"穷游"，旅费、住宿费都得精打细算。在网上查到了一种最经济的机票，一个月内往返只需人民币 5800 元（不含税），又经外国朋友介绍，可以预先购买一张欧洲的火车通票，价钱比临时买票便宜几倍。至于旅馆，也是从网上浏览，找到一些既便宜，又干净的地方，先预订，未能预订的，也大体查明目标，记下联系方式，以便到达该地时便于联系。到了各个地方，也还有许多节省的"窍门"，如在巴黎坐地铁，准备好照片，就可以买一张 21 欧元的周票，一周之内，14 条地铁线随便坐多少次都行，否则，每次买票，起码每张得 2 欧以上。我们就是靠这张票，7 天中跑遍这个世界繁华的大都市的，又快又方便。在威尼斯，也有一种通票，12 欧，24 小时内轮船、巴士随便坐，不然，光买一站的船票就得 5 欧，谁受得了。

不参加旅游团，要获得个人签证是不容易的，它需要有效的邀请函和各种证明，我在巴黎工作的一位朋友，给我们解决了这个问题，有了它，我们颇为顺利地获得了签证。一切就绪，一人拉个拖箱，背个挂包，带着旅行的必备品，就出发了。

我们选择的线路是：从欧洲文明的发祥地希腊进入欧洲，在希腊的雅典探寻古希腊时期辉煌的文化遗迹后，再到爱琴海上的圣托里尼岛住两天，享受这里极其美丽的海洋风光。——在意大利，自然是先到罗马，看看古罗马从公元前 6 世纪到拜占庭时代整整十个世纪所留下的许许多多的历史碎片。而梵蒂冈这个"国中之国"，当然也是必须要到的地方，然后就到文艺复兴的重镇佛罗伦萨，再到最早商业发达的水上城市威尼斯，真切感受一下从古罗马文化到文艺复兴时期文化的变化。那不勒斯附近的庞贝，这个公元 79 年被火山岩浆淹没了一千七百多年、两百多年前才被陆续发掘出来、基本保持当年原貌的古城，也是我们向往的地方。——从意大利进入奥地利，在萨尔斯堡，则是为了直接感受曾在电影《音乐之声》中所看到的阿尔卑斯山下迷人的风光以及那里无数的古堡和修道院。——在德国的第一站是法兰克福，倒不是对这个欧洲金融中心有什么兴趣，而是应我的一位德国学生之邀，也想在此休整两天。以法兰克福为"据点"，到著名的文化名城海德堡，还到了许多美丽的小镇，观察一下德国人最基层的生活。到科隆参观完著名的科隆大教堂后，就直奔法国。——在巴黎用五天时间参观那里的各种历史文化宝藏，用两天时间游览巴黎以外的自然风光，并到了举世闻名的、二战时英、美、法联军登陆的诺曼底。——在比利时的布鲁塞尔参观后，就到了我们旅行的最后一站——荷兰。我的朋友，一位荷籍华裔女作家为我们提供了一套设备齐全的住房，因此，最后一周，我们就有可能在此体验一下做"普通居民"的乐趣。

这种虽然紧张却又十分自由舒畅的旅行，这种充满着愿望和目的的旅行，确实无比快乐，因为每天都有新的环境，新的惊喜，新的体验。

当然，由于我们的"哑巴"缺陷，自然也闹了不少笑话，遇到一些惊险。

比如：在海牙，我们从火车站坐巴士到海边，想看看大西洋，上车向司机买了三张 2.4 欧元的票，票上有三格，凭以前在德国的经验，我以为可以用三次，每次上车打一格，所以从海滩到和平宫也用这票，从和平宫回到海牙火车站也用这票。岂知在荷兰这样的票是只能用一次的，回到住处，谈起这事，朋友惊呼："你们好险！要是遇到查票员，你们可要被罚 300 欧元啦！"听她一说，我们出了身冷汗，没想到竟当了个"逃票犯"，可我们哪里知道这么短的路程一次竟要 2.4 欧呢？又比如，当我们从庞贝坐火车到佛罗伦萨，本应是晚上九点左右到达的，谁知火车开到中途却停了下来，一停就是三个钟头，这可把我们急坏了。向邻座一位男士打听，他说前面可能出了问题，其他再说什么我们就听不懂了。不久，广播说了一大串，我们只约略懂得车要改道往比萨方向走，那我们该在哪里下车呢？车上又没有列车员，只好向一些懂英语的乘客打听。到半夜十二点，他们告诉我们可以在下一站下车了，但车停后，一看站名，却又不是佛罗伦萨，正在犹豫中，车门已打开，站台上一位工作人员要我们赶快下车往地道走。黑夜中，我们几个只好按他指的方向战战兢兢地往里走，走出了地道才看到还有十多位乘客，正站在那里听一个工作人员在讲话，大概是有巴士来接。我们拿着车票跟他说，我们是到佛罗伦萨中心站的，他说："Follow me!"看到他那负责任的态度，我们才放了心。不久，果然有一辆大巴开来，让我们上车，开了大概四十分钟，终于到了佛罗伦萨中心站。到了旅店已是凌晨三点了，幸好旅店有人通宵值班。后来一想，如果我们当时下车贸贸然不知所措，错过了那个大巴，那可得在那个不知名的小站台上干等到天亮，这就惨了。想到这点，又觉得很快乐，毕竟能在国外体验到有惊无险的快乐。

雅典娜的魅力

根据雅典的英文标示：Athinal，照理我们也应称它为雅典娜。其实，雅典娜是一位女神的称谓，她对希腊来说，是一位保护神，是一种命运的依托。神话传说中是她赐给希腊人这块土地，还赐给他们橄榄枝。传说雅典娜之所以把这块土地赐给她所喜爱的希腊人，是因为这块土地处在冰天雪地的北方与酷热难耐的南方之间，有更好的生存条件，这是希腊人最为感激的，也许，这也是他们能够在这块土地上创造最早的灿烂文明的客观原因。他们至今还以油橄榄作为"国花"，也表明希腊人珍惜着神赐予他们的和平心态，这应该是创造文明、保护文明的最重要因素。

古希腊为人类在艺术、文学、法律和科学等方面所作出的奠基性的贡献，

249

我们在书本上早有所了解，这次来到雅典，我更具体地感受到她曾经创造的辉煌。

从城里的住处走过不远，突然，一座巨大的、陡峭的山丘出现在眼前，原来这就是举世闻名的雅典卫城。一千多米高的石山上，屹立着修建于公元前430年的著名的帕特农（Parthenon）神庙，我们在山下仰望它时，就感到一种历史的震撼。在灿烂阳光的照耀下它是那么庄严又让人感到那么亲切。这座神庙，完全是用白色大理石建造的，所以它的主要框架，还能保存至今。及至走到它的身边，更觉得它设计宏伟，气宇轩昂，充分显示了古希腊最辉煌时期的豪迈、博大气势。神殿外部呈长方形，由四十六根圆柱构成柱廊。柱身制作，凹凸相间，十分讲究。

这座神庙主要是用于祭祀雅典的保护神雅典娜。听说原来置放有一座用黄金和象牙制作的雅典娜神像，后来被东罗马帝国皇帝搬走后不知所踪，后人再也无法瞻仰这座凝聚了文明辉煌的神像了。

在这座山丘上，还有几座神殿。有雅典娜胜利女神殿，据说人们为了留住女神，不惜剪断她的翅膀，不愿她离开这片土地。其中，还有厄瑞克忒翁（Erechtheion）神庙，这座神庙比帕特农神殿晚了一代，建于公元前395年，它结构相当奇特，周围的六根柱子是以六位站立的少女雕塑替代的，精美绝伦，放射着永恒的魅力。现在我们看到的是仿制品，真品的其中四根存放在卫城博物馆的一个庞大的氮气箱内。我们参观时，只能隔着玻璃观赏，尽管伤痕累累，却是稀世珍宝。听说其中有一根，被土耳其人掠走，下落不明，还有一根现存于大英博物馆里。人们如此珍惜它，是因为这些少女像柱，寄予了两千多年前的远古时期艺术家们的审美理想，从塑像少女的神采、衣服的皱褶、样式、耳环等，都处理得十分精细传神，令人惊叹。

西方悠久的雕塑艺术传统，恐怕在这个时期就已经取得了辉煌的成就。在卫城周围，精美的雕塑随处可见，看到这些线条繁复却又精致的雕塑，我也情不自禁地在它旁边照了相。

卫城的南边，还有一座剧场。现存的弧形状的一排排大理石座位，据说建于公元前320年左右。一些学者考证，公元前5世纪，希腊著名的戏剧家埃斯库罗斯、索福克勒斯、欧里庇得斯和阿里斯托芬的戏剧，就是在宗教庆典时于此剧场首次公演的，现在我们身临其境了，仿佛到了历史的现场，心头的激动真是难以言表。

雅典城内，四处都留下不少历史碎片，在路边堆放的一些各式各样的石头，似乎都保存着历史的密码。有次我们坐在一堆石头上休息，就有工作人员过来礼貌地劝阻，估计这都是他们要保护的遗产，也许是太多了，只能堆放在路边。

远远望去的一排长长的柱廊，听说就是当年的集市。现在经过整修，成为一种建筑艺术在展览。雅典古城的建筑风格，我们在后世的许多建筑中都依稀可见。

以残忍为乐的古罗马斗兽场

从我的个人直感来说，我更喜欢的是古希腊而不是古罗马。这是我学生时代学习西方历史和西方文学时，就形成的一种不知属偏狭还是属幼稚的印象。

无疑，今天当我走进罗马城，看到它所保留的四处可见的古代遗迹时，确实会为当年罗马帝国那种宏伟、勇猛、显赫的气势所震慑。但在我的感受中，古希腊的宏伟、博大，是融合着宽容与优雅，而古罗马的宏伟、博大，却显露出专制与残忍。从历史时序来看，尽管古希腊与古罗马都是处于奴隶制时期，但古希腊的辉煌期在前（公元前5世纪前后），而古罗马的显赫期在后（大体是在公元开始以后）。

在罗马参观，第一个目标就是斗兽场。女儿小时候读过意大利作家乔万尼奥里的小说《斯巴达克思》，那种人与兽、人与人厮杀的残忍场面给她留下了难以抹去的印象，所以她总想亲自到实地看看人类曾经"上演"这样野蛮惨剧的地方。

古罗马斗兽场，于公元72年至75年开工兴建，用了四万多个奴隶干活，公元80年完工。这是古罗马最雄伟的建筑，原来它的名称叫弗拉维奥圆剧场。整座建筑呈椭圆形，据有关资料介绍，它长直径188米，短直径为156米，外围高48.5米，共分四层，下面三层为拱门式，周围有80个入口，可容纳五六万观众。

我看在建筑规模上，它确实是希腊雅典卫城那个露天剧场所不能比拟的，体积起码大十多倍，结构也复杂得多，这无疑是建筑史上的伟大进展。但雅典卫城的剧场，上演的却真正是代表人类最早的文化辉煌的艺术珍品，而这里却变成了以厮杀为乐的"人与兽"角斗的场所，剧场成了名副其实的角斗场。

听说这里曾关着一万多头猛兽（大象、狮子、河马等），一万多名角

251

斗士（从奴隶、囚犯或罪犯中选拔出来的人）。当年，为了剧场的竣工，这里的庆典举行了一百天，就总共杀死了五千多头野兽，共有一百多名角斗士丧生。

参观时我曾纳闷，斗兽场场内那么多的石墙隔开小间和通道，是干吗的？经过询问才得知，原来这就是用来关野兽和角斗士的，多么可怕！在奴隶主眼中，人的生命就像野兽那样不值钱。据说在普多博皇帝在位期间，仅一次斗兽，就同时放入场内一百多头幼狮，吼声震天。当时对角斗士的奖励是：与猛兽搏斗赢了几次，就可以获得自由，改变奴隶身份。过去，我们曾在不少电影、小说或雕塑中，看到过角斗士的英姿，固然，这是那个时代崇尚勇武的反映，但何曾想到，他们自身却是为争取生命的自由而不惜付出惨烈的代价呢？

漫步在今天的罗马城，几乎没走几步就会遭遇一个古迹，从公元前 6 世纪到拜占庭时代，罗马将近十个世纪繁荣、兴盛的历史所留下的古迹不计其数，稍不留神，就会错过。这里值得一提的是君士坦丁凯旋门。这是古罗马诸多古凯旋门中最大的一座，也是保存得最完好的一座。它有三个拱门，上有多幅浮雕。这是为纪念君士坦丁大帝（他是第一个改信基督教的罗马帝国皇帝）于公元 312 年在罗马密尔比奥桥击败尼禄暴君后所建。看到这座凯旋门，我才明白，原来，一千多年后巴黎为纪念拿破仑打败俄奥联军而兴建的凯旋门（1806 年始建，1836 年完成），就是沿袭它的样式建造的。当然，比它更雄伟、更有艺术感。

写于 2006 年七八月间

艺术智慧的永恒

——走进梵蒂冈

　　梵蒂冈，在我心中一直是个神秘的名字，不仅因为它是世界上最小的国家（只有0.44平方公里，人口只有一千四百人，常年居住者实际只有五百多人）；更主要的是它浓厚的宗教氛围，它一切都以"圣"呈现在世人面前。正因为此，当我真正走进这块宗教领地时，就自然带着一颗忐忑的心，带着一种强烈的窥探欲望。

　　这个"国家"，其实是被一圈高高的铁栏杆圈在罗马城西北台伯河西岸的一块高地上，是名副其实的"国中之国"。说起来还有一段历史：公元8世纪，当时的法兰克国王丕平，大方地把罗马城及周围地区赠送给马城的教皇，形成了教皇国。但到了19世纪中叶，意大利完成了统一，就理所当然地要收回教皇的辖地。教皇只好被迫退居梵蒂冈。直到1929年，意大利才承认它是个主权国家。不过，现在看来，这种"留居"对意大利无疑大有好处。作为世界天主教的中心，梵蒂冈不仅对广大天主教徒，更对世界广大游客，都有着强大的吸引力。也许，从多个世纪以前，梵蒂冈和意大利双方就享受着"双赢"的利益。

　　圣彼得大教堂和圣彼得大广场，是梵蒂冈的精华所在。它以耶稣的圣徒彼得命名，传说这个地方正是圣彼得的墓地。最早的圣彼得教堂是君士坦丁大帝兴建的，而现在的教堂则是朱利奥三世于1506年动工建造，历时一百五十年建成。

253

当我们快要进入教堂前，看到了守卫在"国门"前的卫兵，他们那种条状色彩相间的服装，不禁令我扑哧一笑，因为它使人联想到舞台上的小丑。但这种服装听说已沿袭了五百年。梵蒂冈的卫兵是他们的唯一武装力量，传统叫法是"教皇卫兵"或"瑞士卫兵"，大概是这些卫兵都来自瑞士的缘故，至今如此。

然而最令我惊叹的确实还是它的教堂和广场。圣彼得大教堂以及圣彼得大广场的整体设计，主要得力于当时的两位著名的艺术建筑师：贝尔尼尼和米开朗琪罗。

它的广场设计思路很有特点，这是贝尔尼尼的杰作。现在我们看到的椭圆形的广场，就是由两个半圆形的长廊所环抱，犹如一位圣徒张开双臂，拥抱万众。长廊由二百八十四根陶立克式圆柱组成，故称贝尔尼尼圆柱廊。圆柱分作四排，但有趣的是，当我们站在广场中央观看，那四排石柱竟变成了一排，这是透视感觉形成的错觉，因为我们看到的仅是最前面的一排，这就是设计艺术的妙处。在圆柱廊的顶端，竖立着一百四十尊圣人和殉道者的雕像，使柱廊更显壮观。

进入大教堂的第一感觉是：宏大，辉煌。这确实是我在欧洲所见到的最宏大的一个教堂。它与德国的科隆大教堂和法国的巴黎圣母院被称作欧洲三大教堂，但从内部空间来说，梵蒂冈这个教堂比那两个教堂要大得多。光是它的圣殿长度就有二百一十米，而它的大圆顶则高达一百三十六米。说起教堂的大圆顶，也是极为人们称道的，那是米开朗基罗的杰作，圆顶的鼓墙周围，窗户、拱门楣饰相间隔，构成了精美的图案。它既是梵蒂冈也是罗马城的标志性建筑，因为我们在罗马城的每一个角落，都可以看见它。

圣殿内的壁画、雕塑满目琳琅，而其中最吸引人注意的有三样东西：一是米开朗琪罗的"圣母哀痛像"雕塑，一是贝尔尼尼设计的青铜华盖和圣彼得铜像，都是稀世珍品。特别是那个青铜华盖，耸立在教宗的祭台上方，四根铜柱被纹饰得极为精致，华盖前面半圆形栏杆上永远点燃着九十九盏长明灯，照亮着在此长眠的圣彼得。

在参观过程中我发现，在教堂内的每一件艺术品，每一件雕塑或壁画，都署有作者的名字，这真使我无比感慨。

置身于梵蒂冈大教堂里，与其说被其宗教气氛所感动，毋宁说是被其艺术气氛所感动，艺术与宗教在这里难解难分，更确切地说，是艺术的智慧，造就了宗教的辉煌！

写于 2006 年七八月间

庞贝：定格在公元 79 年的城市

公元 79 年，维苏威火山的一次突然猛烈喷发，亿万吨的火山灰顿时把离它不到两公里的一座城市——庞贝（Pompei）给完全掩埋掉了。

庞贝，这座位于那不勒斯附近、面临地中海的古城，最早建于公元前 8 世纪，到了公元后，它已是一座既有农耕，又有海上贸易的繁荣城市。然而，灭顶之灾使它突然在历史上消失了一千七百多年。

直到 1748 年，一次偶然的机会，庞贝才被人们发现，而且令人震惊的是：整座城市基本上保持完整。这真是世界奇迹！

听说挖掘工作是从 1798 年开始的，经过了两百多年精心、细致的不断挖掘和清理，这座城市的一部分面貌，重新呈现在世人面前。

2006 年的 7 月，当我直接踏进这座定格在公元 79 年的城市，直接走在它原有的街道上时，说不出我心中有多么的激动！是时光隧道把我带到了一千多年前的庞贝，还是庞贝沿着时光隧道来到我们面前？

现在露出地面的庞贝，大概有一平方公里。它有三千多米的城墙围绕，有八座城门。城内有两条宽阔的大街，纵横交错的小巷则不计其数，将城区分成呈"井"字形的九大块。城市有如此完整的布局，可见当时市政的管理水平。

城内各种建筑物、住房，除了房顶缺损外，还大体保留着原状。我们沿着石块铺设的街道漫步，可以看出哪是商店的柜台，哪是住房的灶间，哪间住户有几个居室，哪是富人家的花园……更有意思的是，这座城市当年已懂得将城外的山泉引入城内，并建有完善的供水系统，不然，富人家哪能有喷水池呢？城内又怎能建起好几个公共浴池呢？

走到城里的西南部，我们还看到一个长方形的广场，据说这是城市的宗教、政治、经济活动中心。广场现在还留有一排高十余米的大石柱，有雕刻精致的大理石门框，还有威严的神庙，显示着当年城市的繁华风貌。

城市的东南部还建有露天剧场，也有说是竞技场，规模自然没有罗马的斗兽场那么大，但估计也可容纳五千多名观众。有趣的是，从有关资料上看到，它建的时间比罗马斗兽场要早（公元前 70 年左右），而当罗马斗兽场竣工庆祝（公元 80 年）的前一年（公元 79 年），庞贝已经消失了。

最令我震动的是，在城市发掘中所发现的当年死难者的一些完整的遗骸，由于被火山灰突然掩埋，它们竟然还保持着遭遇灭顶之灾时的恐怖姿态：有猝然倒下的，有惊恐抬头的，还有在祈祷中木然呆坐的。经考古学家灌以石膏，这些遗骸都恢复了原状，似乎仍然在那里向今天的人们诉说着当年的惨剧。

直到今天，庞贝的发掘工作仍在进行。我们还到了目前发掘工作的现场，看到考古专家和工人们认真的工作态度。尽管是在露天，但他们就像在实验室工作那样细致，用柔软、精巧的工具而不是用粗硬的榔头，一遍遍地将被掩埋的建筑物上的泥土逐一分离，进展虽然缓慢，可却保证了古物不受损伤。

如此艰辛的工作进行了两百多年啊！这同样是在创造着奇迹。是的，人类珍爱自己的历史遗产，既是一种责任，也是一种天性，正因为如此，一代又一代，才会是这样的执着、这样的百折不挠。

写于 2006 年七八月间

迷人的圣托里尼岛

　　其实在出发前，我并不了解圣托里尼岛，所以制订出行计划时，并没有把它作为行程的重点，到了那里，才知道失算了，应该在那里多待几天才对，而我们只待了两天。

　　实在太迷人了，圣托里尼！

　　从雅典出发，坐了一个晚上的海轮，第二天早晨终于到达希腊南部海域这个位于爱琴海与地中海之间的美丽海岛。首先映入眼帘的是那湛蓝的海水，上岸后，才知道这里全是坚硬的山石。一幢幢白色的房屋就建在高高的、陡峭的山崖顶上。充足的阳光、湛蓝的海水，映衬着峭壁顶上白色的房子，给人一种洁净、明朗又姿态不凡的强烈感觉。

　　要不是事先在网上联系好，请旅店派车到码头来接，所有的游客都不可能自己前往，因为从码头登上山崖顶，再到旅店，要走许多崎岖的路。我们旅店的女主人 Bobi 是典型的希腊人，十分热情、开朗，她的英语说得不太标准，更增加我们交流的困难，有时她一句话要说两三遍，我们才能弄懂她的意思。好在她虽然性子急，常急得手舞足蹈，却还算有耐心。

　　入住旅店的手续办妥，一切安排停当，就马上去看海了。

圣托里尼岛的官方名字其实叫锡拉岛（地图上也是以此标示的），但希腊人却爱用圣托里尼（Santorini）这个中世纪的称谓，那是为了纪念一位圣女而取的名字。它其实包含四个岛屿，听说是公元前 1500 年的一次火山爆发，分裂成今天这个样子的。岛上的中心小镇叫费拉（Fira），这里有许许多多的旅店，建筑相当漂亮、精巧，几乎每一栋建筑，都有不同的设计，都是一件艺术品。试想，在这样的地方，沐浴着灿烂的阳光，面对着静谧、安详的爱琴海，该是一种什么样的享受？！

第二天，我们坐着两头尖、竖着桅、扯着白帆的"海盗船"，到火山岛上参观。

这个火山在公元前一千多年第一次喷发后，还有过多次喷发，直到五十多年前才基本停止活动。火山岛上全是黑色的炭石和黑灰，这都是火山喷发留下的历史见证，我特意捡了一块坚硬的炭石，准备带回来给老伴，他是半个"石痴"，却从未保存有这样经过暴烈火焰烊成的、经历了千年风雨的石头。

当船驶向另一个岛屿时，尚未到岸，旅游者们就纷纷扑通扑通地跳入水中。原来这个地方的海里有个温泉，船不靠岸，是故意让大家在此游泳的。今天我已无此勇气在大海里游泳，而女儿和她的女友，却跃跃欲试。可是，跳入水中没几分钟就爬上来了，说海水冷极了。她们根本就游不到温泉那里，不过，总算与爱琴海有过亲密的接触，还了心愿。

写于 2006 年七八月间

人性的光辉在闪耀

——佛罗伦萨的星空

由于铁路线出了问题，我们到达佛罗伦萨时已是深夜，准确地说，是凌晨三点；但更准确地说，我们是在梦幻中进入这个令我们向往已久的历史文化名城的。

难道不是吗？从年轻的时候起，我们的文学阅读，我们的美术欣赏，早已把我们的美好想象与佛罗伦萨联系在一起，但丁、薄伽丘、达·芬奇、米开朗琪罗……文化复兴时期这一连串文化名人的光辉名字，都来自佛罗伦萨，他们如同天上的星星，引发我们进入无穷奇异的梦幻世界。

这里的一切，都在向我们显示，这是一个与古罗马完全不同的文化时代，人、人性在这里闪烁着耀眼的光辉。在市中心的锡尼奥里亚 (Signoria) 广场，几乎是一座露天的雕塑陈列馆，在许许多多石雕、铜像中，屹立在市政厅前面的两尊雕塑，特别引起我的注意。一尊是米开朗琪罗的《大卫》，另一尊是班迪内列的《赫拉克里斯与卡克斯》，后者是以希腊神话中的大力神赫拉克里斯与受伤的战士为题材的创作。看着这两尊雕塑，我产生了一种很特殊的感受：在赫拉克里斯身上，从艺术家所突出的大力神那隆起的肌肉张力，我感到的是一种野蛮的征服力，一种怒目金刚式的复仇意志；而《大卫》，给我的感觉却

259

完全不一样，艺术家在这个出征前的青年的全裸体中，突出的是人的生命的和谐、完美，是一种对自我力量的沉稳自信。在这个艺术形象中，充分体现出人对自身的认识、对人文理想的追求，明显地跃上了一个新的层次。无怪乎当这尊雕塑刚刚完成（1504 年）竖立在市政厅前的第二天，就有人在雕像上贴上这样的字条："你给我们带回了自尊心……我们以自己是佛罗伦萨人而自豪……人是多么壮丽啊！"——这是一种时代的回响。所以，也无怪乎直到今天，来到佛罗伦萨游览的世界各国的游客，愿意花上两三个小时，在市艺术学院画廊门前排队，为的是进入那里亲自欣赏珍藏在这里的《大卫》的真品。

到了佛罗伦萨，只有直接目睹文艺复兴时期所留下的绘画、雕塑、建筑，才会真切感受到涌动在 14—16 世纪那股崇尚科学、张扬人性的人文主义思潮的巨大冲击力，特别是绘画中那些大胆展示人的肉体的丰盈、鲜活、完美的作品，那些充满生命欲望、舒展个性的作品，可以想见，它们在中世纪那个神权统治下的漫漫长夜，所产生的惊世骇俗的影响。

到了佛罗伦萨，我更不会忘记当年读但丁的《神曲》和薄伽丘的《十日谈》时的激动，所以无论如何都想找到他们的故居。拿着地图沿途问人，好不容易才在一个小巷深处找到了但丁的故居。这是一栋极其简朴的房子，纪念他的方式也相当简朴，在墙头上挂着他的画像，下面嵌着一个半身铜像。然而，就是这么一个偏僻、简朴的地方，仍然吸引了不少瞻仰者。精神的力量确实是穿透历史时空的。

走在佛罗伦萨的街道上，感觉就像走在一个艺术宫，这里几乎每条街道，每幢建筑，都透露出一种艺术气息，建筑物的艺术设计，建筑物周围的艺术装饰，常使你不能不驻足叹赏。

旅店的主人告诉我，若想感受整个城市的氛围，不妨登上圣乔治城堡观景台，那里可以俯瞰全城。于是，在傍晚，我和女儿就坐专线车，登上了位于山丘上的观景台。

在夕阳的照耀下，佛罗伦萨确实显露出它特殊的美。整个城市，似乎没看见一座高耸入云的现代化建筑，而是保持着它固有的传统风格。即使是新建的房子，也自然地融合在城市的统一风格中，这不能不使人深深敬佩。

华灯初上，灯饰和光柱使城市几个标志性的建筑：圣玛丽亚·德尔斐奥雷大教堂（被称为世界第四大教堂）、乔托钟楼、梅迪奇府邸等，更为夺目。我和女儿坐在观景台的石阶上，看着眼前的璀璨灯光，很自然会谈论起这里之所以成为文艺复兴运动重镇的原因。

其实，佛罗伦萨早在 11 世纪左右商业就开始繁荣，市民阶层兴起并开始参政，新的价值观念自然会向宗教和皇权发出挑战。到 14 世纪，一个显赫的家族——梅迪奇家族在佛罗伦萨占了统治优势，而这个有着极其雄厚经济实力的家族，不仅通过立法把这个城市治理得欣欣向荣，而且对文化十分珍爱，特别是这个家族的继承人罗伦佐，他自己也是个文学家，因而更懂得保护文化艺术事业，给艺术家们更多发挥聪明才智的星空。而这个时期科学技术的一些新成果，也给文艺创新提供了认知条件，如人体解剖学、透视法则等的出现，就直接给美术家们打开了一种新的艺术视野……一种开历史新风的文化思潮的出现，需要具备的条件实在太多了。

夜深了，下山的专线车快要收班，我们只好带着对这个历史文化名城难忘的印象和未尽的思考，向繁星映照下的佛罗伦萨告别。

写于 2006 年七八月间

威尼斯：拮据冲走了浪漫

从佛罗伦萨开往威尼斯的火车上，我们就在地图上对威尼斯作了一番"研究"。

严格地说，现在我们火车所到的站虽然也叫威尼斯，但却不是威尼斯的中心站。真正意义的威尼斯是在亚得里亚海海滨的一个潟湖地区，这是一个由一百二十多个小岛组成的城市，四周被海洋所包围，仅西北角有一条长堤与陆地相连接。一条大运河蜿蜒通过市中心，成为它交通的主干道，其他大大小小的河道则不计其数，纵横交错，就像我们一般城市的大街小巷。

我们预订的旅店是在陆地上的威尼斯，要到海上的威尼斯，就得乘车通过那道长堤，然后再坐船游览。经旅店主人介绍，这里有一种联运票，十二欧元一张，二十小时内，车船随便坐。

当天下午，我们先到威尼斯南部的 Laido 岛，这是举办威尼斯电影节的所在地，以往从电视上看十分漂亮，充满浪漫气息，但到实地一走，就觉得平平。只是那里海边的沙滩和湛蓝的海水还算吸引人。

第二天，我们坐着汽轮沿着运河开始了威尼斯的漫游。风光确实是美丽的，河上各式各样的船只往来穿梭，比起马路上拥挤的汽车，别有一番情趣。沿河两岸，一幢幢结构独特、色彩华丽的楼房在我们面前掠过，就像在参观一个建筑博览会。这些建筑大多有五六百年的历史，当年财大气粗的威尼斯商人，为这些大理石的豪宅、教堂、广场，投入了大量财富，打造了一个威震世界、昌盛繁荣的威尼斯。尽管过了好几个世纪，今天我们仍然可以想见它昔日的辉煌。

经过几个世纪断断续续的建造，于1792年建成的著名的圣马可大教堂和圣马可广场，是威尼斯最辉煌的建筑。这个大教堂被称作黄金大教堂，是因为仅它的装饰，就用去了四十公斤黄金；但这个教堂在建筑上却比中世纪的别具特色，它融合了多国、多民族的风格：有拜占庭式的金饰，有哥特式的小尖塔，有罗马式的穹顶和拱券门，最不可思议的，它竟然还有来自阿拉伯世界的伊斯兰半球形屋顶，这些又都鲜明地记录着当时商人们由于广泛的贸易交往所形成的开放的文化接受心态，不拘一格，为我所用。

威尼斯一直把圣马可教堂和圣马可广场引以为骄傲，不是没原因的。圣马可就是《圣经》中《马可福音》的作者。听说在公元828年，是威尼斯的两名商人，从埃及把他的遗骸偷运回威尼斯，安葬于此。这一行动，反映了萌动着资本主义因素的威尼斯，敢于与拜占庭的封建王朝分庭抗礼。从此，马可就被尊奉为威尼斯的护城神，从那时起，这里就成为威尼斯的一片圣地。

不过，今日的威尼斯，我们却处处感到它经济上的拮据。

水，本给威尼斯带来了无穷的浪漫，可现在提供给游客在水上游览的汽轮，却与这种浪漫气息极不相称，我戏称它有点像我们乡镇小河上的土汽轮，设备简陋，十分陈旧，开起来轰隆轰隆，噪音刺耳。这种汽轮，相当于他们的公共汽车，人的拥挤也是很常见的，座位太少，人只好里三层外三层地站着，加上天气炎热，太阳直射，特别是与我们同行的媛媛，个子矮小，被夹在里面，拿着相机，却无法照相，气得哇哇叫。这种状况，还能浪漫起来吗？

当然，那里也有另外的游艇提供，是一种叫贡多拉的小船，船身狭长，两头尖，弯弯翘起，像一弓新月，颇有特色。贡多拉由一位船夫用单桨来划动，在市内的小河上穿行。人们说它就像我们城市的计程车，可价格昂贵得惊人，一小时开价就要一百三十欧元，砍得最低也要七十多欧元。这对一般游客来说，宁愿放弃浪漫也不会去花这笔钱。就我们所见，真正坐它的游客确实寥寥无几。

也许是经济的拮据使这个城市的旅游设施难以及时更新（这与我们后来在荷兰所见就大不相同）。同时也使它在许多收费上增加不少"土政策"。

游Lido岛那天晚上，我们回来太晚，于是就在旅馆附近的餐馆吃了顿意大利面条（这是属于较便宜的饭食）。可是一算账，账单上除加收服务费一点八欧外，还有一项叫"台面费"：两欧元。这真是莫名其妙！一盘意大利面条才六欧元，台面费就收两欧元，我们所走欧洲这么多个国家，只有意大利才"巧立"这一名目，豪夺顾客。豪夺顾客的还有它火车站存放行李的收费，其他国家的火车站一般存放行李都是两欧元一件（二十四小时），而这里却要三点五欧元，只存三小时，稍一超时，就要翻倍。我们三件行李存放超过了不到一小时，就收了我们十七欧元，真使我们气得"咬牙切齿"！

威尼斯今天确实面临着一个连他们的护城神圣马可也无法解决的难题，这就是"水"的难题。海水正被严重污染且不说，由于海水的长期浸泡，使支撑建筑物的无数木桩日渐受损，造成建筑物的歪斜，加上近年海平面又以每年几毫米的速度在上涨，更威胁着这座城市的生存。浪漫又何从谈起呢？我们在城内所看到的民居，确实不少已经破旧不堪，听说，这里的居民已陆陆续续迁离这个海上之城，住到陆地上的威尼斯了。看来，"水"带给他们浪漫风情，也带给他们无情的困境。

实际上，一个城市的历史，就像一个人的一生一样，既有站在舞台中央春风得意的日子，也有谢幕退隐的时刻，这是很正常的代谢过程。关键在于，它曾为历史付出过，那它就是不朽的。威尼斯，这个海上共和国，真正值得我们铭记的，是它曾为我们人类历史创造了一种新的社会政治制度，也叫"多加托政体"。那是由国王任命威尼斯执政官，而执政官有着独立自主的权力，同时，又产生了"十人议会"和大议会，形成制衡机制。这种专制与民主相混合的政治体制，对于封建专制的政体来说，无疑是历史的一大进步，而且居然延续了一千年，为后来许多国家所效仿。这说明它对历史的前进，产生过重大的积极影响。

威尼斯当年在法治上也是早有建树的，现在在城内无数的小桥中，有一座小桥特别令人关注。这座小桥建于 16 世纪，桥架空极高，桥上有廊室，只有两扇小窗户，其余全封闭。桥的一头连接法院，另一头连接监狱，当年因犯们在法庭被提审后回到监狱时，必须通过这座小桥，他们只能从那两扇小窗户无奈地看一眼外面的世界，发出一声叹息。这真是法不容情！所以 19 世纪许多作家给这座桥起了一个意味深长的名字：叹息桥。

为了这些，我们还是应该记住它——威尼斯！

写于 2006 年七八月间

我们到了诺曼底

诺曼底，这个在 20 世纪人类历史命运中有着重要意义的地方，在我们这些经历过二战或被二战的残酷震撼过的几代人心头上，总存有一种向往。1944 年的 6 月 6 日，当美、英、加等国盟军在这里登陆的那一刻，终于使受尽法西斯疯狂蹂躏的千千万万人民的命运开始出现新的曙光。

也不知受什么影响，女儿从少年时代开始，就是个"二战迷"，只要是写二战的小说，反映二战的电影，她从不放过，直到今天，即使工作再忙，仍然如此。所以这次到了法国，在巴黎待了几天后，她就千方百计地打听如何才能到诺曼底。

诺曼底在法国的西北部，离巴黎有好几百公里，要到达那里，没有交通工具，没有人带领，想"自由行"是不切实际的。旅店主人向我们推荐了一个华人办的旅行社，每周五都有一次"诺曼底海滨二日游"。这真是个好主意，第二天，我就到位于意大利广场附近的这家旅行社顺利地办好了参团的手续。两日游，每人 98 欧元，包住宿。除到诺曼底外，沿途还参观许多著名的景点，如：建在花岗岩礁石上的海盗城——圣马洛，被联合国列为人类文化遗产的宗教胜地圣米歇尔山——一个梦幻般的海上堡，还有面对英吉利海峡、有着奇特的鹅卵石海滩的象鼻山风景，等等。

盟军的登地点选在比较平缓的 5 个滩头，这次登陆作战，盟军出动 1200 艘战舰、1 万架飞机、4126 艘登陆艇、804 艘运输舰、数以百计的坦克和 288 万大军，分五路向诺曼底海滩发起猛烈的攻击并开始登陆。战役中，盟军共消灭德军 11.4 万人，盟军方面有 12.2 万将士献身疆场。（战后，他们按国籍被分葬在诺曼底地区 28 座军墓中）

战斗最激烈的是奥马哈，在德军猛烈的炮火中，美军强行登陆奥马哈海滩，据史料记载，在上午的 6 个小时内，平均每 9 秒钟就有一名战士倒下。我们这次到的是其中之一的阿诺芒什（译音）登陆点，据说，这是当年登陆最壮观的一个登陆点，登陆后，这里成了盟军物资供应基地。现在，平静的海滩边上还留下了当年作为码头的巨石，历史仿佛还在这里沉思。

女儿走在沙滩上，她似乎在探寻着半个多世纪前那场人类战争史上罕见的、极之惨烈的战斗留下的点点滴滴。为了人类的正义与和平，这里流下了多少鲜血，献出了多少年轻的生命！

今天，尽管这里已是个荒僻的海滩。也许，是为了不打扰长眠在此的英烈，所以连通向海边的正规的交通要道都没有修筑，但来这里参观的人群仍络绎不绝。看到一些老者在那里指着海滩给年轻的参观者们在讲述，我感到无限安慰，这段历史，在人们心中将会是永存的。

告别诺曼底海滩时，女儿举起双臂迎对大海，她在想什么，是追念当年英勇奋战的战士们，还是期盼人类社会不再出现如此惨烈的战争？我不得而知。

写于 2006 年七八月间

巴黎的"地上"和"地下"

2004 年 3 月，当我告别巴黎时，我以为再不会来到这个带给人们无尽想象、无尽激情的地方了，谁想到两年多以后，我又拉着拖箱第四次踏上了她的土地呢。

最早一次与巴黎接触，是在 1997 年，严格地说，那只能说是一次俯瞰。那次我应德国特里尔大学之邀，去做一个月的讲学。我买的是法航的机票，所以要在巴黎戴高乐机场转机。当飞机飞到巴黎的上空，正是下午四五点钟，在斜阳的照耀下，巴黎以它特有的魅力第一次展现在我眼前。我是第一次看到如此伟阔的国际大都会。心情的激动不言而喻。

正式进入巴黎这个城市，是 1999 年的初夏。当时我和夫君应邀到比利时国立根特大学做一个月的学术访问，其间，我们专程到巴黎游览，几乎走遍了它闻名遐迩的各个景点。从此，有人一提到什么卢浮宫、凡尔赛宫、凯旋门、埃菲尔铁塔、巴黎圣母院、枫丹白露时，我都会有"我去过了"的心理满足。

2004 年的春天，我第三次到了巴黎。那是作为中国作家代表团成员，应邀到巴黎参加中法文化年的活动，在巴黎第二十四届国际图书沙龙举办各种报告会、座谈会，介绍中国文学的新貌。一周多的时间，每天从协和广场旁边的住地出发，坐着交通车穿梭这个城市，奔到城西南角的博览会会场。沿途反复经过巴黎最大的广场——协和广场，穿过充满浪漫情调的香榭丽舍大街，沿着秀丽的塞纳河河畔，经过金光彩影、设计精美的亚历山大三世桥，经过气势恢宏的埃菲尔铁塔……这样来来回回，走得多了，对于眼前景色，激动的心境就渐渐变得平静了，甚至变得有点"熟视无睹"了。

这次，当我再一次来到巴黎时，我这个一向被女儿和老公嘲笑为"缺乏方向感"的人，竟然当起了"导游"，带着女儿在这个城市里四处转悠。我带她到落成没几年的密特朗大图书馆，看看一个知识宝库令人惊叹的现代先进设施；带她到蓬皮杜文化艺术中心，感受现代艺术的自由空气；带她到蒙马特高地，逛逛那条满布纪念品商店的小街，观看街头艺人们的现场作画；带她穿街走巷来到老佛爷大商厦，在这个华人来巴黎必到的地方购物……

对于巴黎的"地上"，或许，算是熟悉了；可巴黎，还有一个"地下"呢。

可以说，没有"地下"巴黎的支撑，就没有"地上"巴黎的繁荣。

说到巴黎"地下"，首先就是它的地铁。

巴黎的地铁诞生在 1900 年 7 月 19 日，一百多年来，它几乎已遍布巴黎的整个地下空间。现在的巴黎一共有两个地铁系统，一个是 M 线系统，共十四条线；一个是 RAR 系统，主要是二环外至郊区，共五条线。在一个一百〇五平方公里的城市（不及北京大）里，有着十九条地铁线，其密集程度可以想见。人们说，你在巴黎的每一个点，不出五百米就可以找到一个地铁站。

地铁成为巴黎人最方便的交通工具，这是不言而喻的。他们出行的首选就是地铁，包括邀请客人来做客、来赴宴、来办事等，一般都是带你，或告诉你如何坐地铁。2004 年在巴黎时，巴黎七大中文系请我去作报告，他们系主任就是陪我坐地铁到学校的。他自然有车，但如果开车来，时间至少要多花三四倍，还得到处找停车的地方。而坐地铁，从我所住的市中心到他们学校所在的市东南的拉丁区，不到二十分钟就到了，一出地铁站，就是七大的校门口。

在巴黎，只要有一张地铁图，就不会有找不到的地方。我能带着女儿在这个城市里四处转悠，靠的就是地铁。我们每天外出游览，都是先看好地图，弄清要坐第几号线，到哪个站再转几号线，只要记住站名，记住线路的方向，就绝不会错。我们买的是周票，就更方便，不仅票价便宜，而且随便上下。

地铁里白天极为繁忙，晚上如何呢？这次在巴黎我们倒有了一次深夜坐地铁的体验。那是我们离开巴黎的前一天，我和女儿从诺曼底赶回巴黎，原本晚上八九点钟就可以到达的，谁知那样的不凑巧，汽车竟在中途抛锚，一直花了三个多钟头才修好，这样，到达巴黎就要到深夜 12 点多钟。我们一路上焦躁不安，老想着：过了零点还有地铁运行吗？坐不上地铁该怎么办？我们不断向车上的乘客打听，有的说零点停运，有些说子夜一点才停运……只有听天由命了。

当汽车把我们送到意大利广场，我和女儿一下车就向地铁站飞奔。还好，没有关闭，通道和站台仍然灯火通明，但却空无一人，真是十分恐怖，不禁想起了外国枪战片的枪杀场面，想起了歹徒的抢劫、绑架……但也只好硬着头皮等下去了。幸好，不到几分钟，显示牌就出现了列车将到的标示。列车进站时，我看到掠过的车厢不是空着就是只有一两个乘客，女儿眼尖，拉着我上了一节车厢，那里坐着一家黑人：父母带着一对儿女。我问她为啥非要上这节车厢？女儿说，与一家人在一起总比与单个旅客安全。果然，看来这是个融洽的家庭，父母和儿女在说说笑笑，这种景象，大大缓解了我们的紧张心理。

到了下车出站时，情况又不妙，与我们同时出站的是四个黑人青年，而且是"逃票一族"，出站时根本不往无人验票机自动刷票，明目张胆地跳过关卡，车站里也根本没有管理人员。女儿一看，比我还紧张，拉着我就往外跑，一路小跑回到旅店。这时，旅店主人和媛媛正在大堂里急得直转，做着各种担忧的猜测……一见我们进来，才松了口气。

不过现在回想起来，我还是应该说，巴黎的地铁是很安全的，主要是我们自己心里缺乏安全感罢了。居住在巴黎的朋友也这么说，别以为深夜空无一人，但电子眼还在工作，谁敢在地铁里作案，肯定没好结果。

巴黎地铁的设施，可谓"几代同堂"，有 20 世纪的列车，也有 21 世纪的新造。老的车厢座位陈旧，连空调也没有，我们在巴黎那几天正遇上欧洲几十年来未有过的高温，车厢里的温度不下四十度，热得乘客们直喘气。但也有相当先进的列车，像它的 M-14 线，就是无人驾驶列车，设备豪华，座位舒适，通风，自动调温，车厢与车厢全部打通，每个车厢都有自动电话。

巴黎的"地下"，除了庞大的地铁系统外，还有纵横阡陌的下水道系统，它就像一座迷宫，但也并非无路可寻，因为它的线路与地面上街道的线路基本上是重叠的，这就是为什么《悲惨世界》中的冉阿让背着起义战士能摆脱警探的追捕，从这个"迷宫"中死里逃生的原因。听说，整个巴黎这么一个复杂浩繁的下水道系统，管理人员只有两百人，真令人惊讶。另外，巴黎"地下"还有一个墓地，是1788年利用昔日地下石灰岩开采场的通道建成的，听说有一千五百米长，两边安放有六百多万具尸骨，被称为"骷髅博物馆"，要参观还得买门票呢。但这些，我们都来不及一一参观了。

写于 2006 年七八月间

遥望英吉利

我眼前的一片水域，就是英吉利海峡，海峡对岸，是英伦三岛。

据导游介绍，诺曼底海滨的海岸边界线的弯曲度，与英国大不列颠岛的海岸边界线的弯曲度恰好能够接榫，地理学家们以此为据，认为在地壳变化过程中，大不列颠岛是从欧洲大陆崩裂出去的。这种说法当然有点神奇，但英国与欧洲，特别与法国"一衣带水"则是天然合理的。在历史记载上，英、法之间的关系更是千丝万缕。据说在10世纪，欧洲大陆的法兰克王国分裂成许多公国，其中势力较强大的是西部的诺曼底公国。1066年，诺曼底公爵威廉趁英吉利王国内讧，渡海强攻，打败了英国；不久进入伦敦，加冕为英吉利国王。从这次被历史上称为"诺曼征服"的事件中，可以理解英、法之间的历史渊源。有意味的是，过了十个世纪，到了20世纪，为了将法国和欧洲大陆从法西斯的铁蹄下解放出来，英、美等国联军又从英伦出发，渡海强攻，登陆诺曼底，这是否又可以称为"英吉利征服"呢？当然，它与十个世纪前的那次征服，性质完全不同，不过由此倒可以说明，大不列颠岛与欧洲大陆还是"唇齿相依"的。

我站在这个海岸边之所以流连忘返，除了因为这里的奇特历史和海滨风

271

光外，还因为有一个内心渴求很想得到满足：我多么想渡过眼前这个海峡，踏上对岸的土地呀，英国，对我来说尽管遥远，但总有一种情感的牵扯，因为，那是我的父亲当年求学、留下过无数足迹的地方。

1904 年，父亲作为一名公派留学生到英国牛津大学就读，学的是化学，这个学科对当年尚未完全了解现代科学的中国来说，无疑是个亟待掌握的知识领域。学成回国后，他成了中山大学的一名化学教授，而他的学识也确实在建立民族工业中发挥了作用。当时老百姓使用的火柴，都是靠进口，故称"洋火"，价钱十分昂贵。后来，我父亲终于研究出自己的火柴药引配方，并于民国八年（1919 年）与朋友在广州合办了东山火柴厂，使我们兴办的火柴厂有了自己的生产能力。

父亲在他去世前大概是因为我还年幼，根本没有与我谈起他这段历史，直到我长大成人，才从《羊城史话》中，后来又在《广州市志》中得知我父亲曾作的贡献。我怎能不为我的父亲感到骄傲？！

也许正是这种深藏在心底的怀念，使我在十年前第一次独自踏上欧洲的土地时，就感到在冥冥中有我父亲的指引，使我对这片土地的一切都不会陌生，而且在此后十年中能有四次机会走近它。但可惜的是，我四次到欧洲，都没有机会到英国，到我父亲求学的地方，我只能在这里遥望它，在心里永远遥望它……

写于 2006 年七八月间

"他乡遇故知"

我们的"自由行"终于要到达最后一站了！

由于约定7月31日到荷兰与我的朋友林湄会面，所以离开巴黎路过布鲁塞尔时，只停留了三四个小时，匆匆游览了它的被雨果称为"世界上最美丽的广场"的布鲁塞尔大广场，观看了为世人所钟爱的小于连铜像后，就乘火车直奔荷兰鹿特丹。当我们走出车站时，林湄早已在车站大厅等候我们许久了。

见面时是一阵欢快热烈的拥抱，两年前相约的这一刻，终于实现啦。

认识林湄是两年前的事。2004年初夏，她到国内来参加学术会议，正好她的长篇小说《天望》在长江文艺出版社出版，所以又应出版社之邀专程来到武汉，同时还应邀到在武汉的几个高等院校演讲。到武汉后，她提出很想认识我，我自然也非常乐意见见这位来自遥远异邦的新朋友。在我们文学院的会客室匆匆见上一面后，第二天，我们就在她下榻的五月花酒店作了一个下午的长谈，从个人经历、人生态度，到文学见解、创作追求……这一个下午，使我们一下子从"新朋"变成"故知"。当时，她希望我到欧洲时一定到她家做客，没想到今天果然如愿了。

在她家痛快地喝了消暑散热的绿豆汤，二十多天旅途的劳顿几乎消解了一半。之后，她和她的荷兰丈夫阿勃开车送我们到她的另一间寓所，这是她专门为我们准备的下榻的地方：一个宽敞的大客厅，一间明亮的卧室，浴室、卫生间、厨房一应俱全。细心周到的她，还为我们在冰箱里放满了牛奶、果汁、奶酪、鸡蛋、面包等食物，茶几上也摆满了各式各样可口的零食，真是一片真诚呀！

他们一离开，女儿和她的同事顿时欢呼起来。这不就像回到了家吗？更有意思的是，这是在异国他乡安下了"家"！按照预定的计划，我们可以有一周的时间在这里体验一下当个普通居民的滋味：自己上超市，自己洗衣做饭，自己逛街……

当晚，三个人安心地呼呼大睡，直到第二天太阳当空。起床早餐后的第一件事，就是到超市购物，自己动手做一顿中国饭吃。出来这么久，她俩似乎得了"厌食症"，一见到西式食品就头疼，所以这回我做的三菜一汤，她们自然就狼吞虎咽，欢快地吃得个盘子底朝天。

休整了一天后，林湄夫妇开车带我们到鹿特丹附近著名的"童堤"（风车村）参观。风车可以说是荷兰的标志，这里的风车都是1740—1762年间所造，怪不得它理所当然地成为联合国的文化遗产保护地。矗立在小河两岸的几十台风车，在微风中一齐转动，甚为壮观。

利用周末，林湄夫妇又带我们到阿姆斯特丹附近的民俗村游览，体验荷兰的民族风情。荷兰的草原十分辽阔，一群群白色的奶牛沐浴着灿烂的阳光在那里怡然自得地吃草，显得那么的宁静、舒坦。说实在的，在欧洲这么多国家中，我最喜欢喝荷兰的牛奶，这是否与它们这种优越的生存环境有关呢？我猜想。

在荷兰，你的眼睛总离不开它的木鞋，这是祖祖辈辈与海洋打交道的荷兰人所创造的"得意之作"。今天，在渔民家，在农舍里，我们可以看到木鞋仍然是他们生活的必需品。但这种物品又早已走出了渔船、农舍，成为美化大众生活的"艺术之作"。在民俗村，在荷兰各地的商店里，木鞋的样式之多、之美，木鞋的用途之广、之别致，实在令人惊叹。荷兰人非常善于把自己的民族特色放大、强化，不断给它添上新颖的智慧和新鲜的色彩。

从民俗村到阿姆斯特丹大概一个小时的车程，听说那天正好是同性恋者大游行，当我们尚未到达火车站旁边的河道旁，就已经听到了震天响的音乐声、鼓声、号声。及至走到河边，但见一艘艘坐满狂欢者的游艇开来，艇上的人，或手舞足蹈，或随着乐声放肆地跳着摇摆舞，口哨声、尖叫声不绝于耳，这种场面真是让我们大开眼界。荷兰看来是个顺应人性自由的国度，从它对同性恋的宽容，对安乐死的理解，以及它让那个"赫赫有名"的红灯区的存在，都表明这点。

为了参观梵高艺术馆，我们在它的开放日又专程去了一次阿姆斯特丹。梵高属于全世界，更属于荷兰。二十七岁才开始正式作画的他，其艺术生涯实际只有十年（自1880年至1890年），但短短的十年，他却创作了大量使许多长寿的艺术家无比倾慕的经典性作品。他留下来的油画有八百多幅、素描有一千多幅，其绝大部分真品，都保存在阿姆斯特丹的梵高艺术馆中。我们之所以不惜车费再到阿姆斯特丹，并拿着地图花了近两个小时寻找艺术馆之所在，正是为了走近这位传奇式的、生前潦倒身后扬名的画家，亲眼观赏他的艺术真品。梵高的画在十年中的变化令我吃惊，这是原来只看他的单幅作品所没有的感觉，就我个人的爱好，我更喜欢他前期带有宗教神韵之作，我不明白为什么他后期那些画会那么受后人欢迎，更不明白正值创作高产期并开始获得一个良好创作环境的梵高，却向自己的胸部开了枪……

回到鹿特丹，我和林湄就梵高的艺术生命交谈了许久，这是一次十分惬意的精神漫游。林湄作为一位作家，她更深刻地理解艺术与生命同在的意义，我想，这也是我们能成为知己的一个精神"引子"。

写于 2006 年七八月间

感受俄罗斯

到俄罗斯走走的愿望，不知在心底里埋伏多少年了。不过，这种愿望的潜在动机，几十年前与几十年后的今天却有很大不同。从少年到青年，我们这代人似乎整个身心都不可避免地受克里姆林宫上的红星所召唤，被高高耸立在列宁山上的莫斯科大学现代知识宝库所吸引，被那一个个英勇的反法西斯青年英雄的人格魅力所折服。当时强烈地渴望走近它，是与寻求理想、寻求科学、寻求人生价值的天真动机联系在一起的。可是今天，对经历了几十年历史沧桑的我们来说，走向它的动机就不会那么单纯了，心态真有点玄妙和奇特，很想直接感受的，是这个国度发生了震惊世界的历史变动后所留下的印痕，是它地跨欧亚的古老又现代的独特文化氛围，当然，也自然包括曾被我们吟唱至今的优美的俄罗斯歌曲所唤起的对那些美丽风光和民情风俗的向往。

一到莫斯科，我们被领去参观的第一个地方，就是威敦汉中心。这里是20世纪50年代初苏联所建立的一个博览广场，颇具当年苏联那种廓大的气势。广场入口的高大门楼上，耸立的是我们非常熟悉的苏联电影标志：工农巨型塑像。广场中心的"金人喷泉"，十五个金色美女环形伫立，象征着当年苏维埃社会主义联盟的十五个加盟共和国（原为十六个加盟共和国，1956年，卡累利亚·芬兰共和国合并进俄罗斯）。广场四周，则是十五座各具特色的建筑，显示了不同共和国的不同风格。尽管现在各个展馆的展出已置换了新的内容，但这样一个地方的存在，似乎是在保留着一段历史，当你徜徉在水花飞溅的喷水池旁，悠闲地坐在宽广的绿茵场上的花丛中，能不唤起你对那段难忘而又曲折的历史的回忆吗？

我由此感受到俄罗斯人对待历史的那种坦然心态，更为他们珍惜自己曾有的历史辉煌而感动。红场旁边那个无名烈士墓，一直被一代又一代年轻的战士守护着，看着他们庄严肃穆的表情，我感到，他们守护的何止是那千千万万牺牲的英灵，更是守护着1941—1945年反法西斯战争那段对人类社会作出过巨大贡献的历史，墓前那簇永不熄灭的圣火点燃的应该是人类永不熄灭的和平愿望。

到了红场，看到仍然闪耀在克里姆林宫上的那颗红星，就会想到安息在那里的列宁。当我走进全部用黑色大理石砌成的列宁墓时，我的心强烈地颤动了，我真的没想到能够直接瞻仰这位历史伟人的遗容。将近一百年了，这位曾经为改变俄国历史而付出自己全部精力和生命的伟人的遗体，仍然被后人精心地保护着，保护得如此的充满生命感。听说，他们专门设有一个保存列宁遗体的研究机构，定期作出科学处理。但是我想，要是仅有科技水平而没有真诚的敬仰，没有科学的历史精神，能做到吗？

今天生活在莫斯科的年轻人，自然都充满现代气息，但有趣的是，他们的婚礼有一项活动却显得别有新意。我们游览列宁山、参观二战胜利主题公园时，正好是周末，就不断碰到一对对披着婚纱、穿着礼服的新娘、新郎和亲友们一起，在那里欢聚，他们在二战胜利纪念碑前献上鲜花，在列宁山上的莫斯科大学前拍照留影。我不禁想到，他们或许也喜欢在酒吧中痛饮，在彩灯闪烁的舞场上狂舞，以倾泻他们的青春欢乐，但是，在他们人生中的重要时刻，他们仍然要选择一个他们认为神圣的、有意义的地方来度过。也许是为了铭记历史，也许是为了体现一种精神向往。看着这些充满幸福感的年轻人，我更感到，创造一种文明的历史氛围，对一代代人的成长是多么重要。

到俄罗斯游览如果只到莫斯科而不到圣彼得堡，那么，你的感受可能会欠缺了一大半。听说，为了确认到底是莫斯科还是圣彼得堡更能代表俄罗斯，俄国知识界曾经争吵了三百年。当年果戈理站在本土立场曾对圣彼得堡十分贬斥："圣彼得堡像欧美殖民地，善游民族根基，而多与外国混杂，却不和本土大众融合。"沙皇时期一位公爵（E·特鲁别茨科伊）也曾认为，莫斯科乃俄罗斯人民中心之城，而圣彼得堡相对而言是外国的城市，它显示的是老巴洛克风格，充当的是帝国中心之都。当然，一些现代知识分子对此的评价又有不同，一位深受西方文化影响的哲学家说：圣彼得堡比起莫斯科来，它考虑欧洲民主的高级理念要早且深刻得多。看来，对这些论争的是非判断，恐怕还是应该交给历史。今天回过头来看，不能不承认当年彼得大帝追求新知的勇气，为了感受西方文明的生活方式，探求西方先进的科学文化，传说这位年仅二十五岁的沙皇，曾化名彼得·米哈伊诺维奇，作为炮兵随贵族子弟们一起走出国门，访问了德国、荷兰、丹麦、英国等西方国家，他大部分时间在荷兰和英格兰的造船厂里当学徒，还听解剖讲座，学习造鞋，参观大炮制造厂。也许是这种探求，化成了他回国后果断施政的动力：要为封闭的俄罗斯打开一扇通往西方的窗口。为此，他不惜与瑞典进行一场旷日持久的战争，以赢得波罗的海漫长的海岸线，并在涅瓦河入海口一片荒凉的沼泽地上，建立起一座海港式的城市——圣彼得堡。今天，当我们漫步在这座修建于三百年前的美丽的城市时，我们仍会惊异于它的风貌与莫斯科的巨大差异。这个城市那别有风味的规整布局，它的建筑风格、它的街道、它的绿荫、它穿越城市的大小河道……都使你感到好像走在欧洲的哪一个城市，巴黎？阿姆斯特丹？威尼斯？

确实，圣彼得堡的出现和存在，给古老封闭的俄罗斯的发展历史带来了一种开放性，创造了一种新的发展机遇。尽管彼得大帝之后，俄罗斯帝国仍不可能真正摆脱那令人恐怖的独裁和专制，但开放的意识和先进的文明，毕竟已渗进了这个占地球八分之一土地的国度的肤体。

一天傍晚，我们专门乘坐游船观赏迷人的涅瓦河和它两岸美丽而又壮伟的风光。看到岸边那在夕阳映照下被称作"俄罗斯的凡尔赛"的冬宫，不禁使人产生许多遐想。这个建于 18 世纪中叶、占有涅瓦河边的滨河路巨大面积的庞大建筑，它不仅是几代沙皇冬天的宅邸，同时也是汇聚世界文化特别是欧洲文化的宝库。它那老巴洛克式的建筑风格，它所珍藏的二百多万件来自世界各地、从古希腊、古罗马直至近世纪的梵高、毕加索等各个时代的艺术珍品和历史文物，可以说正是俄罗斯人开始吸纳世界文化特别是西方文化的历史见证。有意味的是，在进入 21 世纪，也就是 2003 年的 5 月，一个举世瞩目的盛大活动——纪念圣彼得堡建城三百周年庆典，就在冬宫所面对的、我们正在游览的涅瓦河河畔举行。记得当时世界媒体都在传递这样的信息：这种隆重、盛大的活动，为的是要显示今天俄罗斯政治精英的治国理念，开始新一轮的"融入欧洲"，继续实现彼得大帝的梦想。

我们的游览仅仅是匆匆而过，无法去深入了解今天的俄罗斯人对他们社会生活的改革有些什么新的思考。不过就从一些表面的观察，我感到，开放的历史毕竟煅淬了这个民族的文化素质。有个很小的生活细节令我难忘：在地铁站进口的一个公用电话机前，放着一本厚厚的电话本，供公众使用。在这个每天有成千上万人流动的地方，电话本摆放在那里，完好无损，既无人乱涂乱画，更无人"顺手牵羊"，如果没有一种遵守公共道德的自觉，恐怕是难以做到的。文化素质的高下，是走向现代文明的必要基础。不过，在旧体制摆脱过程中许多难题也不是那么容易退走的，像"大锅饭"养成的工作效率低下，像服务行业服务的不到位和态度冰冷，还处处可见。一个数十人的旅游团进关，有时要花上一两个甚至两三个小时，这在我国今天的海关是不可思议的，当然，我们也可以用"反恐意识强""保安措施严格"的理由来原谅它，但服务总得有点人性化吧？我还想起了回国时在莫斯科国际机场的候机，一个候机厅，只有不到十把椅子，怎能满足两三百人的国际航班旅客的需求？仔细观察，原来宽广的候机大厅，有 2/3 的面积被用作开小店，做买卖去了。那天正好航班又是晚点两小时，于是绝大部分旅客只好席地而坐，给这个堂而皇之的首都国际机场留下一个尴尬的镜头。

现在无论是在莫斯科还是在圣彼得堡，教堂成为人们常去的一个重要处所。这里教堂之多，恐怕绝不亚于欧洲。就在莫斯科，除了克里姆林宫内的圣母升天大教堂和供皇族使用的各类古老的教堂外，红场一侧的圣华西里大教堂，更典型地体现了活跃在俄罗斯的基督教三大教派之一的东正教教堂的特征：拜占庭式"葱头圆顶"的多个组合（不少工艺品都以它做模型）。位于城西南优美绝伦的新圣女修道院也是莫斯科第二重要的宗教中心。在莫斯科北郊，建于 14 世纪中叶的圣谢尔盖圣三一修道院，其壮丽辉煌更令人叹为观止，这是东正教最古老的圣地之一，听说它也是今天东正教教徒们首选的朝圣之地。特别值得一提的是莫斯科基督教救世主大教堂，它是俄罗斯最大的教堂。1812 年俄罗斯战胜拿破仑统帅的法国军队后，亚历山大一世就下令建造这座教堂，直到 1839 年才竣工。教堂高一百零三点五米，可容纳一万人。1931 年，斯大林下令将其炸毁。苏联解体后，莫斯科市市长卢日科夫不惜花费五亿美元的市政府预算，重新修建。现在我们参观的救世主大教

279

堂，就是重新修建的，教堂有着惊人的阔大空间，被装饰得金碧辉煌。此外我们看到的还有海军大教堂、耸立在二战胜利主题公园周围的东正教教堂、犹太教教堂、天主教教堂，等等。

原载于《长江文艺》2005 年

二访欧洲日记

4月28日

两年前，当我离开欧洲的土地，飞回东方之际，我就预感到：我还会再来的！果然不到两年，今天我又踏上了这片土地——这片绿色的、充满生命之绿的土地。我不能不感谢上天！

这次是应比利时根特国立大学汉语系的邀请，与夫君宗一起前来做一个月的学术访问。其实任务并不重，除了学术交流和考察外，还有较多的时间可以用以了解这里的历史文化、民情风俗。

我们上午八时四十五分从北京起飞，经过近十个小时的飞行，到达哥本哈根时是当地时间中午十二点多钟。从哥本哈根转飞布鲁塞尔，还需要一个多小时。

哥本哈根机场共一百多个登机口，但人并不拥挤。候机厅富丽堂皇，地面铺的全是质量极好的坚硬的木地板，光亮、高雅、漂亮、舒适。虽然在那里只停留了两个多小时，却令人久久难忘。

4月30日

大概为了我们生活更方便、自由，根特大学把我们安排在离学校不远的一家"家庭旅店"内居住，这使我们又获得了另外一种感受，有机会进入西方的一个普通家庭，亲自体验一下他们的生活方式。

房东夫妇 Luc 和 Ann，十分好客。Luc 是一位电器工程师，开朗、幽默，他太太 Ann 则曾是一位幼儿园老师，现在赋闲在家。当汉语系的巴德胜副教授昨天带领我们进入他们家后，一见面，我们似乎就成了无拘束的朋友。

今天上午我们准备到学校去，Ann 坚持要给我们带路，我说，不用了，我们自己会找到的。她说，第一次，我一定要带你们走。于是不容分说就和我们一起出了门。在路上，我才发觉她有一条腿活动并不方便，有点像假肢，但我还不敢唐突地询问。走了一段，我们说，已经看到学校了，谢谢你。她还是执拗地把我们送过了电车轨道的另一边，并叮嘱我们跨越轨道时要小心，小心！

看着她转去的背影，我似乎第一次感受到她那颗真诚的心。

毕竟，语言是个障碍，他们习惯说荷兰语，也说英语，与他们的交流，就靠我那几句蹩脚的英语，能行吗？相处的日子还长呢。

5月2日

今天在汉语系安德曼和巴德胜与我们聊起了欧洲汉学界的一些情况。欧洲汉学协会每两年都要举行一次研讨会，去年的研讨中心是"中国人的节日"，明年在意大利将要讨论"中国的城市气氛"，题目都挺有意思。

看来欧洲的汉学研究队伍较之两年前又有所发展。现象是可喜的。不过这里的研究力量确实不能与德国相比，光从资料的收藏来看，与特里尔大学难以相比，更别说与海德堡大学比较了。德国的海德堡大学、荷兰的莱顿大学、巴黎的第七大学，被称为欧洲汉学研究的三大重镇。下周有可能的话我们准备到莱顿大学去参观。

到过德国，再来比利时，明显感到两个国家经济实力的差距。从城市的建筑物、街道和各种公共设施，都使你感到生活在这里似乎有点停滞。当然，欧洲人还是讲究文明卫生的，几乎无人会随便在街上乱扔垃圾。但我不明白，他们却允许狗在行人道上拉屎撒尿。费解！

5月8日

今天是我们到根特的第一个周末，Luc 和 Ann 开车送我们到荷兰海边游览。这真是一次神奇的、美妙的游览。

走了一段路程，Luc 突然把车停了下来，扭头对我和夫君宗说："现在我和 Ann 已到了荷兰，你们俩还在比利时。"我诧异地往车外一看，路边竖着一根一米多高的小水泥柱，我们车的前排座正好越过柱子，后排座正好还在柱子的后面。我们恍若大悟：原来这就是比、荷的边界！就这么一根小柱子，一个小标志，没有任何关卡，更没有任何"边防人员"把守，道路自由通畅。这真令我们又惊讶又感慨，什么时候全世界国与国之间才能够实现这种状态？我和夫君赶忙下车，挨着柱子照了相：他在荷兰，我在比利时。

荷兰的草原真美！一群群白毛黑斑的奶牛在那里悠闲地吃草，更把这片丰腴的草原点缀得一片生机。远处树林中，掩映着一栋栋带着鲜明欧洲色彩又风格各异的别墅。

终于到了大西洋的岸边，看到了茫茫的大海！我仿佛在梦中问自己：我真的到了大西洋的身边吗？Luc 和宗在海边兴奋地捡着贝壳，而我，则对着大海，心旷神怡，浮想联翩。

归途中，我们还参观了一座 1841 年的风车。依傍海洋生息的荷兰，风车是它一个鲜明的标志。我不怕楼梯的狭窄，爬上了它的风轮屋，目睹了风轮在风叶带动下的转动，听到了风轮发出的那种咯吱咯吱的声音，仿佛带着我又回到了历史。它的转动虽然那么缓慢，但却那么倔强地转了两百多年，咯吱咯吱地响了两百多年。我联想到西班牙作家塞万提斯笔下的堂·吉诃德，却要和这种顺着自然力而存在的庞然大物"作战"，能不尴尬吗？

5月21日

今天出发到荷兰。首先直奔莱顿，参观创建于 1575 年的莱顿大学。

由于事先有约，我们一到达，就受到汉学研究院院长梁兆兵教授热情好客的接待。他是语言学家，所以一下子就与宗滔滔不绝地交谈上了。虽然他是华人，但在欧洲生活、工作多年，其学术视野、思维方式与国内学者都有很大不同。也正因为不同，所以这种交谈对我们才是有益的。

意犹未尽的交谈刚结束，图书馆馆长吴荣子女士就来了。这是一位身材小巧、行动敏捷的亚裔女性，是从香港应聘过来的，她在国际图书学界颇有名气。在她的引领下，我们来到图书馆参观。在到这里之前，我们从许多资料介绍中早已知道，莱顿大学图书馆，是欧洲大陆非常有名的图书馆，今天亲历其境，果然大开眼界。吴馆长在珍藏馆里如数家珍地为我们介绍他们所珍藏的许多中国古籍的珍本图书、地图孤本以及许多古老的手稿。

我们走在一个又一个的藏书室，馆藏的三百多万册图书、报刊，用一种现代化的设备和管理手段向人们释放它的能量。到了中国现当代文学的藏书室，我当然更感亲切。突然，我在书架上发现了我的一本著作《文学思潮与当代小说》，这真使我又惊讶，又兴奋，真没想到我的精神劳作也会在此占一席之地。其实，这本小书在国内的印数有限，虽然出版社重印过一次，也只有几千册，而远隔万里的莱顿大学图书馆，竟然把它也搜集到，可见他们资料收藏工作之细致。我拿着书在和吴馆长交谈时，与我们同行的北大教师卢君，赶忙用相机拍下我的激动。

5月22日

昨晚我们从莱顿乘四十多分钟的火车来到阿姆斯特丹。在一间中餐馆吃完饭后，向女老板打听："这里有什么值得参观的地方？"她不假思索就说："红灯区。"我们听了，不禁相视而笑。

闻说阿姆斯特丹的红灯区是世界有名的，在市区内一条小河的两岸，集中了一排排的妓院，它的门面有点像商店，设有橱窗，而橱窗里摆放的却不是物品，而是人，是半裸或全裸的妓女！这种景象，真让我们惊呆了，人在这里不是彻底成了商品了吗！

这里人流不绝，但据我观察，恐怕大多是观光客，都把这里当成阿姆斯特丹的一景了。而橱窗里的"人"，似乎也乐于或已经习惯于这种"展览"。

现场是不允许拍照的，但第二天一早，人群散尽，"商店"打烊，我还是再次跑到那里偷拍了几张空橱窗的照片，为的是记下这个让我惊悚的一幕。这是"西方文明"的一个窗口吗？它属于"文明"还是属于"腐朽"，我还得去久久思索。

5 月 24 日

从荷兰回到根特，我们的这次出访已接近尾声。

今天是欧洲的圣临节（欧洲的节日实在太多！），虽是周一，仍然放假。房东 Luc 主动提出开车带我们到比、荷海边观看荷兰的拦海大坝。我们当然是欣然从行。

荷兰这种拦海的巨大工程，确实极为壮观。看得出来，荷兰人的"拦海"，既是与海浪抗争，又是为了让自己栖息的地方有更大的生存空间，遥想当年，荷兰曾是世界上第一个向外殖民的国家，以侵犯他国获取自己的利益。可今天，世道毕竟不同了，各个国家只能在自己的土地上建设好家园。这就是历史的进步。

晚上回到住处，和宗议论起，这次出来到的地方不少，巴黎、卢森堡、德国的科隆、波恩以及荷兰都去了，唯独身处比利时，却还未去它的首都布鲁塞尔，我真想看看它的市容和设在那里的欧盟总部。可后天就得离开比利时回国了，明天下午学校还有半天活动和晚宴，怎么办？就利用明天上午吧，宗有所犹豫，我说，机会不再。于是就定下来了。

5 月 25 日

一大早就和宗独闯布鲁塞尔。

从根特坐火车二十分钟即到达，怪不得这里许多人不愿住在首都闹市而更喜欢周边安静的小城。

我手里拿着地图，边走边问。首先，当然是要参观在市中心的著名广场——布鲁塞尔大广场，这是被雨果称为"欧洲最伟大的广场"。这个建于12 世纪的广场的四周全被古老的建筑所包围。市政厅是一幢哥特式建筑，其尖塔据说有八十五米高，塔顶上还有一尊五米高的布鲁塞尔城的守护神塑像（我们到过的欧洲城市，几乎都有自己的守护神）。市政厅附近，还有佛拉芒建筑艺术与巴洛克建筑艺术相融会的古老行会大楼旧地，路易十四的皇宫，更令我们感兴趣的是那间"天鹅咖啡馆"，墙上一个牌子在介绍：马克思当年曾在这里召集会议，也是他撰写《共产党宣言》的地方。广场与其说是被各种建筑所包围，毋宁说是各种历史在这里汇聚。

从广场边上一条小道穿过去，就是举世闻名的"小于连"的铜像。孩子一泡尿，浇灭了入侵者的导火索，从而救了这个城市和居民，他也就成为这个城市永志不忘的小英雄。我赶忙在旁边的一间纪念品商店，购买了这个被称作"尿童"的可爱小英雄的小塑像，让我家客厅那个"博物架"再添一件珍品。

欧盟总部我们找得好苦。问一般路人，都是摇摇头，问警察，开始总以异样的眼光看我俩，大概不明白这对老夫妇怎么会找这样一个地方。问了好几个警察，才弄清是在法律大街上。

当我们到达那里，一座巨大的雕塑令我震撼：矗立的一尊少女像，手臂高举着一个巨大的字母"E"，象征着欧罗巴，她脚下的四周则是众多仰望的头颅。这座巍然挺立的群像，散发着欧洲崛起的强烈气势。

写于 1999 年 8 月

英伦自由行点点滴滴

滞留香港机场九小时

我和女儿购买的是从武汉出发飞伦敦的国泰航空公司的机票，按行程，在武汉乘坐 KA855 航班十一点四十分起飞，到香港后直接转乘十四点四十分的 CX253 航班飞伦敦。可是，在武汉的航班却延迟了 40 多分钟才起飞，到达香港已经是十四点十五分了，我们急急跨进下机通道，希望赶上即将起飞的航班，可是在通道的出口处站着的一位机场工作人员，很有礼貌地告诉我俩：因飞机晚点，CX253 次航班已经不可能赶上了，我们已替你们两位办好下一次航班的登机牌，你们就到出发航班的登机楼休息吧。说着还给我们两份餐券，大概是作为飞机误点的补偿吧。

看到他们如此认真地为我们做好安排，也只好无奈地接过登机牌，坐上机场内的地铁到了另一个登机楼，等候下一次航班：二十三点三十分起飞，这就意味着要在机场窝上九个小时。

这时，抱怨谁都没意义了，只能在枯坐中自我调节好心绪吧。我在自我安慰：香港是我的出生地，大概是希望我在它的土地上多待一点时间吧。确实，自1942年香港沦陷我随家人离开香港逃难至广西后，香港离我的生活已经十分遥远。抗日战争胜利全家回到了广州，虽然在1949年至1950年曾在港寄居在姨母家读了一年小学，但已没有了"香港是我家"的感觉。直到改革开放后的1988年元月，我作为教师代表被学校派出参加教育部的代表团到香港接受邵逸夫先生的捐赠，我才又一次踏上香港的故土。这时，随着人生阅历的增长，事业的开展，我对香港的感情变得更理性了。

静坐在舒适的候机楼，其实时光过得并不慢。我有充分的时间漫游一下这个我第一次到来的香港国际机场。它庞大、恢宏的气派，真有点令我吃惊，光是登机"闸口"就有五百三十个。整个机场共有九十六个停机位，内有短程地铁和大巴联系，处处设置的电梯则连接着上下五六层的空间，十分方便。每个登机闸口都有非常宽敞的候机大厅，整洁而安静，来往旅客虽多，却一点也不拥挤、嘈杂。就我的亲身感觉，它的现代设计理念以及它建筑的现代设施，一点也不亚于我曾去过的被称为世界第一大的巴黎戴高乐机场。这是个真正的国际机场，与香港这个国际金融中心的地位是相匹配的。它的购物商店则更是异彩纷呈，精品无数，只是价格的昂贵令人咋舌。航空公司给我和女儿一人一份餐券，每份价值为一百五十港元，我们原以为可以大餐一顿，谁知道我们各自要了一份海南鸡饭，还得补上二十多元。香港，真不愧为豪华的金融世界！

晚上十一点三十分，我们终于登上了飞往伦敦的航班，当飞机升空，我从舷窗俯瞰，整个香港依然灯光璀璨，壮观极了，我脑海突然出现了"东方明珠"的意象，是的，我的出生地确实是一颗永闪光芒的东方明珠！

伦敦进关

飞行了十二个小时终于到达伦敦。

在伦敦的希斯罗机场办理入关手续时，看到大厅里排着三支队伍：一支是英国本土旅客；一支是中国旅客；一支是其他国家的旅客。

由于在飞机上没有预先拿到填写入关的申报单，只好在进关大厅门口的柜台上匆匆填写后再去排队。我的英语相当蹩脚，只能"蹦"几个单词，或乱拼几个简单的句子，往往词不达意。验关员是一位黑种人妇女，她拿到我的申报单后，问了几个简单的问题，我基本能回答。但问到预订了哪个旅店时，我就不知如何对付了。因为是我们在英国攻读硕士研究生的年轻朋友小傅替我们预订的旅店，旅店名称就写在我们的旅行日程表上，但我却不会读出来。我指着行程表上旅店的英文名字让她看，她却不屑一顾，仍然要发问。女儿急中生智，立刻给小傅打电话，请他直接跟验关员说明。验关员竟也同意接听电话，除了弄清旅店的名称外，她还问小傅我们俩是什么身份，当小傅在电话告诉她我是大学教授时，她的态度一下子变了。和蔼、热情地在申报单上划了几笔，就微笑地说："可以了。"

于是，我们就这样进入了英国。

见到了在机场外面迎接我们的小傅和他的女朋友，谈起了刚才验关的情况，小傅说，英国人对教师是十分尊重的，所以一听说你们的身份，她很自然地就会表示尊重。这使我十分感慨，文明国度尊重知识人才，这种风气确实渗透到每一个公民心里。而确立这样的社会风气又是何等不易啊。

后来我故意开玩笑说："英国人太老实，如果我不是教授却随便找个电话让对方骗她说我是教授，她也随便相信吗？"小傅笑笑未作声，于是我自己给自己回答：习惯于遵守诚信规则的人，自然会相信对方也是诚信的。这就是一种普遍的社会风尚。

参观大英博物馆

到了伦敦，对那些早在电视或照片上熟悉的著名景点，如大本钟、塔桥、白金汉宫等，我兴趣不大，只是匆匆掠过，拍几张照片以说明"到此一游"罢了。只是在泰晤士河边，我才突然有所触发。我问小傅："泰晤士"的英文本意是什么？他说"TIME"嘛！啊！我才醒悟：泰晤士河——时间的河！多么有意思的名字。是时间的不息流淌，书写着绵延的历史。

英国人对历史的珍惜、尊重，集中体现在全国各地所建立的大大小小各种类型的博物馆上，而伦敦的大英博物馆，则更是一个辉煌的存在。

据说建馆的头一百年中，英国本土的藏品相当少，从建馆一开始，博物馆的兴趣就关注着全球，努力发掘、珍藏人类文明最有价值、最珍贵的历史遗迹。它馆藏的历史文物，遍及全世界。现在博物馆的文物分类就有如下部分：古近东，伊斯兰世界，非洲，埃及，中国，南亚和东南亚，日本，朝鲜，太平洋和澳大利亚、中美洲、南美洲，北美洲，史前欧洲，古希腊，罗马帝国，罗马时期的不列颠，中世纪的欧洲，文艺复兴与近代欧洲，现代欧洲与美国，共十九个部分。

进入这个浩瀚、廓大的历史空间，就像进入了时光隧道，充分感受到人类社会演进的足音和智慧创造的辉煌。由于我们前些年参观过法国巴黎的卢浮宫，了解了欧洲的一些历史文明，也直接到过希腊和罗马，对它的古代历史遗迹也有一些感性的接触，所以在大英博物馆一整天的有限时间里，我们将参观的重点放在古近东、埃及馆和中国馆上，其他部分只能匆匆浏览。

在埃及馆和古近东馆中，最震撼我的是那些古埃及法老的超巨型的石雕头像，它的雕刻极具生命感，这些公元前七八百年的作品，至今仍光泽如初，特别是当你对视着它们的眼睛时，就会真切地感受到它透射出的强烈的生命智慧，且极具动感，令你在它面前久久不愿离开。馆内许许多多文物，不仅具有极高的观赏价值，更为今人对历史的研究提供了相当有价值的依据，像被称为"最伟大的藏品之一"的公元前196年的埃及罗塞塔石碑，这件珍品虽略有残缺，却是解释古埃及象形文字的一把钥匙。我不得不佩服当年英国殖民者的眼光和胆略，能够不辞劳苦把千里、万里之外世界各地的这些远至公元前数千年、重量以吨数计的大大小小珍品运回英国。

我选择看中国馆，主要是希望亲眼看看被英帝国主义者掠去或流失海外的我国绝世的古代文物珍品，这是我长久以来的渴望。听说在大英博物馆收藏的我国的文物，就有两万三千多件，不少都是稀世之宝，像被他们从敦煌石窟切割下来的巨幅敦煌壁画、足有三层楼高的隋朝汉白玉大佛、栩栩如生的唐三彩人物造像以及满目琳琅、精美绝伦的瓷器制件等，许多都是我们在国内看不到的。

但参观后却仍令我大失所望，因为我国许多绝世的文物珍品好像一件也没展出，如著名的汉代玉雕驮龙、晋代顾恺之的《女史箴图》唐代摹本、南北朝陶坐鹰猎俑、唐代黄玉坐犬等，均不见展出。这真令我气闷。据说目前整个博物馆展出的东西不到它全部馆藏的万分之一。不知是否要在特殊场合才会让它们露出真容。

总之，我是带着无比遗憾的心情离开大英博物馆的。

走进牛津大学——百年后的追念

到牛津大学去！这是我们这次英国之行的一个最热切的愿望，因为这是我父亲当年留学的地方。

我小时候，就常听说父亲曾到牛津大学留学，不过那时却没有什么特殊感觉，小孩子嘛，认为上学不过就是"背着书包上学堂"而已。到了稍为懂事，父亲却早已去世，不可能再从他那里了解到更多东西。只是听母亲说，他是20世纪初年获得公费去留学的，学的是化学。

多年以后，父亲这段经历在我心中逐渐淡漠。直到20世纪80年代中，一次在读《羊城晚报》的"羊城史话"专栏时，在一篇说及广东的火柴工业的文章中，竟发现提到我父亲陈兆基（字达初），说他留学归国在中山大学当教授，研制出火柴药引的配方，由此而与两位友人一起，合办了广州东山火柴厂，生产出国产的火柴，结束了国人只能用昂贵的"洋火"的年代。读到这篇短短的千字文，我和两个妹妹都惊喜不已。作为他的后代，我们感到无比自豪！在近一二十年中，我们又陆续在《广州市志》《广州文史资料》第三十六辑：广州工商经济资料和《羊城晚报》近年再次发表的详细报道中，进一步了解到当时父亲研制的火柴头药引配方对打破"洋火"技术垄断的意义，了解到他们办厂用中国的机器终于生产出价值低廉的国产火柴对抵制外国火柴盘剥中国百姓的意义，了解到父亲去世后他的合伙人在新中国成立后把他这个保密经年的药引配方献给国家、对全国火柴工业发展的意义。这时，父亲在我心中真的变活了，变得更亲切了。

我经常在冥想，父亲当时是如何远涉重洋的？他所在的牛津大学是个什么样子？他在那里学习了多少时间？……由于百年过去，陈家上一辈人也早已陆续离世，我所追问的这一切都不可能获得准确的答案了，我只能靠冥想，靠推测，靠追念，而这次到牛津来，则是希望获得一点真切的感受。

当我们进入牛津市，就感受到一种宁静、古朴的气氛，整洁、平直的街道两旁，是一幢幢、一排排保持着英格兰传统风格的建筑，透露着英国人那种严谨、高雅且又有点矜持的个性。城内还保留有萨克森人的塔楼、诺曼人的碉堡和城墙遗迹，听说英国有句民谚："穿过牛津城，犹如进入历史。"牛津大学三十八个学院就分布在这个古朴素雅的城市的各个部位，与整个城市融为一体。

这所英语世界中最古老的大学至今已有八百多年的历史，据说它培养了六位英国国王，二十位英国首相，近四十位诺贝尔奖获得者和一大批著名的科学家。走进它分布在各处的学院，最令我感慨的是，许多学院大多是沿用着中世纪以来所建的校舍：被称为修道院式的"四合院"建筑群。我注意到一些四合院的外墙或爬满老藤或留有破旧斑驳的痕迹，给人一种朴拙而又久远的历史沧桑感；可当你走进四合院中绿草如茵的大庭院，它又是那么敞亮洁净、生气勃勃、充满现代气息。我暗自想：英国人办学，似乎并不太多去讲究其外在形式，它并不去随便"推翻""拆卸"传统的存在，不去滥用教学经费建筑一些豪华的办公大楼，不去追求什么花哨、时尚的派头，而是更注重于坚持和发展它的现代教育理念，不断充实它的教育内涵，这就是为什么几百年来，在这些古老的校舍内，它的教育质量在全世界大学排名中始终名列前茅，保持着一贯以来的强势位置。据说在 2013 年世界大学百强排行榜上，它的成绩就遥遥领先，仅次于美国加州理工学院，荣居第二位。

牛津大学属下的学院，并不是按某个单一学科来设立的，每个学院都包含有多种学科，那么，当年我学化学的父亲会在哪个学院学习呢？这使我们的寻找成了难题。现在牛津大学最负盛名的是它的基督教堂学院，出了相当多的名人、名家。但我想父亲不可能是在这所学院的，一是因为它的宗教色彩太重，而我父亲一生都不是基督徒；二是我估计当年的中国留学生不可能会被分配到这个贵族气相当浓的环境学习。我依稀记得小时候常听大人说什么"圣约翰"，莫非父亲入读的是"圣约翰学院"？

我和女儿走进圣约翰学院，看到它的规模远不及基督教堂学院廓大，也不及林肯学院、王后学院气派，看上去，它的四合院外墙也是陈旧无比、痕迹斑斑，但里面的庭院却也相当亮丽，草坪的四周保持着沙石的便道，洁净而朴拙。教学楼上用的仍然是木楼梯，木地板。因为是假期，更多的内部设施我们就无法看到了。不知是与父亲在天之灵灵犀相通，还是我独自的主观臆想，我感到这也许就是当年父亲学习的地方了。于是就和女儿在此拍下了一些照片，作为对父亲的追念。

走出圣约翰学院不远，迎面是一座正在维修的古老图书馆，听说这是英格兰最古老的图书馆，我毫不犹豫地把它摄入镜头，我想父亲当年不管在哪个学院就读，肯定都会来这个图书馆查阅资料、刻苦钻研的，这无疑是个很好的历史见证。穿过牛津城中心的雷德克利夫广场，在它的南面，是圣玛丽教堂，传说当年大学的许多重要活动都在那里举行，不知道父亲学习的年代是否也是如此，但我也相信在那里总会留下父亲他们这批学子活动的足迹。

曾经在这里浸润过现代科学文明的父亲，看来并没有虚度年华。回国后，尽管他仍保留着一些西方的生活方式，如他的衣着习惯，他的早餐的西化等，但他并没有忘记用他所学到的知识奉献给自己的祖国，没有辜负国家用公费对他的培养。想到这点，自然更使我对父亲的追念持恒到永远。

别了，古老而又年轻的牛津大学，别了，承载着悠远历史的牛津城！你的存在，使我终于圆了我多年的梦想。

写于 2014 年 9 月